플리즈 비 마인

Please be mine 플리즈 비 마인   박수정 장편소설

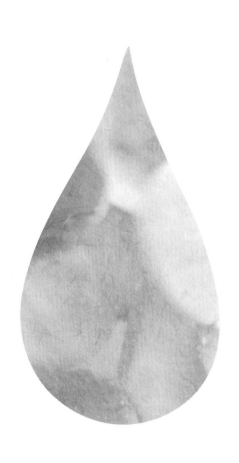

가하)

플리즈 비 마인

지은이 박수정
펴낸이 이형기
펴낸곳 도서출판 가하

초판인쇄 2016년 4월 5일
초판발행 2016년 4월 15일
출판등록 2008년 10월 15일 제 318-2008-00100호

주소 서울 영등포구 양평로 67, 1209 (당산동5가, 한강포스빌)
전화 02-2631-2846   **팩스** 02-2631-1846

www.ixbook.co.kr

ISBN 979-11-300-0635-2 03810

값 10,000원

copyright ⓒ 박수정, 2016

01

　한낮인데도 바깥이 어두컴컴했다. 잔뜩 흐린 유리벽 너머로 빗방울이 툭툭 떨어지는 소리가 제법 컸다. 날씨 탓인지 동물병원에는 환자가 드물었다.

　스산한 바깥 날씨와는 달리 환하게 불이 켜진 병원 안에는 훈훈한 기운이 감돌아서, 병원에서 키우는 고양이와 강아지들은 제각기 자리를 잡고 빗소리를 자장가 삼아 꾸벅꾸벅 졸았다.

　준수는 중소형 아파트 몇 개가 모여 있는 한적한 주택가에 있는 이 작은 동물병원의 원장이었다.

　겨우 서른세 살의 나이에 원장이라고 하면 일견 대단하게 들리지만 실상은 조금 다르다. 있는 빚 없는 빚 겨우 끌어 모아서, 장비도 별로 갖추지 못하고 우격다짐으로 개업하다시피 한 병원이었다. 그러다 보니 위치도 별로 안 좋고 크기도 겨우 초등학교 교실쯤 될까 말까 했다. 총 인원이라고는 접수에 잡무, 간호사 노릇까지 두루 맡고 있는 여자 수의 테크니션 하나에 대학교 후배인 진료 수의사까지 달랑 셋뿐이었다.

이렇게 무리를 하면서까지 개업을 한 이유는 하나뿐이었다. 마음 편하게 진료하고 싶어서.

처음 수의대에 입학할 때부터 준수는 임상, 즉 동물병원 외에는 전혀 관심이 없었다. 하지만 졸업 후 인턴 생활을 마치고 페이 닥터로 일하면서 깨달은 것은 임상이란 실력보다도 다른 것들이 더 중요할 때가 많다는 것이었다. 예를 들면 보호자를 다루는 스킬이라든지, 말주변이라든지, 심지어는 영업력 같은 것들.

문제는 준수가 그런 것들과 전혀 인연이 없는 성격이라는 데 있었다.

애초에 준수는 말이 많은 타입이 아니었다. 동물은 좋아했지만 사람은 좋아하지 않았다. 빼어나게 수려한 외모 덕에 처음에는 '여자 보호자들이 좋아하겠다.'고 반가워하던 원장들도, 무뚝뚝하기 그지없는 준수의 성격을 알게 되면 태도가 바뀌었다. 보호자들에게서 불친절하다든가 퉁명스럽다든가 하는 클레임이 들어오는 게 한두 번이 아니었으니까.

클레임은 오히려 여자 보호자들이 더했다. 준수의 외모를 보고 반해서 은근히 추파를 던졌다가, 그게 먹히기는커녕 준수가 계속 무뚝뚝하게 구니까 자존심이 상해서 불친절하다고 불평을 하는 식이었다.

'민준수 선생님이 저 싫어하신단 말이에요!' 하고 원장을 붙들고 서럽게 울음을 터뜨리는 여자 보호자도 있었다. 정작 준수는 그 보호자의 강아지밖에 기억을 못 했는데.

준수도 나름대로 노력은 해봤지만 타고난 성격을 바꿀 수는 없는 노릇이었다. 결국 3년도 안 되는 시간 동안 세 곳이나 병원을 옮긴 끝에 결심한 것은 차라리 개업을 하자는 것이었다. 이 성격에 이 말주변을 가지고 남의 병원에서 일해 봤자 또 같은 일의 반복일 뿐일 것 같아서. 최소한 자기 병원에서라면 불친절하다고 보호자가 화를 내고 나가버려도 남에게 폐를 끼치는 일은 아니지 않은가.

그래서 준수는 무리해서 이 작은 동물병원을 개업했다. 6개월 전에.

하지만 이상과 현실은 다른 법이었다. 원장이 되고 나자 예전에는 몰랐던 이래저래 골치 아픈 점들이 많이 생겼다. 매달 월급을 줘야 하는 것도 그렇고, 월세니 약값이니 장비 대금 할부니 이래저래 결제할 건 얼마나 많은지 골머리가 아팠다. 제발 좀 보호자들한테 살갑게 굴라고 자신에게 하소연을 하다시피 했던 원장들의 마음이 이제야 좀 이해가 될 것 같았다.

그뿐인가, 잔소리는 오히려 지금이 더 심했다.

「보호자한테 좀 웃어주면 큰일 나세요?」

대학 시절 후배이자 준수의 병원에서 페이 닥터로 일하고 있는 진호는 늘 그렇게 말했다.

「원장님이 여자 보호자들한테 딱 한 번씩만 마음먹고 웃어주셔도 다들 우리 병원에 충성할 텐데.」

하지만 준수는 마음에도 없는 웃음까지 팔아가며 병원을 운영하고 싶지는 않았다. 수의사는 동물만 잘 돌보면 된다. 그게 준수의 신념이었다.

그리고 불행히도 그 신념은 날이 갈수록 더욱더 확고해지고 있었다. 가뜩이나 별로 좋아하지도 않았지만, 날이 갈수록 점점 더 사람이 싫어지는 것이었다.

……바로 지금처럼.

"아니, 교통사고라니까 쓸데없이 혈액 검사는 왜요?"

저녁때가 다 되어서 들어온 중년 아주머니의 말투는 숫제 시비조였다. 교통사고를 당해서 온 슈나우저의 보호자였다. 사고를 당한 건 어제라는데, 여태 그냥 방치했다가 다리를 너무 심하게 절며 아파하기에 이제야 데려왔다는 거였다.

평소에 준수는 보통 남자 보호자를 상대하는 편이었다. 그나마 남자들은 여자들보다 덜 섬세해서 수의사가 무뚝뚝하게 굴어도 크게 신경을 안 쓰니까. 하지만 오늘은 모처럼 진호가 일찍 들어간 날이어서 준수가 상대할 수밖에 없었다.

사기꾼 보듯 쳐다보는 눈빛을 꾹 참고 준수는 기계적으로 대답했다.

"내출혈이라든가 장기 손상처럼 겉으로 안 보이는 부상이 있을 수도 있으니 검사를 해보는 겁니다."

"얼마나 드는데요?"

"3만 원입니다."

듣자마자 아주머니는 노골적으로 얼굴을 찌푸렸다.

"혈액 검사는 됐고 어디가 부러졌는지만 봐주세요. 그것도 돈 들어요?"

"엑스레이는 3만 원, 초음파 비용이 2만 원입니다."

"세상에, 사람보다 더 비싸네!"

투덜거리면서도 그나마 보호자는 그것까지 하지 말라는 얘기는 하지 않았다.

엑스레이 촬영 결과는 대퇴골 골절. 다행히 초음파상으로 출혈은 보이지 않아서 그 외의 문제는 없어 보였다.

"수술로 부러진 뼈를 이어주고, 핀을 박아서 고정해야 할 것 같습니다."

준수에게서 설명을 듣고 난 보호자는 대뜸 그것부터 물었다.

"얼만데요?"

"수술 후에 4, 5일 정도 입원이 필요합니다. 수술비에 입원비 합쳐서 60만 원 정도 예상하시면 될 것 같고, 그 외에 부가세 10퍼센트가 붙습니다."

보호자는 기절할 것 같은 표정을 지었다.

"60만 원이라고요?"

준수는 새삼스럽게 보호자의 행색을 살폈다. 말쑥한 옷차림에 금목걸이, 들고 있는 핸드백은 명품 브랜드였다. 게다가 밖에 세워놓은 차는 외제 중형차. 반려 동물을 위해 그 정도 수술비를 감당하지 못할 사정으로는 도저히 보이지 않았다.

그러나 보호자는 이맛살을 찌푸리더니 돌연 딴소리를 했다.

"이거 수술 안 하면 죽나요?"

"생명에 관계되지는 않을 겁니다. 단지 평생 다리를 절게 되겠죠. 뛰어다닐 수도 없을 거고."

준수는 보호자를 똑바로 바라보며 싸늘하게 말했다. 그러나 보호자는 아랑곳하지 않았다.

"그럼 그냥 붕대만 좀 꽉 감아주세요. 뼈가 잘 붙으면 다행이고, 잘못되면 제 팔자죠."

정나미가 뚝 떨어졌지만 준수는 참을성 있게 말했다.

"수술을 고려해보시죠. 슈나우저는 무척 활발한 견종인데 뛰지 못하게 되면 스트레스도 심할 겁니다."

"어차피 얘 순종도 아닌데요, 뭐."

들은 체도 않는 보호자를, 그래도 준수는 끈기 있게 설득했다.

"수술비가 부담되시면 반으로 할인해드리겠습니다."

"글쎄, 됐다니까요. 애들이 하도 울고불고해서 억지로 데려다 키운 건데 무슨 수십만 원씩이나 들여서 수술을 해요? 사료 값만도 허리가 휘어 죽겠는 마당에."

보호자는 오히려 따지듯 목소리를 높였다.

드문 케이스도 아니지만 이럴 때마다 새삼 정이 떨어진다. 미용도 되어 있고 털도 깨끗한 걸 봐서는 집 안에서 키우는 개인데, 식구처럼 키우던 개를 그 돈 얼마가 아까워서 평생 불구로 만들 셈인가.

인내심도 여기까지였다.

"그렇게 어려운 형편이시면 현물로 지불하셔도 됩니다."

보호자가 어이없다는 표정으로 되물었다.

"뭐라고요?"

준수는 턱짓으로 여자의 두꺼운 목에 걸린 금목걸이를 가리켰다.

"그 목걸이만 해도 치료비는 되고도 남을 것 같은데요."

여자의 얼굴이 시뻘게졌다.

"아, 아니, 이건 결혼할 때 받은 예물이라……!"

"자녀분들께서 개를 좋아한다면서 설마 그깟 예물이 더 중요한 건 아니시겠죠?"

준수가 신경질적으로 머리를 쓸어 올리며 날카롭게 쏘아보았다. 보통 이 정도면 주눅이 들어서라도 네, 네 하기 마련인데 이 보호자는 드물게 보는 강적이었다. 잠깐 주춤하더니 금세 뻔뻔한 표정으로 무장하고는 대꾸하는 것이 아닌가.

"아프리카 애들은 굶어 죽는 마당에 개한테 무슨. 됐으니까 붕대나 감아주세요."

'당신에게는 키우는 개가 목걸이만큼의 가치도 없다는 겁니까?'

성미대로라면 그렇게 따지고 싶었다. 하지만 치료를 진행하고, 하지 않고는 결국 보호자의 결정에 달린 것이었다. 자신이 개입할 수 있는 일이 아니다.

'차라리 개를 포기하라고 할까.'

짧은 순간, 준수는 갈등했다. 그냥 놓고 가라고 해서 치료한 후 병원에서 키울까.

하지만 그러기에는 벌써 병원에서 키우고 있는 아이들이 개, 고양이 합쳐 열 마리나 됐다. 다들 제각기의 사연을 가지고 온 녀석들이었다. 준수가 치료하고 구조하지 않았더라면 버려져서 그대로 죽을 수밖에 없었던 녀석들. 여기가 아니면 갈 곳이 없었던 녀석들. 앞으로도 그런 녀석들이 몇이 있을지 모른다.

하지만 이 슈나우저는 최소한 그 정도의 상황은 아니지 않은가. 지금 치료하지 않으면 불구는 되겠지만 그래도 따뜻한 제 집에서 밥은 먹고 살 것 아닌가.

그렇다고 개가 불쌍한 마음에 무상으로 치료해주자니 그렇게 해서는 도저히 병원 운영을 할 수가 없다. 길에서 구조해 온 길고양이라든가 떠돌이 개라면 모를까, 멀쩡히 집에서 키우는 반려견을 무료로 해줄 수는 없는 노릇 아닌가. 자선 사업을 하고 있는 것도 아닌데.

결국 준수는 이를 악물고 미련을 접을 수밖에 없었다.

수의사가 된 후 이럴 때가 제일 싫었다. 다치고 아픈 동물들을 치료해주고 싶어서 수의사가 되었는데 정작 현실은 달랐다. 이렇게 눈앞에서 다친 동물을 보고도 손쓸 수 없을 때마다 무력감과 함께 인간에 대한 혐오가 조금씩 더 깊어졌다. 그 혐오에는 자기 자신을 향한 것도 포함되어 있었다.

동물병원은 자선 사업이 아니다. 하지만 사람들은 수의사에게 으레 자선 사업을 기대한다. 문제는 수의사인 자신역시 이게 자선 사업이라면 얼마나 좋을까, 하는 미련에서 벗어나지 못한다는 거였다. 현실과 이상은 엄연히 다른데도.

"정 그러시다면 알겠습니다."

준수는 냉랭하게 대답하고 나서 보호자가 원하는 대로 처치를 시작했다. 다친 녀석에게 해줄 수 있는 거라고는 될 수 있는 대로 꼼꼼하게 붕대를 감고, 항생제와 진통제를 주사해주는 것뿐이었다.

지친 듯 웅크려 있는 녀석에게 주사를 놓으며 준수는 속으로 중얼거렸다.

미안하다, 정말 미안하다.

끝까지 '주사 값은 안 받는 거죠?' 하는 말로 준수를 치 떨리게 만든 후에야 보호자는 아까워 죽겠다는 듯이 진료비를 지불하고 겨우 병원을 나갔다. 그 두꺼운 팔에 다친 개를 안고.

온몸의 힘이 다 빠져나갔다. 진료실로 돌아갈 기운도 없어서, 보호자가 나가자마자 준수는 그냥 허물어지듯 대기실 의자에 털썩 주저앉았다.

"원장님, 괜찮으세요?"

접수 데스크에 앉은 수의 테크니션인 선영이 걱정스럽게 물었다. 준수는 대답 대신에 무뚝뚝하게 말했다.

"오늘은 이만 들어가죠."

아직 문 닫을 시간이 되려면 30분 정도 남아 있었지만 준수는 너무나 지쳐 있었다. 더는 병원에 있고 싶지 않았다. 집에 일찍 들어가서 뜨거운 물에 샤워라도 하고 그저 푹 잠들고 싶었다. 뻔뻔한 보호자도, 다친 개의 일도 더 이상 생각하지 않을 수 있게.

"네, 원장님. 그럼 마무리할게요."

선영이 그렇게 대답했을 때였다. 문득 병원 문에 달린 종이 띠링, 하고 울리는 소리가 준수의 신경을 날카롭게 긁었다.

돌아보자 웬 젊은 여자 하나가 비에 흠뻑 젖은 고양이를 안고 들어서는 참이었다. 입고 있는 검은 비닐 우비에서 물방울이 뚝뚝 떨어졌다. 솔직히 말해 귀찮은 생각이 앞섰다.

"무슨 일이시죠?"

그러면 안 된다는 걸 알면서도 절로 목소리가 날카로워졌다.

퉁명스러운 반응에 여자는 조금 당황한 듯이 대답했다.

"저, 이 근처에서 고양이를 주웠어요. 배가 부른 걸 보니까 새끼를 가진 것 같은데 축 늘어져서는 움직이지를 못해서, 혹시 어디를 다쳤나 하고……."

순간적으로 짜증이 확 치밀었다.

가끔씩 이런 경우가 있었다. 다친 동물을 길에서 주웠다며 무작정 병원으로 데려오는 사람들. 물론 치료비 한 푼 부담할 생각도, 책임지려는 생각도 없다. 병원에 데려온 것만으로 할 일 다 했다는 듯이 후련한 얼굴로 나가버리는 것이다. 심지어 좋은 일 했다는 뿌듯한 표정까지 지으며. 그리고 뒷일은 고스란히 준수의 몫으로 남겨졌다.

그래도 준수는 묵묵히 받아주곤 했다. 나중에 좋은 곳으로 입양을 주선하든, 동물 보호 단체에 연락해서 도움을 받든, 이도 저도 안 되면 결국 병원에서 키우든 간에 어쨌든 우선 받아들여 치료는 하고 보았다. 다친 동물이니까, 그들을 치료해주려고 수의사가 된 거니까.

하지만 오늘은 왠지 선뜻 받아들여지지가 않았다. 속에서 무언가 커다란 덩어리 같은 것이 울컥 치밀었다. 왜 언제나 책임은 다 나의 몫인가. 어째서 마음고생도, 자괴감도 늘 내 것인가. 아까 그 보호자는 영영 불구가 될 것이 틀림없는 녀석을 안고도 아무렇지 않게 껌을 씹으며 나갔는데, 왜 이렇게 나만!

"여기는 유기 동물 보호소가 아닙니다."

준수는 싸늘하게 말했다.

"이런 식으로 무작정 데려와서 맡겨놓고 가버리면 그만이 아니라는 겁니다. 알겠어요?"

여자는 놀란 눈으로 준수를 쳐다보았다.

알고 있다. 지금 엉뚱한 사람에게 화풀이를 하고 있다는 걸. 하지만 상처받고 지친 마음은, 날카로운 혀를 조금도 멈추게 하지 않았다.

"좋은 일 했다 생각하고 마음 편히 가버리면 그만입니까? 대체 그 후의 뒷감당은 누구 몫이라고 생각하는 겁니까? 치료도, 나은 후의 거취도, 자칫하면 남은 생애 전부까지도 모두 누구 책임인지, 그런 생각은 한 번이라도 해보고 데려온 겁니까?"

이건 아니라고 생각하면서도 목소리가 점점 커졌다. 마치 브레이크 없는 자동차에 타고 무작정 앞으로 내달리는 것 같은 기분이었다.

하지만 졸지에 호통을 들은 여자는, 마주 화를 내는 대신에 가만히 고개를 저었다.

"부담을 드리려는 건 아니에요."

조심스러운 목소리에 퍼뜩 정신이 들었다. ……내가 지금 무슨 짓을 한 거지?

여자는 기운 없이 축 늘어진 고양이를 살며시 데스크에 내려놓고는 검은 우비 주머니에 손을 넣었다. 반으로 접힌 꽤 두꺼운 지폐 뭉치가 나와서 준수는 놀랐다.

"이걸로 입원비하고 병원비 해주세요. 혹시 모자라면 나머지는 데리러 올 때 낼게요."

여자는 지폐 뭉치를 데스크에 올려놓고는 준수를 올려다보았다.

"언제쯤 데리러 오면 좋을까요?"

이마에 식은땀이 배어나왔다. 헛다리를 짚어도 이만저만 잘못 짚은 게 아니었다. 이 여자는 고양이를 맡기고 나 몰라라 할 생각이 아니었는데, 그만 제멋대로 넘겨짚고 화를 내버렸다.

사과해야지. 분명 그렇게 생각했는데 입에서 흘러나온 것은 엉뚱한 말이었다.

"그거야 진찰을 해봐야 알 것 아닙니까?"

여자는 화들짝 놀란 듯이 사과했다.

"그렇네요. 죄송해요."

이런 제길. 준수는 차라리 혀를 깨물어버리고 싶어졌다. 그게 아니다, 괜히 화를 내서 미안하다고 다시 말하려는데,

"사흘쯤 있다가 와보시죠."

또다시 마음에도 없는 퉁명스러운 말이 튀어나왔다.

계속되는 냉대에 더는 있기가 불편했던 걸까, 여자는 고개를 숙이더니 조그맣게 인사말을 했다.

"그럼 잘 부탁드립니다."

마음이 조급해졌다. 이렇게 돌려보내면 안 되는데. 괜히 화내서 미안하다고, 사실은 직전에 안 좋은 일이 있어서 그만 그렇게 됐다고 말해야 하는데.

그런데 참으로 희한한 일이었다. 웬일인지 말이 생선 가시처럼 목에 딱 걸려 밖으로 나오지 않는 게 아닌가. 하다못해 미안합니다, 그 한 마디조차 나오지 않았다.

준수가 속으로 당황하고 있는 사이에 여자는 무슨 생각을 했는지, 밖으로 나가려다 잠시 걸음을 멈칫하더니 이윽고 입을 열었다.

"선생님께서 좋은 일 하고 계시는 거, 알고 있어요."

여자의 시선은 병원 구석에서 한창 개 껌을 물어뜯으며 장난을 치는 데 정신이 없는 토토에게 머물러 있었다. 토토는 얼마 전에 병원 앞 차도에서 교통사고가 난 것을, 준수가 데려다가 치료하고 그대로 병원에서 키우고 있는 말티즈 종의 개였다.

"저 아이도 선생님이 아니었으면 그냥 차에 치인 채로 길에서 죽었겠죠."

준수는 놀라서 다시금 여자의 얼굴을 보았다. 그걸 어떻게 알고 있는 거지? 하지만 아무리 봐도 기억에 없는 얼굴이었다. 최소한 자신이 진료했던 환자의 보호자는 아닌 것 같았다.

"저 아이들도 무척 고마워하고 있을 거예요. 말은 못 하지만요. 그러니 부디 기운 내셨으면 좋겠어요."

여자는 마치 위로와 같은 말을 중얼거렸다. 시선은 여전히 토토에게 고정한 채로.

순간 준수는 머릿속 한구석이 환해지는 것 같은 느낌을 받았다.

아, 그랬었지.

처음부터 사람을 좋아해서 수의사가 된 게 아니었는데 자신은 무엇에 이토록 상처받고 있었단 말인가. 어차피 사람은 좋아한 적도 없었는데, 대체 그들에게 뭘 기대하고 또 실망했던 걸까.

결국 동물만 생각하면 되는 거였다. 말 못 하는 동물들을 치료해주고 싶어서 수의사가 되었고, 치료했으면 그걸로 된 거다. '고마워요.' 하고 말하듯 지그시 쳐다보는 저 까만 눈망울들만으로도 나는 이미 받을 보상은 다 받은 거다…….

신기한 일이었다. 폭풍이 몰아치는 어두운 바다와도 같

이 절망과 자괴감으로 가득했던 마음이, 순식간에 거짓말처럼 잔잔하게 가라앉아갔다.

말 한마디로 폭풍을 가라앉혀준 여자를, 준수는 새삼스럽게 바라보았다.

나이는 대충 20대 중후반쯤 되었을까. 하나로 단정하게 묶은 검은 머리, 유난히 하얀 얼굴에 오밀조밀한 이목구비. 커다란 갈색 눈동자가 인상적이었다. 화장기는 전혀 없었지만 입술은 자연스럽게 붉은빛을 띠고 있어서 별로 초췌하거나 파리해 보이지는 않았다.

입고 있는 것은 검은 비닐 우비에 청바지, 그리고 역시 검은 레인부츠. 펑퍼짐한 우비를 걸치고 있어도 가느다란 몸매가 느껴졌다.

너무 뚫어져라 바라봐서 오해한 걸까.

"아, 주제넘었다면 죄송해요."

여자가 황급히 고개를 숙였다.

"그럼 사흘 후에 데리러 오겠습니다."

준수가 뭐라고 말하기도 전에 여자는 서둘러 병원을 나가버렸다. 마치 도망치듯.

"……."

여자가 사라지자 준수는 이상한 감정에 휩싸였다. 이대로 그냥 보내면 안 될 것 같은 기분이 들었다. 아직 사과도 하지 못했는데.

마음이 조급해졌다. 여자의 뒤를 따라 비 오는 거리로 뛰쳐나갈까, 말까, 하고 준수가 속으로 갈등하고 있는데,

"저분, 접수도 안 하고 그냥 가셨네요."

등 뒤에서 선영이 말했다.

"백만 원이나 놓고 가셨으니까 데리러는 오시겠죠?"

고소한 참기름 냄새가 은은하게 감도는 가게 안, 가스불 앞에 선 승연이 알맞게 달군 프라이팬 위에 노란 달걀물을 부었다.

김밥의 생명은 달걀부침이라고, 돌아가신 승연의 어머니는 늘 말했었다. 달걀부침이 맛있으면 다른 재료는 이것저것 잡다하게 많이 넣지 않아도 맛있는 김밥이 되는 거라고.

실제로 어머니가 부쳐내는 달걀부침은 도톰하고 포실해서 그냥 먹어도 충분히 맛있었다. 당시에는 김밥이 아니라 달걀부침만 팔라고 해서 사 가는 손님들도 종종 있었을 정도였다.

하지만 승연은 아직 그 정도의 경지에 이르지는 못했다. 겉보기에는 어머니의 달걀부침과 비슷했지만 먹어보면 아무래도 그만큼 부드럽지 않았다. 일부러 부드럽게 만들면 깔끔하게 부쳐내기가 힘이 들었다. 뒤집다가 부서뜨리거나 쪼개먹기가 일쑤였다.

그래서 승연은 달걀을 부칠 때는 늘 온 정신을 다 집중하

곤 했다. 알맞게 익을 때까지, 그러면서도 쪼개지지 않을 때까지. 딱 그 정확한 지점을 잡아내기가 좀처럼 쉽지 않았다.

어느덧 프라이팬 위에서 달걀물이 지글거리며 예쁜 색으로 익어갔다.

지금이다. 승연은 심호흡을 하고 프라이팬 손잡이를 쥐고 뒤집개를 들이밀었다.

그리고 달걀부침과 프라이팬 사이에 절묘하게 뒤집개를 찔러 넣고 뒤집으려던 바로 그 순간.

"승연아! 바빠?"

문이 열리는 소리와 함께 승연을 부르는 목소리가 들려왔다.

흠칫 놀라는 바람에 손이 흔들렸다. 덕분에 도톰한 달걀부침의 가장자리에 금이 생겨버리고 말았다.

하필 이럴 때 올 게 뭐람. 승연은 속으로 한숨을 쉬고는 뒤를 돌아보았다.

"왔어?"

목소리의 주인공은 승연의 가게 건너편에 있는 꽃집 주인 혜정. 승연과 동갑내기라 친구로 지내고 있는 아가씨였다.

"있잖아, 승연이 너, 혹시 남자 안 만나볼래?"

아침 댓바람부터 얘가 뭐래. 승연은 눈을 깜빡였다.

"갑자기 무슨 소리야?"

"엄청 좋은 소개팅 자리가 있거든? 나이는 올해 서른셋이고······."

슬슬 시동을 거는 혜정의 말을, 승연은 중간에 차단해버
렸다.

"됐어. 안 할래."

"아니, 어떤 사람인지 얘기라도 좀 들어보면 좀 큰일 나
니?"

"들어서 뭐해. 어차피 안 할 건데."

승연은 단칼에 거절했다. 남자에도, 연애에도, 물론 결혼
에도 관심이 없었으니까.

"나 달걀 부치던 중이야. 마저 끝내야 하니까 이제 가봐."

승연이 도로 프라이팬을 향해 돌아서자 혜정이 갑자기 우
는소리를 했다.

"그러지 말고 딱 한 번만 만나주라, 응?"

이건 뭔가 수상하다. 승연은 뒤집개를 내려놓고 물었다.

"대체 갑자기 무슨 남자를 왜 만나라는 건데?"

그제야 혜정은 사실대로 실토했다.

"우리 이모 아들, 그러니까 사촌 오빠인데, 이모가 일주
일 내로 오빠한테 여자 소개시키라고, 안 그러면 내 차 도로
뺏어버린대."

듣고 보니 혜정이 필사적인 것도 이해가 갔다. 지난달쯤
엔가 제법 괜찮은 중형차를 이모에게 거저 물려받았다면서
좋아서 싱글벙글하고 있었던 것이다. 그걸 도로 빼앗겠다니

겁이 나기도 하겠지.

"그런데 왜 하필 나야?"

"내가 아는 여자 중에 솔로가 승연이 너밖에 없으니깐."

좀 빈말이라도 좋게 하면 큰일 나나. 승연은 혜정을 흘겨보았다.

"사귀라고 안 해. 결혼하라고 안 해. 그냥 만나만 보라고, 딱 한 번만."

"싫다니까."

애원에도 불구하고 승연이 전혀 빈틈을 보이지 않자 혜정은 작전을 바꿨다. 살살 꼬드기기 시작한 것이었다.

"이모도 이모지만, 우리 오빠 진짜 괜찮단 말이야. 얼굴 잘생겼지, 키도 크지, 직업은 수의사지. 성격이 좀 까칠하긴 하지만 그거야 얼굴값 한다고 너그럽게 생각하고……."

한 귀로 듣고 한 귀로 흘리고 있는데 갑자기 단어 하나가 귓가에 날아와 박혔다.

"수의사라고?"

승연은 저도 모르게 되물었다.

"그렇다니까! 그것도 자기 병원까지 있는 원장님이야. 어때? 끌리지? 응?"

드디어 승연이 흥미를 보였다고 생각했는지 혜정은 신이 났다. 묻지도 않은 말까지 마구 하기 시작하는 것이었다.

"너도 지나가다 본 적 있지 않아? 우리동물병원이라고,

저기 행복마트 뒤쪽 길에 있는데."

"……글쎄."

대답하는 목소리가 조금 떨렸다. 그러나 다행히도 혜정
은 눈치 채지 못한 모양이었다.

"어쨌든 한 번만 만나봐주라. 사람 하나 살리는 셈치고 진
짜 딱 한 번만."

승연은 망설였다. 말도 안 돼, 하는 마음과 정말 딱 한 번
만이라면…… 하는 마음이 치열하게 교차했다.

그리고 결국 이긴 것은 후자였다.

"알았어."

승연은 못 이기는 척 고개를 끄덕이고 말았다.

"정말? 정말이지?"

혜정은 뛸 듯이 좋아했다.

"날짜랑 시간 정해지면 알려줄게! 나 간다!"

원하는 대답을 얻어내자마자 혜정은 냉큼 제 가게인 꽃집
으로 돌아갔다.

혜정이 나가고 승연은 다시 달걀 부치기에 매달렸다. 하
루치 재료를 아침에 다 준비하는데, 그러려면 달걀부침에만
꼬박 두 시간 가까이 걸렸다.

승연은 올해 서른 살이었다. 김밥집인 '맛나김밥'은 원래
어머니가 오랫동안 경영해오던 가게였는데, 대학 졸업 후에
잠시 취업 준비생으로 있는 동안 가게 일을 돕다가 갑자기

어머니가 사고로 돌아가시는 바람에 승연이 물려받아 하게 된 것이었다.

다행히 어릴 때부터 어깨너머로 늘 봐오기도 했고, 가게 일을 돕는 동안 김밥 만드는 일 전반에 걸쳐서 정식으로 배웠기 때문에 갑자기 가게를 맡게 되었어도 크게 문제는 없었다. 지금 와서 생각하면 엄마가 이런 일이 있을 줄 알고 미리 일을 가르쳐준 게 아닐까, 하는 생각도 들었다.

메뉴는 오로지 기본 김밥인 '맛나김밥' 한 가지뿐. 치즈김밥이니 소고기김밥이니 하는 다른 메뉴들은 일절 취급하지 않았다. 게다가 매장에서 식사가 불가능한, 백 퍼센트 테이크아웃 전용 가게였기 때문에 혼자서도 충분히 경영이 가능했다. 같은 자리에서 같은 김밥을 20년 넘게 팔아오다 보니 손님들 대부분이 단골이어서 따로 광고 따위를 할 필요도 없었다.

손님들 중에서는 가끔씩 승연을 보고 멀쩡히 대학까지 나와서 김밥이나 싸고 있으니 안됐다는 식으로 혀를 차는 사람도 있었지만, 승연은 전혀 자신의 직업에 불만이 없었다. 대학에서는 영어를 전공했는데 그렇지 않아도 문과 졸업생은 취업이 어렵다는 세상이다. 요즘같이 청년백수가 넘쳐나는 마당에 제 가게를 가지고 있다는 게 얼마나 좋은 일인지 몰랐다. 게다가 어머니의 손때가 여기저기 묻어 있는 가게니까.

승연이 가게를 맡게 된 후 근처 인테리어 가게 사장님이 찾아와서 몇 번이나 꼬드겼었다. 이제 젊은 여자 사장님이 맡게 됐으니까 가게도 좀 리모델링을 하라고. 간판도 예쁜 것으로 바꾸고, 가게 내부도 흰색을 메인으로 해서 세련되고 모던한 느낌으로 싹 바꾸고 나면 젊은 손님들도 늘어날 거고, 김밥 값도 올려 받아도 잘 팔릴 거라고.

　하지만 승연은 끝내 거절했다. 인테리어 비용이 아까워서가 아니라, 가게 전체에 남아 있는 어머니의 흔적을 지우기가 싫어서였다.

　수없이 재료를 볶고 부쳐내며 생겨난 부엌 벽의 그을음, 점화기로 딱딱 소리 내며 불을 붙여야 하는 검게 녹슨 무쇠 가스버너, 빨아도 좀처럼 지워지지 않는 앞치마의 오래된 기름때, 가게 전체에서 은은하게 배어나는 참기름 냄새. 그리고 어느 해 여름인가의 모진 바람에 그만 시옷 자 하나가 날아가버린 낡은 간판까지.

　네 평도 채 안 되는 작은 가게에 속한 모든 것들이 승연에게는 정답고도 소중했다.

　가끔씩 가게에 들르는 중고등학교 때 친구들은 승연에게 늘 부럽다고 말하곤 했다. '승연이 넌 좋겠다, 사장님이라서.' 그들 중의 몇몇은 여태 취업도 못 한 신세였다.

　물론 허름한 김밥집 주인이라는 게 젊은 여자 직업치고 그리 탐탁해 보이지 않는다는 건 승연도 잘 알고 있었다. 동갑내기 친구인 꽃집 주인 혜정과 비교하면 더욱더 그랬다.

긴 생머리에 커다란 눈, 가녀린 몸매를 가진 혜정은 늘 남자들에게 인기가 있었다. 쓸 데도 없으면서 혜정을 보기 위해 매일같이 꽃을 사러 오는 남자도 여럿이었다.

그에 비해 승연은 늘 하얀 머릿수건에다 앞치마를 두르고 참기름 냄새를 풍기고 있었다. 이거야 왔던 남자도 천 리는 도망갈 판이다.

그래도 승연은 별로 속상하지 않았다. 참기름 냄새에 묻혀 살다가 혜정에게서 나는 꽃향기를 맡으면 괜히 한숨이 나올 때도 있었지만 그저 거기까지였다. 부럽다는 생각도, 그렇게 되고 싶다는 생각도 없었다. 어차피 연애에 별로 관심이 없었으니까. ……그 일이 있기 전까지는.

반년쯤 전, 그러니까 한창 봄날이었던 때쯤의 일이었다. 그날따라 집에서 가게로 갈 때 늘 거쳐서 가는 길이 마침 공사 중이어서 평소와는 다른 길로 돌아갔었다. 그러다 동물병원 앞에서 우연히 뺑소니를 목격했다.

버려진 개인 것 같았다. 원래 종류가 뭔지도 알 수 없을 정도로 털이 마구 자라 있는 데다 한쪽 눈은 애꾸이기까지 한 작은 개였다. 개라기보다는 더러운 회색 털 뭉치처럼 보였다.

「깨갱!」

길을 건너다 차에 치인 개는 죽는다고 쇳소리를 질렀지만 차는 후진을 하더니 아무렇지도 않게 다친 개를 비켜서 그대로 휙 가던 길을 가버렸다.

깨갱, 깨갱. 울음소리 같은 비명을 지르며 고통스러워하는 개를 보고 승연은 순간적으로 얼어붙어버렸다.

병원에 데려가야 하는데. 저렇게 그냥 도로에 그대로 놔두면 안 되는데. 머릿속으로는 분명 그렇게 생각했지만 너무 놀라서 쉽게 몸이 움직이지 않았다.

길가에 있는 동물병원의 문이 열리고 사람이 뛰쳐나온 것은 바로 그때였다.

새하얀 가운을 걸친 젊은 남자 수의사였다. 수의사는 가운이 더러워지는 것도 아랑곳하지 않고 비명을 지르고 있는 개를 조심스레 안아 들더니 그대로 병원 안으로 들어가버렸다.

일단 한숨은 돌렸지만 개의 안부가 궁금해서 견딜 수가 없었다. 승연은 그날부터 일부러 그 길로 다니기 시작했다.

동물병원의 유리벽 너머로, 뒷다리에 붕대를 감은 녀석의 모습이 다시 보인 것은 그로부터 며칠 후였다. 목욕을 하고 미용까지 했는지 곱게 정리된 털은 새하얬고 머리에는 빨간 리본도 달고 있었다. 그제야 승연은 녀석이 말티즈였다는 걸 알았다. 왼쪽 눈이 애꾸가 아니었더라면 녀석인지도 몰라볼 뻔했다.

다리를 좀 절기는 했지만 녀석은 무척이나 행복해 보였

다. 다른 개들과 장난을 치기도 하고, 간식을 놓고 다투기도, 늘어지게 낮잠을 자고 있기도 했다. 가끔씩은 저를 구해준 수의사의 다리에 매달리며 애교를 부렸다. 그럴 때마다 허리를 굽혀 녀석을 가만히 쓰다듬어주는 젊은 수의사에게서 승연은 눈을 떼지 못했다.

원래 다니던 길의 공사가 다 끝나고 나서도 승연은 여전히 동물병원 앞으로 돌아서 다녔다. 처음에는 개를 보러 갔던 것이, 언제부터인가 이유가 달라져 있었다.

매일같이 병원 앞을 지나다녀도 매일 볼 수 있는 것은 아니었다. 진료실에 들어가 있어서인지, 아니면 쉬는 날인 건지 가끔씩은 모습이 보이지 않는 날도 있었다. 그런 날은 괜히 마음 한구석이 쓸쓸해졌다. 그러다 문득 승연은 깨달았다. 제 마음 한자락이 어느새 옅은 분홍빛으로 물들어 있는 것을.

하지만 깨달았다고 해서 할 수 있는 일은 없었다. 여전히 할 수 있는 거라고는 하루에 한 번, 병원 앞을 지나다니며 유리벽 안을 살짝 들여다보는 것뿐이었다. 그것도 시선을 들키지 않게 조심해서.

사실 그 이상은 바라지도 않았다. 데이트를 하고 싶다든가, 심지어 사귀고 싶다는 생각 같은 것도 전혀 없었다. 애초에 상대에게 애인이 있는지, 혹은 유부남인지조차도 모르는데.

이름도, 성도 몰라도 좋았다. 하루에 한 번 볼 수 있으면 그걸로 족했다. 볼 수 없는 날은 섭섭했고, 얼굴을 본 날은 그냥 하루 종일 괜히 미소가 지어졌다. 그저 그뿐이었다.

그렇게 지켜보는 사이에 병원에는 그 말티즈 외에도 또 두 마리나 더 식구가 늘었다. 개가 한 마리, 또 고양이가 한 마리. 모두 유기 동물인 것 같았다. 보면 손님도 그렇게 많지 않은 것 같은데 어떻게 운영을 하고 있는 건지 은근히 걱정될 정도였다.

그러니 길에서 아픈 고양이를 구조했을 때도 절대 병원에 떠맡길 생각은 전혀 없었다. 당연히 돈을 지불할 셈이었고, 치료가 끝나면 데려와서 키울 생각이었다. 가뜩이나 힘들 텐데 수의사에게 그 이상의 부담을 지우고 싶지 않았다.

그런데 처음으로 가까이서 마주한 수의사는 왠지 화가 많이 나 있었다.

「여기는 유기 동물 보호소가 아닙니다.」

싸늘한 말투와 표정에 승연은 속으로 놀랐다. 평소에 유리벽 너머로 바라보았던 모습과는 전혀 달랐으니까. 그동안은 부드럽고 친절한 사람일 거라고 막연히 생각하고 있었다.

「좋은 일 했다 생각하고 마음 편히 가버리면 그만입니까? 대체 그 후의 뒷감당은 누구 몫이라고 생각하는 겁니까? 치료도, 나은 후의 거취도, 자칫하면 남은 생애 전부까지도 모두 누구 책임인지, 그런 생각은 한 번이라도 해보고 데려온 겁니까?」

무슨 일로 그렇게 화가 나 있었는지는 모르겠다. 하지만 화난 말투 뒤에 뼈저린 고뇌와 상처가 느껴져서 승연은 오히려 마음이 아팠다. 그래서 저도 모르게 주제넘은 말까지 해버렸다. 힘냈으면 좋겠다고.

수의사는 대답 대신에 자신을 빤히 바라보았다.

'그쪽이 무슨 상관입니까?'

그렇게 말할까 봐 두려워서 승연은 얼른 도망쳐 나왔다. 뭔가를 기대하고 간 건 아니라 해도, 호감을 품고 있는 상대에게 그 이상 차가운 말을 듣고 싶지는 않았으니까.

물론 자신에게 화가 나 있던 게 아니라는 건 처음부터 눈치 챘다. 뭔가 나쁜 일이 있었던 것 같았다. 하지만 냉랭한 표정과 말투에 솔직히 마음에 조금 생채기가 난 것도 사실이었다. 원래부터 다가갈 생각으로 간 것도 아니었지만, 다가가기도 전에 확 밀쳐내진 느낌이었다.

또다시 얼굴을 보기가 민망했다. 그래서 사흘 후에 고양이를 데리러 갈 때도 일부러 그가 없는 시간에 갔다. 다행히 고양이는 한결 건강해져 있었다.

'따로 아픈 데는 없는 것 같고, 그냥 임신 중인데 잘 못 먹어서 탈수 증세가 온 것 같아요.'

승연을 맞이한 다른 수의사가 친절하게 설명해주었다.

맡기고 간 치료비가 한참 남았다며 접수를 맡은 여직원은 승연에게 돈을 돌려주려고 했다. 하지만 승연은 받지 않았다. 대신 병원에서 구조해서 키우는 아이들 사료 값에라도 써달라고 부탁했다. 사실은 처음부터 그럴 셈으로 돈을 넉넉히 가져갔던 거였는데, 수의사의 싸늘한 태도에 차마 말도 못 꺼냈었다.

어쨌든 고양이는 데려왔고, 치료비도 지불했다. 그게 마지막이라고 생각하고 승연은 다음 날부터 원래 다니던 길로 다니기 시작했다. 그러자 더는 그 수의사를 볼 일도 없어졌다.

하지만 볼 일이 없어졌다고 해서 생각할 일까지 없어진 건 아니었다. 오히려 그 반대였다. 얼굴을 볼 수 없게 되자 더 생각이 났다.

오늘은 출근했을까. 혹시 또 무슨 일로 화가 나 있지는 않을까. 그러지 않으려고 노력해도 자꾸만 떠올랐다.

곤란한 점은 수의사가 심지어 뛰어난 미남이기까지 하다는 것이었다. 물론 처음부터 외모에 끌린 것은 아니었지만, 자꾸만 떠오르는 데는 그 부분도 충분히 한몫을 하고 있었다. 솔직히 말해서 처음으로 가까이서 얼굴을 마주 본 순간은 심장이 그대로 멎는 줄 알았다.

수려하고 단정한 외모의 남자였다. 전체적으로 선이 고운 이목구비를 가졌으면서도 풍기는 분위기는 온화한 쪽과는 거리가 한참 멀었다. 부드럽게 휘어진 눈썹과 세워놓은 달걀을 닮은 턱선은 고왔지만, 미소 한 자락 없이 굳게 다문 입술과 검게 가라앉은 눈동자는 똑바로 마주 보기 힘들 정도로 싸늘한 기운을 담고 있었다.

그뿐인가. 섬세한 용모와는 달리 체격에서는 짙은 남성미가 느껴졌다. 기본적으로 키가 늘씬하게 큰 데다 어깨와 가슴이 넓었다. 무거운 대형견도 아무렇지 않게 번쩍 안아 올리는 팔뚝은 믿음직스러웠고, 금욕적인 흰 가운 안에 꼭꼭 숨겨진 몸은 굳이 보지 않아도 탄탄하고 아름다운 근육으로 꽉 짜여 있는 것을 알 수 있었다. 여자라면 누구든 한번쯤 품에 폭 안기는 상상을 저절로 하게 만드는, 그런 몸이었다. 물론 승연 역시 예외가 아니었고.

어쩌지, 어떡하지. 애써 억누르려고 해도 마음은 자꾸만 제멋대로 치달았다. 제 뜻대로 되지 않는 감정에 승연은 곤혹스러워하고 있었다.

어디 말할 데도 없었다. 이름조차 모르는 남자를 이렇게 좋아한다니, 혜정에게조차 차마 부끄러워서 말을 꺼낼 수가 없었다. 생각다 못해 제 고민을 써서 즐겨 듣는 라디오 프로그램에 사연을 보내도 보았다.

「대체 저는 이 마음을 어떻게 해야 할까요?」

하지만 아무리 기다려도 승연의 사연은 방송되지 않았고 마음은 계속 갈팡질팡하고만 있었다.

그런데 마침 그럴 때, 놀랍게도 혜정이 소개 얘기를 꺼낸 것이었다.

「사귀라고 안 해. 결혼하라고 안 해. 그냥 만나만 보라고, 딱 한 번만.」

그 말에 없던 욕심이 슬그머니 발동했다.

어울리는 상대라고 하긴 힘들겠지만. 말마따나 사귀는 것도, 결혼하는 것도 아니고 그냥 딱 한 번만 만나는 거라면 괜찮지 않을까. 너무 과한 욕심까지는 아니지 않을까.

그날은 그가 너무 화가 나 있어서 거의 말도 나눠보지 못했다. 원래가 그리 다정하거나 부드러운 성격은 아닌 것 같았지만, 그래도 최소한 화나지 않은 상태의 그 사람과 얘기를 나눠보고 싶었다. 단 몇 마디라도 좋으니까.

몰래 마음에 품고 있었던 사람을 만날 수 있는 기회가 왔는데, 어떻게 딱 잘라 포기할 수가 있을까. 그래서 충동적으로 승연은 혜정의 말을 승낙했던 것이다.

하지만 덜컥 승낙해놓고 보니 뒤늦게 슬슬 후회가 밀려왔다.

대체 만나서 무슨 얘기를 하지. 아니, 얼굴이나 똑바로 쳐다볼 수 있을까. 마주 앉을 생각만 해도 벌써부터 이렇게 얼굴이 홧홧 달아오르는데.

"하아……."

한숨이 깊어졌다.

02

진료실에 쳐들어온 혜정이 당당하게 말했다.

"이번 주 금요일, 사거리 카페에서 12시."

준수는 어이없다는 눈으로 사촌 동생을 쳐다보았다. 애초부터 소개받아 만나는 자리 따위는 취향에 맞지도 않는다. 울며불며 사정을 해도 안 나갈 판에 심지어 일방적으로 통보라니. 자신의 성격을 모를 혜정이 아닌데, 애가 뭘 잘못 먹었나 싶기까지 했다.

"안 나가면 이모가 시세대로 월세 올려 받겠대."

준수는 그제야 혜정이 이토록 당당할 수 있었던 이유를 깨달았다. 아, 그거였나.

준수의 병원이 세 들어 있는 건물의 소유주가 바로 친어머니였다. 병원 운영에 한없이 마이너스로 작용하는 길고양이나 유기견 손님들을 마다 않고 다 받으면서도, 그나마 병원 문 안 닫고 근근이 버텨나갈 수 있는 이유 중의 하나가 바로 월세가 한없이 싸기 때문이었다. 시세의 3분의 1 정도밖에 되지 않았다.

그걸 시세대로 올려주게 되면 당장 병원 운영이 힘들어진다. 치졸하게 이런 방법까지 동원하다니!

"이모도 다 오빠 걱정해서 그러시는 거지. 대체 오빠 마지막으로 연애한 게 언제야?"

이맛살을 찌푸리는 준수에게 혜정이 말했다.

"한 10년은 족히 되지 않았어?"

마지막이 언제였더라, 하고 준수는 생각해보았다.

아마도 본과 3학년 때였던 것 같다. 수의대 동기였는데, 입학할 때부터 임상 이외에는 전혀 관심이 없었던 준수와는 달리 여자친구는 교수가 목표였다. 그래서 실습도 준수는 늘 동물병원, 여자친구는 실험실로 나가곤 하다 보니 서서히 멀어졌던 것 같다. 결국 사귄 지 1년쯤 되어서 헤어졌었다.

그 후로는 연애를 해본 적이 없었다. 졸업 후에 3년간은 군복무 대신에 공중방역수의사로 근무했고, 그 후 인턴을 거쳐 페이 닥터로 일하는 동안에도 여자친구는 없었다. 격무와 스트레스에 시달린 탓에 여자를 만날 여유도 없었지만, 별로 만나고 싶다는 생각도 없었기 때문이다.

애초부터 사람에 애정이 없는 준수였다. 여자도 사람인 이상 별반 다르지는 않았다. 그래서인지 예전에 사귀었던 몇 명의 여자친구들은 늘 준수에게 '차갑다.'고 불평하곤 했었다. 틀린 말은 아니었지만, 그런 말을 듣는 것도 기분이 좋지는 않아서 차라리 애인이 없는 게 편했다.

쉽게 말해 준수는 여자에게 관심이 없었다. ……바로 얼마 전까지는.

비 오던 날 고양이를 안고 왔던 여자. 그녀가 맡기고 간 고양이를 돌보면서 준수는 몇 번이나 속으로 다짐했었다. 고양이를 찾으러 오면 이번에는 꼭 사과해야겠다고. 그때는 화내서 미안했다고, 오해해서 그만 심한 말을 해버렸다고.

그렇게 벼르고 별렀는데 웬걸. 사흘 후, 여자는 하필이면 준수가 식사를 하느라 잠시 자리를 비운 사이에 와서 고양이를 데려가버리고 말았다.

허탈하기 짝이 없었다. 그렇게 연습했던 말을 못 하게 되다니. 하지만 다 나은 고양이를 왜 퇴원시켰냐고 선영을 야단칠 수도 없는 노릇이었다.

「남은 돈은 우리 병원에서 돌보는 아이들 사료 값에 보태라고 그냥 주고 가셨어요.」

선영이 돈뭉치를 내보이며 말했다.

그녀가 미리 지불했던 병원비는 백만 원. 고양이 치료비는 20만 원 남짓밖에 되지 않았는데, 나머지 80만 원 가까이 되는 큰돈을 선뜻 두고 갔다는 거였다.

큰 기부를 받은 셈인데 기쁘기는커녕 마음이 답답하기만 했다. 왜 하필이면 밥 먹으러 간 사이에 왔단 말인가. 연락처를 알면 고맙다고, 미안했다고 말이라도 하고 싶은데 문제는 그것조차도 없었다. 처음부터 아예 접수도 하지 않고 돈만 내고 맡기고 갔었으니까.

이럴 줄 알았더라면 그때 바로 뒤를 쫓아나갔어야 했는데, 그냥 그렇게 보내는 게 아니었는데, 하고 뒤늦게 준수는 후회했다. 그때 곧바로 따라 나가서 사과하고 차라도 한 잔 같이 마실 걸 그랬다고.

물론 후회해도 이미 늦은 일이었다. 그러면 그냥 어쩔 수 없으려니 하고 말아야 하는데, 이상하게도 그렇게 되지 않았다. 자꾸만 그 여자가, 그리고 그녀가 했던 말이 떠올랐다.

「저 아이들도 무척 고마워하고 있을 거예요. 말은 못 하지만요. 그러니 부디 기운 내셨으면 좋겠어요.」

특히 힘들게 만드는 보호자가 있다든가 할 때면 준수는 무심결에 그 말을 떠올리며 스스로를 위로하고 있었다.

그래, 최소한 녀석들은 나한테 고마워할 거다. 그러면 된 거 아닌가.

그럴 때마다 생각은 더욱더 강해졌다. 다시 한 번 만나고 싶다. 만나서 딱히 뭘 하겠다는 생각도 없었지만, 그냥 무작정 한 번만 더 만나고 싶었다.

우비 차림에 고양이를 안은 그 여자를.

하지만 현실은 강제로 끌려 나가서 엉뚱한 여자를 만나야 할 판이었다.

"커피 한 잔."

준수는 대꾸 대신에 그렇게 말했다.

"딱 그것만 마시고 일어날 테니까 그렇게 알아."

그 정도가 인내심의 한계였다. 억지로 나가야 하는 상황
이니 나가는 주겠지만, 마음에도 없는 여자와 마주 앉아서
밥까지 먹고 있을 생각은 없었다.

"점심시간에 만나서 식사도 안 하고 헤어지겠다고? 그럼
내 얼굴이 뭐가 돼?"

혜정이 펄펄 뛰었지만 준수는 눈도 깜짝하지 않았다.

"그럼 그만두든가."

"하여튼 오빠도 진짜!"

혜정은 눈을 흘기면서도 더는 조르지 않았다. 한 번 아니
라고 하면 끝까지 아닌 준수의 성격을 잘 알고 있기 때문이
었다.

"착하고 마음도 여린 애야. 차 마시는 동안만이라도 까칠
하게 굴지 마, 제발."

경고와 부탁을 반반 섞어서 혜정이 말했다.

"진짜 괜찮은 친구라서 소개시켜주는 거야. 그러니까 혹
시 마음에 들면 잘 만나봐."

대답 대신에 준수는 가볍게 코웃음을 쳤다.

그럴 리가 없었으니까.

승연의 가게인 '맛나김밥'은 주택가 근처에 자리하고 있었다. 오전에는 내내 재료 준비를 하고 본격적으로 장사를 시작하는 것은 11시 정도. 제일 바쁜 시간은 물론 점심시간부터 시작해서 그 뒤로 한두 시간 정도까지였다.

　그때가 지나면 저녁때까지는 손님이 뜸한데, 재료 준비는 아침에 이미 모두 끝내뒀기 때문에 할 일이 마땅치 않아진다. 그래서 손님이 뜸한 동안에는 라디오를 듣는 게 버릇이 되어 있었다. TV는 무의식적으로 자꾸 화면을 쳐다보게 돼서, 칼이나 불을 다루다가 자칫 다칠 수가 있으니까.

　그 남자를 만나기로 약속한 전날에도 승연은 가게에 앉아서 라디오를 듣고 있었다. 하지만 라디오에서 흘러나오는 소리가 귀에 하나도 들어오지 않았다. 내일 뭘 입고 나가야하나, 첫인사는 어떻게 해야 어색하지 않을까, 하는 따위의 것들을 고민하느라.

　너무 차려입고 나가면 자칫 자신이 호감을 품고 있다는 걸 들킬지도 모른다. 그렇다고 아무렇게나 막 입고 나갔다가는 너무 초라해 보일 테고.

　'민준수 씨는 어떤 옷을 좋아할까?'

　그렇게 생각하다 승연은 문득 얼굴을 붉혔다.

　혜정을 통해서 알게 된 수의사의 이름은 민준수였다. 단순히 수의사로만 알고 있을 때와, 이름을 알게 된 후의 느낌은 또 달랐다. 한층 가까워진 느낌이랄까. 단지 이름 석 자를 마음속에 떠올리는 것만으로도 괜히 심장 박동이 빨라지고 얼굴이 달아올랐다.

큰일이다. 벌써부터 표정 관리가 안 되면 대체 얼굴은 어떻게 보고, 심지어 어떻게 마주 앉아 밥을 먹고 차를 마시지?

이러면 안 돼. 정신 차려, 이승연!

그렇게 승연이 마음을 다잡으며 달아오른 얼굴에 손으로 부채질을 하고 있을 때였다.

"너 왜 아직도 여기 있는 건데?"

갑자기 가게에 뛰어 들어온 혜정이 벼락같이 소리를 치는 바람에, 승연은 하마터면 심장이 멈출 뻔했다.

"무슨 소리야?"

"내가 그저께 저녁에 분명히 메시지 보냈잖아! 11월 3일 낮 12시에 약속 잡아놨다고, 오빠 연락처까지 같이 보내줬더니 너도 알았다고 했잖아? 그런데 왜 아직도 여기 있냐고!"

혜정이 발을 동동 굴렀지만 승연으로서는 이해가 가지 않았다.

"그래, 그럼 금요일에 만나면 되지 왜 그래?"

"이 멍청아, 오늘이 금요일이잖아!"

뭐? 승연은 어안이 벙벙해서 가게 벽에 걸린 달력을 가리켰다.

"잘못 본 거 아냐? 오늘이 3일이니까 화요일인데?"

"저거 10월 달력이잖아, 바보야!"

혜정이 소리를 빽 질렀다. 승연은 가슴이 철렁해서 달력을 다시 보았다. 맨 위에 커다랗게 쓰여 있는 '10'이라는 숫자가 이제야 눈에 들어왔다. 지금은 11월인데!

눈앞이 캄캄해졌다.

혜정이 승연의 팔을 막무가내로 잡아 일으켰다.

"지금이라도 빨리 뛰어가. 여기서 5분이면 충분히 갈 수 있잖아."

하지만 시계는 이미 12시 15분을 가리키고 있었다. 승연은 도저히 자신을 믿을 수가 없었다. 대체 어쩌다 이런 바보 같은 실수를 했을까. 하필이면 이렇게 중요한 날에!

하지만 이미 벌어진 일은 어쩔 수 없었다.

"미안한데, 혜정아. 벌써 늦었으니까 다음에 만나자고 좀 전해주면 안 돼?"

"절대 안 돼."

혜정이 살벌하게 대답하며 승연의 등 뒤로 돌아가서 앞치마 끈을 풀었다.

"우리 오빠 성격 까칠하다고 내가 말했지? 차라리 늦는 게 낫지, 바람맞혔다가는 난 진짜 죽은 목숨이야."

기어이 혜정은 승연에게서 앞치마를 벗겨내고 말았다. 그 안에 입은 것은 편해서 즐겨 입는 보풀이 인 스웨터에 색

바랜 청바지. 누가 봐도 도저히 남자를 처음 소개받아 만나는 자리에 나갈 만한 차림새가 아니었다.

그뿐인가. 당연히 얼굴도 화장기라곤 없는 맨얼굴이었다. 엄마는 생전에 음식 만드는 사람이 화장품 냄새를 풍기면 손님 떨어지는 법이라며 로션조차 바르기를 꺼려했었다. 승연 역시 가게에 나올 때는 으레 화장을 하지 않는 게 습관이 되어 있었다.

승연은 그만 울고 싶어졌다.

"안 되겠어. 이런 꼴로 어떻게 나가니?"

하지만 혜정은 가차 없이 대꾸했다.

"안 나가는 것보단 나아."

혜정의 심각한 표정에서 알 수 있었다. 민준수 씨가 말마따나 호락호락한 성격의 소유자가 아니라는 걸. 그렇다는 건, 이대로 약속을 펑크 낼 경우 두 번 다시 그와는 만날 일이 없을 거라는 뜻이었다.

가슴이 철렁했다. 그는 아마 오늘 만나는 상대가 자신이라는 것조차도 모르고 있겠지만, 그렇더라도 개념 없는 여자로 낙인찍히고 싶지 않았다. 호감을 품은 상대에게 무개념녀로 영영 기억되는 건 너무 슬프지 않은가. 화를 내더라도, 최소한 만나서 사과라도 하는 게 옳다는 생각이 들었다.

"알았어. 뛰어갈게."

그렇게 말하고 승연은 서둘러 겉옷을 걸쳐 입었다. 하필

이면 오늘따라 가진 것 중에서도 제일 낡은 축에 속하는 검은 점퍼를 입고 가게에 나온 자신을 속으로 한탄하면서.

"잘 갔다 와. 내가 가게 봐주고 있을게!"

약속 장소는 사거리에 있는 카페였다. 가게에서 나온 승연은 뛰기 시작했다. 차가운 공기 중으로 입김이 하얗게 섞여들었다.

뛰다 보니 문득 떠오르는 생각이 있었다.

'그새 가버리면 어쩌지?'

지금이라도 전화해서 늦어서 미안하다고, 곧 도착하니까 조금만 기다려달라고 얘기하는 게 먼저일 것 같았다. 승연은 걸음을 조금 늦추고 주머니에서 휴대전화를 꺼냈다. 혜정이 미리 메시지로 보내준 그의 전화번호가 있었다.

통화 버튼을 눌렀다. 신호음이 하나씩 울릴 때마다 심장이 터져나갈 것처럼 뛰었다.

그리고 드디어 상대가 전화를 받았다.

– 네.

여보세요, 도 아니고 민준습니다, 도 아닌 네, 였다. 조용한 목소리였지만 딱 끊어지는 그 한 음절만 들어도 곧바로 알 수 있었다. 그가 화가 나 있다는 사실을.

"아, 저어……."

– 오늘 만나기로 한 분입니까?

"네, 제가 이승연이에요. 정말 죄송합니다."

솔직하게 말하는 게 최선일 것 같았다. 승연은 일단 사과부터 했다.

"제가 그만 요일을 착각하는 바람에 늦었어요. 지금 가고 있는 중이니까, 조금만 더 기다려주시면……."

— 아니, 굳이 올 것 없습니다.

하지만 말은 무참하게 허리가 댕강 잘려나갔다.

— 그렇지 않아도 일어나려고 했던 참이니까요.

싸늘한 목소리, 차가운 말투. 휴대전화를 통해 냉기가 뿜어 나오는 것만 같았다.

승연은 안타까운 마음에 입술을 깨물었다. 화나지 않은 그와 얘기해보고 싶어서 만나겠다고 한 건데, 결국 또 이렇게 화나게 만들고 말았다.

"정말 죄송합니다. 하지만 거의 다 왔으니까, 정말 잠시만 더 기다려주시면 안 될까요?"

얼굴을 보고 직접 사과라도 하고 싶은 마음에 승연은 간곡하게 말했다.

— 아뇨.

하지만 돌아온 것은 단호한 거절이었다.

— 첫째. 시간 약속 못 지키는 사람, 딱 질색입니다.

갑자기 남자가 번호를 붙여 말하기 시작하는 바람에 승연은 당황했다.

— 둘째. 어차피 그쪽도 별로 내키지 않는 약속이었으니

까 요일을 착각한 거겠죠.

"아니, 그런 게…….."

— 셋째. 그러니까 어차피 서로 호감도 없는데 시간 낭비하지 맙시다.

문제는 셋째, 와 동시에 카페 문 앞에 도착했다는 거였다. 차마 안으로 들어가지도 못하고 망설이고 있는데, 상대가 다시 말했다.

— 그럼 굳이 오시지 않는 걸로 알겠습니다. 혜정이한테도 그렇게 말해두도록 하죠.

뭐라고 대답하기도 전에 전화는 일방적으로 끊겼다.

맥이 탁 풀렸다. 힘없이 돌아서려는데 카페 문이 열리고 한 남자가 밖으로 나왔다.

짙은 갈색의 코트에 단정하게 손질한 머리, 화난 듯이 꾹 다문 입술.

늘 입고 있던 하얀 가운 차림이 아니라서 알아보는 데는 몇 초의 시간이 걸렸다. ……민준수였다.

준수도 승연을 보더니 걸음을 멈췄다. 놀라움에 커다래진 눈을 보고 승연은 알았다. 그가 병원에 왔던 자신을 기억하고 있다는 것을.

조금도 기쁘지 않았다. 아니, 기쁘기는커녕 울고 싶어졌다. 차라리 기억을 못 했더라면 조금은 덜 창피했을 텐데.

"……늦어서 정말 죄송합니다."

49

목소리가 떨리는 것을 애써 억누르며 승연은 말했다.

"혜정이한테 금요일이라고 얘기 들었는데 저는 오늘이 화요일인 줄 알았어요. 지난달 달력을 찢어내는 걸 깜빡하는 바람에 그만 요일을 잘못 본 거예요."

그는 시간 약속 어기는 사람이 딱 질색이라고 말했다. 아마 변명을 늘어놓는 사람은 더 질색일지도 모른다. 하지만 변명이라도 하지 않고는 견딜 수가 없었다.

"절대로 내키지 않는 약속이라서, 소홀하게 생각해서 착각한 건 아니에요. 정말 아니에요."

승연은 간곡하게 말했다.

오늘 그를 만날 생각에 자신이 며칠 밤을 잠을 설쳤는지, 생각만 해도 얼마나 설렜었는지, 그것까지 알아주기를 바라지는 않았지만, 최소한 싫은 자리 억지로 나왔다는 오해만은 받고 싶지 않았다.

"야옹이, 아, 그때 치료해주셨던 고양이요. 잘 치료해주셔서 감사하다고 인사드리고 싶었어요. 그때 직접 인사를 못 드린 것도 죄송하고, 또……."

승연이 더듬거려가며 말하는 동안 준수는 그 자리에 못 박힌 것처럼 선 채로 멍하니 승연을 바라보고 있었다. 그의 눈에는 이제 놀람이 아니라 당혹감이 떠올라 있었다.

아무리 열심히 말해도 한 마디 대답조차 돌아오지 않는다. 결국 승연은 입을 다물어버렸다.

"......."

문득 준수가 등지고 서 있는 카페의 유리벽에 자신의 모습이 비쳤다. 추위와 긴장감에 입술까지 하얗게 질린 창백한 맨얼굴. 장사하다 바로 앞치마만 벗고 뛰쳐나온 볼품없는 옷차림.

갑자기 승연은 쥐구멍에라도 들어가고 싶어졌다. 물론 그만한 쥐구멍이 있을 리가 없었기에 조금 더 현실적인 방법을 택했다. 이 자리에서 도망치는 것이었다.

"......실례했습니다."

승연은 조그맣게 중얼거리고는 등을 돌려 왔던 길로 다시 뛰다시피 걷기 시작했다.

뒤에서 잠깐만, 하는 목소리가 들려온 것도 같았다. 하지만 승연은 발을 멈추지도, 뒤를 돌아보지도 않았다.

혹시 그것마저도 착각이었다면 너무 창피하니까.

병원 안은 조용했다. 접수대에 앉아서 꾸벅꾸벅 졸고 있던 선영이 인기척에 퍼뜩 깨어 준수를 보고는 민망해했다.

"어, 원장님. 왜 벌써 들어오세요?"

"그렇게 됐어요. 양 선생은?"

"식사하러 가셨죠."

"알았어요. 환자 있으면 불러줘요."

준수는 그렇게 당부하고는 자신의 진료실로 들어갔다.

그리고 책상 앞에 앉자마자 머리를 감싸 쥐었다.

이런 제길!

원래부터 준수는 그리 성격이 좋거나 유한 편이 아니었다. 아니, 정확히 말해서 까칠하고 무신경하며 무뚝뚝했다. 주위에서 지적도 많이 들었고 스스로도 수긍하는 편이었다. 하지만 전혀 그런 성격에 대해 고쳐야겠다고 생각하거나 회의를 품은 적은 단 한 번도 없었다. ……바로 오늘까지는.

「그놈의 성질머리는 대체 언제쯤 고칠 거니?」

늘 그렇게 한숨 섞어 타박을 주던 어머니의 말이 오늘따라 뼈저리게 느껴졌다. 이놈의 성질머리, 대체 언제쯤이면 고쳐질까.

내키지도 않는 자리에 억지로 나갔는데 심지어 상대가 20분 가까이 늦었다. 단 5분을 늦는 것도 딱 질색하는 준수로서는 화가 머리끝까지 날 수밖에 없었다.

그래서 전화가 오자마자 성질대로 마구 퍼부어버렸다. 상대가 잔뜩 주눅이 들어 있다는 게 느껴졌지만 아랑곳하지 않았다.

일방적으로 전화를 끊고 자리에서 일어나 밖으로 나올 때까지는 오히려 잘됐다는 생각도 들었다. 불편하게 마주 앉아 차를 마실 필요가 없어졌으니까. 어쨌든 자신은 약속대로 만나러 나왔고, 늦은 건 그쪽 잘못이니 어머니도 그 이상 뭐라고는 못 할 것이다. 자기 성격에 20분이나 기다렸으면

할 만큼 한 거라는 건 어머니도 알 테니까.

그렇게 생각하며 카페 문 밖으로 나온 순간, 준수는 깜짝 놀라 걸음을 멈췄다.

문 앞에 서서 안절부절못하며 발을 동동 구르고 있는 여자. 바로 비 오는 날, 고양이를 안고 왔던 그 여자였다.

「……합니다.」

그녀가 뭐라고 말을 했지만 준수의 귀에는 들어오지도 않았다. 그저 멍하니 바라보는 데 정신이 팔려서.

여자는 이렇게 예뻤었나 싶을 정도로 예뻤다. 지난번에는 미처 몰랐었는데, 다시 만나서 보니 눈을 뗄 수 없을 정도로 이목구비 하나하나가 모두 예뻐 보였다.

차가운 공기 때문에 발그레하게 물든 뺨. 당황한 듯 촉촉해진 갈색 눈동자. 뭐라고 계속 줄기차게 움직이고 있는 작은 입술.

「절대로 내키지 않는 약속이라서, 소홀하게 생각해서 착각한 건 아니에요. 정말 아니에요.」

그리고 그 입술에서 흘러나오는 말이 드디어 귀에 들어온 순간, 준수는 그만 소스라쳤다.

그러니까 오늘 소개받을 예정이었던 여자가 바로 이 여자였던 거다. 물론 방금 자신과 전화 통화를 한 여자도.

잠깐, 그런데 내가 방금 전에 대체 뭐라고 지껄였더라?

머릿속이 새하얘졌다.

「잘 치료해주셔서 감사하다고 인사드리고 싶었어요.」

여자는 계속 뭐라고 말했지만 준수는 아무 말도 하지 못했다.

방금 전엔 화내서 정말 미안해요. 당신인 줄 정말 몰랐습니다. 질색이라고 한 것도, 시간 낭비라고 한 것도, 아, 또 내가 뭐라고 지껄였었죠? 기억은 잘 안 나지만 어쨌든 모두 취소. 내가 원래 성질머리가 못돼먹어서 그랬던 거지 악의는 없었으니까 좀 이해해줬으면 좋겠습니다.

머릿속에서 수십 가지 말들이 오가는데, 정작 빌어먹을 입술은 꾹 다물린 채로 조금도 움직이지 않았다. 처음 만났을 때와 똑같은 증상이었다.

생각해보면 준수는 지금껏 살면서 누군가에게 미안하다는 말을 해본 적이 거의 없었다. 사과를 할 만한 상황이라고 느껴본 적도 없거니와, 사과가 성격에 맞지도 않았다. 즉 생전 안 해본 짓을 하려니 말이 제대로 나오지 않는 건 당연지사였다.

결국 준수가 우물쭈물하고 있는 동안에 여자는 이윽고 '실례했습니다.' 하고 인사를 남기고는 등을 돌려버리고 말았다.

그제야 정신이 퍼뜩 들어서 겨우 잠깐만, 하고 불렀지만 그녀는 돌아보지도 않고 그대로 가버렸다. 분명히 들렸을 텐데도. 그래서 차마 더 쫓아가서 붙들 엄두도 나지 않았다.

'화가 많이 났겠지.'

무리도 아니었다. 처음 만났을 때는 괜히 멋대로 넘겨짚어서 화풀이 대상으로 삼았고, 두 번째 만났을 때는 전화로 이런저런 독설을 퍼부었다. 생각해보면 무슨 대역죄를 지은 것도 아니고, 그저 20분쯤 늦었을 뿐인데!

이 망할 성질머리. 준수는 다시 한 번 자신의 못돼먹은 성격을 탓했다. 첫 만남에 이어 두 번째 만남까지도 완전히 망쳐버린 자신이 한심하기 그지없었다.

그러다 문득 준수는 가슴이 철렁했다. 잠깐만, 이 기분은 마치……. 황급히 자신의 감정을 되돌아보았다. 아무리 생각해도 이건 단순히 미안한 것과는 다르다. 마치 남자로서 여자에게 품는 관심 같지 않은가.

준수는 뒤늦게 당혹감에 빠졌다. 아, 그래서 그토록 끈질기게 떠올랐던 거였나.

마지막 연애를 했던 게 대학생 시절. 그때의 경험으로 준수는 뼈저리게 깨달았었다. 자신은 철저하게 연애와 맞지 않는 인간이라는 것을.

여자를 사귀어봤자 자신은 귀찮을 뿐이고 상대에게는 상처를 줄 뿐이다. 어차피 결혼할 생각도 없었기 때문에 그 후로는 전혀 연애를 하려고 생각해본 적조차 없었다.

그런데 서른세 살이나 되어서 갑자기 여자에게 관심이 생기다니. 준수에게 있어서는 마른하늘에 날벼락 같은 일이었다.

"이승연 씨……?"

비로소 알게 된 그녀의 이름을, 준수는 혼란스러운 마음
으로 가만히 중얼거렸다.

"너 왜 벌써 와?"

대신 가게를 봐주고 있던 혜정이 들어서는 승연을 보고
놀라며 벌떡 일어났다. 민망했지만 사실대로 대답할 수밖에
없었다.

"응. 그분, 화가 많이 나셨더라. 얼굴은 봤는데 그냥 가셨
어."

"아니, 좀 늦었기로서니 차도 한 잔 안 마시고 그냥 돌려
보냈다고?"

혜정이 펄쩍 뛰었다.

"진짜 해도 너무하네! 내 친구인 거 뻔히 알면서 어떻게
그럴 수가 있어?"

화가 났는지 혜정은 팔소매까지 막 걷어붙였다.

"미안해, 승연아. 내가 당장 쫓아가서 따끔하게 한 마
디……!"

당장이라도 준수가 있는 병원으로 달려가려는 듯한 기세
에 승연은 화들짝 놀라서 혜정을 말렸다.

"그러지 마, 혜정아! 내가 잘못한 건데 뭘. 정말 그러지

마."

"아니, 요일을 착각해서 좀 늦은 게 뭐 그렇게 큰 잘못이라고 사람을 이따위로 대해? 응?"

오히려 혜정이 화가 나서 어쩔 줄을 몰라 했다. 승연은 혜정의 팔을 붙잡은 채로 씁쓸하게 말했다.

"내가 마음에 안 들었으니까 그런 거지 뭐. 그러니까 오빠한테 뭐라고 하지 마, 혜정아."

제 입으로 그렇게 말하면서도 속이 상했다. 자신이 그의 마음에 들 만큼 예쁜 여자였다면 전화로 그렇게 화를 낸 후에라도, 얼굴을 보고 나서는 좀 누그러졌을 텐데.

결국 준수는 끝까지 승연에게 아무 말도 하지 않았다. 그렇게 열심히 사과했는데 한 마디 대꾸조차 돌아오지 않았다. 즉 마음에 들지 않았다는 뜻이다.

"네가 어디가 어때서? 너 정도면 훌륭하지!"

혜정이 씩씩거렸다. 그러고는 승연을 붙들고 제 사촌 오빠의 흉을 잔뜩 보기 시작했다.

"내가 웬만하면 친척 오빠니까 이런 말까지는 안 하려고 했는데, 차라리 파투나서 잘된 거야. 직업 좋고 얼굴 잘생기면 뭐하니? 성격이 더러운데!"

오늘 일도 오늘 일이지만 듣자니 쌓인 게 은근히 많아 보였다.

"어릴 때부터 그랬어. 공부만 잘했지 잔정 없고, 무뚝뚝

하고, 찬바람 쌩쌩 불고. 가끔씩 한 마디 하면 그나마 있던 정도 뚝 떨어지고. 나나 내 동생이 같이 놀아달라고 그렇게 졸라도 한 번을 안 놀아줬다니까? 하여튼 그렇게 인간미라고는 손톱만치도 없어요, 민준수가."

그건 아닌데, 하고 승연은 속으로 생각했다. 비록 자신에게는 화를 내고 차갑게 굴기는 했지만, 그는 기본적으로 마음이 따뜻한 사람이다. 사촌 동생인 혜정이 그걸 모른다는 게 오히려 신기하게 느껴졌다.

"사실 원장이라는 것도 빛 좋은 개살구야. 병원 차린답시고 장비니 뭐니 사들이는 통에 빚이 어마어마하다니까? 직원들 월급 주고 나면 자기 월급도 제대로 못 가져간대."

당연하지, 하고 또다시 승연은 생각했다. 고양이를 데리러 갔던 날, 치료비 차액을 사료 값에라도 보태라고 돌려주자 여직원은 고맙다면서 그렇게 말했었다. 사실 병원에서 키우는 동물들도 동물들이지만, 동네 길고양이나 유기견들이 다쳐서 올 때마다 마다하지 않고 다 치료해주는 게 원장님 방침이다 보니 병원 운영이 어려운 편이라고.

그렇다면 그건 흉볼 일이 아니다. 칭찬하고 도와야 할 일이지. 준수를 흉보는 혜정이 살짝 미워졌다. 더는 그의 험담을 듣기가 싫어서 승연은 넌지시 말했다.

"혜정아, 너 가게 너무 오래 비워놓은 거 아니니?"

"어머, 내 정신 좀 봐! 꽃다발 주문 있는데 까맣게 잊고 있었네!”

혜정이 화들짝 놀라며 일어섰다.

“하여튼 정말 미안해, 승연아. 내가 대신 사과할게.”

“괜찮아, 신경 쓰지 마.”

그러나 혜정은 진심으로 미안한 모양이었다. 승연의 손
까지 꼭 잡으면서 다시금 사과를 되풀이하는 것이었다.

“사과하는 의미로 내가 다음에 진짜 괜찮은 남자 소개시
켜줄게. 응?”

“괜찮다니까. 그럴 필요 없어.”

어차피 남자를 만날 생각 따윈 없었다. 상대가 민준수라
는 걸 알았으니까 나갔을 뿐. 그러니 다른 남자를 소개받을
이유도 없었다.

“그건 나중에 얘기하고. 그럼 나 가볼게, 승연아. 오늘 정
말 미안해!”

끝까지 사과의 말을 남기고 혜정은 가게를 나갔다.

혜정이 눈앞에서 사라지자 승연은 참고 있던 한숨을 나직
이 토해냈다. 후유.

사실은 누구보다 속상한 건 승연 자신이었다. 아무렇지
않은 척했지만 마음이 쓰라렸다.

아직도 10월에 머물러 있는 달력을 원망스러운 눈으로 바
라보았다. 저것만 제대로 떼어냈더라면, 어쩌면 지금쯤 마
주 앉아서 차 한 잔 하며 이야기를 나누고 있었을지도 모르

는데.

「처음부터 인연이 아니었던 거야.」

언젠가 들었던 누군가의 차가운 말이 문득 떠올랐다. 당시에는 그토록 상처받았던 말인데, 우습게도 이 상황에서는 어느 정도 위로가 되었다.

그래, 인연이 아니었으니까 이렇게 된 거다. 괜히 욕심을 부린 것부터가 잘못이었다. 어차피 처음부터 어울리는 상대도 아니었는데.

늘 하늘색 유니폼이나, 또는 그 위에 하얀 가운을 걸친 모습만 보다가 처음으로 사복을 입은 걸 봤다. 단정하면서도 세련된 옷차림이 평소의 몇 배는 멋져 보였다.

그에 비해 자신은……. 카페 유리벽에 비친 자신의 모습을 보고 그제야 승연은 제 실수에 대해 뼈저리게 깨달았다. 옷차림의 문제가 아니었다.

처음부터 어울리지도 않는 사람인데, 욕심을 부렸구나.

그저 딱 한 번만 만나서 얘기를 나눠보고 싶었다고? 그 이상은 바라지 않았다고? 거짓말. 마음 한구석에는 분명 그 이상의 기대가 있었다. 혹시나 그도 자신에게 호감을 가져주지 않을까. 어쩌면…… 무언가가 시작되지 않을까.

'바랄 걸 바랐어야지, 바보야.'

스스로도 부끄럽고 민망해서 변명으로 꽁꽁 감추고 있었던 진심을, 승연은 억지로 끄집어내서 정면으로 마주 보고 야단을 쳤다. 그래야 미련이 남지 않을 테니까.

　야단을 맞은 마음이 아프다고 눈물을 흘렸다. 그제야 승연은 제 마음을 토닥거렸다.

　'됐어. 괜찮아. 이제 어차피 만날 일도 없고, 그냥 잊어버리면 돼.'

　문득 처음 그를 보았던 날이 떠올랐다. 하얀 가운이 더러워지는 것도 아랑곳하지 않고 개를 가슴에 안아 들던 필사적인 표정.

　승연은 얼른 고개를 저었다. 하지만 눈을 감아도 남자의 얼굴은 여전히 잔상으로 남았다.

   혜정의 사촌 오빠 민준수는 어릴 때부터 알아주는 수재였다. 거기에 외모도 뛰어나게 수려해서, 초등학교는 물론이고 중학교, 고등학교를 거치는 내내 늘 인기가 많았다. 단지 성격이 워낙 그 모양이라 직접 접근해서 귀찮게 구는 여자애들은 별로 없었지만, 대신에 사촌 동생인 자신이 언제나 들들 볶이곤 했다. 오빠 좀 만나게 해달라는 둥, 편지를 전해달라는 둥, 전화번호를 가르쳐달라는 둥.

   즉 본의 아니게 혜정은 소싯적부터 민준수와 다른 여자애들 사이에 끼게 된 적이 꽤 많이 있었다. 그리고 상대가 누구든지 간에, 심지어 그게 지역 전체에서 예쁘기로 소문이 자자한 여자애라 해도 사촌 오빠의 태도는 늘 일관적이었다. 관심 없음.

   그래서 혜정은 사촌 오빠에 대해 태어날 때부터 연애 감정이 결여되어 있는 인간 정도로 생각하고 있었다. 대학 시절에 몇 번인가 여자친구가 있기는 했었다고 준수의 어머니인 이모에게 들었지만, 혜정은 그것도 믿지 않았다. 제 눈으로 봤으면 또 모를까.

　그래서 이모가 준수에게 여자를 소개시켜달라고 부탁을 가장한 협박을 해왔을 때, 혜정은 속으로 참 쓸데없는 짓이라고 생각했다. 물론 차는 빼앗기기 싫으니까 시키는 대로 자리를 주선하기는 했지만 절대 잘될 거라고는 생각하지 않았다. 잘되기를 바라지도 않았고.

　그래서 승연에게도 처음부터 그렇게 딱 말했던 거였다. 사귀라는 거 아니다, 결혼하라는 거 아니다, 그냥 딱 한 번 만나만 봐라.

　물론 승연에게 내심 미안하기는 했다. 그 더러운 성질머리를 한 제 오빠를 소개시키는 게. 하지만 친구 좋다는 게 뭔가? 준수가 좀 무례하게 굴더라도 승연이라면 화내지 않고 넘어가줄 것 같았다. 혜정의 친구들 중 그 누구보다도 마음이 넓은 게 승연이었으니까.

　승연과 친구가 된 것은 김밥집 길 건너편에 꽃집을 차리게 되면서부터니까, 따지고 보면 채 3년도 되지 않은 일이었다. 하지만 마음만은 학창 시절부터의 친구들보다도 더 오랜 친구 같은 느낌이 들었다.

　승연은 꽃을 참 좋아해서 가끔 꽃을 사러 혜정의 가게에 들렀다. 그러면서도 많은 꽃들 중에서 꼭 제일 안 팔려서 시들시들해져가는 꽃다발만 골라들었다. 아, 너무 예쁘다, 하면서. 어차피 버리게 생겼으니 그냥 가져가라고 해도 막무가내로 제값을 치르고 가져갔다. 장사하는 사람끼리 그러는 거 아니야, 하고 손사래를 치며.

가끔씩 꽃 주문이 많아서 점심이라도 거르는 날이면, 승연은 용케 알고 금방 싼 따뜻한 김밥과 컵라면을 챙겨다주곤 했다. 재계약 때 꽃집의 월세를 터무니없이 올려달라고 요구하는 상가 주인을 잘 설득해서 조정해준 것도 승연이었다. 상가 주인이 돌아가신 승연 어머니의 오랜 친구분이라고 했지만, 쉬운 일은 아니었을 게 뻔했다. 그래도 승연은 생색 한 마디 내지 않았다.

승연은 늘 그랬다. 좀 소심한 면이 있긴 했지만 기본적으로 마음씨가 따뜻하고 너그러운 친구였다.

그 너그러움에, 혜정은 눈 딱 감고 이번 한 번만 기대기로 한 거였다.

그런데, 아니나 다를까, 역시 인간 민준수는 실망시키지 않았다. 아니, 기대 이상이었다. 약속에 좀 늦었기로서니 있는 대로 성질을 내고는 – 물론 승연은 그렇게까지 표현하지 않았지만 안 봐도 비디오였다 – 차 한 잔 안 마시고 사람을 면전에서 돌려보냈다는 게 아닌가!

그런 상황까지는 예상하지 못했던 혜정은 승연에게 미안해 죽을 지경이었다. 비록 잘될 거라고 생각하고 주선하지는 않았지만, 그렇게까지 홀대를 당할 줄은 몰랐다.

'어디 두고 봐. 언젠가 내가 꼭 갚아준다.'

마음씨 착한 친구에게 못된 성질머리를 부린 제 오빠에게 속으로 칼을 갈며, 혜정은 당장 그다음 날부터 대학교 졸업 앨범을 뒤지기 시작했다. 앨범을 홀라당 다 뒤져서라도 제일 괜찮은 남자를 골라내서 승연에게 소개해줄 셈이었다.

그런데 웬걸, 앨범을 채 반도 보기 전에 준수에게서 전화가 왔다.

- 잠깐 병원으로 좀 와.

언제나 그렇듯이 제 용건만 말하고 나서 전화는 뚝 끊겼다. 혜정은 휴대전화를 가자미가 되도록 흘겨보다 씩씩거리며 병원으로 향했다.

"오빠! 어떻게 사람이 그럴 수가……!"

혜정이 소매까지 걷어붙이고 진료실에 들어서자마자 목청을 높이는데,

"직업이 뭐랬지?"

준수가 대뜸 물었다.

응? 혜정은 잠시 주춤했다. 질문의 의도를 파악할 수가 없었기 때문이다. 누구의 직업을 얘기하는 건가.

"뭔 소리야? 누구 직업?"

"이승연 씨."

어이가 없어서 헛웃음이 나왔다. 분명히 말해줬는데 이작자, 귓등으로도 안 듣고 있었던 거다!

"참 빨리도 묻는다. 어제 그런 식으로 돌려보내놓고 이제

와서 그건 왜?"

혜정은 코웃음을 쳤다. 하지만 준수는 승연을 똑바로 쳐다보며, 두 번째로 같은 말을 되풀이했다.

"직업이 뭐냐고 물었어."

평소보다 좀 더 낮게 가라앉은 목소리. 혜정은 속으로 찔끔했다. 민준수는 애초에 도화선 자체가 짧은 인간인 데다 폭발력도 어마어마했다. 즉 인내심도 짧은데 화나면 무섭기까지 하다.

이유는 모르지만 사촌 오빠는 진심으로 승연의 직업을 궁금해하고 있었다. 그리고 빨리 말해주지 않는 데 짜증이 나 있다. 오랫동안 민준수를 보아온 자의 생존 본능으로, 혜정은 즉각 대답했다.

"김밥집 한다니까."

"김밥?"

의외라는 표정이었다.

"자기가 직접 가게를 한다고? 거기서 일하는 게 아니라?"

"글쎄, 걔가 김밥집 주인이라니까. 엄마 돌아가시고 하던 가게 물려받아서 계속 하는 거야."

그러니까, 이것도 그때 다 말해줬잖아! 혜정은 속이 터졌다.

잠시 의외라는 듯한 표정을 짓고 있던 준수가 곧이어 다시 물었다.

"가게는 어딘데?"

그제야 혜정은 뭔가가 이상하다는 것을 느꼈다.

주지하다시피 민준수는 애초에 연애 감정이라는 것 자체를 어머니 배 속에 깜빡 잊고 나온 인간이다. 그런 준수가 무려 여자에 대해 묻고 있지 않은가! 이것은 아무리 먼 기억을 더듬어봐도 분명 초유의 사태였다.

'설마 관심이 있는 건가?'

하지만 곧바로 그건 아니지 싶었다. 승연이 마음에 들었다면 어제 만났을 때 그렇게 면박을 줘서 돌려보내지는 않았을 것 아닌가.

'그럼 대체 왜 묻는 거지?'

설마 가게까지 찾아가서 또 성질을 부리려는 건……. 혜정이 거기까지 생각했을 때, 준수의 잘생긴 눈썹이 험악하게 치켜 올라가는 게 눈에 들어왔다. 아차, 폭발 직전이구나.

"우리 가게 바로 길 건너편 상가 1층."

혜정은 얼른 사실대로 고해바쳤다. 그제야 준수는 표정을 풀었다. 진작 그럴 것이지, 하듯이.

"됐어. 그만 가봐."

정말이지 어이가 없었다. 사람을 불러내서는 겨우 딱 두 마디 묻고는, 이제 용건 끝났으니까 가봐라?

그나마 있던 정나미도 뚝 떨어졌다. 내가 다신 이 인간하고 상종을 하나 봐라! 혜정은 그렇게 생각하며 사촌 오빠를 한 번 노려봐주고는 등을 돌렸다.

혜정이 나가는데도 준수는 자리에서 일어나지조차 않았다. 준수의 병원을 나오며 혜정은 진지하게 고민했다.

'대체 저 인간이 무슨 꿍꿍이지?'

왠지 예감이 좋지 않았다.

이틀이 지났다. 손님이 뜸할 때면 가끔씩 민준수가 떠올랐다. 김밥을 포장하는 알루미늄 포일 위로, 노랗게 부친 달걀부침 위로 문득문득 그의 얼굴이 스쳐 지나갔다.

휴대전화의 통화 내역에는 아직도 민준수의 전화번호가 남아 있었다. 이름도 등록되어 있지 않은 열한 자리 숫자를, 휴대전화를 꺼낼 때마다 자꾸만 들여다보게 되었다. 숫자 옆에 있는 손톱보다도 더 작은 수화기 모양의 통화 버튼. 그 버튼만 누르면 민준수와 직접 이야기할 수 있다는 사실이 계속해서 승연의 마음을 심란하게 했다.

지금쯤이면 좀 화가 가라앉지 않았을까. 전화해서 다시 한 번 사과하면 받아주지 않을까. 물론 사과해서 그 후에 뭘 더 어쩌겠다는 생각은 없었다. 하지만 오해만은 꼭 풀고 싶다는 미련이 좀처럼 버려지지 않았다. 저는 정말 그런 게 아니었어요.

전화번호를 들여다보며 전화를 거는 상상을 하기를 수십

번. 하지만 상상은 매번 상상으로 끝났다. 진짜로 그 통화 버튼을 누를 용기가 승연에게는 없었다. '여보세요.' 하는 싸늘한 목소리를 상상하는 것만으로도 심장 속까지 얼어붙었다.

차라리 연락처를 몰랐으면 좋았을 텐데, 하는 생각도 들었다. 그러면 이렇게 혼자 애태울 필요도 없을 텐데.

이렇게 번호도 갖고 있는데, 아마 죽을 때까지 다시 이야기하는 일은 없겠지. 그렇게 생각하면 가슴 한구석이 꽉 막힌 것같이 막막해졌다.

그러면서도 승연은 대수롭게 여기지 않으려고 애를 썼다. 어차피 이보다 더한 일도 시간이 다 해결해주기 마련이라는 걸 모르지도 않았으니까.

아버지가 돌아가셨을 때도 그랬지만, 어머니가 돌아가셨을 때는 정말이지 하늘이 무너지는 줄 알았다. 하지만 시간이 지나면 결국 그것도 다 어떻게든 극복하고 살아가기 마련이었다. 사람이란 그렇게 만들어져 있다. 그렇게 스스로를 다독거리며 승연은 어제 일을 잊으려고 애썼다.

그리고 뜻하지 않은 손님이 가게로 찾아온 것은 승연이 근처 밥집에서 배달시킨 순두부찌개로 늦은 점심을 먹고 나서 언제나처럼 라디오를 듣고 있을 때였다.

"실례합니다."

저도 모르게 깜빡 졸았나 보다. 갑자기 들려온 목소리에 승연은 화들짝 놀라 눈을 떴다.

"어서 오…….."

승연은 말을 맺지 못했다. 언제 들어왔을까. 깃이 없는 갈색 헤링본 코트에 검은 목도리를 두른 젊은 남자가 조금 위에서 승연을 내려다보고 있었다.

제 눈을 의심했지만 분명 상대는 민준수였다.

"여긴 어떻게……?"

승연은 가까스로 물었다.

"김밥 세 줄 부탁합니다."

차분한 목소리에 승연은 당황했다. 손님으로 왔을 줄은 미처 몰랐다.

하기야 김밥집에 김밥 사러 오지 뭐 하러 왔겠는가. 순간적으로 혹시나 싶었던 자신이 민망해져서 승연은 하마터면 얼굴이 붉어질 뻔했다. 이 남자가 제 마음속을 들여다볼 수 없다는 게 얼마나 다행인지 몰랐다.

"아, 네. 어떻게 포장해드릴까요? 따로따로, 아니면 같이?"

당황한 기색을 애써 감추고 승연은 목장갑 위에 비닐장갑을 끼며 물었다.

준수는 조금 생각하더니 무뚝뚝하게 대꾸했다.

"두 줄은 같이, 한 줄은 따로 포장해주면 좋겠군요."

승연의 가게는 김밥을 미리 만들어놓지 않았다. 몇 줄이

든 주문이 들어오면 그때그때 바로 말아서 판다. 즉 지금부터 김밥 세 줄을 새로 말아내야 하는 것이었다.

"조금만 기다리세요."

승연은 조리대 앞에 섰다. 김밥 마는 발 위에 김을 펴고, 김 위에 김밥용 밥을 고르게 펼치고, 재료인 우엉과 달걀, 당근과 시금치, 오이와 햄을 올려놓고 힘 있게 말아서 참기름을 싹 발라 마무리하면 끝. 수천 번도 더 해온, 이제는 눈 감고도 쓱싹 해치울 수 있는 작업이었다.

그런데 이게 웬일일까. 갑자기 김밥 싸는 법이 오락가락했다. 가만있자, 김을 이쪽 면으로 펴는 게 맞나? 내가 평소에 당근을 얼마나 넣었더라. 잠깐, 참기름을 발랐었나?

승연이 김밥을 마는 동안 준수는 우두커니 서서 승연이 하는 모양을 내려다보고 있었다. 덕분에 한층 더 긴장돼서 손이 떨렸다. 그 바람에 김밥 말기는 더 어려워졌고, 두 번째 김밥은 심지어 옆구리가 터지기까지 했다. 황급히 한쪽으로 치워놓고 새로 말기는 했지만 이미 준수의 눈에 다 들킨 후였다.

대체 저 솜씨로 어떻게 장사를 할까, 하고 생각하겠지. 승연은 준수에게 보이지 않게 아랫입술을 깨물었다.

평소보다 두 배나 시간을 들여서 승연은 겨우 김밥 세 줄을 말아내는 데 성공했다.

"김밥은 이 근처에서 여기가 제일 맛있다고들 해서."

불쑥, 준수는 묻지도 않은 말을 했다.

왈칵 그가 원망스러워졌다. 아무리 그런 말을 들었다고 해도 하필 소개로 만난, 아니, 만날 뻔했던 여자의 가게로 와야 할 필요가 있었을까. 내가 손톱만치도 불편하지 않다는 걸까.

불편함이라는 것은 다른 말로 하면 긴장감이었다. 이성인 상대에게 품는 긴장감은 즉 호감과 이어져 있었다. 민준수가 자신에게 품은 호감이 제로 수준이라는 것을 다시 한번 확인당한 꼴 같아서 승연은 속이 상했다.

승연은 빠르게 김밥을 포장하고 비닐봉투에 담았다. 빨리 이 남자를 가게에서 내보내고 마음의 평화를 찾고 싶었다.

"6천 원입니다."

준수가 코트 주머니에서 지갑을 꺼냈다. 심플한 검은색의 가죽 지갑이 단정한 이미지와 잘 어울렸다. 문득 기름때 묻은 제 앞치마가 부끄러워졌다.

승연은 만 원짜리를 받아서 앞치마 주머니에서 거스름돈을 꺼내 건넸다.

"가끔 사러 와도 됩니까?"

준수가 불쑥 물었다.

솔직히 싫었다. 오지 말았으면 좋겠다. 그는 자신이 전혀 불편하지 않겠지만 자신은 그가 불편해서 죽을 것 같았다.

긴장한 나머지 눈조차 똑바로 마주 볼 수가 없는데.

하지만 오겠다는 손님을 막을 수도 없는 노릇이었다.

"네."

어쩔 수 없이 승연은 조그맣게 대답했다.

"그럼, 잘 부탁합니다."

준수는 그렇게 말하고는 비닐봉투를 받아들고 가게를 나갔다. 멀어지는 뒷모습을 보며 웬만하면 두 번 다신 오지 말아줬으면, 하고 속으로 바랐지만 왠지 그렇게는 되지 않을 것 같은 불길한 느낌이 들었다.

밖에서 돌아온 준수가 김밥을 내밀자 접수대에 앉아 있던 선영의 눈이 커졌다.

"어머, 원장님! 이게 웬 거예요?"

선영이 놀라는 것도 무리가 아니었다. 원래 평소에 자신이 이런 걸 사다 나르는 성격이 아니었으니까.

"간식. 양 선생이랑 같이 먹어요."

그렇게 대꾸하고 준수는 제 몫의 김밥 한 줄만 챙겨서 진료실로 들어갔다. 이미 점심은 먹은 후였지만 하나만 먹어볼까, 하고 포장을 펼쳤다. 고소한 참기름 냄새가 코끝에 훅 끼쳤다. 그녀에게서 나는 것과 같은 냄새였다. 왠지 정답게 느껴지는 냄새.

물론 김밥은 핑계에 불과했다. 사실은 승연의 얼굴을 보고 다시 한 번 제대로 확인하고 싶었다. 이 감정이 정말 남자로서 여자에게 품는, 그런 종류의 관심이 맞는지.

그녀는 까맣게 몰랐겠지만 사실 준수는 들어가서 곧바로 말을 건 게 아니었다. 벽에 머리를 살짝 기댄 채로 깜빡 잠들어 있는 승연을 잠시 선 채로 바라보고 있었다.

― 요즘은 흔히 연애 세포라는 말을 쓰지요.

낡은 라디오에서 나직하고 차분한 여성 진행자의 목소리가 흘러나왔다.

― 오랫동안 연애를 하지 않으면 연애 세포가 모두 죽어버린다고 하는데요, 여러분의 연애 세포는 어떠신가요?

아, 이게 바로 연애 세포라는 건가, 하고 준수는 생각했다. 그렇다면 연애 세포라는 것은 죽어 있다가도 다시 재생하기도 하는 모양이다. 적어도 자신의 경우는 그런 것 같았다. 하얀 머릿수건을 쓰고 낡은 앞치마를 두른 여자가, 준수의 눈에는 마치 끝없는 집안일에 지쳐 잠깐 졸고 있는 신데렐라처럼 보였다.

이 여자에 대해 더 알고 싶다. 이야기를 나누고 싶고, 자주 얼굴을 보고 싶다. 준수는 온몸의 연애 세포가 하나씩 긴 잠에서 깨어나고 있는 것을 느꼈다.

하지만 상대는 전혀 반대인 모양이었다. 예상은 했지만 생각했던 것보다 더 화가 난 것 같았다.

「조금만 기다리세요. 금방 해드릴게요.」

준수가 가게 안에 있는 동안 승연은 자신의 얼굴을 한 번도 똑바로 보려고 하지 않았다. 외면하듯 내내 등을 돌리고 있는 뒷모습에 애가 탔다. 그렇게 김밥만 뚫어져라 내려다보고 있지 않아도 될 텐데, 곁눈질이라도 좋으니까 한 번만 좀 이쪽을 봐주면 좋을 텐데. ……그러면 진짜로 하고 싶은 말이 좀 나올 것도 같은데.

'어제는 미안했습니다.'

단 한 번만이라도, 승연이 제 눈을 똑바로 쳐다만 봐주었더라도 그렇게 말할 수 있었을 텐데. 하지만 승연은 내내 준수를 거들떠보지도 않았다. 불편하다, 자신이 여기 있는 게 싫다는 감정이 너무나 노골적으로 전해져와서 차마 말을 꺼낼 수가 없었다.

결국 준수가 할 수 있는 말이라는 건 겨우 이 정도였다.

「가끔 부탁해도 됩니까?」

순간 승연의 얼굴에 나타난 것은 분명한 거부감이었다. 입으로는 마지못해 네, 하고 말하기는 했지만 분명 속마음은 싫다고 생각하고 있는 게 틀림없었다.

'어떻게 해야 하지.'

얼굴이 좀 잘났다는 것뿐, 그 외에는 전혀 재주가 없었다. 말주변도 없고 요령도 없다. 먼저 여자에게 다가가본 적도 없고, 화난 여자의 마음을 풀어주는 법도 몰랐다. 자신에게 전혀 호감을 품고 있지 않은 상대에게 대체 어떻게 다가가야 할지 감도 잡히지 않았다.

준수는 나무젓가락을 쪼개서 김밥을 하나 집었다. 이것저것 많이 들어가 있지 않은 김밥은 정갈하고 맛있어 보였다. 화려하지 않아도 눈길을 끄는 것이 마치 승연을 닮았다.

김밥을 입에 넣었다. 뭔가가 좀 모자란 듯, 담백한 맛이 준수에게는 딱 마음에 들었다.

······맛있다.

준수는 진심으로 그렇게 생각했다. 꼭 승연이 아니더라도 가끔은 생각날 것 같은 맛이었다.

내일도 김밥을 사러 가도 괜찮을까. 준수는 벌써부터 고민에 빠졌다.

짝사랑이란 건 참 피곤한 것이었다. 아무 의미도 없는 상대의 행동에 자꾸만 하나하나 의미를 부여하게 된다. 예를 들면 김밥집에 김밥을 사러 오는 것 같은, 지극히 당연한 일에도.

민준수가 김밥을 사러 왔던 날 밤, 승연은 잠을 설쳤다.

「김밥은 이 근처에서 여기가 제일 맛있다고들 해서.」

그는 그렇게 말했다. 하지만 아무리 생각해도 정말 겨우 그 이유 때문에 굳이 자신의 가게까지 왔을 것 같지는 않았다. 뭔가 다른 이유가 있을 것만 같은 생각이 자꾸 들었다.

그럼 무슨 이유일까. 혹시 그날 약속 취소한 게 미안해서,

김밥이라도 팔아주려고? 그렇게 생각하니 오히려 더 자존심이 상했다. 그날 내가 그렇게 초라하게 보였었나. 그렇게 어려운 형편 아닌데.

승연은 그가 자신에게 관심이 있다고, 그래서 보러 왔다고는 꿈에도 생각하지 못하고 있었다. 아니, 어렴풋이 그런 생각이 들지 않았던 것도 아니지만 그때마다 황급히 다른 쪽으로 생각을 몰아갔다. 상상과 망상은 다르다. 상상은 죄가 없지만 망상은 죄다. 그리고 바로 전날 그토록 화를 냈던 남자가 자신에게 관심이 있을지도 모른다고 생각하는 것은 상상이 아닌 망상의 영역에 들어 있었다.

밤늦게까지 고민하다 승연은 새벽녘에야 겨우 잠이 들었다. 그리고 불길한 꿈을 꾸었다.

그 남자가 또다시 김밥을 사러 오는 꿈이었다.

문제는 그 불길한 꿈이 빠르게도 맞아들었다는 거였다.

다음 날 비슷한 시간에 민준수는 또 나타났다. 어제와 같은 대사, 그리고 어제보다도 한층 더 세련된 차림으로.

"김밥 세 줄 부탁합니다."

그렇게 말하는 준수의 단정한 검은색 재킷에는 개털 하나 묻어 있지 않았다. 머리카락 하나 흐트러져 있지 않다. 너무 완벽한 몸차림에 어제보다 더 기가 죽었다. 물론 그가 병원을 나오기 전에 일부러 거울 앞에서 매무새를 가다듬고 왔다는 걸 승연이 알 리 없었다.

"조금만 기다리세요."

승연의 대답도 어제와 같았다. 다른 것이 있다면, 다행히 어제보다는 손이 좀 덜 떨렸다는 것.

승연이 김밥을 말고 있는데 준수가 등 뒤에서 불쑥 말했다.

"자주 듣나 보네요."

주어가 없는 말에 잠시 승연은 의아했다. 하지만 곧 다음 말이 이어졌다.

"라디오 말입니다. 어제도 같은 프로그램이었던 것 같아서."

"아…… DJ 목소리가 좋아서요."

이 프로그램의 진행자는 여성 아나운서였다. 낮 프로그램치고는 유독 조용하고 차분한 목소리 때문에 평소 즐겨 듣곤 했다.

"그렇군요."

준수는 그렇게만 말했다.

이윽고 김밥이 다 준비되었다. 포장해서 건네자 준수는 값을 치르고 고마워요, 하고 고개를 조금 숙여 보였다.

"안녕히 가세요."

"그럼, 또."

준수가 가게를 나가자마자 승연은 다리에 힘이 풀려 의자에 털썩 주저앉았다.

맙소사. 그럼 또, 라니!

그는 정말로 앞으로도 계속 김밥을 사러 올 생각이었다. 눈앞이 캄캄해졌다.

처음부터 일방적으로 품은 감정이었다. 그러니 제 마음만 추스르면 되는 거였다. 모든 것은 시간이 흐르면 잊히기 마련이니까, 놔두면 자연스럽게 그렇게 될 거였다.

하지만 거기에는 어디까지나 전제가 있었다. 눈에 보이지 않아야 한다는 것. 이런 식으로 계속해서 얼굴을 보게 되면 문제가 달라진다. 계속 눈에 보이는데, 이렇게 말을 걸어오는데 무슨 수로 감정을 정리하고 신경을 끊는단 말인가.

'대체 나한테 왜 이러는 거야.'

나는 이렇게 힘든데. 이렇게 잠깐 왔다 가는 것만으로도 하루 종일 마음이 어지러운데.

조금도 도와주지 않는 상대가 원망스러워서 승연은 입술을 깨물었다.

김밥을 사서 병원으로 돌아온 준수는 어제처럼 두 줄을 간식으로 먹으라고 건네주고, 남은 한 줄만 가지고 진료실로 들어왔다.

오늘도 결국 미안하다는 말은 하지 못했다. 역시나 반가워하지 않는 눈치가 역력해서.

원래 민준수는 무슨 일이든 이렇게 우물쭈물하거나 뜸을 들이는 성격이 아니었다. 성질 같아서는 당장에 그날은 내가 실수했다, 그러니 화 풀고 다시 함께 식사할 수 없겠냐고 말하고도 남았을 터다.

하지만 이상하게도 승연의 앞에서만은 말이 제대로 나오지 않았다. 자꾸만 어울리지도 않게 눈치를 보게 되는 자신이 스스로도 어이없을 지경이었다.

어쩔 수 없다. 며칠 이렇게 김밥 사러 다니면서 눈도장을 찍다가, 승연이 경계를 좀 푸는 것 같으면 그때 식사를 청해보자고 준수는 생각했다.

김밥 사러 갈 때마다 오늘처럼 자연스럽게 한두 마디씩 말을 걸어야겠다. 그러려면 같은 화젯거리가 있어야 할 텐데…….

문득 떠오른 것은 라디오였다. 아까 승연이 듣던 프로그램.

진료실에 라디오는 없었지만 요즘은 세상이 좋다. 휴대전화로 애플리케이션을 다운받아서 실행시키자 금세 아까 승연이 듣고 있던 그 라디오 프로그램을 찾을 수 있었다.

― 제이슨 므라즈의 'Lucky' 들으셨습니다.

이윽고 음악이 끝나고 진행자의 멘트가 흘러나왔다.

― 2부는 여러분께서 보내주신 사연을 듣고 함께 고민해보는 시간입니다. 오늘은 XX시 OO동에서 보내주신 이승

연 씨의 고민부터 들어보지요.

김밥을 입에 가져가던 준수의 젓가락이 딱 멈췄다. ……
누구?

– 안녕하세요, DJ님. 저는 올해 서른 살인 이승연이라고
합니다. 오늘은 고민이 있어서 이렇게 용기를 내서 사연을
올리게 됐어요.

사는 곳과 나이, 이름까지 같다. 도저히 다른 사람이라고
는 생각하기 힘들었다. 준수는 젓가락을 내려놓았다.

– 제 고민은 바로 누군가를 짝사랑하고 있다는 거예요.

준수의 안색이 서서히 굳어져갔다.

"……!"

여성 DJ는 차분한 목소리로 승연의 사연을 소개해갔다.
그리고 그 사연을 통해 준수가 알게 된 것들은 다음과 같았
다.

그녀에게는 벌써 반 년 전부터 혼자서 좋아하는 남자가
있다는 것. 그런데 용기가 없어서 차마 고백할 수 없다는
것. 잊어버려야 한다고 생각하면서도 자꾸만 떠오르는 이
마음을 어떻게 해야 할지 모르겠다고, 승연은 사연에 쓰고
있었다.

"……하."

기어이 준수의 입에서 헛웃음이 흘러나왔다.

그렇게 좋아하는 남자가 있으면서 대체 왜 자신을 소개받

으려고 했단 말인가. 아하, 그 남자를 잊어버리려고?

「다정하고 착한 사람이라서 좋아하게 되었어요.」

그 부분에 더더욱 화가 났다. 다정하고 착한 사람. 정확히 자신의 성격과는 반대였다. 애초부터 자신은 그녀의 이상형과는 정반대였다는 뜻이다. 즉 처음부터 가망이 없었던 거다.

그것도 모르고 나는 일부러 김밥을 사러 가고, 가기 전에 거울을 들여다보고, 혼자서 생난리를 피웠던 거군.

자신이 한심한 나머지 피식피식 헛웃음이 나왔다.

– 짝사랑도 사랑인데, 굳이 잊어버리지 않아도 되지 않을까요?

조언이랍시고 해주는 진행자의 말이 더더욱 귀에 거슬렸다. 짝사랑도 사랑이라니, 얼어 죽을. 준수는 홧김에 라디오를 꺼버렸다.

아까까지만 해도 그렇게 식욕을 돋우던 김밥이 이제는 꼴도 보기 싫어 보였다. 참기름 냄새마저도 밉다. 김밥을 싼 포일도 저만치 확 밀어버렸다.

다정하고 착한 사람. 그게 설마하니 자신을 가리키는 말일 거라고는 꿈에도 생각하지 못하는 준수였다.

역시나 준수가 왔다 간 뒤로 하루 종일 머릿속에서 그의 생각이 떠나지 않았다. 아아아, 하며 억지로 머리를 흔들어

떨쳐내려고 해도 아무 소용이 없었다. 생각하지 말아야지, 생각하지 말아야지. 그렇게 생각하는 것 자체가 이미 생각하고 있다는 증거였다.

어지러운 마음으로 승연은 겨우 기나긴 하루를 보냈다. 그리고 마지막 손님을 내보낸 후 뒷정리를 하고 있는데 또다시 문이 열렸다. 승연은 반사적으로 사과부터 하며 고개를 들었다.

"죄송합니다, 오늘은 벌써 재료가⋯⋯."

하지만 말은 끝까지 입 밖으로 나오지 못했다.

퇴근길인 듯 말쑥하게 양복을 차려입은 30대 초반의 남자. 눈을 크게 뜨고 쳐다보는 승연에게, 남자는 멋쩍은 듯이 인사를 건넸다.

"오랜만이다, 승연아."

남자의 이름은 윤지태. 승연의 마지막 연애 상대였다.

"잘 지냈니?"

한때는 결혼까지 생각했던.

"지태 씨가 여긴 웬일이야?"

목소리는 승연 자신의 귀에도 건조하게 들렸다. 헤어질 때 좋게 헤어지지 못해서일까, 별로 얼굴을 마주하고 싶은 마음이 없었다. 될 수 있으면 평생 보고 싶지 않았는데.

"아, 김밥 사러 왔어."

하지만 지태는 아무렇지도 않다는 듯이 대꾸했다. 너무

나 뻔한 변명에 헛웃음조차 나오지 않았다.

"이 근처에 김밥 파는 곳만 세 군데야."

지태는 더 이상 의뭉을 떨지는 않았다.

"너 어떻게 지내나 궁금하기도 하고 해서."

어이가 없어서 승연은 지태를 똑바로 쳐다보았다.

마지막으로 얼굴을 봤던 게 3년 전. 그리고 결혼 소식이
들려왔던 게 헤어진 지 채 두 달도 안 돼서였다. 그런 남자
가 이제 와서 무슨 헛소리를 하는 걸까.

"보다시피 잘 지내고 있어."

승연은 자신을 가리켜 보였다.

"궁금증 풀렸으면 이만 가봐. 집에서 부인이 기다릴 텐
데."

승연으로서는 최대한 비꼬아준 것이었다. 하지만 지태는
부인이라는 말에 갑자기 씁쓸한 표정을 했다.

"나 이혼했어, 승연아."

승연의 심장이 쿵, 하는 소리를 냈다. 눈을 크게 뜨고 쳐
다보는 승연에게 지태가 말했다.

"벌써 꽤 됐어. 식 올린 지 1년도 안 돼서 헤어졌으니까."

순간적으로 속에서 무언가가 울컥 치밀어 올랐다.

"그 얘기를 나한테 왜 하는 건데?"

지태가 승연을 바라보았다.

"모르겠어, 나도."

잔뜩 긴장한 표정이었다.

"너한테 뭘 바라고 온 건 아냐. 그냥, 무작정 네 얼굴이 보고 싶어서……."

"나가."

승연은 손가락으로 문을 가리켰다.

"지태 씨가 이혼을 했든 재혼을 했든 나랑 무슨 상관이야. 빨리 나가."

"승연아……."

지태가 서글픈 눈으로 승연을 바라보았다. 승연은 눈에 힘을 주고 똑바로 그의 눈을 마주 보았다. 비집고 들어갈 틈이 전혀 보이지 않는다는 것을 깨달았는지, 지태는 그 이상은 말하지 않고 순순히 등을 돌려 가게를 나갔다.

"……."

혼자가 된 승연은 허물어지듯 의자에 털썩 주저앉았다. 손끝이 덜덜 떨리고 있었다.

「나 이혼했어, 승연아.」

머릿속에 그 말이 계속 반복적으로 울리면서, 지난 일들이 한꺼번에 꼬리를 물고 떠오르기 시작했다. 그토록 잊어버리려고 필사적으로 노력해왔던 일들이.

지태를 만난 것은 교회에서였다. 원래 무교였던 승연이지만 아버지에 이어 몇 년 후 어머니마저 돌아가시고 나니 너무 힘들어서 잠시 종교에 의지해볼까 하는 생각이 들었다. 그래서 별생각 없이 가까운 동네 교회에 갔다가 청년부를 이끌고 있던 지태를 만났다.

딱히 이상형인 것도 아니었는데 정신을 차려보니 사귀고 있었다. 지금 생각해보면 아마 마음이 허전해서 그랬던 것도 같다. 무엇보다 무척 다정해서 그런 부분에 끌렸었다. 하지만 말투와 태도가 부드러워서 겉보기에 다정해 보이는 것뿐이지, 사실은 우유부단한 데다 이기적이고 비겁하기까지 하다는 걸 그때는 미처 모르고 있었다.

사귄 지 1년쯤 되었을 때 프러포즈를 받았다. 좋아하기도 했고, 거절할 이유도 없어서 곧바로 승낙했다. 무엇보다 더는 혼자가 아니어도 된다는 게 기뻤다.

그리고 바로 그다음 날, 승연은 뺨을 맞았다. 가게로 쫓아온, 역시 같은 교회 교인인 지태의 어머니에게.

「백정 딸년이 언감생심 누구를 넘봐?」

대사가 너무 조선시대여서 그랬을까, 따귀를 얻어맞고도 실감이 나지 않았다. 마치 사극 드라마라도 보는 듯한 기분이었다. 그 두꺼운 손바닥으로 고개가 돌아가도록 때리고도 분이 안 풀렸는지 지태의 어머니는 씩씩거렸다.

「한 번만 더 교회에 얼씬거리려만 봐. 아주 가게를 작살을 내 줄 테니까!」

교회 정문에 '다 내게로 오라.'고 쓰여 있는 것 따위는 아랑곳도 않는 듯했다.

물론 속은 상했다. 하지만 승연은 헤어질 생각은 전혀 없었다. 백정이라는 것은 돌아가신 아버지가 생전에 김밥집 옆에서 정육점을 했었던 걸 가리키는 얘기인데, 이미 오래 된 일이라 그걸 대체 어떻게 알았는지가 더 신기할 지경이었다. 하물며 그것 때문에 헤어진다는 건 정말 말도 안 된다고 생각했다.

하지만 지태는 그렇지 않았던 모양이었다.

「미안하다, 승연아.」

며칠 만에 까칠한 얼굴로 나타나서 지태는 고개를 숙였다. 어머니를 이길 자신이 없다고.

「많이 생각해봤는데 아무래도 우리는 처음부터 인연이 아니었던 것 같다.」

그 생각이란 건 프러포즈하기 전에 진작 했어야 하는 게 아닐까, 하는 게 승연의 생각이었다.

어쨌든 지태와는 그렇게 헤어졌다. 교회에는 두 번 다시 나가지 않았지만, 그 후 얼마 안 돼 그가 교회 병설 유치원의 교사와 결혼했다는 소식도 전해 들었다.

당시에는 슬펐지만 잊는 데 그리 오래 걸리지는 않았다. 어차피 별로 간직하고 싶은 추억도 아니어서 그랬던 것 같다. 백정의 딸과 양반 가문 자제 사이의 이루지 못할 안타까운 사랑쯤으로 미화시킬 수도 없었던 것이, 냉정하게 말해 그쪽은 그 정도도 아니었다. 지태는 기껏해야 교감 출신 아버지를 가진 중견 기업 회사원일 뿐이었으니까.

즉 승연에게 있어서는 이래저래 아름다운 추억이 아니었
다.

그런데 왜 이제 와서.

혼란스러운 마음을 다잡으려고 승연은 노력했다. 아까
그에게도 말했듯이, 그가 이혼을 했든 재혼을 했든 자신과
는 전혀 상관없는 일이 아닌가.

서둘러 가게 문을 닫고 승연은 집으로 향했다. 이렇게 최
악인 날도 드물 것 같았다. 하루 종일 한 남자 때문에 머릿
속이 복잡했는데, 끝날 때쯤 되니 옛날 남자까지 나타나서
어지럽게 만들다니.

지쳐서 더 이상 아무 생각도 하고 싶지 않았다. 빨리 집에
가서 따뜻한 이불 속에 숨어들어가서 잠들어버리고 싶은 마
음만 간절했다. 아, 그전에 일단 고양이들부터 챙겨주고 나
서.

그때 구조했던 고양이, 야옹이는 2주 전에 새끼를 낳았
다. 집 안에서 기르려고 했지만 워낙 길 생활이 오래된 녀석
이라 경계도 심하고 무엇보다 방 안에서 생활하는 데 도저
히 적응하지 못했다. 결국 한 방에서 지내는 건 포기해야 했
다.

생각 끝에 승연은 보일러실에 따뜻하게 전기요를 설치하
고 그 위에 담요를 깔아서 산실을 마련해주었다. 그리고 그

로부터 사흘 만에 고양이는 저를 닮은 새끼 네 마리를 낳았
다.

그동안 승연은 정성껏 산바라지를 했다. 소고기 듬뿍 넣
어 미역국도 끓여주고, 돼지고기나 닭고기도 수시로 먹였
다. 그런 보람이 있어서 어미 고양이도, 어미젖을 먹는 새끼
고양이들도 모두 건강했다.

산후 2주 정도 되자 보일러실 어미 고양이도 거의 몸을 추
슬렀다. 그동안 꼼짝달싹 않고 젖을 먹이느라 좀이 쑤셨는
지 잠깐씩은 아기들을 두고 바깥에 나갔다 오게도 되었다.
눈을 뜬 새끼 고양이들도 엄마가 없을 때는 마당에 나와서
야옹거렸다. 비칠거리면서도 아장아장 걸음마를 하는 꼴이
귀엽고도 우스워서, 요즘은 귀갓길을 서두르게 되곤 했다.

하지만 오늘만은 그 작은 즐거움조차도 허락되지 않는 날
인 것 같았다.

집에 거의 다 왔을 때, 승연은 대문 앞에 초등학교 1, 2학
년쯤 되어 보이는 어린 남자아이들 몇 명이 서서 마당 안을
들여다보고 있는 걸 발견했다. 아침에 서두르느라 대문을
잠근다는 걸 깜빡한 모양이었다.

"새끼 더 있는 거 아냐?"

"몰라. 아까 있었는데 어디로 숨었지?"

저희들끼리 하는 말이 들려왔다. 고양이가 예뻐서 들여
다보는 줄 알고 다가가던 승연의 가슴이 곧 철렁 내려앉았

다. 그중 한 아이의 손에 기관총처럼 생긴 장난감 총이 들려 있었다.

"거기서 뭐 하는 거니?"

승연이 소리치자 마침 마당 안을 향해 총을 겨누고 있던 아이가 깜짝 놀라며 손을 내렸다. 승연은 황급히 달려가서 마당 안을 들여다보았다. 순간, 등골에 소름이 쫙 끼쳤다.

어미 고양이가 꼬리털을 잔뜩 곤두세우고 이쪽을 노려보며 위협하듯 하악거리고 있었다. 땅바닥에 죽은 듯이 축 늘어진 새끼 고양이를 제 몸으로 막아선 채로.

"너희들……!"

순간 눈이 확 도는 듯한 기분이 들었다. 승연은 다짜고짜 아이의 손에서 총을 빼앗아 힘껏 땅바닥에 내동댕이쳤다. 조악한 플라스틱 총이 부서지면서 속에서 하얀 총알이 데굴데굴 굴러 나왔다.

"내 총!"

총을 빼앗긴 아이가 소리 질렀다. 그러나 옆에서 보고 있던 친구들에게 끌려 함께 금세 도망가고 말았다.

"우와아아!"

아이들이 비명을 지르며 사라지고 나자 승연은 황급히 마당으로 뛰어들어갔다. 늘어져 있는 새끼 고양이의 상태를 보려고 손을 뻗자 손등에 날카로운 아픔이 느껴졌다. 어미 고양이가 확 달려들어 할퀸 것이었다.

애애애옹. 어미 고양이가 울었다. 평소의 조용한 야옹, 이 아니라 경계와 의심, 두려움에 가득 차서 위협하는 소리였다.

승연은 고양이를 달래려고 애썼다.

"괜찮아, 야옹아. 언니야. 애기 괜찮은가 보려고 하는 거야. 잠깐만 볼게, 응?"

한참을 끈기 있게 달래자 어미 고양이는 조금 진정했는지 위협을 멈추었다.

승연은 조심스럽게 늘어져 있는 새끼 고양이를 살폈다. 만져보자 온기가 느껴졌다. 미약하게 숨도 쉬고 있었지만 눈은 뜨지 못했다. 다쳐서인지, 단순히 놀란 건지 알 수 없었다.

빨리 병원에 데려가야겠다는 생각에 마음이 급했다. 다른 새끼 세 마리는 다행히도 보일러실 안에 잘 있었다. 나머지의 안부를 확인하고 나서 승연은 얼른 뛰어 들어가서 캐리어를 가지고 나왔다. 고양이를 퇴원시킬 때 사둔 것이었다.

문제는 안에 넣는 것이었다.

"우리 병원 가자, 야옹아. 애기 살려야지, 응?"

제발 알아들어줬으면. 속으로 빌면서 승연은 어미 고양이에게 애원하듯 말했다. 그 마음이 통한 것일까. 먼저 축 늘어져 있는 새끼 고양이를 조심스럽게 캐리어에 넣자 경계

하면서도 어미 고양이도 결국 따라 들어갔다.

묵직한 캐리어를 들고 승연은 뛰었다. 목적지는 물론 제일 가까운 동물병원이었다.

그러나 숨이 턱에 닿도록 뛰어서 도착한 동물병원은 이미 문이 닫혀 있었다. 겨울이라 해가 짧아 주위는 완전히 어두워졌지만 이제 겨우 저녁 8시인데. 그제야 승연은 준수의 병원이 야간 진료는 하지 않는다는 것을 떠올렸다. 너무 경황이 없어서 깜빡 잊고 있었다.

어쩌지. 불 꺼진 동물병원 앞에 서서 승연은 발을 동동 굴렀다. 다른 곳으로 가자니 제일 가까운 병원이 어디인지도 알 수가 없었다.

마음이 급했다. 어쩔 줄을 몰라 하던 승연은 문득 자신의 휴대전화에 아직도 준수의 연락처가 남아 있다는 것을 떠올렸다. 그리고 보니 준수는 병원 근처에서 혼자 산다고 혜정이 말했었던 것 같다.

'혹시 전화해서 부탁하면 치료해주지 않을까.'

어쩌면 화를 낼지도 모른다. 아무 사이도 아닌데 사적으로 연락하는 건 불쾌하다고 말할 수도 있었다. 정말이지 전화하고 싶지 않았지만 지금은 상황이 너무 급했다.

'내 일이 아니라 고양이 일이잖아. 그렇게 말하면 화는 안 낼지도 몰라.'

그렇게 애써 마음을 진정시키며 승연은 용기를 내서 통화 버튼을 눌렀다. 신호음이 울리는 것과 동시에 심장이 터질 것처럼 뛰기 시작했다.

－……이승연 씨?

드디어 준수가 전화를 받았다.

－무슨 용건입니까? 나한테.

역시나. 목소리에서는 노골적으로 불쾌함이 느껴졌다. 걱정했던 것보다도 더 싸늘한 말투에 순간적으로 괜히 전화했구나, 하고 후회가 밀려왔다. 하지만 승연은 입술을 깨물고 물었다.

"늦은 시간에 정말 죄송합니다, 선생님. 혹시 지금 어디 계세요?"

－그건 왜 묻는 겁니까?

"제가 지금 선생님 병원에 왔는데 문이 잠겨 있어서, 그래서 실례를 무릅쓰고……."

일단 한숨을 한 번 쉬고 나서 자세히 사정 설명을 하려고 하는데 갑자기 전화가 뚝 끊겼다.

－거기 그대로 있어요.

하는 말을 끝으로.

얼떨떨했다. 그대로 있으라는 건 와주겠다는 뜻일까. 하지만 무슨 일인지 듣지도 않고, 과연 와줄까?

긴가민가했지만 기다려볼 수밖에 없었다. 승연은 조심스럽게 캐리어를 내려놓고 동물병원 앞 돌계단 위에 털썩 주저앉았다. 얼음장같이 차가워서 온몸이 벌벌 떨렸다.

크르르르. 캐리어 안에서 고양이가 개처럼 낮고 거칠게 목을 울렸다. 하지만 해줄 수 있는 거라고는 자신조차도 믿기 힘든 말뿐이었다.

"괜찮아, 야옹아. 괜찮을 거야, 아무 일도 없을 거야……."

승연에게는 말하지 않았지만 사실 준수는 샤워를 방금 마치고 나온 참이었다. 나오자마자 전화벨이 울리기에 받지 말고 놔둘까 하다가 왠지 느낌이 이상해서 봤더니 역시나.

「무슨 용건입니까? 나한테.」

화가 난 상태이니 말이 좋게 나갈 리 없었다. 그래서 한껏 퉁명스럽게 쏘아붙이듯 말했는데, 돌아오는 목소리는 심하게 떨리고 있었다.

「혹시 지금 어디 계세요?」

듣기도 전에 심상치 않은 일이라는 걸 알았다. 가슴이 철렁했다.

그래서 준수는 거두절미하고 전화를 끊자마자 병원 열쇠를 손에 쥐고 달려 나갔다. 물기가 덜 제거된 머리카락에서 물방울을 뚝뚝 흘리면서.

집에서 병원은 걸어서 5분. 즉 뛰어가면 정말 눈 깜빡할 새 도착할 만한 거리였다. 하지만 오늘따라 그 짧은 거리가 어찌나 멀게 느껴지는지 몰랐다. 마음은 훨훨 날아가고 있는데 다리는 뛰고 있었다. 결국 다리가 마음을 따라잡지 못해 하마터면 몇 번이나 넘어질 뻔했다.

차가운 공기에 덜 마른 머리카락이 금세 얼어붙어서 바삭거렸다. 그래도 아랑곳 않고 준수는 뛰었다. 숨이 턱에 닿도록.

이미 낮에 들은 라디오의 일 따위는 날아가버리고 없었다. 부디 너무 나쁜 일은 아니기를. 머릿속엔 오로지 그 생각뿐이었다.

날 듯이 달려서 병원 앞에 도착했다. 무릎을 감싸 안은 채 병원 문 앞 돌계단에 오도카니 앉아 있던 승연이, 저만치서 준수가 달려오는 것을 보고는 일어섰다.

"무슨 일입니까?"

준수는 가쁜 숨을 몰아쉬며 물었다. 얼른 승연을 빠르게 훑어보았지만 다친 곳은 보이지 않았다.

"고양이가 다쳤어요."

승연이 계단 위에 놓아둔 캐리어를 가리켰다. 가리키는 손끝이 떨리고 있었다.

"내가 살펴보죠."

준수는 그렇게 대답하고는 주머니에서 열쇠를 꺼내 병원 문을 열었다. 속으로는 안도하고 있었다. 고양이에게는 미안하지만, 다친 게 승연이 아니라는 게 다행이라는 생각이 들었다.

하기야 본인이 다쳤으면 사람 병원으로 갔겠지. 뒤늦게 자신이 바보 같아졌다.

캐리어를 들고 안쪽 진료실로 향하자 승연이 뒤를 따르며 말했다.

"어미 고양이하고 새끼예요. 장난감 총에 맞았어요."

그놈의 비비탄, 하고 준수는 하마터면 욕설을 내뱉을 뻔했다.

가끔 이렇게 장난감 총에 다치는 동물들이 있었다. 주로 길고양이나 주인 없는 개 따위의 연고 없는 동물들이라는 점에서 죄질이 최악이다. 어릴 때 준수도 장난감 칼이나 장난감 총을 가지고 놀아본 적이 있지만 결코 생명 있는 것을 쏘아본 적은 없었다.

치미는 화를 억지로 억누르며 준수는 진료실 불을 켜고 가운을 걸쳤다. 캐리어를 열자 새끼를 제 몸으로 감싼 어미 고양이가 잔뜩 웅크리며 위협적으로 하악거렸다.

"괜찮아, 야옹아. 선생님이 봐주시는 거야."

승연이 끈기 있게 달랜 끝에 겨우 어미는 새끼를 보는 것을 허락했다.

눈으로 보자마자 알았다. 다리를 쭉 뻗고 눈을 감고 있는 새끼 고양이에게서 시체 특유의 싸늘하고 뻣뻣한 느낌이 났다. 아니나 다를까, 살짝 손을 대보자 이미 사후 경직이 시작되고 있었다.

"살릴 수 있나요?"

승연이 조급하게 물었다. 준수는 그저 고개를 젓는 것밖에 할 수 없었다.

"……."

움찔, 승연의 눈동자가 흔들렸다. 그 눈에서 희망의 불빛이 서서히 꺼져가는 걸 보는 것이 괴로웠다.

"분명히 살아 있었는데."

승연이 조그맣게 중얼거렸다.

"아까 집에서 나올 때만 해도 숨 쉬고 있었거든요."

목소리가 떨렸다. 눈동자에 맑은 눈물이 차오르는 것을 보면서 준수는 미칠 것만 같은 감정을 느꼈다.

치료비를 내지 않으려고 하는 보호자를 상대할 때보다도, 병든 제 반려 동물을 병원 문 앞에 내버리고 도망가는 인간을 보았을 때보다도, 새끼 고양이의 죽음에 슬퍼하고 있는 이 여자를 보는 지금 이 순간이 훨씬 더 괴로웠다.

갑자기 화가 치밀었다. 명색이 수의사인데도 아무것도 해줄 수 없는 무력한 자신에게.

"어미도 엑스레이를 찍어야 하는데, 좀 도와줘야겠습니다."

목소리가 저도 모르게 퉁명스러워졌다. 승연이 흠칫 놀라며 눈물이 그렁한 눈으로 준수를 쳐다보았다.

"네? 제가요……?"

"그럼 여기 또 누가 있습니까?"

말하는 도중에 이미 혀를 깨물고 싶어졌다. 울지 말라고 위로를 해줘도 모자랄 마당에 면박을 주다니. 도대체 이 여자 곁에만 있으면 왜 늘 생각과 입이 정반대로 움직이는지 아주 미칠 지경이었다.

하지만 그런 준수의 속마음을 승연이 알 리 없었다. 그녀는 황급히 눈물을 옷소매로 문질러 닦고는 말했다.

"죄송해요, 선생님. 제가 어떻게 도우면 되나요?"

애써 태연하려고 애를 쓰느라 미세하게 떨리고 있는 목소리가 또 한 차례 준수의 가슴을 아프게 때렸다.

엑스레이 촬영 결과 다행히 어미는 갈비뼈 하나에 살짝 금이 간 것 외에는 무사했다. 이 정도는 그냥 두면 붙는다고 준수는 말했다. 그나마 다행이었다.

어미를 돌보는 내내 준수가 내내 어딘가 화가 난 것처럼 느껴져서, 승연은 계속 그의 눈치를 보아야 했다. 하기야 갑자기 전화를 걸어서 다짜고짜 와달라고 했으니 실례도 이런 실례가 없다. 말하자면 퇴근 후에 다시 회사로 불려나간 꼴인데 누구라도 화가 나지 않을 리가 없지 않은가.

그래서 어미의 치료가 끝난 후 승연은 굉장히 조심스럽게 말을 꺼냈다.

"저어, 선생님. 치료비는 어떻게 하면 좋을까요……?"

주저주저하며 말했는데 돌아온 대답은 단칼 같았다.

"됐습니다."

그래도 돈은 내야 할 텐데, 하고 생각했지만 승연은 그대로 입을 다물었다. 됐다고 하는데 다시 말을 꺼냈다간 더 혼날 것 같아서. 왠지 이 남자는 두 번 말하게 만드는 걸 좋아하지 않을 것 같았다. 조금씩 성격이 파악되는 느낌이었다.

"불쑥 연락드렸는데 와주셔서 고맙습니다. 정말 실례가 많았어요."

승연은 고개를 깊이 숙였다. 그러나 준수는 아무 대답도 하지 않았다. 애초부터 말이 많은 성격이 아닌 것도 알았고, 지금 기분이 좋지 않다는 것도 알고 있지만 그래도 민망한 건 어쩔 수 없었다.

"안녕히 계세요, 선생님."

무안함을 감추며 승연은 작별 인사를 건넸다. 그러고 나서 캐리어를 들고 등을 돌렸을 때. 불쑥 등 뒤에서 목소리가 들려왔다.

"……짝사랑 할 나이는 지난 것 같은데."

승연은 그만 그 자리에 얼어붙고 말았다.

"잘 알지도 못하는 남자한테 무작정 환상 품고 호감 갖는 거. 그런 건 보통 10대 때 연예인 좋아하면서 졸업하지 않습니까?"

마치 힐난하는 듯한 말투에 승연은 심장이 얼어붙는 것만 같았다.

제 마음을 들킨 게 틀림없었다. 그렇게 조심했는데, 대체 왜? 어떻게?

죽을 것 같은 심정으로 승연은 뒤를 돌아보았다. 화난 듯한 시선과 눈이 마주쳤다.

"죄송해요. 선생님께서 기분 나쁘셨다면⋯⋯."

승연은 가까스로 사과했다. 새하얗게 질린 입술이 파르르 떨렸다.

"좋을 리가 있겠습니까?"

역시나 돌아온 대답은 쏘아붙이듯 싸늘한 것이었다.

"죄송합니다. 정말 죄송해요."

새빨갛게 달아오른 얼굴로, 승연은 고개를 숙이고 몇 번이나 사과했다. 그러나 준수는 대답 대신에 싸늘하게 쳐다보고 있을 뿐이었다.

"⋯⋯가보겠습니다."

승연은 도망치다시피 병원을 나왔다. 그리고 집을 향해 잰걸음으로 걸었다. 새빨갛게 달아오른 얼굴에 칼바람이 스쳤다. 하지만 화끈거리는 얼굴을 조금도 식혀주지는 못했다.

횡단보도의 신호등은 마침 빨간 불이었다. 신호가 바뀌기를 기다리며 승연은 바로 이 장소에서 준수를 처음 만났을 때를 떠올렸다. 그때, 그는 다친 개를 조심스레 안아 들고 병원으로 뛰고 있었다.

……저런 사람인 줄 알았더라면 처음부터 좋아하지 않았을 텐데.

좋아한다고 고백한 것도 아닌데. 사귀어달라고 말한 것도 아닌데. 눈치 챘어도 그냥 모른 체 넘어가주면 안 되는 거였을까. 꼭 그렇게 말로 해야 할 정도로 싫었을까.

나 같으면, 누군가가 날 좋아한다면 그것만으로도 고마울 텐데. 받아줄 수 없는 게 미안할 텐데. 최소한 날 좋아하는 게 기분 나쁘다고, 대놓고 말하진 않을 텐데.

하지만 세상에 제 마음 같은 일은 하나도 없는 법이었다. 특히나 연애에 관해서는 더.

신호를 기다리는 동안 승연은 준수에 대한 마음을 완전히 접기로 했다. 예전에도 몇 번이나 그러려고 노력했지만 잘 안 됐었는데, 당사자에게 이렇게까지 매몰차게 싫다는 말을 들었으니 이번에야말로 할 수 있을 것 같았다.

저런 남자 따위, 이번에야말로 진짜 마음속에서 깨끗하게 지워버리자.

이윽고 신호등이 파란불로 바뀌었다. 하지만 승연은 길을 건너지 않고 돌아섰다. 병원에서 나와서 도로 문을 잠그고 있는 준수의 뒷모습이 보였다.

순간 속에서 뭔가 뜨거운 것이 욱 하고 치밀어 올랐다. 승연은 온 길을 도로 걸어서 돌아가기 시작했다. 그러지 마,

나중에 후회할 거야. 마음 한구석에서 한 조각 남은 이성이 말리려 들었지만 역부족이었다.

미련 구구절절한 제 마음에 확실하게 폐기 도장을 찍고 싶었다. 빼도 박도 못 하도록.

"제 감정이 선생님을 불편하게 만들었다면, 그 점은 사과 드려요."

등 뒤에서 불쑥 말하자 문을 잠그고 있던 준수가 흠칫 놀라며 돌아보았다.

"하지만 저는 고백할 생각이 전혀 없었습니다. 불편하게 해드릴 생각도, 부담스럽게 할 생각도 없었어요. 제 잘못이라면 그저 마음을 들킨 것뿐인데, 그렇다고 이렇게까지 선생님께 비난당할 이유는 없다고 생각합니다."

준수를 똑바로 쳐다보며, 승연은 숨도 쉬지 않고 또박또박 말했다. 중간에 쉬었다가는 자칫 말문이 막혀버릴 것 같아서.

"……사람을 좋아하는 게, 죄는 아니잖아요."

갑자기 눈시울이 뜨끈하면서 말끝이 크게 흔들려버렸다.

맙소사, 여기서 눈물을 흘리느니 차라리 이 자리에서 쓰러져 죽어버리는 게 낫겠어! 승연은 황급히 자신을 채찍질했다.

"……?"

민준수는 팔짱을 끼고 미간을 조금 찌푸린 채 승연을 지

그시 바라보고 있었다. 이해가 안 간다는 듯, 당혹스러운 표정으로.

승연은 다시 이를 악물고 말했다.

"지금 이 순간부터 선생님을 좋아했던 마음, 깨끗하게 모두 접겠습니다. 그러니까 더는 기분 나빠 하시지 않아도 돼요. 없었던 일로 생각하시고 잊어주세요."

"······!"

순간 준수의 눈이 커다래지는 것 같았다. 하지만 확실하지는 않았다. 이미 급속도로 눈앞이 흐려지고 있었기 때문에.

그래서 더 이상 말하지 못하고 승연은 고개를 숙였다.

"실례가 많았습니다."

겨우 인사만 하고 도로 돌아서서 승연은 빠르게 걸었다. 끝내 하지 못한 마지막 말이 입속에서만 맴돌았다.

······잠시나마 설레게 해줘서 고마웠어요.

승연이 가버리고 난 후, 준수는 못 박힌 듯이 한참 그 자리에 서 있었다. 방금 자신이 들은 말들이 도저히 믿기지 않았다.

「사람을 좋아하는 게, 죄는 아니잖아요.」

승연이 그렇게 말할 때까지만 해도 무슨 소린지 몰랐다. 대체 이 여자가 이런 말을 왜 나에게 하는 건가 싶어서 어안이 벙벙했을 뿐.

준수가 겨우 상황을 깨닫기 시작한 것은 그다음 말에서였다.

「지금 이 순간부터 선생님을 좋아했던 마음, 깨끗하게 모두 접겠습니다.」

준수는 제 귀를 의심했다. 잠깐. 지금 뭐라고 말한 거야?

하지만 되물을 틈도 없이 승연은 자신을 똑바로 쳐다보며 딱 잘라 말했다.

「그러니까 더는 기분 나빠 하시지 않아도 돼요. 없었던 일로 생각하시고, 잊어주세요.」

준수는 뒤통수를 뭔가 묵직한 것으로 얻어맞은 듯한 충격에 휩싸였다.

「실례가 많았습니다.」

충격이 가시고 나서야 서서히 상황이 이해가 되기 시작했다.

"나였다고……?"

저만치 멀어져가는 승연의 뒷모습을 쳐다보면서 준수는 멍하니 중얼거렸다. 머릿속이 혼란스럽기 그지없었다.

「다정하고 착한 사람이라서 좋아하게 되었어요.」

말도 안 돼. 그게 나라고? 대체 어떻게 그럴 수가?

다리에 힘이 빠져서 준수는 병원 앞 계단에 털썩 주저앉았다. 도저히 믿을 수가 없었지만 헛것을 들은 게 아니라면 사실이었다. 무엇보다 본인이 그렇다고 하지 않는가.

잠깐. 그게 나였다면…… 그런 것도 모르고 나는 대체 아까 무슨 말을 지껄였지?

「짝사랑 할 나이는 지난 것 같은데.」

맙소사. 귓가에 되살아나는 제 목소리에, 준수는 눈앞이 캄캄해졌다.

「잘 알지도 못하는 남자한테 무작정 환상 품고 호감 갖는 거. 그런 건 보통 10대 때 졸업하지 않습니까?」

막말을 쏟아낸 제 입을 확 봉합용 바늘로 꿰매버리고 싶어졌지만 때는 이미 늦은 뒤였다.

그녀는 단호하게 말했다. 자신을 좋아하는 마음을 접겠다고.

즉, 차였다.

준수로서는 충격의 연속이었다. 승연의 짝사랑의 대상이 자신이었다는 것도 충격인데, 알자마자 접겠다는 말을 듣다니.

로또를 맞은 직후에 그게 지난주 복권이라는 것을 깨달은 듯한 기분이었다.

이 일을 어쩌지! 준수는 안절부절못했다.

04

「좋을 리가 있겠습니까?」

들은 순간부터 다음 날 아침까지, 그 말이 백 번도 더 떠올랐다. 그리고 그 한 번 한 번마다 진심으로 확 죽어버리고 싶을 정도로 창피했다.

그나마 다행인 것은 어제 그 자리에서 딱 정리를 하고 왔다는 거였다. 그렇게라도 하지 않았더라면 얼마나 더 수치스러웠을까. 승연은 가슴을 쓸어내렸다. 잘했어, 이승연, 잘했어.

어쨌든 정리하겠다고 대놓고 선언도 했으니 말 그대로 이제 끝이었다. 설마하니 그런 일까지 있었는데 또 김밥을 사러 올 리도 없고.

'그래. 차라리 이렇게 딱 깔끔하게 정리할 수 있게 돼서 다행이야.'

승연이 애써 그렇게 생각하며 점심 장사 준비를 하고 있을 때였다.

갑자기 가게 문이 벌컥 열리더니 웬 **빼빼** 마른 여자가 남자아이와 함께 들어왔다. 정장 투피스를 차려입고 고급 핸드백을 든 여자는 고상해 보이긴 했지만 어딘가 신경질적인 인상이었다.

"어서 오세요. 뭘 드릴까요?"

승연이 인사를 건넸으나 여자는 대꾸 대신에 옆에 선 남자아이에게 물었다.

"이 아줌마가 맞니?"

아이가 응, 하고 고개를 끄덕이자 여자는 그제야 승연을 쳐다보았다.

"어제 저희 아이가 댁에 실례를 저질렀다고 해서요."

그제야 승연은 아이를 알아보았다. 어제 고양이를 장난 감 총으로 쏘았던 아이였다.

"댁으로 찾아갔더니 안 계시길래 이웃집 사시는 분한테 물었더니 여기서 김밥집을 하신다고 하더군요."

"네."

어제 일이 떠올라 화가 치밀었지만 승연은 일단 꾹 참고 대꾸했다.

"우선 저희 아이가 실례를 저지른 점 죄송하게 생각합니다."

여자가 까딱, 하고 가볍게 고개를 숙였다.

"그쪽도 저희 아이에게 정식으로 사과해주셨으면 하는데요."

107

빨갛게 립스틱을 칠한 입술에서 흘러나온 예상 밖의 말에, 승연은 그만 허를 찔렸다.

"……뭐라고요?"

"어제 저희 아이 총을 빼앗아서 부쉈다고 들었어요. 듣고 보니 아이가 실수한 부분도 있고 해서 그냥 좋게 넘어갈까 생각도 했는데, 아이가 너무 속상해하더군요. 지난 생일에 할아버지에게 선물받은 소중한 총이었거든요. 제 남편과 의논한 결과 이대로는 아이의 자존감 형성에 심각한 문제를 일으킬 것 같아서, 정식으로 사과를 받으러 온 겁니다."

우아하기 짝이 없는 말투에 오히려 더 기가 막혔다.

"죄송하지만 아드님이 무슨 짓을 했는지 어머님께 제대로 말씀드리지 않은 것 같은데요."

"아뇨, 들었어요. 도둑고양이한테 사격 연습을 했다고 하더군요."

여자는 고개를 저었다.

"분명 좋은 행동은 아니었어요. 하지만 도둑고양이를 쐈다고 해서 그쪽이 아이의 총을 빼앗아서 난폭하게 부순 행동은 분명 폭력이죠. 아직 어린아이인데 좋게 타이를 수 있었잖아요?"

"……."

"그러니 그쪽도 아이에게 진심으로 사과해주세요. 아줌마가 잘못했어, 하고요."

마치 선생이 학생을 가르치듯 하는 말투에 승연은 할 말을 잃었다. 자식이 무슨 짓을 했는지 제대로 모르고 쫓아온 거라고 생각했다. 그런데 그게 아니었다. 어떻게 알고도 이럴 수가 있을까. 사람이 어떻게 이럴까.

"적반하장이 심하시네요."

승연도 참지 못하고 말했다.

"댁의 아드님이 총을 쏘는 바람에 어미는 다치고 새끼는 죽었어요. 사과를 받아야 하는 건 이쪽 아닌가요?"

새끼가 죽었다는 것까진 미처 몰랐던 걸까. 아이가 움찔 놀라는 것이 눈에 들어왔다. 하지만 아이의 엄마는 오히려 턱을 치켜들고 또박또박 말했다.

"안됐긴 하지만 정부 시책으로도 도둑고양이는 포획 후 살처분하는 유해 동물이에요. 그걸 가지고 저희 아이에게 책임을 물을 수는 없지 않을까요?"

"제 고양이는 길고양이가 아니에요!"

"그래서 지금 사람이 고양이만도 못하다는 건가요?"

승연은 말문이 막혔다. 할 말이 없어서가 아니다. 말이 통하지 않으니 이길 자신이 없다. 잘못된 생각을 이토록 자신 있게 얘기하는 사람에게, 도대체 어디부터 어떻게, 무슨 말을 해야 할지 알 수가 없는 거였다.

승연이 말문이 막혀 있는 그 순간, 문득 들려온 목소리가 있었다.

"틀렸습니다."

승연은 목소리가 들려온 쪽을 쳐다보고 깜짝 놀랐다.

언제 왔을까. 민준수가 열려 있던 문을 통해 가게 안으로 성큼 들어오고 있었다. 싸늘한 눈빛에 승연은 순간적으로 심장이 덜컥 내려앉았다.

하지만 그 싸늘한 눈빛이 향하는 대상은 승연이 아니었다. 가게 안까지 들어온 준수는 승연과 아이 엄마 사이에 곧장 끼어들었다.

"첫째, 이 지역에서는 3년 전부터 포획 후 살처분하는 대신에 TNR을 시행하고 있습니다. 포획 후 중성화 수술을 거쳐 살던 곳에 다시 방사하는 방식입니다. 살처분보다 훨씬 인도적이고, 또 효과적이죠."

차갑기 그지없는 목소리에 여자가 순간적으로 찔끔하는 것이 눈에 보였다.

"둘째, 그 고양이는 길고양이가 아니라 엄연히 주인이 있는 고양이입니다. 즉 엄연한 동물보호법 위반에 재물손괴입니다."

준수는 눈 한 번 깜빡이지 않고 여자를 노려보며 싸늘하게 내뱉었다.

"셋째, 댁의 아드님은 고양이만도 못합니다."

이 말에는 여자도 참을 수 없는 모양이었다.

"말씀이 너무 심하신 거 아닌가요?"

여자가 발끈했지만 준수는 조금도 물러나지 않았다.

"고양이는 자기를 공격하지 않는 상대에게 절대 해를 끼치지 않습니다. 특히 인간의 어린아이는 직접 나서서 보호해주기까지 하지요. 하지만 댁의 아드님은 이제 갓 눈을 뜬 새끼 고양이한테 아무 죄책감도 없이 총을 쏴서 죽게 만들었습니다. 누구를 닮아서 벌써부터 심성이 그 모양인지 무척 궁금했는데."

준수의 입술 한쪽 끄트머리가 미세하게 올라갔다.

"이제 보니 누구를 닮았는지 잘 알겠군요."

팔짱을 낀 채로 우아하게 내뱉는 차분한 독설. 여자의 얼굴이 붉으락푸르락해졌다.

"이봐요. 그쪽은 대체 뭔데 남의 일에 끼어드는 거예요?"

대드는 여자에게, 준수는 당당하게 말했다.

"수의삽니다. 어제 아드님이 상처 입힌 고양이를 제가 치료했습니다."

그러더니 승연을 가리켰다.

"보호자께서 고소를 하신다면 제가 증인이 될 겁니다. 아드님께서 해친 고양이가 길고양이가 아니라 원래 제 병원에 멀쩡히 다니던 주인 있는 고양이라는 점, 그리고 새끼의 사망 원인과 중상을 입은 어미에 대한 소견까지 모두 증언하도록 하죠."

"저, 고소하겠어요."

어째서일까. 그 순간 승연의 입에서는 마음에도 없는 말
이 불쑥 튀어나왔다.

"그 고양이는 제 고양이예요. 반드시 법적으로 책임을 묻
겠어요."

승연이 법 운운하자 여자도 안색이 달라졌다. 처음으로
목소리에 초조함이 느껴졌다.

"아니, 철없는 아이가 실수 좀 했기로서니 그걸 가지고 고
소를 하겠다고요?"

"네, 할 거예요."

대꾸하는 승연의 목소리가 조금 떨렸다.

평소에 누구에게든 목소리를 높여본 적이 없는 승연이었
다. 원래 성격도 소심한 편이었지만, 특히나 동네에서 장사
를 하면서 자칫 밉보였다가는 손님 떨어지는 건 문제도 아
니었기 때문에 웬만하면 속상해도 그냥 꾹 참고 넘어가곤
하는 게 버릇이 되었다.

하지만 준수가 곁에 버티고 서 있는 지금은 왠지 용기가
났다. 하고 싶은 말을 다 할 수 있을 것 같았다.

"이 친구는 그게 나쁜 일인지도 모르고 있어요. 그걸 가르
치는 건 부모여야 하는데, 엄마부터가 나쁜 일이란 걸 전혀
모르고 있으니 그렇게 혼이 나서라도 배워야 하지 않겠어
요?"

아이는 잔뜩 주눅이 들어서 엄마 눈치를 보고 있었다. 어

제까지만 해도 무척 화가 났었는데, 이제는 오히려 측은한 마음이 들었다. 제 엄마가 이 모양이니 작은 동물을 아끼고 사랑하는 그 당연한 마음조차 배우지 못했겠지. 그게 왜 이 아이 잘못이겠는가.

"아드님 대신 사과하세요, 저한테."

평소에 안 하던 말을 하려니 가슴이 마구 벌렁거렸다. 피가 머리로 확 몰리는 느낌이 들었지만 승연은 꾹 참고 여자를 똑바로 쳐다보며 말했다.

"그리고 앞으로 아이를 똑바로 가르치겠다고 약속하세요. 그러면 고소까지는 하지 않을 테니까요."

여자는 갈등하는 듯 한참을 망설였다. 승연의 말에 자존심이 매우 상하긴 했지만 고소를 당하기는 싫은 모양이었다. 여자가 눈치를 보듯 준수를 흘깃 쳐다보자 준수는 팔짱을 낀 채로 눈썹을 한껏 치켜 올려 보였다. 어디 할 테면 해보라는 듯이.

결국 여자는 굴복했다.

"……미안하게 됐어요. 앞으로 이런 일 없도록 충분히 주의시키도록 하죠."

이를 악문 채 여자는 빠르게 말했다.

마음에 없는 사과인 게 뻔했지만 더 강요하고 싶지도 않았다. 어차피 진심으로 사과할 거라고는 기대하지도 않았으니까. 대신에 승연은 무릎을 굽혀 잔뜩 주눅이 들어 있는 아이와 시선을 맞췄다.

어른은 이미 글렀다. 하지만 아이라면, 아직 가능성이 있을지 모른다.

"또 그럴 거니?"

눈을 가만히 들여다보며 묻자 아이가 고개를 힘껏 저었다.

"아니요!"

"두 번 다시 그러면 안 돼. 새끼가 죽어서 엄마 고양이가 너무너무 슬퍼한단 말이야."

"잘못했어요……."

풀죽은 아이에게 승연은 그럼 약속, 하고 새끼손가락을 내밀었다. 아이가 조심스럽게 손가락을 걸어왔다.

"가자."

아이 엄마는 아이의 손을 홱 낚아채더니 그대로 인사도 없이 가게를 나가버렸다.

"……."

가게 안에는 승연과 준수 두 사람만 남겨졌다.

승연은 속으로 안절부절못했다. 틀림없이 두 번 다시 만날 일이 없다고 생각하고 있었는데. 어제 그런 일까지 있었는데 여긴 또 왜 온 건지 알 수가 없었다. 설마 또 김밥을 사러?

어쨌든 고맙다는 말은 해야 했다. 방금 준수는 분명 자신의 편을 들어주었다. 덕분에 하고 싶은 말을 할 수 있었고, 사과도 받아냈으니까.

승연은 어색하게 말을 꺼냈다.

"저어……."

"어제……."

동시에 준수도 입을 열었다. 두 사람은 동시에 입을 다물었다.

"선생님 먼저……."

"먼저 하시죠."

또 말이 겹쳤다. 승연이 눈치를 보자 준수가 눈짓했다. 먼저 말하라는 듯이.

"어제는 치료해주셔서 감사했어요. 다행히 어미도 남은 새끼들이 있어서 많이 안정이 된 것 같아요. 그리고……."

긴장하면 안 돼. 바보같이 말 더듬으면 안 돼. 속으로 그렇게 되뇌며 승연은 말했다. 자연스럽게, 자연스럽게 말하자.

"방금도 감사했어요. 선생님이 도와주지 않으셨으면 전 그렇게 말 못했을 거예요."

준수는 지그시 승연을 바라보았다. 눈을 똑바로 쳐다볼 수가 없어서, 승연은 시선을 내리깔며 어깨를 한껏 움츠렸다. 왠지 이 남자 앞에서는 자꾸만 작아지는 것 같은 기분이 든다.

"나도 부탁할 게 있습니다."

조용한 목소리에 승연은 놀라서 고개를 들었다.

"첫째."

이 남자는 번호를 붙여서 얘기하는 걸 꽤나 좋아하는 모양이다.

"선생님이라고 부르는 거, 그만둬줬으면 합니다."

가슴이 철렁했다. 선생님이라고 부르는 게 불쾌했던 걸까. 혹시 원장님이라고 불렀어야 옳았던 걸까.

하지만 준수는 이어서 말했다.

"둘째, 제 이름은 민준수입니다. 그러니 준수 씨, 면 됩니다."

준수 씨. 생각지도 못한 말에 승연은 깜짝 놀랐다. 하지만 놀랄 일은 거기서 끝이 아니었다.

"그리고 셋째."

준수는 조금 사이를 두고 말했다.

"할 얘기가 있는데, 좀 들어줬으면 좋겠습니다."

"네……?"

승연은 제 귀를 의심했다. 얘기라니, 무슨? 당혹스러운 눈으로 쳐다보자 준수가 입을 열었다.

"사실은 내가……."

그러나 준수의 말은 금세 다른 소리에 묻혀버리고 말았다.

"글쎄, 이 동네에선 이 집 김밥이 제일 낫다니깐."

"그래? 그럼 어디 한 번 믿어보지 뭐."

갑자기 시끌벅적해지더니 일행처럼 보이는 아줌마 손님들이 넷이나 떼를 지어 우르르 가게로 들어왔던 것이다.

"김밥 네 줄 포장이요. 도시락으로 쓸 거."

"맛있게 말아줘, 응?"

좁은 가게 안이 금세 수다로 꽉 차버렸다.

"……."

준수의 잘생긴 미간이 가만히 찌푸려졌다. 아무래도 여기서는 얘기가 안 되겠다고 생각했는지, 그는 하던 말을 끊고 다시 말했다.

"자세한 얘기는 밖에서 만나서 하도록 하죠. 언제가 좋습니까?"

문득 승연은 슬그머니 부아가 나는 것을 느꼈다. 이제 보니 이 남자, 제멋대로이기가 끝이 없다. 처음엔 그토록 화를 내서 돌려보내놓고 그다음 날엔 김밥을 사러 오질 않나. 이번에는 짝사랑 따위 기분 나쁘다고 말해놓고, 오늘은 또 찾아와서 밖에서 만나자니.

대체 무슨 생각을 하고 있는 건지 알 수가 없다. 아니, 이젠 알고 싶지도 않다. 승연은 어제 그에게 이 순간부터 마음을 접겠다고 선언했고, 실제로 그럴 생각이었다.

"아뇨, 거절하겠어요."

더는 이 남자에게 휘둘리고 싶지 않다. 승연은 고개를 똑바로 들고 딱 잘라 말했다.

"아까 절 도와주신 건 감사해요. 하지만 더는 만날 일 없었으면 좋겠어요. 죄송합니다."

아줌마 손님들의 수다가 뚝 하고 멈췄다. 등에 호기심 어린 눈초리들이 날아와 꽂히는 것이 느껴져서 눈앞이 캄캄해졌다. 아, 이 뒷감당을 어떻게 한담.

"간단히 차 한 잔만 함께 마셔주면 됩니다."

하지만 준수는 승연의 거절 따위는 아랑곳없다는 듯이 말했다.

"가게가 8시까지죠? 내일 저녁 8시 15분에 지난번 그 카페에서."

"선생님!"

"올 때까지 기다리겠습니다."

준수는 승연의 대답을 기다리지 않고 말하자마자 고개를 조금 숙여 보였다.

"그럼, 이만."

밤잠을 설쳐가면서까지 생각해봤지만 대체 민준수가 갑자기 왜 이러는 건지 알 수 없었다.

'심한 말을 해놓고 자기도 너무했나 싶었나?'

그런 거라면 별로 사과받고 싶지 않았다. 마음이 아팠던 것은 사실이지만 어차피 거절할 거라면 그런 식으로 대놓고 기분 나쁘다고 딱 잘라 말해준 것이 오히려 고마울 지경이었다. 그래야 마음 정리가 쉬워지니까.

그런데 그래놓고 왜 또다시 찾아왔단 말인가. 와서는 남 앞에서 제 편까지 들어주고. 싫으면 차라리 처음부터 끝까지 쭉 싫다고 하지, 왜 변덕스럽게 구는 건지 원망스러웠다.

이러면 자꾸만 마음 한구석에서 혹시나 하고 기대를 하게 되지 않는가. 기분 나쁘다는 말까지 들어놓고도.

상대가 무슨 생각을 하고 있는지 알 수가 없다. 알고 싶기도 하고, 알고 싶지 않기도 했다.

무뚝뚝한 남자. 걸핏하면 화를 내는 남자. 심지어 사촌 동생에게 성격파탄자라고 불리기까지 하는 그 남자의 마음이 신경 쓰여서 승연은 그날 밤 잠도 제대로 이루지 못했다.

그다음 날 가게에 나가 일하면서도 하루 종일 고민했다. 나가야 하나, 나가지 말아야 하나. 나가서 무슨 얘긴지 들어보고 싶기도 하고, 들어봤자 어차피 좋은 말도 아닐 텐데 뭐하러 사서 또 상처를 받나 싶기도 했다.

종일 생각이 엎치락뒤치락하다가 마지막에 내린 결론은 에이, 나가지 말자, 하는 것이었다.

'어차피 난 나가겠다고 한 적 없는데 뭐.'

그가 일방적으로 시간과 장소를 정해서 기다린다고 했을 뿐이다. 그러니 나가지 않아도 자신은 아무 잘못도 없는 거였다.

저녁 장사를 마친 승연은 가게 문을 닫고 곧바로 집으로 향했다. 일부러 그 카페 쪽을 피해서, 멀리 다른 길로 돌아서 갔다.

집에 도착해서 샤워를 하고 간단히 늦은 저녁을 챙겨 먹고 나니 벌써 9시. 하지만 준수에게서 전화는 오지 않았다. 그래서 조금 기다리다 갔겠지, 하고 생각했다. 그 성격에 누굴 그리 오래 기다릴 리가 없을 테니까.

그리고 뜻밖의 전화가 온 것은 그로부터 또 한참 지난 후였다.

– 승연아, 난데.

상대는 준수가 아니라 그의 사촌 동생이었다.

"웬일이야, 이 시간에?"

– 있잖아, 너 혹시 오늘 준수 오빠랑 만나기로 했니?

"응? 아, 아닌데?"

혜정이 그걸 어떻게 알았을까. 승연은 그만 당황해서 저도 모르게 거짓말을 해버렸다.

– 그렇지? 그럼 대체 누굴 만나는 거지……?

"왜? 무슨 일 있어?"

묻는 목소리가 떨렸다.

– 아니, 아까 저녁때 근처에 꽃 배달 가는데 오빠가 카페에 혼자 앉아 있는 게 보이더라고. 그땐 누굴 기다리나, 하

고 그냥 지나치고 말았는데, 글쎄, 지금 퇴근하면서 보니까 카페 문은 닫았고, 그 앞에 우두커니 서 있잖아, 여태!

승연은 놀라서 시계를 보았다. 밤 10시가 좀 넘어 있었다.

– 그래서 내가 가서 슬쩍 누구 기다리는 거냐고 물어봤거든? 그랬더니 역시나 참견 말고 가던 길 가라지 뭐야. 괜히 말 붙였다가 본전도 못 건졌네, 치.

혜정이 투덜거렸다.

– 민준수가 누굴 기다려도 저렇게까지 기다릴 인간이 절대 아닌데 대체 무슨 일인지 모르겠네. 뭐지? 대체 뭘까? 너 정말 몰라?

목소리만 들어도 궁금해서 금방이라도 숨이 넘어갈 지경이라는 걸 알 수 있었다.

"모, 모른다니까."

끝까지 시치미를 떼서 전화를 끊고 난 승연은 어쩔 줄을 몰랐다.

'올 때까지 기다리겠습니다.'

그렇게 말하기는 했지만 설마하니 진짜로 그럴 줄은 몰랐다. 벌써 두 시간이나 지났는데!

어떻게 해야 하지. 지금이라도 가봐야 하나? 아니면 그냥 모른 체 가만히 있어야 할까?

한참을 안절부절못하던 승연은 결국 자리를 박차고 일어났다. 그리고 대강 겉옷을 걸치고 집에서 뛰어나왔다.

카페는 집에서 걸어서 5분 정도 되는 거리에 있었다. 뛰니까 채 3분도 걸리지 않았다.

"하아, 하아······."

숨이 턱에 닿도록 뛰어온 승연은 이윽고 걸음을 멈췄다.

이미 영업이 끝나 불이 꺼진 카페 문 앞에 서 있었다, 민준수. 그렇게 오래 기다려놓고도 초조함이라고는 전혀 느껴지지 않는, 단정하고 서늘한 옆모습에 왠지 화가 치밀었다.

승연은 입술을 꼭 깨물었다. 그리고 발을 쿵쿵 울리듯 걸어 그에게로 다가갔다.

"왜 이렇게 제멋대로세요?"

승연은 준수를 정면으로 쏘아보며 항의하듯 말했다.

"제가 어제 분명히 거절한다고 말했잖아요. 그런데 왜 멋대로 기다리고 계시는 거예요?"

"올 줄 알았으니까."

준수의 목소리는 조용했다.

"왔잖아요, 이렇게."

승연의 귀에는 이렇게 들렸다. '당신은 날 좋아하잖아. 그런데 내가 만나자는데 결국 안 오고 배기겠어?'

그래서 더욱더 화가 치밀었다.

"저기, 뭔가 착각하고 계시는 것 같은데요."

승연은 화난 마음을 마구 밀어붙였다.

"어제 제가 말씀드렸잖아요. 마음, 접겠다고요. 그런데 왜 이러시는 거예요?"

"부탁하고 싶은 게 있어서."

흥분한 승연과 달리 준수는 어디까지나 침착했다.

"그 마음, 접지 말고 조금만 더 그대로 있어주면 안 되겠습니까?"

정중히 부탁하듯 하는 말에 승연은 당황했다.

"네?"

"승연 씨가 좋아한다는 사람이 나라고는 미처 상상을 못했습니다. 다른 사람일 거라고만 생각했어요. 그래서 기분이 나빴던 겁니다."

대체 이 남자는 무슨 말을 하고 있는 걸까. 자기라는 걸 몰랐다니, 그럼 어떻게 눈치는 챘다는 거야. 뭐가 뭔지 몰라 승연이 눈을 깜빡이고 있자 준수가 덧붙였다.

"아, 라디오에서 들었습니다. 승연 씨가 사연을 보냈더군요."

라디오……? 순간적으로 승연의 얼굴에서 핏기가 가셨다.

라디오!

정작 자신은 보내놓고 나서 까맣게 잊고 있었다. 보낸 지 벌써 한 달도 넘은 그 사연이, 왜 이제 와서……!

거기 내가 뭐라고 썼더라? 황급히 기억을 더듬어봤지만

너무 당황한 나머지 잘 떠오르지 않았다. 그저 기억나는 것은 하나뿐이었다. 그 사람이 좋다고, 너무 좋아서 힘들다고, 어떻게 해야 할지 모르겠다고 썼던 것.

그걸 당사자가 들어버리다니!

얼굴이 달아오르는 게 느껴졌다. 도저히 더 얼굴을 마주하고 있을 수가 없었다. 승연은 도망치듯, 아니, 정말 도망치려고 뒷걸음질을 쳤다.

"잠깐만."

하지만 등을 돌리기 직전에 손목을 붙들렸다.

"놔주세요……!"

어쩔 줄 모르며 손목을 빼려고 애를 썼지만 준수의 손은 꿈쩍도 하지 않았다. 오히려 더 세게 쥐어오는 바람에 손목이 부러져나갈 듯이 아팠다.

"내 말, 끝까지 듣고 가요."

"선생님!"

다급해진 승연이 애원하듯 발을 쾅 하고 굴렀다. 그제야 겨우 손목이 자유로워졌다. 승연은 그대로 뒤로 돌아 뛰기 시작했다.

무작정 뛰고 또 뛰었다. 그리고 너무 숨이 차서 더는 한 걸음도 뛸 수 없게 되었을 때에야 승연은 비로소 걸음을 멈췄다. 뒤를 돌아보자 준수의 모습은 보이지 않았다.

"……."

주택가의 낡은 벽 모퉁이 뒤에 숨어, 승연은 허물어지듯 털썩 주저앉았다.

「라디오를 들었습니다. 승연 씨가 사연을 보냈더군요.」

그대로 혀를 깨물고 죽고 싶어졌다. 태어나서 이렇게 부끄러웠던 적이 없었다. 아니, 차라리 태어나지 않았으면 좋을 뻔했다.

제 마음을 들켰다는 건 알고 있었다. 하지만 이렇게 노골적으로 고백한 거나 다름없는 상황이었을 줄은 미처 몰랐다. 반년이나 전부터 자신을 몰래 지켜봐왔다는 걸 알고, 대체 그는 뭐라고 생각했을까. 스토커? 미친 여자? 집착녀?

왜 하필 이제 와서 그걸 방송해. 즐겨 듣던 라디오가 원망스럽기 그지없었다.

"……."

승연은 웅크려 앉은 채 무릎에 얼굴을 푹 묻어버리고 말았다. 이대로 작아지고 또 작아져서, 세상에서 아예 사라져버리면 얼마나 좋을까, 하고 생각한 그 순간.

"그냥 거기서 들어요."

벽 모퉁이 너머에서 문득 조용한 목소리가 들려왔다.

"내 얼굴 보지 않아도 좋으니까, 도망가지 말고."

준수의 목소리였다.

승연은 너무 놀라서 얼어붙고 말았다.

"사연을 듣고 굉장히 화가 났었습니다."

모퉁이 너머에 모습을 감춘 채, 준수는 담담하게 말하기
시작했다.

"다정하고 착한 사람이라고 하기에, 그게 나라고는 전혀
상상조차 못 했으니까."

다가오려는 기색은 전혀 없었다. 그대로 거리를 유지한
채 같은 크기로 들려오는 목소리에 그제야 승연은 귀를 기
울일 수 있었다.

"그 짝사랑하는 남자를 잊기 위해서 날 소개받은 건 줄 알
았어요. 그래서 화가 났던 겁니다."

"아……."

승연은 놀라서 나오는 소리를 겨우 삼켰다. 이제야 그의
말이 제대로 들리기 시작했다.

"그래서 그만 심한 말을 해버렸습니다. 미안하게 생각해
요."

심장이 덜컥 내려앉았다.

'그러니까 선생님은, 처음부터 이 말을 하려고……?'

설마, 하고 생각하는 것과 동시에 다음 말이 들려왔다.

"나는 승연 씨에게 호감이 있습니다."

민준수답게 담백한, 그러면서도 확신에 찬 목소리였다.

"승연 씨가 생각하는 것처럼 다정하고 착한 남자는 아니
지만, 괜찮다면 앞으로 진지하게 만나보고 싶습니다. 그래
서 그 마음, 그러니까…… 나에 대한 마음 말입니다."

준수는 조금 어색한 듯이 맨 뒷말을 덧붙였다.

"당분간은 접지 말아줬으면 좋겠습니다. 그걸 부탁하고 싶었어요."

승연은 그저 얼떨떨하기만 했다. 바로 곁에서 들려오는 말인데도 도저히 실제 같지가 않았다. 꼭 영화나 드라마 속의 대사 같다.

유리창 너머로 늘 바라만 보던 사람. 지나는 길에 얼핏 얼굴만 봐도 하루가 즐거웠던 사람. 그 사람이 바로 지금 이 순간, 자신에게 말하고 있었다. 계속 좋아해도 된다고, 그래줬으면 좋겠다고.

이게 어떻게 현실일 수가 있을까.

"그래줄 수 있겠습니까?"

재촉 같은 말이 들려오는 바람에 그제야 승연은 퍼뜩 제정신으로 돌아왔다. 아, 듣고 있는 데 정신이 팔려서 미처 대답해야 한다는 생각을 못 하고 있었다.

"네……."

아주 조그맣게, 승연은 입속으로 중얼거리다시피 대답했다. 제 귀에도 거의 들릴락 말락 한 목소리로.

다행히도 준수는 용케 그 말을 알아들어준 것 같았다.

"오늘은 나와줘서 고마워요."

작별 인사 같은 말에 긴장이 탁 풀렸다. 하지만 그게 끝이 아니었다.

"그리고."

준수는 이어서 말했다.

"괜찮다면 지난번에 못 했던 식사, 같이 하고 싶습니다."

다음 날 아침에 승연이 가게 문을 열자마자 혜정이 달려왔다.

"승연이 너!"

첫 마디에서 이미 승연은 눈치 챘다. 아, 들켰구나. 아니나 다를까, 혜정은 인사도 생략하고 숨넘어가게 물었다.

"왜 나한테 거짓말했어? 대체 뭐야? 무슨 사인데 그 늦은 시간에 만나? 응?"

궁금해서 잠도 제대로 못 잔 눈치였다.

"……봤어?"

"그래, 봤다! 내 이 두 눈으로 똑똑히!"

혜정이 소리를 빽 질렀다.

"네가 뒷걸음질 치니까 오빠가 네 손목 붙잡는 것도 봤고, 네가 막 뿌리치고 도망가니까 오빠가 쫓아가는 것도 다 봤다! 보고 하마터면 졸도할 뻔했거든?"

승연은 얼굴이 빨개졌다. 거기까지 봤다면 이미 발뺌하기는 글렀다. 이렇게 된 거, 그냥 솔직하게 말하는 게 나을 것 같았다.

"나한테 호감이 있대. 그래서 진지하게 만나보고 싶대."

얼떨떨한 표정으로 승연은 중얼거렸다.

제 입으로 말하면서도 새삼 믿을 수가 없었다. 어제 정말 내가 민준수에게 이 말을 들은 게 맞는 걸까? 혹시 꿈이었던 건 아닐까?

사실은 어젯밤에도 계속 같은 고민을 했다. 하지만 다른 건 몰라도 꿈이 아닌 것만은 확실했다. 왜냐하면 한숨도 못 잤으니까. 잠을 안 잤는데 꿈을 꿀 수는 없지 않은가.

"뭐? 오빠가?"

혜정은 눈이 튀어나올 것 같은 표정을 했다. 그러더니 불쑥 중얼거렸다.

"승연이 너 이러다 정말 내 올케언니 되는 거 아니야?"

"얘는! 그런 거 아니야."

승연은 황급히 손을 내저었다.

"그냥 만나보고 싶다고 한 것뿐인데 뭐."

"아니, 넌 민준수를 몰라서 그래."

하지만 혜정은 딱 잘라 말했다.

"그 인간이 여자랑 그냥 만나보자고 할 사람인 줄 알아? 다른 사람으로 치면 프러포즈야."

프러포즈. 승연의 심장이 덜컥 하는 소리를 냈다.

"대사건이네, 진짜. 이모가 아시면 춤추시겠다."

준수의 어머니. 그 말에 괜히 가슴이 철렁했다.

그의 어머니는 어떤 분이실까. 자연스럽게 생각이 그쪽

으로 흘러갔지만 승연은 얼른 고개를 저어 지워버렸다. 김
칫국을 마셔도 유분수지, 나도 참.

"솔직히 걱정은 되는데. 어쨌든 뭐 오빠도 너한테 마음 있
는 것 같으니까 성질 좀 죽이겠지."

혜정이 어깨를 으쓱하고는 한숨을 쉬었다.

"그래서 언제 다시 만나기로 했어?"

"모르겠어. 식사하자고, 연락하겠다고는 하셨는데."

어젯밤, 그는 헤어질 때까지 승연의 얼굴을 억지로 보려
고 들지 않았다. 그냥 끝까지 벽 모퉁이 저편에 있어주었다.
그리고 마지막에는 이렇게 말했다.

「연락하겠습니다.」

"과연 민준수가 여자랑 같이 식사할 만한 데를 알고 있는
지조차 의문이다."

혜정은 나갈 때까지 걱정스러운 얼굴을 하고 있었다. 걱
정하고 있는 것이 승연인지, 아니면 준수인지는 알 수 없었
다. 어쩌면 둘 다일지도 몰랐다.

"이왕 이렇게 된 거, 한 번 잘해봐. 응원할 테니까."

혜정이 돌아간 후 승연은 본격적으로 작업을 시작했다.
하지만 좀처럼 일이 손에 잡히지 않았다. 채 썬 당근을 볶다
가 몇 번이나 딴생각을 하는 바람에 하마터면 손을 델 뻔했
다.

「나는 승연 씨에게 호감이 있습니다.」

자꾸만 목소리가 떠올라서 얼굴이 화끈거렸다.

마음이 붕 떠 있어서 자꾸만 손이 떨렸다. 김밥을 썰다가 몇 번이나 손가락을 벨 뻔했다. 안 되겠다, 이러다가는 손가락이 남아나지 않겠다 싶어서 억지로 떠올리지 않으려고 노력했지만 마음대로 되지 않았다. 잘못 싼 김밥이 오전에만 벌써 몇 줄이나 되어서, 점심도 김밥으로 때워야 했다. 그나마 잘 넘어가지도 않았지만.

준수에 대한 생각으로 반쯤 정신이 나간 채 승연은 하루를 보냈다. 그리고 가게 문을 닫을 시간이 다 됐을 때쯤, 뜻밖에 당사자에게서 전화가 왔다.

— 민준수 선생님 —

휴대전화에 뜨는 그 이름을 승연은 잠시 멍하니 보고 있었다.

얼마 전에 이름을 입력해두기는 했지만, 그때만 해도 설마하니 살아생전 제 휴대전화에 이 이름이 정말로 뜨는 날이 올 줄은 상상조차 하지 못했다.

— 민준숩니다.

차분한 목소리를 듣는 순간 심장이 반사적으로 튀어 올랐다.

"아, 네……."

승연은 긴장하지 않으려고 무척이나 애를 쓰며 대답했다. 자연스럽게, 자연스럽게. 하지만 이어진 다음 말에는 깜짝 놀라지 않을 수 없었다.

─ 오늘 저녁 같이 하죠.

"네?"

승연은 소스라치게 놀랐다.

"오, 오늘이요?"

─ 그래요. 이제 가게 문 닫을 때 되지 않았습니까?

"되긴 했는데……."

─ 그럼 지금 데리러 가겠습니다.

그 말을 마지막으로 전화는 일방적으로 뚝 끊겼다.

맙소사! 승연은 어쩔 줄을 몰랐다.

다시 만나는 건 최소한 며칠 후일 거라고 생각했다. 바로 다음 날 연락이 올 거라고는 꿈에도 생각하지 못하고 있었다. 아직 마음의 준비도 되지 않았는데!

"어쩌지? 어떡하지?"

발을 동동 구르다 승연은 황급히 가게 벽에 걸린 거울을 보았다. 늘 그렇듯이 민낯 그대로에 머리도 하나로 질끈 동여맨 채였다. 물론 옷도 늘 가게에서 입는 편한 옷차림. 도저히 좋아하는 남자를 만나 같이 식사할 만한 옷차림이 아니었다.

안 되겠다. 어떻게든 핑계를 대서 오늘은 안 되겠다고 말해야지. 승연이 그렇게 결심하고 휴대전화를 들었을 때, 가게 문이 열리고 훤칠한 키의 남자가 성큼 안으로 들어왔다.

민준수였다.

그는 승연을 향해 고개를 조금 숙여 보이고는 물었다.

"준비됐습니까?"

승연은 창피한 나머지 얼굴이 확 달아올랐다. 준비는 무슨, 아직 앞치마에 머릿수건까지 그대로 두르고 있는데!

하지만 이미 와버린 사람을 가라고 할 수도 없었다.

"아뇨, 아직…… 조금만 기다려주세요."

"그럼 밖에 나가서 기다리죠."

준수는 그렇게 말하고 도로 밖으로 나갔다.

앞치마를 벗으며 승연은 유리벽 밖으로 준수를 살짝 곁눈질했다. 가게 앞에 서 있는 그는 오늘도 완벽한 옷차림을 하고 있었다. 밝은 베이지색의 트렌치코트에 역시나 조금 밝은 갈색의 슬랙스, 그리고 세련된 가죽 가방. 누가 봐도 반할 만한 남자였다.

갑자기 왈칵 그가 얄미워졌다. 이제 보니 아예 가게 앞까지 와서 전화를 한 거였다. 자기는 저렇게 멋지게 차려입고 와서는, 나더러는 가게에서 일하던 차림 그대로 참기름 냄새 풍기면서 같이 식사하러 가자니. 최소한 낮에 미리 연락해서 말해줬더라면 미리 준비를 했을 것 아닌가.

속상해서 눈물이 날 것 같은 것을 꾹 참고 승연은 뒷정리를 했다. 겉옷을 걸쳐 입고 밖으로 나와 셔터를 닫으려고 하는데, 준수가 나섰다.

"아니, 괜찮은데……."

승연이 사양하려 했지만 준수는 들은 체도 않고 대신 셔터를 닫아주었다. 그리고 승연의 손에서 자물쇠를 빼앗아서 채운 후 도로 허리를 폈다.

이 남자는 왜 하나하나 다 이렇게 막무가내일까. 고맙기보다는 당황스럽기만 했다.

"시간이 늦어서 멀리까지는 못 갈 것 같고."

그가 손목을 들어 시계를 보았다. 소매가 살짝 걷히며 드러난 진한 갈색의 가죽 줄 시계가 단정해 보였다.

"근처에 괜찮은 레스토랑이 생겼다고 해서 예약했는데, 괜찮습니까?"

레스토랑. 승연은 한층 더 난감해졌다.

"저어……."

집에 가서 옷이라도 갈아입고 나오면 안 될까요. 승연은 그렇게 말하려다 망설였다. 벌써 8시가 넘었는데, 옷까지 갈아입으면 시간이 너무 늦어져버릴 텐데.

"뭔가 문제라도?"

서늘한 눈매가 이쪽을 향하는 순간, 승연은 화들짝 놀라 말을 꿀꺽 삼켜버렸다.

"아, 아니에요! 아무것도요."

황급히 손을 내젓자 준수가 앞장섰다.

"갑시다."

함께 나란히 길을 걷기 시작했다.

"걸어서 5분 정도 걸릴 겁니다."

"네."

승연은 준수와 조금 거리를 두고 걸으려고 애쓰며 대답했다. 웬만하면 그와 일행으로 보이고 싶지 않았다. 너무나 차이 나는 옷차림이 부끄러워서.

그렇지 않아도 지나가는 사람들이 흘깃거리며 준수를 쳐다보는 것 같은 느낌이 들었다. 그야 여러모로 눈길을 끌게 생긴 남자니까. 그 시선이 준수를 지나 제게 머무는 것까지 보고 싶지 않아서, 승연은 고개를 푹 숙이고 걸었다.

"……."

하지만 준수는 그런 승연의 마음 따위는 아랑곳없다는 듯이 자꾸만 가까이 다가섰다. 결국 승연은 완전히 길가 안쪽으로 밀어붙여져 걷는 꼴이 되고 말았다. 그것도 한쪽 어깨를 한껏 움츠린 채로.

그렇게 불편한 상태로 1분쯤 걸었을까. 갑자기 준수가 한숨과 함께 걸음을 뚝 멈추고는 승연을 똑바로 바라보았다.

"나하고 같이 걷는 게 싫습니까?"

목소리는 차분했지만 눈빛은 조금 화가 난 것처럼 보였다. 가슴이 철렁했다.

"뭐가 문제인지 말해주면 시정하도록 하죠. 그러니까 그렇게 자꾸 피하지 말고 말을 해요."

승연은 준수가 오해하고 있다는 걸 깨달았다. 하지만 차마 곧이곧대로 말할 수가 없었다. 제 차림이 이래서, 너무 초라해서 그래요.

내리깐 시선에 먼지 한 점 묻어 있지 않은 준수의 구두가 들어왔다. 저것 봐, 선생님은 신발까지도 저렇게 단정하신데.

"아니에요. 문제없어요."

결국 승연은 그렇게밖에 대답할 수가 없었다.

"정말로?"

"네⋯⋯."

고개를 끄덕이자 준수는 다시 걸음을 옮기기 시작했다.

"그럼 가죠."

너무 가까이 걷기는 민망하고, 그렇다고 또 너무 떨어지면 준수가 화를 낸다. 적당한 거리를 유지하느라 승연은 걷는 내내 온 신경을 다 곤두세워야 했다. 싸늘한 날씨에도 불구하고 이마에 진땀이 촉촉하게 배어났다.

"여깁니다."

이윽고 준수는 걸음을 멈췄다. 건물을 올려다보는 순간 승연은 숨이 턱 막혀왔다.

짙은 회색 패널로 치장한 외벽에 흰 색의 심플한 폰트로 쓰여 있는 가게 이름. 탁 트인 유리벽 안에서 환하게 뿜어나오는 오렌지빛 조명. 식당이라기보다는 마치 명품 매장

같은 느낌의 건물이었다. 얼마 전에 TV에 나오는 유명 셰프가 이 근처에 가게를 새로 냈다는 얘기를 혜정에게 얼핏 들었었는데, 여기가 바로 거기인 것 같았다.

이 꼴을 하고 여기서 식사를 한다고? 생각만 해도 기절할 것 같았다.

"들어가죠."

준수가 손을 뻗어오는 순간, 승연은 저도 모르게 화들짝 놀라며 한 걸음 물러섰다.

"저어, 선생님."

의아한 표정을 하는 준수에게, 승연은 가까스로 말했다.

"사실 오늘은 제가…… 몸이 좀 안 좋아서요."

도저히 이 꼴을 하고 저 으리으리한 건물 안에 들어가 앉아서 민준수와 마주 앉아 제정신으로 밥을 먹을 자신이 없었다. 식사 도중에 졸도하는 것보다는 일찌감치 도망치는 게 낫다. 이상한 여자라고 생각하더라도 어쩔 수 없다.

"식사를 못 할 정돕니까?"

"네, 도저히 힘들 것 같아요."

차라리 화를 내는 게 나으련만. 준수는 대답을 듣자마자 산뜻하게 등을 돌렸다.

"그럼 병원으로 가죠. 갑시다, 택시 잡을 테니까."

맙소사! 승연은 펄쩍 뛸 뻔했다.

"아, 아니에요. 집에 가서 쉬면 괜찮아져요."

"그럼 집까지 데려다주죠."

"저 혼자 갈 수 있어요."

"몸도 안 좋은데 사양할 것 없습니다."

갈수록 태산이다. 단 1초라도 빨리 혼자가 되고 싶은데 이 남자는 도저히 놓아줄 기세가 아니었다. 답답한 나머지 승연은 저도 모르게 목소리를 높였다.

"글쎄, 괜찮다니까요!"

준수가 흠칫 놀란 얼굴을 했다. 그제야 승연은 정신이 번쩍 들었다. 대체 내가 무슨 소릴 해버린 거지. 선생님은 날 걱정해주셨을 뿐인데.

하지만 이미 입 밖으로 튀어 나와버린 말을 도로 주워 담을 수도 없었다.

"정말 죄송해요, 선생님. 그냥 제가, 오늘은 좀……."

우물쭈물하다 승연은 그냥 고개를 숙였다.

"그럼 나중에 뵙겠습니다."

그 말 이상은 할 수가 없었다.

05

　우리동물병원에는 두 명의 수의사가 있었다. 하나는 원장, 그리고 또 하나는 페이 닥터인 진료 수의사.

　원장인 민준수가 비주얼 담당이라면 진료 수의사인 양진호는 서비스 담당이었다. 물론 준수는 비주얼이 좋은 만큼이나, 아니, 그 이상으로 성격이 엉망이었기 때문에 늘 환자를 놓치지 않으려고 애를 쓰는 건 진호였다.

　즉, 진호가 없으면 이놈의 병원은 애저녁에 망하고 말았을 것이다. ……최소한 진호 본인은 그렇게 생각하고 있었다.

　수의대 재학 시절, 진호에게 있어서 두 학번 위의 선배인 민준수는 그야말로 저승사자 같은 존재였다. 워낙 까칠한 성격으로 후배들 사이에 악명이 자자하긴 했지만 실제로 겪어보니 명불허전이었다. 한 번은 해부학 실험 후에 뒷정리를 깔끔하게 해두지 않았다는 이유로 장장 30분 동안 독설과 비난과 훈계를 듣고, 풀려나자마자 소주 한 병 원 샷 하고 한 시간을 엉엉 울기도 했다.

그 후로도 준수와는 별로 친해질 일이 없었다. 복도에서 마주치면 몸이 다 얼어붙어서 인사도 제대로 안 나올 지경인데 무슨. 술자리를 같이해본 적은커녕 학생식당에서 밥 한 끼 마주 앉아 먹어본 적도 없었다.

그리고 졸업 후 1년가량 로컬 동물병원에서 인턴 생활을 하다가 슬슬 페이 닥터 자리를 찾고 있을 때쯤 마침 민준수에게서 연락이 왔다. 개업을 한다면서 자기 병원으로 오라는 제의를 하기에 깜짝 놀랐다. 대체 왜 날?

동기들에게 상담하자 하나같이 펄쩍 뛰면서 이렇게 말했다.

「도망쳐, 제명에 죽고 싶으면!」

진호 역시 동감이었다. 절대 갈 생각이 없었다. 선배로도 부담스러운 남자를 원장으로 모시고 그 밑에서 일을 하라고? 상상만 해도 끔찍했다.

하지만 이게 무슨 운명의 장난이란 말인가. 정신 차리고 보니 진호는 어느새 그 끔찍한 자리에 취직해 있었다. 정확히 말하면 민준수가 한 번 병원에 와보라고 제 할 말만 하고 전화를 뚝 끊어버리는 바람에, 차마 거역을 못 하고 찾아갔다가 그대로 코가 꿰였다.

지금 생각해도 미친 것 같다. 물론 그때도 내가 미쳤지, 하면서 왔던 기억이 난다.

내가 미쳤지, 미쳤어, 하면서도 결국 민준수 밑에서 일하기로 한 이유는, 곰곰이 생각해보면 아무래도 그 사건 때문인 것 같았다.

본과 1학년 때였던 걸로 기억한다. 어느 날 도서관에서 시험공부를 하다가 문득 실습용 동물들에게 물을 주는 걸 깜빡했다는 걸 뒤늦게 깨달았다. 당번을 정해두고 돌아가면서 하는데, 그 주의 당번은 진호였던 것이다.

그래서 늦은 시간에 부랴부랴 수의대 건물로 돌아갔는데, 마침 실습용 동물들이 있는 방에서 누군가가 개 한 마리를 품에 안고 나오다가 진호와 딱 마주쳤다. 바로 민준수였다.

「선배님?」

진호는 놀라서 준수가 안고 있는 개를 보았다. 개는 진호를 금세 알아보고 반갑다는 듯이 낑낑거리며 꼬리를 쳤다. 실습용 비글로, 바로 내일도 실습 예정이 잡혀 있는 개였다.

내일 실습할 개를 왜 이 야밤에 몰래 데리고 나온단 말인가. 놀라서 쳐다보는 진호에게, 개 도둑은 눈 하나 깜짝하지 않고 우아하게 말했다.

「넌 아무것도 못 본 거야.」

「예?」

「이 녀석은 벌써 수술을 너무 많이 했어. 여기서 더 했다간 죽는다.」

「하지만 저어, 그 녀석은 내일 저희 실습…….」

그렇게 말하다 진호는 가슴이 철렁해서 입을 다물고 말았다. 민준수의 눈빛이 삽시간에 날카로워지는 것을 보고.

민준수는 길게 말하지 않았다. 대신에 짜증스럽다는 듯이 잘생긴 눈썹을 조금 치켜 올리며 이렇게 말했을 뿐이었다.

「이의 있나?」

서리가 뚝뚝 떨어지는 목소리에 정신이 번쩍 들었다.

「어, 어, 없습니다!」

차려 자세로 대답하자 그제야 민준수는 가버렸다. 개를 조심스럽게 안아 든 채로.

실습견이 없어졌으니 다음 날 한바탕 소동이 일어난 것은 당연한 일이었다. 결국 두 조가 한 마리로 같이 실습을 하는 꼴이 되는 바람에 이래저래 트러블도 일었다. 관리 당번이었던 진호에게 혐의를 두는 동기들도 있었다.

하지만 진호는 누명을 쓸지언정 끝끝내 입을 딱 다물었다. 별로 의리를 지키고 싶어서는 아니었다. 어차피 민준수한테 지킬 의리 따위가 있지도 않고. 이유는 그저 목숨이 아까웠기 때문이었다. 입을 다물면 동기들한테 욕만 먹고 끝나겠지만, 입을 열었다간 그날로 민준수한테 죽은 목숨일 테니까. 간단하지 않은가?

뭐, 사실 그 비글이 조금은 불쌍하기도 했다. 수술을 몇 번을 거듭해도 늘 먹이를 주러 가면 꼬리 치며 따르는 녀석이었으니까.

그때 그 비글을 다시 만나게 된 것은 나중에 준수가 차린 동물병원에서였다. 이름은 만수가 되어 있었다.

「만수무강의 줄임말이야.」

준수는 웃음기 하나 없이 그렇게 설명하고는 다짜고짜 물었다.

「그래서, 정말로 우리 병원에서 일 안 해볼 건가?」

왜일까. 그 순간, 진호는 저도 모르게 이렇게 대답해버렸다.

「시켜주시면 한 번 열심히 해보겠습니다, 선배님.」

그리고 그 후로 어언 6개월. 솔직히 후회하지 않았다면 거짓말이다. 아니, 초반에는 거의 매일같이 후회했다. 그리고 사흘에 한 번씩은 몰래 울었다. 지금은 어느 정도 적응이 되긴 했지만 그래도 일주일에 한 번꼴로는 꼬박꼬박 후회하고 있었다. 내가 미쳤지!

하지만 그러면서도 그만둘 결심까지는 하지 않게 되는 이유는, 민준수와 딱 한 가지 맞는 점이 있기 때문이었다.

바로 동물을 사랑하는 마음이었다. 돈도 명성도 아닌, 오로지 동물을 아끼는 마음.

오로지 그 마음 한 가지가 같았기 때문에 진호는 원장인 민준수의 더러운 성격을 꾹 참아내고 있었다. 그래, 내가 사람으로 태어난 게 잘못이지, 개나 고양이였으면 원장님도 나한테 잘해주셨을 텐데, 따위의 말도 안 되는 생각을 위로로 삼으면서.

어쨌든 그런 원장이 얼토당토않은 질문을 해온 것은 바로 어제 같이 점심을 먹을 때였다.

「양 선생은 애인이랑 데이트 할 때 어디서 밥 먹지?」

진호는 충격을 받았다. 이 인간, 6개월이나 같이 일한 후배가 솔로라는 것도 여태 모르고 있었단 말이야?

「글쎄 말입니다. 원장님도 아시다시피 제가 모태 솔로라서요.」

슬쩍 비꼼을 담아서 대꾸했지만 준수는 알아채지 못했는지 미간을 찌푸렸다.

「그럼 누구한테 묻지.」

고민스러운 빛이 역력해서 오히려 이쪽이 당황스러웠다. 이건 만화나 소설로 치면 캐릭터 붕괴다. 이 인간이 대체 그런 건 왜 궁금해한단 말인가.

「그런데 갑자기 그건 왜 물으세요, 원장님?」

「밥을 먹을 일이 있으니까.」

「여자…… 랑요?」

「그래.」

준수는 아무렇지도 않게 대꾸했지만 진호는 다시 한 번 충격에 휩싸였다.

여자라니! 민준수한테 여자라니! 대체 어떤 간 큰 여자가!

144

민준수를!

「아, 원장님. 이 근처에 마침 좋은 레스토랑이 생겼어요. 얼마 전에 오픈했는데…….」

결국 같이 있던 선영에게 만족할 만한 대답을 듣고 나서야 민준수의 고민은 해결되었지만, 진호의 궁금증은 조금도 해결되지 않았다.

그래서 오늘 아침에 출근해서 선영과 둘이서 머리를 맞대고 한참 추리를 해보았다. 대체 그 비운의 여성은 누구인가. 어디서 어떻게 만난 사이일까. 나이는 몇 살이고 뭐 하는 사람이며 외모는 어떻고 사주는 도대체 어떻기에 하필 원장님을?

물론 소스가 없는데 둘이서 아무리 떠들어봐야 나올 건 없다. 그렇다고 대놓고 묻자니 대답해줄 것 같지도 않다. 하지만 궁금해 죽겠다. 거짓말 안 보태고 궁금해서 딱 죽을 지경이었다.

결국 선영과 필사의 가위바위보를 한 끝에 진호가 총대를 메기로 했다.

그 누군지 모를 지지리 운 없는 여성과 저녁 식사 약속이 있었다는 그다음 날 아침, 준수는 평소처럼 제시간에 출근했다. 역시 평소처럼 무뚝뚝한 표정으로.

"좋은 아침."

눈도 안 쳐다보고 건네는 인사도 평소와 다를 바가 없어서, 어젯밤 데이트가 성공적이었는지 어쨌는지는 알 길이 없었다.

원장이 자기 진료실로 들어가버린 후, 진호는 심호흡을 했다. 선영이 한쪽 주먹을 불끈 쥐어 보이며 입 모양으로 말했다.

'양 선생님, 파이팅!'

살짝 노크를 하고 안으로 들어가자 옷 위에 가운을 걸쳐 입고 있던 준수가 돌아보았다.

"무슨 일이지?"

"아니, 어제 식사는 잘하셨나 궁금해서요, 하하."

겨우 그거 묻는데도 등골에 진땀이 배어났다. 민준수 성격에 '그게 양 선생이랑 무슨 상관인데?' 하고 면박을 당할 확률이 99퍼센트…….

"식사 못 했는데."

그런데 결과는 놀랍게도 나머지 1퍼센트였다.

"예?"

진호는 놀라서 되물었다. 말해두지만 이건 식사를 못 했다는 사실에 놀란 게 아니라, 준수가 순순히 대답을 해줬다는 것에 놀란 것이다.

"식사 못 했다고. 갑자기 몸이 안 좋아졌다면서 식당 앞에서 집에 가버리는 바람에."

심지어 묻지도 않은 말까지 하는 바람에 진호는 더더욱

놀라고 말았다. 이건 대체 뭐지. 이 인간이 아침에 대체 뭘 잘못 먹은 거지?

"아…… 그거 유감이네요."

겨우 그렇게 말하자 준수는 미간을 찌푸렸다.

"그런데 아무래도 핑계같이 들렸단 말이지."

혼잣말처럼 말하더니 갑자기 진호에게 불쑥 묻는 것이었다.

"양 선생도 그렇게 생각하지 않나?"

진호는 얼떨떨해하며 대답했다.

"아, 예. 듣고 보니까 그런 것도 같은데요."

"그렇지?"

그러더니 민준수는 늘어져라 한숨을 쉬었다.

"역시 아직도 화가 나 있는 건가……?"

자못 고민스러운 목소리에 진호는 또다시 충격을 받았다.

대체 어떤 여자기에 천하의 민준수를 면전에서 바람을 맞히고, 이렇게 한숨을 쉬게까지 만든단 말인가. 김태희 정도 되나?

오히려 아까보다 더 궁금해 죽을 지경이었다. 그래서 진호는 눈 딱 감고 호기심에 목숨을 걸어보았다.

"저어, 원장님. 혹시 무슨 일이 있었던 건지 말씀을 해주시면 저도 한 번 생각해보겠습니다만."

결과는 놀라웠다. 원장은 주저하는 기색조차 보이지 않았다. 마치 먼저 물어봐주기를 기다렸다는 듯이 말을 쏟아내기 시작하는 것이 아닌가.

"그러니까 그게……."

준수의 이야기를 간략하게 종합해보면 다음과 같았다.

상대 여성이 먼저 원장을 좋아해주었다는 것. ─ 이 부분에서 진호는 그 여자의 정신 상태를 심각하게 의심했다 ─ 그런데 원장 역시 상대에게 호감이 있으면서도, 아니나 다를까, 그 더러운 성질머리를 개 주지 못하고 몇 번이나 벌컥화를 내고 말았다는 것. 심지어 그 와중에 오해까지 겹쳐서더 그랬다는 것. 그래서 사과하고 정식으로 만나보고 싶어서 데이트 신청을 했던 건데, 상대는 시종일관 무척이나 불편해하더니 결국은 식사도 않고 중간에 집에 휙 가버렸다는 것이었다.

"아직도 화가 난 것 같지?"

이야기 끝에 준수는 성급하게 물었다. 저 성격에 연애 고민을 털어놓을 친구가 있을 리도 만무하니 혼자서 꽤나 고민했던 모양이다.

아니, 그러니까 원장님, 저도 모태 솔로라니까요!

사실 들어도 잘 모르겠다. 하지만 진호는 뭐라도 대답해야 했다. 그렇지 않았다간 경을 칠 것 같은 분위기였으니까.

"원장님, 제가 노파심에 여쭤보는 건데요."

진호는 준수의 눈치를 보며 조심스럽게 입을 열었다.

"약속 전날 그 여자분한테 진지하게 만나보고 싶다고 말씀하셨다면서요. 그때, 대답은 들으신 거죠?"

순간 준수가 흠칫하는 것이 눈에 보였다.

"……못 들은 것 같은데."

"예?"

어이가 없었다.

"아니, 그럼 저녁 식사 약속은 어떻게 하신 겁니까?"

"약속…… 을 한 적도 없는 것 같아. 그러고 보니까."

민준수는 당혹스러운 듯이 중얼거렸다.

"맞아, 같이 식사하자고 말은 했는데 대답을 못 들었어. 그래서 그다음 날 저녁에 그냥 가게로 찾아갔지. 지금부터 식사하러 가자고."

"예에에에?"

진호는 저도 모르게 말끝을 길게 뽑았다. 이 작자, 막무가내인 줄은 알았지만, 세상에. 만나는 여자한테까지 이렇게 제멋대로였을 줄이야!

"어머, 원장님!"

언제부터 듣고 있었는지, 손에 먼지떨이를 든 선영이 갑자기 끼어들었다. 그예 궁금증을 못 참고 원장실 청소를 핑계로 살그머니 들어온 모양이었다.

"그러니까 약속도 안 해놓고, 일방적으로, 그 여자분이

하는 가게에 찾아가서 다짜고짜 저녁 먹으러 가자고 하셨다
이 말씀이세요?"

평소 같았으면 '노크 할 줄 모릅니까?' 하고 면박을 주고
도 남았을 원장이다. 하지만 지금은 도리어 마침 잘됐다는
듯이 묻는 것이었다.

"어차피 가게 문 닫으면 저녁은 먹을 거 아닙니까. 그게
그렇게 문젠가요?"

오 마이 갓! 진호는 경악했다. 이건 모태 솔로인 자신이
보아도 최악이었다. 문제는 이게 어디가 문제인지도 모르는
남자를 어떻게 가르치는가 하는 것이었다.

"보세요, 원장님."

다행히 그 역할은 선영이 대신 맡았다.

"사람에게는 각자 사정이라는 게 있는 거예요. 알고 보면
그 여자분도 다른 약속이 있었을지도 모르잖아요?"

"그런 거 없어 보였습니다만."

"없었더라도 갑자기 그렇게 불쑥 나타나시면 곤란하죠.
여자들은 남자들이랑 달라서 어딜 가려면 준비가 필요하거
든요. 화장도 해야 하고, 옷도 차려입어야 하고 말이에요."

"화장은 원래 잘 안 하는 거 같고, 옷차림은 특별히 나쁘
지 않았는데."

어린아이를 가르치듯 찬찬히 설명하던 선영도 이쯤 되자
그만 울화통이 터지고 만 모양이었다. 진호 역시 동감이었

다. 아니, 저럴 거면 대체 뭐하러 물어봐?

"그럼 이유는 한 가지밖에 없네요 뭐."

선영이 입술을 뾰족하게 내밀더니 어깨를 으쓱하고 말했다.

"그 여자분이 원장님한테 정떨어졌나 보죠."

"뭐라고요?"

순간 민준수의 서늘한 눈매가 한층 날카로워졌다.

단어 선정이 너무 용감한 거 아냐? 듣고 있던 진호는 간이 콩알만 해졌지만 선영은 물러서지 않았다.

"아까 얼핏 듣자니까 그쪽에서 먼저 원장님을 좋아했다고 하는 거 같던데, 사실 그 짝사랑이라는 게 그렇게 대단한 게 아니거든요. 하물며 제대로 알기도 전에 막연히 좋아했던 거면 깨는 것도 한순간이에요. 즉 어제 원장님이 그렇게 막무가내로 구시는 거 보고 확 감정이 식어버렸을지도 모른다 이거죠. 아, 내가 생각했던 거랑은 다른 사람이구나!"

선영은 허리에 양손을 척 얹은 채로 숨도 안 쉬고 속사포처럼 말했다. 준수는 모르는 모양이지만, 같은 직원 입장인 진호는 눈치 챌 수 있었다. 선영이 지금 연애 상담을 핑계로 평소의 쌓인 감정을 풀고 있다는 것을.

"처음에 다정한 사람이라서 좋아했다고 했다면서요. 물론 우리 원장님께서 능력 있고, 잘생기고, 뭐 많은 장점이 있으시지만 톡 까놓고 말해서 다정한 스타일은 정말 아니잖아요?"

심지어 선영은 진호에게 동의를 구해오기까지 했다.

"안 그래요, 양 선생님?"

"그, 그렇죠."

진호도 엉겁결에 동조했다.

"틀림없어요. 정떨어진 거라니까요?"

"선영 씨 말이 맞는 거 같은데요, 원장님."

선영과 진호가 합세해서 공격을 퍼붓자 결국 준수의 얼굴이 어두워졌다.

"그럼 이미 늦었다는 겁니까……?"

충격을 받은 듯이 중얼거리는 준수를 보고 진호는 이상야릇한 쾌감을 느꼈다. 사실 여부는 차치하고, 원장이 당혹스러워하는 것이 그렇게 고소할 수가 없었다.

"뭐, 제가 봤을 때는 그렇단 얘기지 꼭 그게 사실인지는 모르니까요."

진호는 시치미를 뚝 떼고 위로의 말을 건넸다. 속으로는 아이고 쌤통이야, 를 백 번 정도 외치면서.

준수와의 식사를 거절하고 집으로 도망치듯 돌아오자마자 승연은 저녁도 굶고 침대로 파고들었다. 그리고 이불 속에 꽁꽁 숨어서 한참 동안 두더지처럼 땅굴을 팠다.

상대는 자신을 생각해서 그렇게 좋은 식당까지 예약해줬

는데. 몸이 안 좋다니까 걱정돼서 집에 데려다주겠다고 했
는데. 자신은 거기다 대고 소리까지 지르고 말았다.

「글쎄, 괜찮다니까요!」

생각할수록 한심해서 눈물이 났다. 왜 나는 이 모양으로
생겨먹었을까. 모처럼 선생님이 나한테 호감이 있다고, 진
지하게 만나보고 싶다고 말해주셨는데.

'이제 다 끝났어.'

민준수가 그 성격에 어제 같은 무례를 참아줄 리가 없다
고 승연은 생각했다. 아마 두 번 다시는 볼 일이 없을 거라
고도 생각했다. 그래서 미리 마음의 준비를 했다. 아쉬워할
것도, 속상해할 것도 없어. 네가 저지른 일이잖아?

하지만 아무리 마음을 단단히 먹어도 미련이 완전히 사라
지는 것은 아니었다.

다음 날, 가게에 나가 일하는 내내 승연은 긴장하고 있었
다. 혹시나 민준수가 가게로 찾아오지는 않을까 싶어서. 남
자 손님이 들어올 때마다 괜히 가슴이 철렁했다가 기운이
쭉 빠지기를 하루 종일 몇 번이나 반복했는지 몰랐다.

그러나 민준수는 가게 문을 닫을 때가 되도록 끝내 나타
나지 않았고, 따로 연락을 해오지도 않았다.

'어제 그렇게 해놓고 뭘 기대하는 거야, 바보.'

셔터를 내리며 승연은 속으로 자신을 꾸짖었다. 상대는
분명히 자신에게 손을 내밀어주었다. 부담스럽다는 이유로

그 손을 팽개쳐놓고 마음 한구석에서 은근히 기대하고 있는 자신이 한심스럽기 그지없었다.

이제 더는 생각도 하지 마. 끝난 거니까.

「나는 승연 씨에게 호감이 있습니다.」

그래도 자꾸만 떠오르는 목소리를 고개를 저어 애써 떨쳐내며, 승연은 어깨를 축 늘어뜨린 채 집으로 향했다.

작은 아파트 단지들이 줄지어 있는 큰길을 걸어서 지나면 조금 오르막길로 들어서면서 길이 점점 좁아진다. 그리고 거의 골목 크기로 좁아졌을 때쯤 되면 승연의 집이 나왔다.

집은 작은 마당이 딸린 1층짜리 단독주택이었다. 원래 부모님과 함께 아파트에 살았었는데, 두 분 다 돌아가시고 혼자가 되자 더 이상 그 집에 계속 살기가 싫어졌다. 그래서 아파트를 팔고 대신 산 것이 이 집이었다.

부동산에서는 보안 문제도 있고, 집 관리하기도 힘들다며 젊은 처녀 혼자 살기는 안 좋다고 말렸지만 승연은 고집을 부렸다. 집은 낡았지만 남향이라 햇빛이 잘 들었고, 무엇보다 화단을 꾸밀 수 있는 마당이 있고, 거실 밖으로 나오면 작은 쪽마루까지 있다는 점이 마음에 들었다.

직접 살아보니 틀린 선택이 아니라는 걸 알 수 있었다. 화단에 이런저런 꽃을 심어 예쁘게 가꾸는 것도 즐거웠고, 상추나 고추, 애호박 등 간단한 채소를 길러 먹는 것도 재미있었다. 겨울에는 추워서 무리지만 봄부터 가을까지는 쪽마루에 나와 앉아서 바람을 즐기며 혼자 맥주도 한 잔씩 하곤 했다. 보름달이라도 뜬 밤이면 하늘을 올려다보는 것만으로도 지루한 줄 몰랐다. 거기다 라디오까지 은은하게 틀어놓으면 세상이 다 내 것 같았다.

가끔 부모님이 그립기는 했지만 혼자라서 외롭다는 생각은 들지 않았다. 혼자만의 생활로도 충분히 나날이 보람 있고 즐거워서 연애를 하고 싶다는 생각도 들지 않았다. 결핍이라고는 없는 생활이었다. ……민준수를 알기 전까지는.

그래, 민준수를 좋아하게 되기 전까지는 나날이 평온했었다.

그를 마음에 품고 나서부터 승연의 마음에는 전에 없던 틈이 생겼다. 그 틈새로 시시때때로 서늘한 바람이 불었다. 유리창 너머로 잠시 얼굴을 볼 때는 기뻤지만 딱 그 순간뿐이었다. 돌아서면 곧 한없이 외로워졌다. 멀리서 바라보기만 하는 자신이 한심스럽고, 다가가지 못하는 것이 안타깝고, 때때로는 이유도 없이 괜히 울고 싶어졌다.

지금도 그렇다. 단 몇 개월 전까지만 해도 전혀 몰랐던 사람이었는데, 세상에 존재하는 줄도 모르고 살았는데. 이제는 다시는 볼 수 없을 거라고 생각하니 견딜 수 없이 마음이 쓰라렸다.

'차라리 몰랐더라면.'

사람을 좋아하는 감정이라는 것이 이토록 외롭고 아픈 것인 줄 몰랐다. 이럴 줄 알았더라면 처음부터 좋아하지 않을 걸 그랬다고 생각하며 승연은 입술을 꼭 깨물었다. 하지만 생각해보면 좋아하게 되고 싶어서 좋아하게 된 것도 아니었다. 그러니 잊고 싶다고 해서 잊을 수 있는 것도 아니었다. 그저 시간이 지나가기만을 바랄 뿐.

코끝이 찡해오는 것을 억지로 참으며 승연은 집에 도착했다. 잠시 보일러실에 들러 먹이와 물을 챙겨주고 고양이들이 잘 있는지 체크한 후 마루로 올라갔다.

집 안은 원목 가구 위주로 소박하고 깔끔하게 꾸며져 있었다. 외관이야 낡았다 치지만 안쪽까지 낡은 건 역시 보기 싫어서, 간단하게나마 리모델링 공사도 하고 들어왔었다.방이 세 개나 됐지만 실제로 쓰는 방은 침대가 놓인 방 하나였다. 문을 열고 들어가서 불을 켜자마자 제일 먼저 보일러와 히터부터 켰다. 혼자 산 지 오래되다 보니 별로 외롭다는 생각은 하지 않았지만 종일 비어 있던 방의 썰렁한 공기만은 매일 겪어도 늘 싫었다.

별로 생각이 없어서 저녁도 거르고 간단하게 샤워만 한 후 승연은 일찌감치 잠자리에 들었다. 스탠드를 끄고 침대에 누워 가슴 위에 손을 모으고 살짝 눈을 감은 바로 그때.

머리맡에 놓아두었던 휴대전화가 작게 진동했다.

진동은 한 번으로 멈췄다. 즉 전화가 온 게 아니라 문자나 휴대전화 메신저 알림이라는 뜻이었다. 혜정이겠지, 하고 생각하며 승연은 한숨을 지으며 손을 뻗어 휴대전화를 찾았다.

그리고 화면에 떠 있는 한 줄의 메신저 알림을 보는 순간 하마터면 심장이 멈출 뻔했다.

― 민준수 선생님: 안녕하세요.

"……."

승연은 한참 동안이나 화면을 뚫어져라 쳐다보았다. 눈도 깜빡이지 않은 채.

도저히 믿을 수가 없었다. 민준수가 먼저 말을 걸어오다니!

가슴이 미친 듯이 뛰기 시작했다. 휴대전화를 든 손이 파르르 떨렸다.

어떡하지? 뭐라고 대답을 해야 하지? 어제는 정말 죄송했다고? 아니, 안녕하세요, 했으니까 먼저 네, 안녕하세요, 하고 대답하는 게 먼저일까?

이러지도 저러지도 못하고 어쩔 줄 몰라 하고 있는 사이에 다시 알림이 떴다.

― 민준수 선생님: 몸은 좀 괜찮아지셨는지 모르겠네요. 걱정이 돼서 연락드렸습니다.

걱정이 돼서. 그 말을 보는 순간 눈시울이 왈칵 뜨거워졌다.

민준수는 화나 있지 않다. 어제 자신이 그렇게 무례하게 굴었는데도. 오히려 걱정하고 있다고 말해주고 있었다.

　– 민준수 선생님: 그럼 푹 쉬시고, 나중에 다시 연락하지요.

뭐라고 대답을 하기도 전에 또다시 알림이 떴다.

이미 상대가 말을 끝냈는데 뒤늦게 반응을 하는 것도 꼴이 우스운 것 같아서, 끝내 승연은 뭐라고 대답을 보내지 못했다. 읽고 나서 대답하지 않는 것은 예의에 어긋나는 것 같아서, 메신저를 직접 켜서 확인도 하지 않은 채 그냥 두었다. 1이라는 숫자만 사라지지 않으면, 준수는 자신이 아직 메시지를 읽지 못했다고 생각할 테니까.

이젠 진짜 끝이라고 생각했던 남자와의 끈이 다시 이어졌다. 오늘 하루 종일 지옥 같았던 마음이, 단순히 그것만으로도 순식간에 언제 그랬냐는 듯이 포근한 안도감으로 꽉 찼다.

어쩌면 사람들은 이래서 사랑을 하는 것이 아닐까. 비록 사랑을 하기 전보다 훨씬 더 외롭고 속상해지더라도.

휴대전화를 손에 꼭 쥐고 승연은 순간의 달콤함에 푹 젖어들었다.

명색이 수의사인 주제에 원시인 노릇은 할 수 없으므로 어쩔 수 없이 스마트폰이라는 물건을 쓰고는 있지만, 휴대전화 메신저는 여태 설치해본 적이 없었다. 평소에 여기저기서 카톡, 카톡 하고 들려오는 메시지 도착 알림음이 소음 공해라고도 생각했고, 사실 메신저로 얘기할 만한 사람도 없었으니까.

그런데 이제 와서 갑자기 메신저를 쓰게 된 이유는 물론 승연 때문이었다. 하루 종일 저기압 상태인 준수를 견디기 힘들었는지, 저녁때쯤 선영이 귀띔해주었던 것이다.

「혹시 모르니까 카톡이라도 한 번 보내보세요, 원장님.」

「그런 거 설치 안 했는데. 그냥 문자로 보내면 안 되는 겁니까?」

「아니, 요즘 세상에 메신저도 안 깔고 무슨 연애를 하려고 하세요, 도대체!」

결국 선영에게 한바탕 야단을 맞은 끝에 처음으로 메신저라는 물건을 설치하고 말았다.

설치하는 동안 준수는 혹시나 승연도 안 깔았으면 어떡하지, 하고 은근히 걱정을 했다. 그런데 웬걸, 설치가 끝나니 자신의 전화번호부에 등록되어 있는 몇 명 안 되는 사람 전부가 메신저에 떴다.

진짜로 나만 안 쓰고 있었던 거군. 준수는 조금 충격을 받았다.

하여튼 연애라는 건 사람으로 하여금 평생 안 하던 짓도 하게 만든다. 여직원이 야단치는 걸 고분고분 듣고 있게 만들지를 않나, 메신저 따위를 휴대전화에 깔게 만들지를 않나.

어쨌든 이제는 승연에게 말을 거는 게 문제였다.

– 안녕하세요.

그 다섯 글자를 쓰기까지 거의 한 시간을 고민했다. 자신을 좋아했다가 질려버린 여자에게, 대체 첫마디를 뭐라고 꺼내야 좋은 걸까.

「그 여자분이 원장님한테 정떨어졌나 보죠.」

낮에 선영에게 그 말을 듣는 순간 가슴이 철렁했었다. 사실은 스스로도 혹시나, 하고 생각하고 있었던 부분이었기 때문에.

「원장님이 그렇게 막무가내로 구시는 거 보고 확 감정이 식어버렸을지도 모른다 이거죠. 아, 내가 생각했던 거랑은 다른 사람이구나!」

이건 더더욱 부정할 수 없는 부분이었다. 그녀는 자신이 다정한 사람이라고 생각해서 좋아했다는데, 실제의 자신은 다정함이라고는 약에 쓰려도 찾아보기 힘든 인간이니까.

선영과 진호가 거들기까지 한 덕분에 준수의 생각은 완전히 부정적인 쪽으로 굳어지고 말았다.

이승연은 더 이상 자신을 좋아하지 않는다. 그래서 어제 저녁에 함께 걸을 때도 내내 불편해 보였던 거고, 결국 도중에 집에 가버린 거다.

결론은 그렇게 냈지만 여기서 포기할 생각은 들지 않았

다. 그쪽이 먼저 좋아해줬으니까, 이번에는 이쪽에서 다가가보고 싶었다. 물론, 조심스럽게.

역시 선영에게 지적을 받고 뒤늦게 아차 싶었던 부분이 있었다. 너무 제멋대로 굴어버렸다는 점이었다. 승연은 진지하게 만나보자는 자신의 말에 대답도 해주지 않았었는데, 그녀가 자신을 짝사랑했다는 점만 철석같이 믿고 너무 막무가내로 밀어붙여버렸다. 짝사랑이 무슨 해병대도 아니고, 한 번 짝사랑은 영원한 짝사랑인 것도 아닌데. 게다가 마음 접겠다고 본인이 자기 입으로 얘기하기까지 했었는데.

더는 섣불리 행동할 수 없었다. 그래서 지금까지처럼 불쑥 가게로 찾아가지도 않고, 전화를 걸지도 않고, 돌아가는 길을 선택했다.

– 안녕하세요.

준수가 처음 건넨 그 한 마디는 그런 뜻이었다.

놀라지 마요. 도망가지 마요. 천천히 다가갈 테니까.

그 외에도 몇 마디를 더 보냈다. 최대한 부담스럽지 않게. 하지만 승연은 메시지를 확인하지 않았다. 밤이 지나고 아침이 되어도, 메시지 앞의 1자는 지워지지 않은 채 그대로였다.

준수는 초조해졌다. 대체 왜 메시지를 확인하지 않는 걸까. 참다못해 체면이 구겨지는 걸 무릅쓰고 진호에게 물었더니 진지한 표정으로 이런 대답이 돌아왔다.

「원장님, 혹시 차단당하신 거 아닐까요?」

상대에게 차단당했는지 여부는 이쪽에서 알 수 없지만, 차단당했을 경우 메시지를 보내도 전해지지 않은 채 계속 읽지 않은 상태로만 표시된다는 것이었다.

맙소사. 준수는 사라지지 않는 1자를 오전 내내 들여다보고 또 들여다보며 안절부절못했다. 휴대전화를 잃어버렸나? 아니면 배터리가 다 돼서 휴대전화가 꺼졌는데 그냥 놔두고 있는 건 아닐까? 설마 내가 보낸 메시지라 일부러 확인하지 않는 건 아니겠지? 아니면 정말 차단? 별의별 생각이 다 들었다.

거의 숨이 넘어가기 직전이 되었을 때쯤, 문득 한순간에 거짓말처럼 1자가 사라졌다. 확인하는 동시에 심장이 쿵 하고 내려앉았다.

잠시 후, 메시지가 도착했다.

─ 이승연: 걱정해주셔서 고맙습니다. 전 괜찮아요.

그리고 잠시 후, 또 하나 더.

─ 이승연: 그날은 정말 죄송했어요. 다음에 만나 뵙고 꼭 다시 사과드릴게요.

'다음에 만나 뵙고'라는 말이 깊은 안도감을 불러일으켰다. 그렇다면 다음이 있다는 뜻이었다. 이게 끝이 아니라는 뜻. 최소한 두 번 다시 얼굴도 보기 싫을 만큼 정나미가 떨어지지는 않았다는 뜻.

준수는 길게 한숨을 내쉬었다.

그 '다음'이라는 것이 언제쯤을 말하는 건지 궁금했지만, 어쨌든 지금은 이걸로 족했다. 최소한 지금 이 순간은.

　승연이 아침 세수를 마치고 욕실에서 나오자 어김없이 휴대전화에 메시지가 와 있었다.

　- 오늘은 날씨가 많이 춥네요.

　3분 전에 도착한 메시지. 딱 그 말뿐이었지만 승연의 심장 박동은 금세 빨라졌다.

　민준수는 어디까지나 민준수다웠다. 결코 말이 많지도, 자주 메시지를 보내오지도 않았다. 하지만 그것만으로도 승연은 기뻤다. 메시지가 올 때마다 한참을 멍하니 넋을 잃고 화면만 들여다보고 있을 정도로.

　사실 내용은 별로 중요하지 않았다. 그냥 형식적인 인사말이라도 기뻤다. 늘 유리창 너머로만 바라보던 선생님이, 그 민준수가, 이렇게 자신에게 휴대전화 메신저로 먼저 말을 걸어온다는 것 자체로 승연은 가끔씩 꿈꾸는 듯한 기분이 들어 뺨을 꼬집어보곤 했다.

　날씨가 많이 춥네요. 이건 그러니까, 감기 조심하라는 뜻 아닐까?

그렇게 저 좋을 대로 해석하며 승연은 옷장에서 따뜻한 패딩 점퍼를 꺼내 입었다. 털모자도 쓰고, 두껍게 목도리도 둘렀다. 선생님이 일부러 저렇게 말해주셨는데 감기 걸리면 안 되니까. 사실은 그렇지 않아도 아침에 일어나서 거실로 나왔을 때 공기가 유난히 싸늘한 것 같아서 샤워는 생략하고 세수만 하고 나온 터였다.

마지막으로 장갑까지 끼기 전에 승연은 답장을 보냈다.

— 이제 가게 나가는 길이에요. 알려주신 덕분에 따뜻하게 입고 나왔어요.

좋은 하루 보내세요, 하고 덧붙일까 하다가 그만두었다. 혹시나 이 뒤로 대화가 더 이어지지 않을까 싶어서.

메시지를 보내고 나서 집 밖으로 나왔다. 준수가 말했던 대로 어제보다 날씨가 한결 추워져 있었다. 가게로 가는 길에 승연은 주머니에서 휴대전화를 몇 번이나 꺼내서 답장이 왔는지 확인했다. 그리고 일곱 번째로 꺼내봤을 때, 새로 메시지가 도착해 있었다.

— 잘했군요. 그럼 오늘도 좋은 하루 보내요.

성격만큼이나 단호한 끝맺음. 좀처럼 대화가 길게 이어지지 않는 것을 조금은 야속하게 생각하며, 승연은 답장을 보냈다.

— 선생님도 즐거운 하루 되세요. :)

아무렇지 않은 척, 조금도 섭섭하지 않은 척, 끝에 웃는 얼굴 표정의 이모티콘까지 붙여서 메시지를 보내고 나자 어느덧 가게가 눈앞에 보였다. 요즘은 늘 이런 식이었다. 아침마다 출근길에 민준수와 메시지로 몇 마디 나누다 보면 가게 앞이었다.

완전무장 했던 방한구들을 벗고 스웨터 위에 앞치마를 두르고, 하루의 장사 준비를 시작한다. 아침 일찍 배달되어 온 신선한 달걀들을 톡톡 깨어 풀면서도 눈은 계속 테이블 한편에 놓아둔 휴대전화에 가 있었다. 혹시나 준수에게서 또 메시지가 오지 않을까, 하고.

민준수와 휴대전화 메신저로 이야기하게 된 지 어언 일주일째였다. 아침에는 으레 정해놓은 듯이 메시지가 왔고, 그외에도 하루에 두세 번씩 툭툭 메시지가 날아들었다.

– 점심은 먹었어요?

– 지금쯤 문 닫을 시간이겠네요. 고생 많았어요.

이런 식으로.

물론 그럴 때마다 승연도 나름대로 답장을 보냈다.

– 네, 방금 볶음밥 시켜서 먹었어요.

– 선생님도 오늘 하루 고생 많으셨어요.

하지만 좀처럼 대화가 길어지는 법은 없었다. 기껏해야 서너 마디 정도가 왔다 갔다 할 뿐. 민준수는 그 이상 길게 대화를 이끌어가려고 하지 않고 늘 선을 긋듯이 먼저 끝을 맺었다.

– 그럼 오후에도 졸지 말고 파이팅해요.

– 조심해서 들어가요.

그럴 때마다 승연은 늘 아쉬웠다. 늘 이렇게 안부 인사 같은 말들만 하고 끝내지 말고, 좀 더 얘기를 나눠도 괜찮을 텐데.

사실 먼저 대화를 이어가려는 노력을 해보면 될 일이었다. 점심 먹었느냐는 질문에 대답하면서 선생님은 뭐 드셨어요, 하고 덧붙여 묻는다든가.

하지만 승연은 좀처럼 그럴 용기가 나지 않았다. 이미 자신이 좋아하고 있다는 사실을 상대가 뻔히 알고 있는 상태이기 때문에 더욱더 그랬다.

괜히 질척거리는 것처럼 보이지 않을까. 혹시 바쁜데 눈치 없이 귀찮게 구는 거나 아닐까. 그런 걱정이 늘 승연으로 하여금 상대가 보내는 메시지에 대답만 하게 만들었다. 하물며 이쪽에서 먼저 메시지를 보내는 것은 상상조차 할 수 없었다.

물론 속마음은 전혀 딴판이었다. 좋아하는 마음이란 곧 관심이었다. 승연은 준수의 모든 것이 궁금했고, 그와 한 마디라도 더 나누고 싶었다. 준수에게서 메시지가 올 때마다 하고 싶은 말들이 수도 없이 떠올랐다.

오늘은 몇 시에 퇴근하세요? 혹시 못되게 구는 보호자는 없었어요? 참, 이따 저녁쯤에 비가 내린다는데 혹시 우산은 갖고 계세요? 저 가게에 우산 하나 더 있는데.

하지만 결국 실제로 쓸 수 있는 말은 하나도 없었다. 마음속에서 맴도는 수많은 말들을 억지로 꾹꾹 눌러죽이고 승연은 늘 간단하게만 대답했다.

네, 밥 먹었어요. 좋은 하루 보내세요. 오늘 하루도 수고 많으셨어요, 선생님.

피어나기도 전에 져버리는 꽃송이처럼, 그렇게 하루에도 수많은 말들이 사라져갔다.

「나는 승연 씨에게 호감이 있습니다.」

준수는 호감이라는 표현을 썼었다. 말 그대로 좋은 감정이라는 뜻이었다. 사랑도, 그렇다고 연애 감정도 아닐 수 있다.

하지만 이쪽은 달랐다. 처음부터 좋아했고 지금도 마찬가지였다. 이왕 들킨 마음이긴 하지만, 그 마음을 상대가 귀찮거나 부담스럽게 느끼게 만들고 싶지는 않았다. 최소한의 자존심이자 예의였다.

그래서 준수가 늘 대화를 먼저 끝내도 승연은 한 번도 섭섭한 기색을 내비치지 않았다. 아니, 내비칠 수가 없었다.

형식적인 인사에 가까운 짧은 대화만이 오갈 뿐이었지만, 어느새 승연은 하루 종일 준수에게서 메시지가 오기를 기다리게 되었다. 어차피 메시지가 오는 것은 기껏해야 하루에 서너 번 정도니까, 그리 자주 올 리 없다는 것을 알면서도 늘 온 신경이 휴대전화에 쏠려 있었다.

그뿐인가. 가끔 손님이 뜸할라치면 어느새 습관처럼 휴대전화 메신저를 열어 전에 나눴던 대화들을 눈으로 훑고 있었다. 하도 들여다봐서 이제 거의 문장을 외우다시피 했는데도, 그래도 그가 보냈던 말들을 하나하나 곱씹어볼 때마다 늘 새롭게 가슴이 설렜다.

하루에 겨우 몇 마디 주고받는 메시지. 그것만으로도 승연의 일상은 온통 민준수로 꽉 차 있었다.

오늘따라 점심시간을 한참 넘겨서까지 손님이 끊이지를 않았다. 2시가 훌쩍 넘어서야 겨우 한숨 돌릴 수 있었다. 마지막 손님이 나가자마자 승연은 휴대전화부터 확인해보았다. 역시나 준수에게서 새 메시지가 와 있었다.

– 점심 맛있게 먹었어요?

– 아뇨, 오늘따라 손님이 많아서 아직 못 먹었어요. 이제 먹어야죠.

승연은 그렇게 답장을 보냈다. 어차피 돌아올 대답은 '그래요, 맛있게 먹고 힘내요.' 이 정도일 거라고 예상하면서.

하지만 오늘은 웬일인지 조금 달랐다.

– 사실은 나도 아직입니다.

드물게 대화가 이어지려는 기미가 보였다. 승연은 기뻐서 얼른 답장을 보냈다.

– 왜 여태 못 드셨어요?

– 내 담당 환자 예약이 하필 한꺼번에 겹치는 바람에. 아직도 하나 더 남았습니다.

 – 그렇게 바쁘셔서 어떡해요.

 – 환자 때문인데 어쩔 수 없죠. 그래도 배고프긴 하네요.

그때, 승연의 머릿속에 문득 떠오른 생각이 있었다. 혹시 김밥이라도 갖다드리면 어떨까……? 동시에 심장이 쿵 하고 굉음을 냈다.

잠시 후 준수에게서 다시 메시지가 왔다.

 – 뭐, 괜찮습니다. 승연 씨라도 잘 챙겨 먹고 힘내서 일해요.

이 대화는 여기서 정리하자는 뜻이었다.

 – 선생님도 힘내세요.

일단 그렇게 답장을 보내놓고 승연은 고민에 빠졌다. 김밥, 정말 갖다드리면 안 될까?

'부탁받은 것도 아닌데 괜히 혼자 오버하지 마.'

'아니, 뭐 어때. 그냥 친구가 굶고 있다고 해도 그 정돈 챙겨줄 수 있는 거지.'

'내가 친구야? 좋아하는 거 선생님도 뻔히 아시는데.'

'알면 좀 어때. 배고픈데 뭐 챙겨다주면 반가워하겠지. 어차피 멀지도 않은데.'

'여자친구도 아닌데 불쑥 도시락 싸 가는 거 너무 부담스럽지 않을까?'

170

'난 직업이 이거거든? 가게에 널린 게 김밥인데 뭐가 부담스러워.'

가고 싶은 마음과 가고 싶지 않은 마음이 소리 없이 치열한 싸움을 벌였다. 그리고 결국 이긴 것은 전자였다. 왜냐하면, 보고 싶었으니까. 메시지도 좋지만 잠깐이라도 좋으니까 진짜 민준수의 얼굴을 보고 싶었다.

다행히 오늘은 옷차림도 크게 나쁘지 않다. 물론 잘 차려입은 건 아니지만 별로 초라할 정도는 아니었다. 그럴싸한 핑계도 찾아냈다. 지난번에는 그렇게 먼저 휙 가버려서 정말 죄송했다고, 그래서 마침 점심 거르셨다기에 사과의 의미로 김밥 좀 가져왔다고 하면 자연스럽지 않을까!

마음을 결정한 승연은 얼른 김밥을 준비했다. 달걀도 제일 도톰하게 잘 부친 것으로 골라 넣고, 우엉도 듬뿍 넣어서 정성들여 싸서 도시락 용기에 포장했다. 혹시 같이 일하는 분들도 아직 점심 전일지 모르니까 넉넉하게.

준수의 병원은 걸어서 10분도 안 되는 거리였다. 잠시 인사를 나눈다 하더라도 왕복 20분 정도면 충분히 다녀올 수 있다. 그 이상 걸릴 이유도 별로 없었다.

〈잠시만 가게 비웁니다.〉

그렇게 메모지에 써서 유리문에 붙인 후, 간단히 문만 잠그고 승연은 도시락을 들고서 가게를 나섰다.

- 선생님도 힘내세요.

승연에게서 온 마지막 메시지를 들여다보며 준수는 가볍게 한숨을 쉬었다.

점심을 굶었다는 건 사실 거짓말이었다. 제대로 챙겨 먹었다.

- 환자 때문인데 어쩔 수 없죠. 그래도 배고프긴 하네요.

아까 그렇게 메시지를 보냈던 건 사실 노린 것이었다. '어떡해요, 많이 배고프세요?'라든가, 그런 식으로 뭔가 반응이 있었으면 자연스럽게 '좀 이따 김밥 사러 가도 됩니까?' 하고 물을 생각이었는데.

그런데 정작 승연은 아무 대답이 없었다. 혹시 어쩌라고, 하고 생각하는 건 아닐까 싶어서 준수는 급히 대화를 마무리 지었던 것이다.

- 뭐, 괜찮습니다. 승연 씨라도 잘 챙겨 먹고 힘내서 일해요.

탁, 하고 휴대전화를 소리 나게 책상 위에 올려놓으며 준수는 혼잣말로 중얼거렸다.

"아직 얼굴 보는 건 시기상조인가?"

일주일 정도 이렇게 메시지를 주고받고 있었다. 별로 싫어하는 눈치는 없었지만 그래도 마음이 놓이지는 않았다. 메시지를 보내면 승연은 늘 늦지 않게 꼬박꼬박 대답해주었지만, 자기 쪽에서 먼저 말을 걸어오는 적은 한 번도 없었다. 이쪽이 묻는 말에 대답하는 것 이외에는 다른 말을 꺼내는 법도 없었다. 그래서 티를 안 내서 그렇지 혹시 속으로는 날 귀찮아하는 건가, 하는 생각에 늘 대화를 짧게 끝내는 버릇이 붙었다.

'나는 당신이 좋습니다. 그런데 당신은 벌써 내가 싫어진 겁니까?'

성격 같아서는 진작 찾아가서 단도직입적으로 이렇게 용건을 말하고도 남았다. 하지만 이미 막무가내로 굴었다가 낭패를 본 터다. 그래서 성격에 안 맞는 짓을 억지로 하자니 은근히 스트레스가 쌓였다.

연애 감정이라는 게 사람을 이렇게 소심하게 만드는 것인 줄은 미처 몰랐다. 소심한 민준수라니, 스스로 생각해도 최악이다.

아, 꼴사나워. 준수가 머리를 감싸 쥐었을 때, 문득 노크 소리가 들렸다.

똑똑.

"들어와요."

말이 채 끝나기도 전에 문이 벌컥 열렸다. 헐레벌떡 들어온 것은 진호였다.

"워, 원장님!"

왠지 몰라도 대단히 흥분한 상태처럼 보였다.

"무슨 일인데?"

무심하게 묻자 진호가 엄지손가락으로 제 머리 뒤쪽, 그러니까 문 밖을 가리켰다.

"원장님한테 손님이 오셨는데요."

환자라고 알아들은 준수는 역시 쿨하게 대답했다.

"그럼 접수하고 들어오시라고 하면 되지 왜."

"아니, 그게 아니라!"

진호는 답답하다는 듯이 발을 쾅 굴렀다.

"여자분이 오셨다니까요? 이승연 씨라는."

이승연. 이름 석 자에 준수는 제 귀를 의심했다.

"누구라고?"

"이승연 씨요! 원장님 만나러 오셨대요!"

준수의 심장이 쿵 하고 떨어지는 것과 동시에, 진호가 몸을 슬쩍 비켰다. 그러자 등 뒤에 있던 여자가 모습을 나타냈다.

승연이었다. 진짜 이승연.

"안녕하세요, 선생님."

고개를 숙여 인사하는 승연을, 준수는 대답하는 것조차 잊고 멍하니 바라보았다.

"아…… 승연 씨가 여긴 어쩐 일로……?"

맙소사. 목소리가 떨려 나오는 게 스스로도 느껴졌다. 정말이지 어울리지 않는 짓도 가지가지다.

"여태 점심을 못 드셨다고 하셔서, 김밥 조금 가져왔어요."

승연은 그렇게 말하며 제 손에 들린 꾸러미를 살짝 들어 보였다. 순간 곁에 서 있던 진호가 어리둥절한 표정을 짓는 것이 준수의 눈에 들어왔다. 그야 한 시간 전에 근처 식당에서 볶음밥 주문해서 먹은 걸 뻔히 아니까.

여기서 진호가 눈치 없이 원장님 아까 점심 드셨잖아요, 어쩌고 했다간 큰일이다. 준수는 즉시 진호를 향해 싸늘한 눈빛을 보냈다.

'나가.'

진호는 즉시 알아듣고 허둥지둥 말했다.

"아, 저, 그럼 원장님이랑 천천히 말씀 나누세요! 전 이만, 하하."

진료실 문이 닫혔다.

"……."

"……."

둘만 남자 진료실 안에는 침묵이 흘렀다. 준수는 뭐라고 말해야 좋을지 알 수 없었다. 눈시울이 찡해지도록 반갑고 기쁜데, 이걸 어떻게 표현해야 할지 모르겠다. 다짜고짜 보고 싶었다고 말했다간 놀라서 도망쳐버리겠지.

꾸러미를 두 손으로 든 채 조금 어색한 듯이 시선을 내리깔고 있던 승연이, 이윽고 고개를 숙여 보였다.

"저어, 그날은 죄송했어요."

그제야 준수는 퍼뜩 제정신으로 돌아왔다. 그날? ……아, 그날.

"아뇨. 의사도 제대로 묻지 않고 다짜고짜 데려간 내가 오히려 미안합니다."

"아녜요, 제가 실례했어요."

승연이 어쩔 줄 몰라 하며 거듭 고개 숙여 사과하는 게 마음에 들지 않았다. 그녀는 아무것도 잘못한 게 없다. 사과해야 할 건 이쪽인데.

"글쎄, 내 실수라니까요."

이런, 목소리가 조금 높아져버렸다. 순간 승연의 어깨가 놀란 듯이 흠칫 굳어지는 것을 보고 준수는 뒤늦게 아차 싶었다.

"아니, 난 그런 뜻이 아니라…… 그러니까 사과는 내가 해야 된다는, 뭐 그런…….'

횡설수설하다 말고 준수는 그냥 입을 다물어버렸다. 자신이 이토록이나 말주변이 없는 줄 몰랐다. 이놈의 혀는 어떻게 된 게 독설을 내뱉을 때만 잘 움직이게 만들어져 있지, 그 외에는 도통 쓸모라고는 없지 않은가.

"배고프실 텐데 간단히 요기라도 하세요."

이윽고 승연이 책상 위에 꾸러미를 조심스럽게 내려놓았다.

"그럼 저는 이만 가보겠습니다."

간다고? 준수는 당황했다.

"잠깐만!"

이미 몸을 돌리고 있는 승연을 붙잡다시피 불렀다.

"추운데 앉아서 차라도 한 잔 하고 가요."

하지만 승연은 고개를 저었다.

"선생님 바쁘실 텐데 괜찮아요."

"별로 바쁘지 않습니다."

"아직 예약도 남았다고 하셨잖아요."

아차, 내가 그렇게 말했었지. 준수는 아까 했던 거짓말을 뒤늦게 후회했다.

"아니, 그래도……!"

이렇게 그냥 보낼 순 없는데. 그러기 싫은데. 하지만 승연은 끝내 거절했다.

"저도 가게를 비워놓고 나와서요. 얼른 돌아가봐야 해요."

그렇다면 어쩔 수 없다. 준수는 섭섭한 마음을 억지로 눌렀다.

"일부러 이렇게 가져와줘서 고마워요. 맛있게 먹겠습니다."

"네. 다른 분들하고 같이 드세요."

승연은 그렇게 말하고는 고개를 숙였다.

"그럼 가보겠습니다."

"조심해서 가요."

준수는 진료실 밖까지 승연을 배웅했다.

"바쁘신데 실례가 많았습니다. 안녕히 계세요."

승연은 선영과 진호에게까지 일일이 인사를 하고 나서야 밖으로 나갔다. 병원을 나서는 승연의 등 뒤로 도합 세 사람의 시선이 날아가 꽂혔다.

"저 여자분 기억나요. 그때 우리 병원에서 키우는 애들한테 써달라고 큰돈 놓고 가신 그분이잖아요?"

선영이 목소리를 낮춰 종알거렸다.

"마음씨도 곱고 얼굴도 예쁘고, 어쩜!"

그 옆에서 진호 역시 멍하니 중얼거렸다.

"난 좀 더 기 센 여자일 줄 알았는데."

"네? 왜요?"

"아니, 그러니까 원장님이 저렇게 안절부절못하고…….”

"쉿, 원장님 들으시겠어요!"

들리기는 했다. 하지만 준수는 뒤에서 둘이 쑥덕대는 말 따위는 신경 쓸 겨를이 없었다. 저만치 멀어지고 있는 승연의 뒷모습을 쳐다보느라.

바깥 공기에 그대로 드러난 가녀린 목덜미가 유난히 추워 보였다. 마침 찬바람이 불어왔는지, 승연이 목을 한껏 움츠리는 게 눈에 들어왔다.

순간 준수의 다리가 저도 모르게 움직였다. 준수는 진료

실로 가서 제 목도리를 가지고 나와서 그대로 거리로 뛰쳐
나갔다.

"잠깐만!"

뒤에서 소리 높여 부르자 승연이 깜짝 놀란 듯이 걸음을
멈췄다. 의아한 표정으로 뒤돌아보는 그녀에게, 준수는 성
큼성큼 다가갔다.

"추운데 이거 하고 가요."

목도리를 내밀자 승연이 흠칫 놀라며 고개를 저었다.

"아니에요. 저도 가게에 목도리 있어요."

"지금은 없잖아요."

"괜찮아요. 금방 가는걸요."

나는 지금 이 순간 당신이 추운 게 싫어. 모르겠습니까?

그렇게 말하는 대신 준수는 입술을 꾹 다물고 한 걸음 다
가섰다. 숨결이 닿을 정도로 거리가 가까워지자 승연이 당
황한 듯이 얼른 시선을 내리깔았다. 그녀가 숨을 멈추는 것
이 느껴졌다.

긴 속눈썹이 바로 눈 아래 있다. 방금까지 그녀가 숨 쉬던
공기 속에 은은한 향기가 감도는 것 같다. 작은 어깨가 긴장
감으로 굳어 있는 것을 느끼며, 준수는 제 손으로 직접 목도
리를 승연의 목에 감아주었다.

"……."

준수가 한 걸음 뒤로 물러나자 그제야 승연이 참았던 숨

을 작게 토해냈다.

"……고맙습니다."

여전히 준수의 얼굴을 똑바로 올려다보지 않은 채, 그녀는 조그맣게 말했다.

"그런데 이거 저 주시면 선생님은 퇴근길에 추워서 어떡하세요."

"이따가 돌려줘요."

준수는 잘라 말했다.

"끝날 때쯤 가게로 데리러 가겠습니다. 집에 데려다줄게요."

그제야 승연이 눈을 들어 이쪽을 쳐다보았다. 당황한 기색이 역력한 눈동자에 안타까워졌다.

"오늘은 같이 식사하자고 얘기 안 해요. 그냥 딱 집에 데려다만 주겠다는 겁니다."

나는 이렇게 죽도록 참고 참다가 겨우 말하는 건데. 그것도 안 되는 겁니까? 준수는 애가 타는 마음으로 승연을 바라보았다.

"……네."

한참 후에야 승연은 가만히 고개를 끄덕였다. 준수는 하마터면 안도의 한숨을 쉬어버릴 뻔했다.

"그럼 조심해서 가고. 이따 봅시다."

목도리를 손끝으로 만지작거리며, 승연은 준수의 말을

되풀이하듯 조그맣게 중얼거렸다.

"네. 그럼 이따가."

승연은 고개를 숙여 보이고 뒤돌아섰다. 데려다 준다고 할까, 하는 생각이 뒤늦게 들었지만 걸음걸이가 어찌나 빠른지 벌써 저만치 멀어지고 있었다.

준수는 승연의 모습이 보이지 않게 될 때까지 그 자리에 서서 바라보았다. 한참 후에야 돌아서자 진호와 선영이 입을 딱 벌린 채 유리벽에 나란히 붙어 눈을 크게 뜨고 자신을 쳐다보고 있었다.

"……!"

마치 UFO에서 외계인이 내리는 장면이라도 목격한 듯한 표정이었다.

말도 안 돼, 이건 정말 말도 안 돼.

가게를 향해 뛰다시피 걸으며 승연은 입속으로 수도 없이 중얼거렸다. 요즘 들어 일어나는 일들이 대부분 그랬지만 방금 일어난 이 일이야말로 정말로 말도 안 되는 일이었다.

민준수 선생님이 나한테 목도리를 감아줬어!

승연은 떨리는 손끝으로 목도리를 만지작거렸다. 부드러운 소재로 된 짙은 갈색 목도리에서는 신기하게 민준수와 닮은 냄새가 났다. 향수도, 화장품 냄새도 아닌 민준수의 냄새가.

차분한 어른 남자의 냄새였다.

「끝날 때쯤 가게로 데리러 가겠습니다.」

어쩜 좋아. 목소리만 떠올려도 심장이 마구 뛰면서 얼굴이 화끈 달아올랐다. 아찔한 현기증이 달콤했다. 입술 끝이 자꾸만 올라가고 발걸음이 춤을 추듯 둥둥 떠올랐다. 어디선가 소리 없이 노래가 들려오는 것 같았다. 아직 한낮이라 네온사인 하나 켜지지 않아 살풍경하기 그지없는 거리가, 승연의 눈에는 온통 반짝이는 것처럼 보였다.

가게로 돌아오자마자 승연은 얼른 목도리부터 벗어서 비닐봉투에 꼭꼭 싸매두었다. 자칫 목도리에 참기름 냄새라도 배면 큰일이니까.

다시 가게 문을 열고 장사를 시작했다. 하지만 한 시간, 또 한 시간, 시간이 흘러 준수가 데리러 올 시간이 가까워올수록 승연의 긴장은 점점 심해졌다. 덕분에 오후 장사를 하는 내내 실수 연발이었다. 단무지를 빼고 김밥을 마는 바람에 다시 싸기도 했고, 김밥을 썰지도 않고 그대로 통으로 포장하는 바람에 갔던 손님이 다시 돌아오기도 했다.

승연은 심호흡을 하며 마음을 억지로 가라앉히려고 노력했다.

괜찮아, 괜찮을 거야. 아까 낮에도 얼굴 보고 잘만 이야기했잖아?

저녁 장사까지 마치고 슬슬 가게를 정리할 때쯤에 준수에게서 메시지가 왔다.

— 10분 후에 데리러 가도 되겠습니까?

이미 각오하고 있었던 일인데도 또다시 어쩔 줄 모르게 된다. 어떡해, 어떡해, 정말로 올 건가 봐!

— 네, 준비하고 있을게요.

그렇게 답장을 보내고 승연은 얼른 옷을 갖춰 입었다. 아침에 매고 왔던 제 목도리를 두르고, 준수가 빌려준 목도리도 잊지 않게 챙겼다. 거울을 들여다보며 머리도 살짝 매만졌다. 또 지난번처럼 셔터를 내려주겠다고 할 것 같아서 미리 제 손으로 내려두었다.

간판 불까지 끄고 나서 가게 앞에서 기다리고 있자 준수는 얼마 지나지 않아 나타났다.

"오셨어요."

어색하게 인사를 건네고 나서 승연은 들고 있던 준수의 목도리를 건넸다.

"아까는 덕분에 따뜻하게 왔어요. 고맙습니다."

하지만 준수는 왠지 목도리를 받아들려고 하지 않았다. 대신에 툭 하고 말했다.

"승연 씨가 둘러줘야 하는 거 아닙니까?"

"네?"

"나는 해줬는데."

승연은 순간적으로 당황해서 굳어졌다. 정말로 나더러

이걸 해달라고?

"농담입니다."

어쩔 줄 모르고 있는데 다음 순간, 그는 웃지도 않고 그렇게 말했다. 그러고는 목도리를 받아 제 손으로 둘렀다.

승연은 놀라서 심장이 마구 콩닥거렸다. 제발 부탁이니까 그렇게 진지한 얼굴로, 그것도 그렇게 위험한 농담은 하지 말아줬으면 좋겠다. 이쪽은 짝사랑한 지가 한참이라고요!

"자, 가죠."

승연은 준수와 나란히 걷기 시작했다. 집을 향해서.

"집이 여기서 가깝다고 그러던데."

준수의 말에 승연은 잠시 의아해했다. 그걸 어떻게 알지? 하지만 금세 깨달았다. 아, 혜정이가 말해줬겠구나.

"네. 걸어서 10분 정도 걸려요."

"가까워서 좋군요."

준수는 그렇게 말했다.

가까워서 좋다는 것은 무슨 뜻일까. 혹시 앞으로 자주 데려다주고 싶다는 뜻일까, 아니면 그저 말 그대로 집이 가까워서 좋겠다는 뜻일까.

준수가 뭐라고 한 마디 말할 때마다 자꾸만 그 속뜻을 곱씹게 되는 승연이었다. 비록 그 안에 별 의미가 담겨 있지 않다고 하더라도.

"지난번에 만났을 때 말입니다."

준수가 문득 그렇게 말하는 바람에 승연은 조금 긴장했다.

"네."

"왜 자꾸만 나하고 떨어져서 걸었는지, 물어도 됩니까?"

"아……."

"내가 뭔가 불편하게 만들었던 거라면 솔직히 말해줘요. 시정할 테니까."

그때와는 달리 차분한 목소리였다. 그래서 승연도 차마 대답할 수 없었던 지난번과는 달리, 솔직하게 말할 용기가 났다.

"불편하게 하신 거 없으세요. 그냥……."

"그냥?"

"선생님이 저랑 나란히 걷다가 창피하실까 봐 그랬던 거예요."

준수가 문득 걸음을 멈췄다. 그리고 허를 찔린 듯한 표정으로 승연을 바라보았다.

"뭐라고요?"

"그게, 저어, 그날은 너무 갑자기 연락을 주셔서 미처 준비할 겨를이 없었거든요. 그래서 머리도 엉망이었고 옷차림도 그랬고요."

승연은 부끄러움을 무릅쓰고 솔직하게 말했다.

"그러니까 혹시 다음번에 만날 일이 있으면 좀 미리 연락을 주셨으면 좋겠어요. 그러면 옷도 좀 신경 써서 입고……."

거기까지 말했을 때였다. 갑자기 준수가 불쑥 손을 내밀어 승연의 손을 꽉 잡았다.

"선생님?"

승연은 깜짝 놀라 저도 모르게 반사적으로 손을 빼려고 했지만, 어찌나 단단히 잡혀 있는지 꿈쩍도 하지 않았다.

그대로 준수는 다시 걸음을 옮기기 시작했다. 승연도 끌려가다시피 걷기 시작했다.

"창피하다고 생각한 적 없습니다."

그는 승연을 돌아보지도 않고 말했다.

"그러니까 두 번 다시 쓸데없는 생각 마요. 다음번엔 화낼 거니까."

그대로 준수는 승연의 손을 잡은 채 거리를 걸었다. 사람들이 수도 없이 지나다니는 밤거리를, 아무렇지 않게.

하지만 승연은 아무렇지 않을 수가 없었다. 지금도 가끔씩 메시지를 받으면 이게 정말 그 민준수에게서 온 메시지가 맞나 싶어 한참을 신기해할 때가 있는데, 하물며 손을 잡고 거리를 걷다니.

'선생님이 내 손을 잡고 있어.'

자꾸만 몸이 비비 꼬였다. 어깨가 움츠러들었다. 너무 긴장돼서 숨조차 쉬기 힘들었다. 추운 날씨에도 불구하고 얼굴이 화끈거렸다. 손바닥에 촉촉하게 땀이 배어나는 것이 느껴졌다.

승연은 어떻게든 손을 빼려고 손가락을 꼼지락거렸지만 준수는 그럴수록 한층 더 손을 꽉 고쳐 잡아왔다. 그러면서도 말은 아무렇지도 않게, 침착하게 걸어오는 것이었다.

"여기서 길 건너면 되는 겁니까?"

말투만 들으면 마치 한 1미터는 떨어져서 걷는 사람 같다.

"……네."

남은 긴장돼서 죽겠는데 심지어 준수는 천천히 걷기까지 했다. 전에 만났을 때는 걸음이 빠른 편이라고 생각했는데, 이상하게 오늘따라 느릿하게 느껴져서 애가 탔다. 그나마 다행인 것은 애당초 집이 멀지 않다는 것이었다.

드디어 눈앞에 파란 대문이 나타나는 순간, 승연은 준수에게 잡혔던 손을 확 빼서 그 손가락으로 집을 가리켰다.

"여기예요."

집 앞, 가로등 아래서 준수가 걸음을 멈췄다.

"오늘은 데려다주셔서 고맙습니다, 선생님."

떨리는 목소리로 간신히 인사를 건네자 준수가 고개를 끄덕였다.

"나도 김밥 고마웠습니다. 잘 먹었어요."

작별 인사라고 생각한 승연은 그에게 들키지 않게 안도의 한숨을 내쉬었다. 하지만 준수의 말은 거기서 끝이 아니었다.

"한 가지 더 묻고 싶은 게 있는데."

"네······?"

승연은 지레 긴장했다. 짝사랑해온 탓일까, 이 남자의 앞에서는 어쩔 수 없이 자꾸만 흠칫흠칫 놀라고 긴장하게 된다.

"대체 내 어디를 보고 다정하고 착하다고 생각했던 겁니까?"

준수는 진심으로 궁금하다는 듯이 물었다.

"라디오를 듣고 난 후부터 계속 그게 궁금했어요. 왜 날 그런 사람이라고 오해했던 건지."

라디오 사건은 승연에게 있어서는 자다가도 벌떡 일어날 만큼 부끄러운 일이었다. 하지만 그 와중에도 오해라는 단어가 귀에 거슬려서, 승연은 참지 못하고 말했다.

"아뇨, 전 오해라고 생각하지 않아요."

드물게 단호한 말투에 준수가 조금 놀란 얼굴을 했다.

"선생님은 다정한 분이세요. 스스로는 모르고 계시는지도 모르지만요."

승연은 준수의 얼굴을 올려다보며 힘주어 말했다.

"다친 개를 그렇게 구조해서 치료하는 거, 아무나 할 수 없는 일이에요. 누가 알아주는 것도 아닌데 그 개를 정성껏 돌보고 끝까지 책임지는 것도요."

아, 그건가, 하듯 준수는 조금 김이 샌 듯한 표정이 되었다.

"그거야 단순히 내가 동물을 좋아하니까 그런 거지, 다정한 것과는 거리가 멀어요."

"그게 선생님의 다정함이라고 생각해요."

"사람에게는 그렇게 하지 못합니다."

"동물에게 다정할 수 있으면 얼마든지 사람에게도 다정할 수 있어요."

"아니, 나는 타고난 성격이 무뚝뚝해서 무립니다."

"말투나 태도가 부드러운 것만이 다정함은 아니에요."

겉으로만 다정한 가짜는 전에도 만나본 적이 있다. 비록 무뚝뚝하고 퉁명스러워도, 행동에서 묻어나는 민준수의 진짜 다정한 마음을 쉽게 알아볼 수 있었던 것도 그 때문이었다.

그날도 그랬다. 라디오에 보냈던 사연을 들켰다는 걸 알고 너무 창피해서 도망쳐버린 자신의 뒤를 따라왔을 때, 준수는 억지로 자신의 얼굴을 보려고 들지 않았다. 거리를 두고 모퉁이 너머에 서서 말해주었다.

「그냥 거기서 들어요.」

강제로 다가와서 괜찮아요, 그게 뭐가 부끄러워요? 하고 애써 말로 위로하려 들지 않는다. 거리를 유지한 채로 담담하게 말해준다. 그게 민준수 식의 다정함이었다.

"전 선생님을 오해하지 않았어요."

승연은 다시 한 번 강조하듯 말했다. 자신이 있었으니까.

무슨 생각을 했을까. 준수는 승연의 눈동자를 뚫어져라 바라보았다.

대항하듯 조금 버텨보았지만 길지 못했다. 아직은 눈을 똑바로 마주 쳐다보는 건 도저히 무리다. 얼마 가지 못해서 승연은 고개를 푹 숙여버렸다.

"……."

길어지는 침묵. 불안감에 가슴이 뛰었다. 내가 너무 주제 넘은 말을 했던 걸까. 네가 뭔데 날 멋대로 정의하느냐고, 기분 나쁘게 생각할 수도 있는 건데.

"노력해보겠습니다."

한참 후에야 준수는 불쑥, 중얼거리듯 말했다.

"나는 아마도 그런 사람이 아니라고 생각하지만, 어쩌면 기대에 부응하지 못할지도 모르겠지만……."

나는 지금 꿈을 꾸고 있는 걸까.

"승연 씨가 그렇게 믿어준다면."

발밑에 길게 늘어져 있는 민준수의 그림자를 보면서, 승연은 속으로 중얼거렸다.

이게 꿈이라면 깨지 말았으면 좋겠어요.

조심스럽게 승연의 어깨에 손을 얹었다 떼며, 준수는 작별 인사를 건넸다.

"잘 자요."

「선생님은 다정한 분이세요.」

승연에게서 들은 말이 내내 귓가를 떠나지 않았다.

태어나서 누군가에게 다정한 사람이라는 말을 들어본 것은 승연에게서가 처음이었다. 낳아준 어머니조차도 늘 못돼 먹은 성질머리라고 한탄을 하는 마당에.

「스스로는 모르고 계시는지도 모르지만요.」

물론 모른다. 아니, 사실 말도 안 된다고 생각한다. 하지만 승연이 그렇게까지 자신 있게 말하니 은근히 혹시나, 하는 생각이 들기 시작했다. 어쩌면 나 같은 인간의 안에도 아주 손톱만 한 다정함이나마 존재하고 있는지도 모른다. 그걸 승연이 알아봐준 게 아닐까.

어쨌든 준수는 다정한 남자가 되고 싶었다. 되지 못한다면 최소한 그렇게 보이기라도 하고 싶었다. 타고난 자신 이외의 무언가가 되고 싶다고 생각한 것은 태어나서 처음이었다. 그렇게 만든 여자가 바로 승연이었다.

예전에 했던 연애들과는 달랐다. 누구를 만나든 언제나 자신은 늘 자신 그대로였고, 조금도 바꾸거나 상대에게 맞출 생각은 해본 적도 없었다. 그래서 상대가 상처 입는 것을 보면서도 그때는 별로 미안한 줄 몰랐다.

그런데 어째서인지 이제 와 돌이켜 생각하니 새삼 미안한 마음이 들었다. 그때, 내가 조금 더 상대에게 맞추려고 노력했더라면 어땠을까.

마음이 많이 말랑말랑해진 것 같은 기분이 들었다. 승연을 만난 후로.

그 말랑해진 마음으로, 준수는 그녀가 생각하는 다정한 남자라는 것은 어떤 것인가 고민하기 시작했다.

맛나김밥에서 파는 김밥은 오로지 기본인 '맛나김밥' 한 가지. 이런저런 잡다한 재료를 취급하지 않는 대신에 달걀, 단무지, 우엉, 햄, 오이, 시금치 같은 기본적인 재료들 하나하나에 무척이나 신경을 쓰고 있었다. 모든 재료를 다 국산으로 쓰는 건 기본이고, 일일이 직접 손질하고 조리고 볶고 굽고 하는 데 꽤나 공이 들었다.

오늘도 아침 일찍부터 오이를 손질하고 있는데 혜정이 불쑥 들어왔다. 손에는 작은 꽃다발을 들고.

"아침부터 어디 꽃 배달 가니?"

승연이 곁눈질로 흘깃 쳐다보고 묻자 혜정이 씨익 웃더니 질문을 되돌렸다.

"혹시 플라워 서브스크립션이라고 들어는 보셨나? 요즘 유행하는 건데."

"그게 뭐야?"

"정기적으로 꽃 배달 서비스 받는 건데, 기분 전환에 그만이란다."

"희한한 게 다 있네. 너희도 시작하게?"

"그래, 오늘부터 할 예정이다. 첫 손님이 너고."

"나?"

흠칫 놀라는 순간, 혜정이 꽃다발을 놓았다.

"자, 우리동물병원 민준수 원장님이 보내신 첫 꽃다발입니다."

어머나! 승연은 놀라서 들고 있던 오이를 떨어뜨렸다.

"선생님이?"

"그래. 앞으로 일주일에 한 번씩 새 꽃으로 가지고 올 거야."

혜정이 빙글거렸다.

"오늘은 미니장미랑 소국, 히아신스로 만들어봤는데 어때, 마음에 들어?"

평소에도 꽃을 좋아해서 일부러 제 돈 주고 사다 가게에 꽂아두곤 하는 승연이었다. 그런데 하물며 준수가 보내준 꽃인데 마음에 안 들 리가 있을까.

"응, 너무 예뻐."

가만히 꽃다발에 코끝을 가져가며 승연은 조그맣게 대답했다. 숨을 깊이 들이쉬자 은은한 향기가 가슴속 가득히 들어왔다.

그러는 승연을 혜정이 갑자기 눈을 가늘게 뜨고 바라보았다.

"승연이 너, 언제부터 이렇게 예뻤어?"

닭살 돋는 말을 하는 친구에게 승연이 눈을 흘겼다.

"갑자기 뭐래?"

"연애하면 예뻐진다더니 진짜구나."

진심 어린 말에 한층 더 기뻐졌다. 수줍음을 감추느라 승연은 짐짓 화난 듯이 말했다.

"너, 그렇게 놀릴 거면 빨리 가."

"그렇지 않아도 꽃다발 주문 밀려서 가봐야 되네요."

혜정은 혀를 쏙 내밀고는 나가버렸다.

"아, 나도 배 아파서 연애해야지 안 되겠다!"

하고 들으라는 듯이 중얼거리며.

꽃다발은 가게에 있는 유리 화병에 꼭 맞는 크기였다. 미리 혜정이 병 크기를 가늠해서 만들어다 준 것 같았다. 모양이 무너지지 않게 조심해서 화병에 꽂아 김밥을 마는 조리대 위에 올려두자 좁은 가게 안이 금세 환해졌다.

갑자기 웬 꽃 선물일까, 하는 생각이 들었다. 오늘은 생일도 아니고 무슨 날도 아닌데. 그러고 보니 아까 혜정이 말했었다. 일주일에 한 번씩 새 꽃을 가져오겠다고. 그러니까 역시 무슨 날이어서는 아닌 거였다.

문득 생각나는 것이 있었다.

「노력해보겠습니다.」

어젯밤에 집 앞에서 준수가 말했었다.

195

「나는 아마도 그런 사람이 아니라고 생각하지만, 어쩌면 기대에 부응하지 못할지도 모르겠지만…….」

승연 씨가 그렇게 믿어준다면, 하고.

그러니까 이 꽃은 그 노력의 시작인 걸지도 몰랐다. 다정한 사람이 되기 위한 노력.

칭찬해줘야겠다는 생각이 들었다. 잘하고 있어요.

승연은 휴대전화로 꽃 사진을 찍어서 메시지와 함께 보냈다.

– 꽃이 너무 예뻐요. 고맙습니다.

마치 기다리고 있었다는 듯이, 보내자마자 메시지 확인 표시가 떴다. 그리고 채 30초도 되지 않아서 대답이 돌아왔다.

– 마음에 들었다니 다행입니다.

아마도 꽃을 보내놓고 이제나저제나 하고 반응을 기다리고 있었던 거겠지. 이 남자, 은근히 귀여운 데가 있다. 승연은 메시지를 들여다보며 쿡쿡 웃었다.

– 가게 안이 다 환해지니까 아침부터 기분이 너무 좋네요.

– 앞으로 매주 새 꽃다발이 갈 겁니다. 사실은 매일 보내려고 했는데 혜정이가 꽃은 그렇게 매일매일 새로 가는 게 아니라고 해서.

– 맞아요. 플라워 푸드 사용하고 물 갈아주면 일주일 넘

196

게도 생생한걸요.

– 플라워 푸드?

– 영양제 같은 거래요. 혜정이가 줬는데 확실히 꽃이 오래가요.

전에 없이 대화가 길어지고 있었다.

별 내용 없는 대화라도 좋다. 전처럼 단답형으로 끝나지 않고, 이렇게 자연스럽게 대화를 주고받고 있다는 자체로 승연은 꿈결처럼 기뻤다.

새삼 자신이 이 사람을 얼마나 좋아하고 있는지 깨닫는다. 민준수를 대하는 순간순간마다, 깨닫게 된다.

꽃으로 시작한 대화가 영양제를 거쳐 어느샌가 고양이 영양식으로 옮겨가 있었다.

– 뼈째 갈아 주라고요? 생닭을요?

– 집에서는 힘들 테니 식칼로 뼈째 작게 잘라줘도 좋습니다. 손목은 좀 아프겠지만.

– 고양이가 닭 뼈를 먹으면 위험하잖아요? 뼈끝이 날카로워진다고 하던데.

– 그건 익힌 닭 뼈고, 생닭 뼈는 괜찮습니다. 요즘은 아예 사료 대신 주식으로 그렇게 주는 보호자들도 많이 있어요.

상대가 수의사라는 걸 깜빡했다. 나도 참, 공자 앞에서 문자 썼네. 승연은 혼자 웃었다.

– 마침 병원에 냉동해놓은 게 있는데, 이따 저녁때 좀 가

져갈까요?

그리고 뒤이어 온 메시지가 승연을 당황시켰다. 오늘 저녁에 만나기로 했었나? 얼른 기억을 더듬어봤지만 안 했던 것 같다, 그런 약속.

– 저녁에요?

– 아, 말 안 했던가요.

잠시 후 대답이 도착했다.

– 오늘부터 매일 승연 씨 집에 데려다줄 예정입니다.

메시지를 들여다보며 승연은 감탄했다. 어쩌면 이렇게 민준수다운 문장이 있을 수 있을까. 통보하는 방식이 민준수답게 일방적이고, 그 안에 담긴 뜻은 또 민준수답게 다정하다.

– 괜찮아요. 멀지도 않은걸요.

– 나도 괜찮습니다. 멀지도 않으니까.

아니에요, 정말 괜찮, 까지 썼다가 승연은 멈췄다. 이것도 다정한 사람이 되기 위해 노력하고 있는 건지 모른다. 아니, 그런 것 같다. 그렇다면 더 거절하면 안 되지 않을까.

중간까지 썼던 문장을 지우고, 승연은 새로 메시지를 썼다.

– 고맙습니다.^^

그리고 웃는 얼굴의 이모티콘.

– 그럼 이따가 봅시다.^^

돌아오는 대답 뒤에도 역시 이모티콘이 붙어 있어서, 승연을 또 한 번 웃음 짓게 만들었다.

나날이 마치 꿈결같이 흘러갔다.

준수에게서는 두 번째로 꽃이 왔다. 연분홍색 자나장미 한 가지로만 만들어진 소박한 꽃다발이었다. 그리고 그 꽃을 받은 날, 승연은 큰맘 먹고 장미와 같은 색깔의 립스틱을 샀다.

"어머, 아가씨 연애해요?"

"승연이 남자친구 생겼니?"

맨얼굴 그대로에 그저 립스틱 하나 발랐을 뿐인데 단골손님들에게서 같은 질문을 열 번쯤 받았다.

대답 대신 승연은 그저 배시시 웃기만 했다.

"연애하는구나!"

그래, 연애 중이었다.

현실보다는 늘 상상이 더 달콤한 법이었다. 하지만 그 상상이 현실로 이루어질 경우, 현실은 상상의 범위조차도 훌쩍 뛰어넘을 정도로 다디달았다. 예를 들면 열렬하게 짝사랑하던 남자와의 실제 연애가 그랬다. 아, 물론 그쪽도 이걸 연애라고 생각하고 있다면 말이지만.

하지만 이게 연애가 아니면 뭘까. 손도 잡았고, 하루 종일 서로 휴대전화 메신저로 대화를 하고, 일이 끝나면 집에도 데려다주고, 자기 전에 잘 자라고 전화 통화도 하는데.

아직 사귀자는 말은 못 들었지만 그건 별로 대수로운 일이 아니라고 생각했다. 자신은 서른, 그는 서른셋이었다. 오늘부터 1일, 하면서 교제를 시작할 만한 나이가 아니다. 준수가 그런 말을 할 만한 성격 같지도 않았고.

어쨌거나 승연은 연애 중이라고 믿고 있었다. 아니, 틀림없이 연애 중이었다.

늘 듣는 라디오 프로그램에서 연애에 관한 사연이라도 나오면 저도 모르게 집중해서 듣고 있었다. 준수가 데리러 올 시간이 아닌데도 젊은 남자가 가게 앞을 지나갈 때마다 혹시나 싶어 가슴이 철렁했다. 단순히 빈 벽이 허전해서 걸어두었던 낡은 거울을 괜히 한 번씩 들여다보게 된다. 길 건너편에 있는 정육점 고기 진열장의 붉은 전등이 핑크빛이라는 것을 처음으로 알았다. 핑크빛이라기엔 좀 너무 진하긴 하지만, 그래도 어쨌든 핑크빛이었다. 그렇게 보였다.

하루 종일 모든 관심이 온통 민준수를 향해 쏠려 있었다. 틈만 나면 승연은 혜정을 붙잡고 이것저것 물었다.

"고등학교 때는 어땠어?"

"지금이랑 똑같았지 뭐. 나이만 어렸고."

"공부 잘했어?"

"당연하지. 얼마나 유명한 수재였는데."

그랬구나. 제 일처럼 승연은 괜히 어깨가 막 으쓱으쓱 올라갔다.

"말도 마. 집에서 의대 가라는데 끝내 수의대 가겠다고 우기는 바람에 결국 이모부랑 연 끊고 집 나가서 대학 다녔어. 그때 이모 울고불고 하던 거 생각하면 여태 골머리가 아프다, 얘."

혜정이 진저리를 쳤다.

"오빠 본과 2학년 때 이모부 돌아가셨거든. 그때까지 한 번도 집에 안 갔었다니까? 외아들인데."

가슴이 철렁했다. 그런 사연이 있었구나, 선생님한테.

"원래 옛날부터 오빠가 자기 아버지랑 사이가 안 좋긴 했어. 근데 내가 보기엔 오빠나 이모부나 그 나물에 그 밥⋯⋯."

삐죽거리며 말하던 혜정이 문득 승연의 눈치를 보더니 입을 다물었다.

"뭐, 너한테는 잘하는 모양이니까 됐지 뭐."

그러더니 일어나서 제 가게로 내빼버렸다.

"그럼 나 간다, 승연아. 이따 가지러 올 테니까 김밥 두 줄 부탁해!"

혜정이 가고 나서 승연은 생각에 잠겼다.

그러고 보니 준수에 대해서 아직 아는 게 많지 않았다. 가족 관계라든가, 어린 시절이라든가. 그에게 아버지가 안 계시다는 것조차도 방금 들어서 처음 알았다.

문득 승연은 목마름과도 같은 것을 느꼈다. 민준수라는

존재에 대한 목마름이었다. 그 사람에 대해서 좀 더 많은 것을 알고 싶다. 좀 더 깊은 이야기를 나누고 싶다.

하지만 실제로 직접 얼굴을 볼 수 있는 것은 하루 중에 겨우 잠깐, 저녁 늦게 만나 집에 데려다줄 때뿐이었다. 그 외에는 늘 메신저로 얘기하는 것뿐.

'주말에 만나자고 해주면 좋을 텐데.'

갑자기 서운해졌다.

물론 이건 억지라는 건 알고 있다. 자신의 가게나 동물병원이나 둘 다 토요일까지 열고, 지난주 일요일에는 준수가 당직이었다는 걸 알고 있었으니까. 그리고 그전 주말에는 아직 따로 만날 만한 사이가 아니었고.

'그럼 이번 주말에는 만나자고 하려나?'

물론 먼저 만나자고 해도 그만인 일이었다. 선생님, 혹시 주말에 뭐 하세요?

하지만 아직 승연에게는 그런 말을 꺼낼 용기가 없었다. 그가 만나자고 하면 기쁘게 승낙하겠지만, 만나자는 말이 없으면 그저 속으로 서운해할 수밖에 없다. 타고난 천성이 소심해서인지도, 어쩌면 짝사랑으로 시작한 관계이기 때문인지도 몰랐다.

그러고 보니 아직 한 번도 데이트다운 데이트를 해보지 못했다.

'이번 주말에도 아무 말 없으면 어쩌지?'

아직 벌어지지도 않은 일에 괜히 섭섭해졌다.

꿈만 같은 연애의 한가운데서도 문득문득 이렇게 안타깝고 외로워지는 것은 어째서일까.

괜히 코끝이 찡하게 아파와서, 승연은 얼른 시선을 돌려 유리창 밖 저 너머를 바라보았다.

이것은 참 곤란하다.

지금까지 승연의 얼굴을 볼 때는 늘 눈 쪽에 자연스럽게 시선이 맞춰지곤 했다. 부드러운 갈색 눈동자를 들여다보고 있으면 마음이 편안해지는 기분이 들어서 좋았다. 살짝 웃을 때마다 가늘어지는 눈초리가 귀여워서 덩달아 미소가 피어올랐다.

그런데 오늘은 달랐다. 화장을 하지 않아 늘 원래 색깔 그대로였던 승연의 입술이 연분홍색으로 예쁘게 물들어 있었던 것이다. 마치 입술 위에 분홍색 장미가 핀 것 같다. 자꾸만 시선이 입술에 머무는 것을 어쩔 수가 없었다.

"……좀 어때요?"

심지어 그 입술이 뭐라고 종알거리며 예쁘게 움직이기까지 한다.

"선생님?"

대답도 잊고 멍하니 바라보고 있는 준수를, 승연이 의아한 듯이 쳐다보았다. 순간 준수는 퍼뜩 제정신으로 돌아왔다.

"미안합니다. 방금 뭐라고 했죠?"

"어제 초콜릿 먹고 와서 위세척했다는 강아지 말이에요.
오늘은 좀 상태가 어떠냐니까요."

"아, 강아지. 하루 종일 수액 맞고 많이 괜찮아졌습니다."

"다행이네요. 걱정했는데."

생긋 웃는 승연의 입술로 다시 시선이 간다. 저 입술에 입
맞추면 어떤 느낌일까······.

저도 모르게 넋을 잃고 너무 빤히 바라보았나 보다. 문득
승연이 얼굴을 붉히더니 손으로 제 뺨을 여기저기 더듬어보
며 민망한 듯이 물었다.

"혹시 제 얼굴에 뭐라도 묻었어요?"

준수는 하마터면 진지하게 대답해버릴 뻔했다. 묻었네
요, 예쁨이.

원래도 예쁘다고는 생각했지만 오늘은 한 열 배쯤은 더
예뻐 보였다. 기껏해야 립스틱 하나 바른 게 전부인 것 같은
데, 그것만으로 여자는 이렇게도 예뻐질 수 있는 거구나. 준
수는 진심으로 감탄했다.

이렇게 예쁜데, 오늘은 그냥 집에 들여보내기 싫다. 마침
오늘따라 날씨도 제법 포근한데 이렇게 손잡고 어디 근처
공원이라도 함께 걷고 싶다.

하지만 문제는 승연의 집이 너무 가깝다는 것이었다. 거

기까지 생각했을 때는 벌써 승연의 집 대문 앞이었다.

"데려다주셔서 고맙습니다, 선생님."

집 앞에 다다르자마자 작별 인사를 건네는 승연이 괜히 얄미워졌다. 조금 서운한 기색 정도는 보여도 좋지 않은가. 아니면 빈말이라도 잠깐 들어왔다 가라고 해도 좋고. 영화에서는 자주 그러던데. 라면 먹고 갈래요, 라든가.

"커피 한 잔 마시고 가도 됩니까?"

심술궂은 마음에 불쑥 묻자 승연이 당황한 기색을 보였다.

"네? ……저희 집에서요?"

"딱 커피만 마시고 일어나겠습니다. 안 됩니까?"

분명히 거절당하리라고 생각하면서도 준수는 다시 한 번 밀어붙여보았다. 이번에 곤란해하면 순순히 물러날 생각이었다. 이 여자한테는 너무 막무가내로 굴면 안 된다는 거, 이미 겪어서 알고 있으니까.

하지만 승연은 무슨 생각을 했는지, 잠시 곤란한 표정을 짓다가는 이렇게 말했다.

"커피는 제가 안 마셔서 없는데, 대신 유자차 괜찮으세요?"

오히려 준수 쪽이 놀랐다. 설마 허락받을 줄은 몰랐으니까.

"뭐든지 괜찮습니다."

대답하자 승연이 코트 주머니에서 열쇠를 꺼내며 말했
다.

　"그럼 잠깐 들어왔다 가세요."

　파란 대문이 끼익, 하는 소리와 함께 열렸다. 늘 아쉬운
마음으로 승연을 들여보내고 돌아서던 대문 안에, 준수는
조금 얼떨떨한 기분으로 들어섰다. 마치 비밀의 화원 안으
로 들어서는 듯한 기분이었다.

　하지만 비밀의 화원 안은 생각보다 썰렁했다. 화단에는
아무것도 심겨 있지 않았고, 텃밭 같아 보이는 곳도 텅 비어
있었다. 그야 겨울이니까.

　신발을 벗고 쪽마루로 올라서야 들어갈 수 있는 집은 요
즘 흔히 찾아보기 힘든 재래식 주택이었다. 어릴 적에 가끔
씩 놀러 갔던 외할머니 댁이 이런 구조였던 기억이 난다. 그
래서인지 낡았다는 느낌보다는 정다운 느낌이 먼저 들었다.

　"조금만 기다리세요. 따뜻해질 거예요."

　승연이 서둘러 코트를 벗고 히터를 켜면서 말했다.

　바깥에 비해 안쪽은 의외로 젊은 아가씨 혼자 사는 집답
게 아기자기하고 세련된 느낌으로 꾸며져 있었다. 새것같이
보이는 원목 가구들에서는 은은하게 소나무 냄새가 났고,
새하얀 레이스 커튼이 쳐진 창문 곁에는 예쁜 액자도 걸려
있었다. 넓은 마루에 소파 대신 놓여 있는 커다란 빨간색 눈
송이 무늬 쿠션이 귀여웠다.

마루 한가운데에는 탁자 대신 고타츠[1]가 놓여 있었다. 그렇지 않아도 집이 썰렁해서 하나 살까 말까 궁리하던 중이었는데. 반가운 마음에 준수는 냉큼 앉으며 물었다.

"테이블에 난방, 켜도 괜찮습니까?"

"네. 아래쪽에 보시면 스위치 있어요."

차를 준비하는 모양인지, 달그락거리는 소리와 함께 주방에서 대답이 들려왔다.

승연이 가르쳐준 대로 스위치를 켜고 담요를 덮자 잠시 후 다리부터 훈훈한 기운이 전해져오기 시작했다. 아, 좋다. 준수는 마음 깊이 편안함을 느꼈다.

잠시 후 승연이 유자차가 담긴 쟁반을 가지고 돌아왔다. 쟁반을 탁자 위에 내려놓더니 승연은 조금 떨어져 앉았다.

"드세요."

아무래도 둘이 함께 고타츠 안에 다리를 넣고 있기는 어색한 모양이었다. 준수는 미안해져서 담요 밖으로 다리를 뺐다.

"승연 씨가 이리 들어와요. 따뜻해졌으니까."

"아니에요, 전 괜찮아요."

"그럴 거 없습니다. 집주인은 승연 씬데."

"선생님이 손님이시잖아요."

---

1 탁자 아랫부분에 전열 기구를 부착하고 담요를 덮어 사용하는 일본식 난방 기구.

승연은 끝내 사양했다. 결국 준수는 못 이기는 척 도로 담요를 덮었다. 그만큼 고타츠의 유혹이 컸던 것이다.

차를 마시다 옛날 생각에 문득 준수는 빙긋 웃었다.

"이 집, 외할머니 댁이랑 구조가 많이 닮았어요. 부모님하고 함께 살던 집인가 봅니다."

"아니에요."

승연이 찻잔을 만지작거리며 고개를 살며시 저었다.

"원래 부모님하고는 아파트에서 같이 살았었어요. 아버지가 먼저 돌아가시고, 나중에 엄마까지 돌아가시고 나서 저 혼자 이리로 이사 온 거예요."

특이한 케이스다. 왜 여자 혼자 사는데 일부러 이런 집으로 왔는지가 궁금했지만 굳이 묻지는 않았다. 대신에 준수는 말했다.

"승연 씨하고 어울리는 집이네요."

진심이었다. 소박하고 정답고, 또 편안한 분위기가 승연과 딱 어울렸다.

"저도 좋아해요, 이 집. 낡았지만 처음 봤을 때부터 왠지 마음에 들더라고요."

승연이 미소 지었다.

"나도 오늘 처음 보는데 마음에 드네요."

오래된 나무 그대로인 천장을 올려다보며 준수는 말했다.

"지금 살고 있는 아파트보다 훨씬 마음에 들어요. 나도 이 집에 살고 싶네요."

"이 근처에 이런 옛날 집들이 좀 남아 있긴 해요. 아직 이 쪽은 개발이 덜 됐거든요."

"아니, 이런 집 말고. 이 집 말입니다."

준수는 불쑥 그렇게 말해버렸다. 그리고 놀라서 커다래진 승연의 눈을 보고 겨우 깨달았다. 자신이 실언을 했다는 것을.

승연은 고개를 푹 숙여버렸다. 하얀 뺨이 금세 빨갛게 물드는 것을 보고 준수는 아차 싶었다. 아, 그런 뜻이 아니었는데. 단순히 이 집이 정말로 마음에 들어서 한 말일 뿐이었는데.

"⋯⋯."

승연과 같은 집에 살게 된다면 어떨까.

처음으로 준수는 승연과 결혼해서 이 집에서 함께 사는 상상을 해보았다.

순간적으로 떠오른 것은 이렇게 거실에 앉아서 승연과 함께 차를 마시며 도란도란 이야기를 나누고, 자신을 닮은 아이가 고타츠 안에 들어가서 숨바꼭질 장난을 치고 있는 장면이었다.

'나쁘지 않은데?'

어느새 그런 생각을 하고 있는 자신에게 준수는 놀랐다.

상대가 누구인가 하는 것과는 상관없이, 지금껏 결혼 따위를 하겠다는 생각을 해본 적은 결코 없었기 때문에.

준수가 속으로 당황하고 있는 사이에 승연은 어색한 표정으로 화제를 돌렸다.

"나중에 봄이 돼서 날씨 풀리면 다시 한 번 놀러 오세요. 쪽마루에 나가서 별 보면서 커피 한 잔 하는 게 정말 좋거든요."

"별 보는 거 좋아해요?"

"네. 겨울에는 추워서 힘들지만요."

승연의 말에 문득 떠오르는 게 있었다. 준수는 즉시 물었다.

"혹시 이번 주 일요일에 뭐 특별히 예정 있습니까?"

"아니요."

"그럼 같이 별 보러 갈래요?"

"네?"

놀라는 승연에게, 준수는 직구를 던졌다.

"나하고 데이트합시다. 일요일에."

깜짝 놀라 커다래진 눈이 귀엽다. 아까부터 발그레하게 물들어 있는 두 뺨도. 그리고 그 한참 전부터 준수를 번뇌에 빠뜨리고 있는 분홍빛 입술도.

확 저질러버리고 싶은 충동이 강하게 일었다. 정말이지, 눈 딱 감고 그러고 싶었다. 하지만 준수는 아까 단단히 맹세를 하고 이 집에 들어온 몸이었다.

딱 커피만 마시고 일어나겠습니다.

다정한 남자, 다정한 남자. 준수는 다정한 남자가 되기로 결심했었다. 그리고 다정한 남자란 건 최소한 자기 입으로 한 약속 정도는 지키는 법일 터였다.

마음속으로 도를 닦은 보람이 있었나 보다.

"네, 그래요."

조금 긴장한 마음으로 꺼낸 데이트 신청에, 아가씨는 착하게 고개를 끄덕여주었다.

데이트, 데이트, 데이트. 승연은 긴장돼서 어쩔 줄을 몰랐다. 민준수와 데이트를 한다. 이번에는 단순한 식사가 아니라 진짜로 데이트였다.

게다가 별을 보러 간다는 건 최소한 밤까지 함께 있자는 얘기였다. 곁에 있기만 해도 긴장되는 상대와 하루 종일 같이 있을 생각을 하니 절로 안절부절못하게 되었다.

민준수와의 첫 데이트. 그 주 내내 승연의 머릿속에는 오로지 그 생각만이 꽉 들어차 있었다.

– 어디로 가는 거예요?

메시지를 보내 그렇게 물어도 보았다. 그러자 이런 대답이 돌아왔다.

– 그런 데가 있어요. 좋아하는 별 실컷 보고 근사한 데서

저녁도 먹읍시다.

승연은 그 이상 더 묻지 않았다. 어차피 일요일이 되면 다 알게 될 테니까. 호기심을 못 이겨 꼬치꼬치 캐묻기보다는, 오히려 알게 될 때까지의 기다림을 즐거움으로 삼고 느긋하게 기다리는 성격이었다. 게다가 어디가 됐든, 뭐가 됐든, 민준수와 함께일 테니까.

하지만 곧 승연은 심각한 고민에 빠져들었다. 과연 얼마만큼 꾸미고 나가야 하는 것인가. 데이트를 하는 건 지태와 사귈 때 이후로 처음이다. 그 당시에 뭘 입고 어떻게 꾸미고 나갔었는지도 전혀 기억에 없었다.

승연은 적당한 선을 찾고 싶었다. 너무 과하게 꾸민 티가 나지 않으면서도, 데이트답게 예쁘게 보일 수 있는 절묘한 선을. 하지만 이미 새 옷을 사본 지가 언제인지 기억도 잘 안 나는 승연으로서는 도저히 그 선을 찾을 도리가 없었다.

결국 승연은 혜정에게 사정을 털어놓고 도움을 요청했다.

"뭐, 오빠랑 데이트?"

발랄한 꽃집 아가씨는 그야말로 제 일처럼 신이 났다. 그러더니 대낮부터 가게 문을 닫게 만들고, 제 가게도 내팽개쳐둔 채로 승연을 끌고 백화점으로 향했다.

그리고 쇼핑, 쇼핑, 쇼핑.

결론부터 말하자면 혜정은 승연이 생각했던 선을 한참 넘어갔다. 아니, 거의 강제로 승연의 손목을 잡아끌고 선을 넘었다.

장식이 달린 구두로 한 걸음, 앙증맞은 사이즈의 핸드백으로 또 한 걸음, 눈처럼 새하얘서 오히려 더 화려해 보이는 캐시미어 코트로 한 걸음, 그리고 결정적으로 레이스가 달린 검은색 원피스로 열 걸음쯤.

"정말 이렇게 입고 나가라고?"

난감해하는 승연에게 혜정은 되물었다.

"잘 어울리는데 뭐가 문제야?"

결국 승연은 혜정이 골라준 물건들로 두 손이 가득해져서 백화점을 나올 수밖에 없었다.

그리고 약속 전날인 토요일 밤, 준수에게서 전화가 왔다.

─ 제대로 별을 보려면 좀 멀리 가야 할 것 같은데, 괜찮습니까?

"네?"

승연은 조금 당황했다. 아니, 별이야 어디서 봐도 다 보이는 건데 굳이 멀리까지 가서 봐야 될 필요가 뭐가 있지?

하지만 곧 생각을 고쳐먹었다. 선생님도 뭔가 생각이 있으시겠지. 어차피 일요일은 쉬는 날이니까, 오랜만에 조금 멀리 나갔다 오는 것도 나쁘지 않다. 그렇게 생각한 승연은 흔쾌히 대답했다.

"저는 괜찮아요. 선생님 편하신 대로 하세요."

- 그럼 골라요. 자동차, 기차, 시외버스.

두근! 자동차라는 말에 승연의 심장이 먼저 반응했다. 운전하는 민준수의 모습을 볼 수 있다니. 하지만 문제는 차 안에 단둘이서 있어야 한다는 것이었다. 밀폐된 공간에, 단둘이. 상상만 해도 긴장감에 온몸이 뻣뻣하게 굳어지는 것 같다!

결국 승연은 아쉬운 마음으로 첫 번째를 포기했다. 세 번째는 혹시 멀미라도 할까 봐 패스.

"기차가 좋을 것 같아요."

- 잘 생각했어요.

준수가 말했다.

- 사실은 내 차가 너무 낡아서, 오래 타고 가기에는 불편할 겁니다.

그는 아무렇지도 않게 말했지만 승연은 조금 안타까웠다. 병원을 반쯤 자선으로 운영하시느라 경제적으로 좋지 않으신가 보구나, 선생님은.

내일 데이트 비용은 이쪽에서 내야겠다는 생각이 들었다.

- 그럼 내일 아침 10시에 기차역에서 만나죠.

"네, 선생님. 내일 뵈어요."

- 잘 자요.

매일 밤 듣는 마지막 인사는 언제나 그렇듯이 침착한 목소리였다. 하지만 그것이 오늘따라 승연의 귀에는 속삭이는 것처럼 들려서 괜히 귓불까지 새빨개졌다.

전화를 끊고 나자 뒤늦게 떠오른 생각이 있었다.

잠깐, 기차를 타고 별을 보러 간다고? 별은 밤에 뜨는 건데, 그럼 돌아오는 기차는 대체 몇 시쯤에 타려는 걸까. 혹시 너무 늦어서 기차가 끊기기라도 하면 어떡하지? 그러면 어쩔 수 없이 그쪽에서 1박을 해야 할 텐데. 보통 그럴 때 보면 꼭 여관이나 호텔에 방이 하나밖에 안 남아 있는 바람에, 결국 둘이 한 방에서……!

상상은 망상으로 이어졌다. 승연은 손바닥으로 입을 막고 새어나오는 비명을 참았다.

잠자기는 다 글렀다. 매주 금요일을 손꼽아 기다릴 정도로 좋아하는, 홈쇼핑 채널의 여행 상품 방송조차도 눈에 들어오지 않았다. 이불을 끌어안고 멍하니 TV 화면을 보고 있었지만 승연의 머릿속은 온통 다른 세상에 가 있었다.

내일이면 진짜로 데이트를 한다. 그 민준수 선생님과.

나 어떡해.

승연이 새빨개진 얼굴로 이불을 푹 뒤집어썼다.

다음 날, 승연의 아침은 일찍부터 바빴다.

우선 기차 안에서 준수와 함께 먹을 도시락부터 만들었다. 김밥은 매일 싸는 거라서 오히려 너무 흔한 느낌이 들어

대신에 유부초밥을 만들고, 간식으로 먹을 삶은 달걀과 과일도 준비했다.

준비된 도시락을 예쁜 가방에 넣고 나서 승연은 화장을 했다. 간밤에 너무 가슴이 뛰는 바람에 잠을 설쳐서 화장이 잘 안 먹을까 걱정했는데, 다행히도 피부는 물을 머금은 듯 촉촉해 보였다. 화장이라 해도 그저 피부 톤을 고르게 정돈하고 눈썹을 조금 진하게 만들고 나서 립스틱을 바르는 정도였지만 제 눈으로 봐도 안 한 것보다는 훨씬 예뻐 보였다.

화장을 마치고 혜정과 함께 산 옷으로 싹 갈아입고 나자 드디어 데이트 준비가 끝났다. 버스를 타고 역으로 향하는 승연의 발걸음은 날아갈 듯 가벼웠다.

마침 날씨마저 포근해서 더욱더 기분이 들떴다. 보통 겨울에는 날이 맑으면 그만큼 춥기 마련인데, 오늘은 날씨가 좋으면서 비교적 따뜻하기까지 했다. 어쩌면 마음이 들떠서 그렇게 느꼈는지도 모르겠지만.

역에 도착하자 10시 10분 전이었다. 다행이다, 하고 승연은 안도의 한숨을 내쉬었다. 준수가 약속에 늦는 걸 얼마나 싫어하는지는 이미 잘 아는 터다. 오늘이야말로 절대 지각하면 안 된다고 단단히 벼르고 나온 참이었다.

따뜻한 역사 건물 안 만남의 광장 벤치에 앉아서 승연은 설레는 마음으로 준수를 기다렸다. 역사 건물 중앙에 있는 커다란 시계의 분침이 하나씩 앞으로 움직일 때마다 심장이 조금씩 더 크게 뛰었다.

……그런데 웬걸.

정각이 되도록 준수는 나타나지 않았다. 5분이 지나고, 10분이 지나도 마찬가지였다. 15분쯤 되자 슬슬 걱정이 되기 시작했다. 이렇게 늦을 사람이 아닌데.

약속 시간에서 20분이 넘었을 때, 승연은 용기를 내서 처음으로 준수에게 먼저 전화를 걸었다. 하지만 신호만 계속 갈 뿐, 준수는 전화를 받지 않았다. 한참 후에 다시 걸어봐도 마찬가지였다.

병원으로 한 번 걸어볼까 하는 생각이 들었다. 하지만 아직 개업한 지가 그리 오래되지 않은 병원이라 그런지, 휴대전화로 검색해보아도 전화번호가 나오지 않았다.

"……."

무슨 일일까. 혹시 오는 길에 사고나 난 게 아닐까.

점점 걱정이 되기 시작했다. 그렇다고 병원으로 가보자니 혹시나 그 사이에 준수가 올지도 모른다는 생각이 들었다.

결국 승연으로서는 그저 계속 앉아서 기다리는 일밖에 할수 없었다.

승연이 애를 태우며 기다리고 있던 그 시각, 준수는 한창 응급 수술 중이었다.

아침에 약속에 늦지 않게 일찌감치 집에서 나와서 역으로 향하기 직전에 잠시 병원에 들렀었다. 그리고 당직인 진호에게 이것저것 지시하는 도중에 사색이 된 보호자가 환자를 데리고 달려왔던 것이다.

환자는 아파트 8층에서 아래로 추락한 고양이. 주인이 환기를 위해 잠시 창을 열어둔 사이에 창틀에 올라앉아 바깥 구경을 하다 잘못해서 떨어진 모양이었다.

다행히 고양이라 추락 시 자세를 제대로 잡았는지 머리부터 떨어지는 꼴은 면했지만, 앞다리 두 개와 골반 뼈가 모두 부러지는 중상을 입었다. 그뿐 아니라 장기에도 출혈이 일어나서 입과 코 양쪽에서 피를 쏟고 있었다.

아, 승연이 기다릴 텐데.

그 생각을 하지 않은 것은 아니었다. 하지만 고양이의 처참한 모습을 보는 순간 다른 생각은 모두 저 멀리로 날아갔다. 늦는다고 전화를 할 정신조차 들지 않았다. 준수는 고양이의 치료에 완벽하게 집중했다.

「다 제 잘못이에요. 제가 창문만 열어놓지 않았어도!」

자책하는 보호자의 눈물이 준수를 더욱더 자극했다. 살리고 말겠다는 승부욕이 마음속에서 마구 용솟음쳤다.

원래 이 정도 중상이면 더 장비가 많이 갖춰져 있는 상급 병원으로 옮겨서 치료해야 한다. 하지만 그럴 겨를조차 없는 상황이었다. 여기서 어떻게든 해야 했다.

준수는 이를 악물고 고양이에게 매달렸다. 진호도 그런 준수의 결의를 느꼈는지 비장한 표정으로 곁에서 도왔다. 그 사이에 선영은 모자라는 혈액을 구하고 상급 병원에 연락을 취하느라 전화통을 붙들고 이리 뛰고 저리 뛰었다.

겨우 응급 수술이 끝난 것은 그로부터 두 시간 후였다. 다행히 수술은 잘 끝났고, 봉합을 마친 고양이는 마취가 깨지 않은 상태로 무사히 2차 병원으로 옮겨졌다.

고양이를 태운 차가 떠나는 순간 다리에 힘이 풀렸다. 쓰러지듯 땅바닥에 주저앉는 것과 동시에, 그제야 승연이 떠올랐다.

준수의 얼굴에서 핏기가 싹 가셨다. 시계를 보자 이미 약속 시간에서 두 시간이나 지나 있었다. 준수는 떨리는 손으로 휴대전화를 찾아서 켰다. 부재중 통화가 몇 번이나 찍혀 있었다. 승연에게서였다.

제발, 하고 속으로 빌면서 준수는 전화를 걸었다. 지금쯤 얼마나 실망하고 화가 나 있을까.

승연은 곧바로 전화를 받았다.

─ 여보세요, 선생님? 괜찮으세요? 아무 일 없으신 거죠?

준수의 안부부터 물어오는 목소리에서는 화난 기색이라고는 느껴지지 않았다. 그저 걱정에 가득 차 있을 뿐.

"미안합니다. 응급 상황인 환자가 있어서……. 지금 어디죠?"

– 저 아직 역에 있어요.

준수는 놀랐다. 연락 두절 상태인 자신을 여태 거기서 기다리고 있었단 말인가.

"잠깐만 더 거기 있어요. 지금 바로 가겠습니다."

준수는 그렇게 말하자마자 가운을 벗고 밖으로 뛰쳐나왔다. 다행히 택시는 금방 잡혔다.

"역으로. 제발 부탁이니까 최대한 빨리 가주시면 감사하겠습니다."

비장한 표정으로 말하자 택시 기사는 뭔가 심각한 일이라고 생각했는지 덩달아 비장한 표정으로 액셀러레이터를 밟았다.

택시가 날아가듯 달리고 있는데도 마음이 달았다. 기사는 최선을 다하고 있었지만 신호에 걸려 어쩔 수 없이 차가 멈출 때마다 준수는 발을 동동 굴렀다.

마치 열 시간처럼 느껴지는 10분이 지나고 겨우 택시가 역 앞에 도착했다. 지폐를 건네자마자 차에서 뛰어내린 준수는 전속력으로 달렸다.

승연은 역사 안의 긴 의자에 우두커니 앉아 있었다. 심심한 듯이, 새 구두를 신은 발끝을 조금씩 까딱거리면서.

한눈에 봐도 평소와 확 다르게 차려입은 모습에 마음이 찡하니 아파왔다.

"승연 씨."

가까이 다가가서 숨을 몰아쉬며 부르자 승연이 고개를 들었다. 얼굴에 반가움이 확 퍼졌다.

"고양이는 괜찮아요?"

그녀가 처음으로 한 말이었다.

"괜찮을 겁니다. 응급처치는 다 제대로 해서 큰 병원으로 보냈으니까, 아마도……."

"다행이에요!"

승연이 활짝 웃었다. 준수는 가슴 한구석이 찌릿해오는 것을 느꼈다.

오늘은 그녀와의 첫 데이트다. 자신은 연락도 없이 두 시간이나 그녀를 역에서 기다리게 만들었다. 화를 내도 조금도 이상하지 않을 상황이다. 자신은 첫 만남 때 그녀가 겨우 20분 늦었다고 갖은 독설을 다 퍼부었는데.

그런데도 승연은 단 한 마디도 준수를 탓하지 않았다. 섭섭해하기는커녕, 오히려 웃고 있었다. 정말 다행이라며.

순간, 준수는 머릿속에 떠오른 것을 입 밖으로 불쑥 내버리고 말았다.

"키스해도 됩니까?"

승연의 얼굴에 놀라움이 퍼졌다. 대답을 기다리지 않고, 준수는 한 걸음 다가서서 그녀의 입술에 입을 맞췄다.

사실 기다리는 시간이 그리 괴롭지는 않았다. 준수의 안

위가 걱정돼서 불안하긴 했지만 아마도 응급 환자가 있어서 그러려니, 하고 어느 정도 예상은 하고 있었다.

그럴 만한 사람이니까, 그래서 좋아하게 됐었으니까.

준수를 기다리는 동안 승연은 오직 그것만 바라고 있었다. 부디 준수가 다치지 않았기를. 별은 못 보러 가도 좋으니까, 멋진 식사도 하지 못하게 되어도 괜찮으니까.

그리고 드디어 준수에게서 연락이 온 것은 두 시간 후였다. 반갑기 그지없었다.

잠시 후 역에 나타난 준수는 숨이 턱까지 닿아 있었다. 얼마나 급하게 뛰어왔는지 알 수 있어서, 마음이 기뻤다.

"키스해도 됩니까?"

그가 뜬금없이 그렇게 물었을 때는 제 귀를 의심했다. 잘못 들은 줄 알았다. 하지만 고개를 들자 그의 눈동자는 이미 바로 가까이에 있었다. 심장이 멈출 뻔했다.

승연이 채 대답하기도 전에 입술이 먼저 닿았다.

물어봤잖아요. 대답도 하기 전에 이러는 건 반칙이잖아요. 머릿속에서 말이 되지 못한 말들이 둥둥 떠돌아다녔다.

놀라서 눈이 동그래진 승연의 얼굴을 두 손으로 가만히 감싸고, 준수는 입을 맞췄다.

독설이 곧잘 흘러나오곤 하는 입술은 놀랍도록 따뜻하고, 부드럽고, 그리고 달콤했다. 준수가 입을 맞추는 동안, 승연은 채 숨도 못 쉬고 있었다. 입술부터 시작해서 온몸이 그의 품 안에서 사르르 녹아드는 것 같은 기분이었다. 여름 날 햇빛 아래의 아이스크림처럼.

얼마나 그렇게 입을 맞추고 있었을까. 아주 짧은 순간이었던 것도, 굉장히 긴 시간이었던 것도 같았다.

알 수 없는 만큼의 시간이 흐르고, 이윽고 준수가 승연에게서 입술을 뗐다. 그리고 못내 아쉽다는 듯이 한 번 더 가볍게 입술을 댔다가 떼고 나서 승연을 가만히 끌어안았다.

"……미안합니다."

목소리가 조금 떨리는 것처럼 느껴졌다.

"하지만 참을 수가 없어서."

둥실, 승연의 마음이 떠올랐다. 수십 개의 풍선을 손에 쥔 아이처럼. 하지만 몸은 여전히 좋아하는 남자의 품 안에 폭 안겨 있는 채였다.

"……"

그로부터도 또 한참이 지난 후에야 준수는 승연을 놓아주었다. 도저히 얼굴을 마주 볼 수가 없어서 승연은 한참 바닥만 내려다보고 있었다. 어머나, 역사 바닥에 박혀 있는 돌멩이 중에 하나가 하필이면 하트 모양이었다.

"괜찮다면 지금이라도 다시 표를 끊죠. 돌아오는 게 좀 늦긴 하겠지만, 별은 충분히 볼 수 있을 겁니다."

"아녜요. 별이야 여기서도 얼마든지 볼 수 있는 거잖아요."

"그런 게 아닙니다."

준수는 안타까운 얼굴을 했다.

"사실은 플라네타리움[2]에 가려던 거였단 말입니다."

"네?"

"새로 개장한 곳이 있는데, 거기 프로그램 설명이 재미있다고 해서."

그제야 승연은 준수가 별을 보러 굳이 멀리 가자고 했던 이유를 깨달았다.

플라네타리움이라는 게 있다는 얘기는 들었었다. 한 번쯤 가보고 싶다는 생각은 했지만 여태 기회가 없었다. 가지 못하게 된 것이 내심 아쉬웠지만 승연은 고개를 저었다.

"정말 괜찮아요. 피곤하실 텐데 다음에 가요."

진심이었다. 응급 수술을 두 시간이나 했다니 얼마나 피곤할까. 게다가 사실 지금 승연에게는 별이고 데이트고 죄다 별로 중요한 게 아니었다. 그저 준수와 함께 있는 것만으로도 발밑이 둥실둥실 떠오르는 것 같은데.

하지만 준수는 조금 잘못 받아들인 모양이었다.

"혹시 내가 방금…… 제멋대로 굴어서 기분이 상했습니까?"

살짝 곁눈질로 쳐다보자 준수는 어쩔 줄 모르는 듯한 표

---

2 planetarium, 천체투영관.

정을 하고 있었다.

아녜요, 선생님. 입 맞춰주셔서 저도 좋았어요. 그렇게 말해야 하는데 소심한 승연으로서는 도저히 그 말을 하기가 쉽지 않았다.

그래서 결국 승연은 딴소리를 하고 말았다.

"저어, 선생님. 점심은 아직 못 드셨죠?"

준수가 고개를 끄덕였다.

"제가 간단하게 뭘 좀 싸 왔거든요. 괜찮으시면 같이 먹어요."

승연은 손을 내밀어 준수의 손을 잡았다. 그리고 흠칫 놀라는 준수의 손을 잡고, 햇볕이 따사로운 바깥으로 이끌었다.

역사 뒤쪽에 자리 잡은 작은 공원은 조용했다. 분수대 근처의 벤치에 앉아서 승연은 도시락을 풀었다.

"시장하시죠? 별건 아니지만 우선 드세요."

이럴 줄 알았으면 아예 김밥을 쌀걸, 하고 후회하며 승연은 말했다.

애초에 기차 안에서 간단하게 대충 때울 생각이었지 제대로 된 식사를 할 셈은 아니었던 것이다. 유부초밥에 달걀이라니, 너무 조촐해서 좀 후회가 되기도 했다.

차라리 뭘 싸 왔다는 말을 하지 말고 근처 다른 곳에 가서 식사를 할 걸 그랬나. 하지만 승연은 자신이 아까 키스 때문에 화나지 않았다는 걸 준수에게 전하고 싶었다.

준수가 유부초밥 하나를 집어 입으로 가져갔다. 승연은 숨도 안 쉬고 그의 반응을 기다렸다.

"맛있네요."

이윽고 나온 말에 그제야 안도의 한숨이 흘러나왔다.

"선생님 많이 드세요. 저는 아침에 많이 먹고 나와서 배불러요."

승연은 아예 도시락을 통째로 준수 쪽으로 밀어놓았다. 아침에 많이 먹었다는 건 거짓말이었지만 배가 부르다는 건 사실이었다. 준수가 먹는 것만 봐도 배가 불렀다.

"승연 씨도 같이 먹읍시다."

"저는 괜찮다니까요."

"그러면 나도 안 먹어요."

준수가 하도 권하는 바람에 승연은 유부초밥 한 개만 들고 계속 먹는 체했다. 한 개라도 준수가 더 먹어줬으면 했다. 도시락이 점점 비어갈 때마다 그렇게 기쁠 수가 없었다.

결국 유부초밥 한 개, 삶은 달걀 한 개를 제외하고는 준수가 깨끗이 다 먹었다.

"어디 가서 차라도 마실까요?"

준수가 말했지만 승연은 고개를 저었다. 조금 춥긴 하지만 지금이 딱 좋았다. 이토록 하늘이 맑고 바람이 선선한데, 인공적인 바람이 흘러나오는 카페에 틀어박히고 싶지 않았다.

"여기가 좋아요."

"그럼 잠깐만 여기서 기다려요."

승연의 기분을 준수도 이해했는지, 그는 잠시 어디론가 갔다가 금세 캔 음료 두 개를 양 손에 들고 돌아왔다. 하나는 커피, 또 하나는 따뜻한 꿀물. 승연이 커피를 마시지 않는다는 걸, 준수는 용케 기억하고 있던 모양이었다.

"고맙습니다."

둘이서 나란히 벤치에 앉아 커피를 마셨다. 준수와 나란히 앉아서 마시는 꿀물은 더없이 달콤했다. 날씨만 너무 춥지 않으면 공원 데이트도 좋구나. 승연이 속으로 그렇게 생각하고 있을 때였다.

"아까는 왜 화내지 않았죠?"

준수가 엉뚱한 것을 물었다.

"네?"

"내가 두 시간씩이나 늦었잖아요. 그것도 오늘 첫 데이트인데, 당연히 화날 만하지 않습니까?"

왜 이런 질문을 하는 걸까. 승연은 고개를 갸웃거렸다.

"일부러 늦으신 게 아니잖아요. 환자 때문에 늦은 건데 왜 화를 내겠어요."

"하지만 승연 씨는 내가 왜 늦었는지 몰랐잖아요. 기다리는 동안 화, 안 났습니까?"

준수는 고집스럽게 말했다. 마치 화가 났어야 한다는 말투 같았다.

"안 났는데요……."

승연은 조심스레 대답했다.

"혹시 사고라도 생겼나 싶어서 좀 걱정이 되긴 했지만 대강 짐작은 가서 괜찮았어요. 게다가 늦게 만날수록 더 반갑기도 하고요."

준수가 승연을 바라보았다. 마치 신기한 무언가를 보는 듯한 표정으로.

"나는 승연 씨가 늦었을 때 엄청나게 화를 냈는데."

한참 후, 그가 시선을 돌리고 중얼거렸다.

"누군가가 약속에 늦으면 화를 내는 게 당연하다고 생각했는데, 승연 씨같이 생각하는 법도 있었군요."

마치 자책하는 듯한 말투에 승연은 흠칫 놀랐다. 그런 의도가 아니었는데.

"사람은 여러 가지니까요. 당연히 화날 수도 있다고 생각해요."

승연은 황급히 말했다. 예전에 그가 화냈던 거야 이제 더는 마음에 담아두고 있지도 않은데, 그가 계속 신경 쓰는 게 싫었다.

"승연 씨한테 많이 배우고 싶습니다."

준수가 말했다.

"승연 씨처럼 느긋하게, 초조해하지 않고, 사람을 지켜보는 법을 배우고 싶어요."

　지금까지도 사귀는 사이라고는 생각했지만, 키스를 기점으로 진짜로 연인 사이가 되었다는 기분이 들었다. 마치 손가락 걸고 도장 꼭 찍은 것같이.

　상대도 마찬가지 마음인 것 같았다. 키스한 다음 날 아침에 확인한 메시지는 그 어느 때보다도 특별했다. 잘 잤어요? 좋은 아침이네요. 오늘은 날씨가 추우니까 따뜻하게 입고 나와요, 따위의 늘 하던 아침 인사와는 달랐다.

　- 잘 자고 있어요?

　첫 메시지가 도착한 시간을 보니 새벽 5시. 잘 잤어요? 가 아닌 잘 자고 있어요? 였다.

　- 나는 한숨도 못 자고 있는데.

　왠지 투정이 섞인 듯한 말투의 메시지에 이어, 하나가 더 와 있었다.

　- 그래도 승연 씨는 푹 자요. 내 몫까지.

　바보가 아닌 이상 묻지 않아도 알 수 있었다. 왜 그가 제대로 못 잤다고 말하는 건지.

'선생님도 날 많이 좋아하시는구나.'

좋아하는 사람이 나를 좋아해준다. 이 이상으로 기쁜 일
은 세상에 없었다. 한숨도 못 자고 있다는 준수의 메시지가
얼마나 달콤한지, 마치 눈으로 읽는 초콜릿 같았다. 가게에
나가는 길에도 휴대전화를 든 채로 걸으면서 같은 메시지를
되풀이해서 읽고 또 읽다가, 승연은 하마터면 전봇대에 부
딪칠 뻔했다.

즐거운 마음으로 가게 문을 열고 장사 준비를 하는데 혜
정이 꽃다발을 들고 왔다. 준수가 보낸 세 번째 꽃이었다.

"어제 데이트는 어땠어?"

혜정은 승연의 얼굴을 보자마자 그렇게 물었다.

오늘의 꽃은 리시안셔스, 스톡, 베로니카, 그리고 귀여운
노란색 퐁퐁 소국. 꽃다발을 받아들며 승연은 활짝 웃었다.

"너무 좋았어!"

꽃다발을 풀어 꽃을 화병에 꽂는 동안 혜정은 끈질기게
어제 일에 대해 물었다.

"대체 어디 가서 무슨 별을 본 거야? 응? 저녁은 어디서
먹었어? 레스토랑?"

사실 그대로 대답해주었더니 혜정은 굉장히 김이 샌 모양
이었다.

"뭐야. 그러니까 결국, 오빠가 응급 수술 때문에 늦는 바
람에 플라네타리움은 가지도 못했고, 역 근처 공원에서 찬

바람 맞으면서 도시락 먹고 캔 커피 마신 게 끝이라고?"

"응. 즐거운 데이트였어."

"헐."

혜정은 어이가 없다는 듯이 혼자 허탈하게 피식피식 웃더니 나가버렸다.

"됐다, 관두자. 앓느니 죽지. 나 간다!"

그런 혜정의 뒷모습을 보면서 승연은 속으로 사과했다.

미안해, 혜정아. 키스했다는 건 빼놓고 말해서.

혼자 생글거리며 승연은 본격적으로 일을 시작했다. 오늘따라 손님이 일찍부터 밀어닥쳐 눈코 뜰 새가 없었다. 점심때를 훌쩍 넘겨 한숨 돌리자마자 제일 먼저 준수가 떠올랐다.

– 오늘따라 손님이 정말 많네요. 선생님은 점심 드셨어요?

메시지를 보내자 금세 답장이 왔다.

– 나도 바빠서 아직. 승연 씨가 만든 김밥 먹고 싶네요.

좋아하는 사람이 자신을 필요로 한다는 사실이 그렇게 기쁠 수가 없었다. 승연은 반가운 마음에 얼른 물었다.

– 그럼 좀 만들어 갈까요?

– 괜찮습니다. 그쪽도 정신없을 텐데 신경 쓰지 마요.

돌아온 대답은 사양이었다. 하지만 승연은 아랑곳 않고 김밥을 준비하기 시작했다. 준수가 자신이 만든 김밥을 먹고 싶다는데, 다른 사람들이 먹을 김밥만 싸고 있을 수는 없지 않은가.

준수가 원한다면 승연은 뭐든지 줄 수 있을 것만 같았다. 어쩌면 가게를 달라고 해도 통째로 줄 수 있을 것 같다.

진지하게 그런 생각을 하고 있는 자신이 우습기도, 조금은 겁이 나기도 했다. 원래도 좋아하고 있었는데 만날수록 점점 더 좋아진다. 끝이 보이지 않는다. 이 마음은 도대체 언제까지, 또 어디까지 커지는 것일까.

김밥을 싸는데 괜히 콧노래가 나왔다. 매일매일 김밥을 만들고 있지만 이렇게 행복한 마음으로 만든 적이 언제 또 있었는지 기억이 나지 않았다. 김밥을 들고 나타난 자신을 보고 깜짝 놀라며 기뻐할 준수의 표정을 상상만 해도 온 얼굴에 웃음꽃이 피었다.

지난번처럼 다른 사람들 몫까지 생각해서 넉넉히 김밥을 싸고, 가게를 나서는 데 채 10분도 걸리지 않았다.

서른이 된 나이에 처음으로, 승연은 사랑에 폭 빠져 있었다.

사랑에 폭 빠져 있는 것은 물론 승연 혼자만의 사정은 아니었다. 오히려 빠져 있기로는 준수가 더했다. 그야 첫사랑이니까.

승연을 만난 이후로 준수는 지금껏 몰랐던 자신에 대해서 하나씩 알아가는 중이었다. 새롭게 알게 된 자신은 의외로 말주변이 없고, 게다가 은근히 소심하며, 심지어 놀랍게도 자신감이 없기까지 했다.

사실 원래의 민준수는 전혀 반대의 인간이었다. 학창 시절부터 늘 그래왔다. 수려한 외모에 우수한 성적, 유복한 집안 환경까지 어디 하나 빠지는 구석이라고는 없었다. 그러니 굳이 남들 앞에서 겸손을 떨 필요도 느끼지 못했고, 사람들도 그를 가리켜 성격이 나쁘다고는 해도 거만하다고는 하지 않았다. 잘난 척이 아니라 실제로 잘났으니까.

하지만 최근에는 조금 달랐다. 지금까지는 전혀 알지 못했던 자신의 단점이 하나둘씩 보이는 중이었다. 이런 나라도 계속 좋아해줄까, 금세 질려서 차이지는 않을까, 하고 자꾸만 전전긍긍하게 된다.

좋아하는 사람 앞에서는 누구든 작아지는 법이라는 것을 준수는 아직 모르고 있었다. 다시 말하지만 이게 첫사랑이니까.

어젯밤 준수는 거의 새벽까지 잠을 설쳤다. 낮에 그렇게 한바탕 전쟁을 치른 후라 몸은 물에 젖은 솜처럼 축축 늘어지는데도, 도저히 잠이 오지 않았다.

이유는 명확했다. 낮에 키스한 여자 때문에.

몰래 상상했던 것보다도 훨씬 더 촉촉하고 부드러운 입술. 숨결에서 느껴지던 아찔한 향기. 입술을 떼자 제 품에 살며시 기대오던 작은 몸. 원래도 좋아하고 있었지만, 키스한 순간부터는 감정이 훨씬 더 증폭되었다. 이젠 걷잡을 수도 없을 정도로.

자신은 이렇게 잠도 오지 않을 정도인데 상대는 지금쯤 세상모르고 자고 있을 생각을 하니 은근히 분하기까지 했다. 그래서 홧김에 새벽녘에 투정을 부리듯 메시지까지 보냈다. 잘 자고 있느냐고. 나는 이렇게 잠도 설치고 있는데.

역시나 승연에게서는 답장이 없었다. 그야 한창 잠들어 있을 시간일 테니까. 그제야 유치한 자신을 후회하며 준수는 다시 메시지를 보냈다.

- 그래도 승연 씨는 푹 자요. 내 몫까지.

상대도 지금쯤 내 생각에 잠 못 이루고 있어줬으면 좋겠다고 생각하는 것도, 또 한편으로는 나는 못 자도 좋으니까 상대는 푹 자고 상쾌하게 아침을 맞이해주기를 바라는 것도 진심이었다. 좋아하는 감정이란 늘 그렇게 모순을 품고 있었다.

그렇지 않아도 길고 긴 겨울밤, 이불을 한 아름 끌어안고 준수는 진지하게 생각했다. 지금 곁에 승연이 있다면 얼마나 좋을까. 지금 당장 꼭 껴안을 수 있으면 세상에 더 바랄 것이 없을 것 같았다. 아니, 이왕이면 함께 잠들고, 함께 아침을 맞이하면 더 좋을 것 같다.

어느새 자연스럽게 거기까지 생각을 이어가고 있는 자신

이 놀라웠다. 승연을 만나기 전까지, 평생 결혼이라는 건 생각조차 해보지 않았었는데.

새벽 내내 준수는 생각하고 또 생각했다. 승연을 좋아하는 마음은 분명 저 앞을 내다보고 있었다. 이 마음을 계속 진지하게 가져가도 되는 것일까. 내게 그럴 자격이 있을까.

무엇보다, 그녀도 그렇게 생각해줄까.

아침이 밝아올 무렵 내린 결론은 아직 거기까지 생각하기에는 너무 이르다는 것이었다. 이제 갓 시작한 사이일 뿐이니까, 우선은 관계를 다져나가는 데 집중하는 게 먼저가 아닐까.

아니, 다 떠나서 자신이 이런 고민을 하고 있다는 걸 알면 승연이 어이없어할 것 같았다. 아직 첫 데이트도 제대로 못 했는데 결혼이라니.

그렇게 준수는 새벽 내내 했던 고민을 일단락하고 출근했다.

오늘따라 준수 담당인 환자들이 많았다. 그래서 점심 식사도 늦어져서, 마침 식사하셨냐고 묻는 승연의 메시지에 이렇게 대답했다.

– 나도 바빠서 아직. 승연 씨가 만든 김밥 먹고 싶네요.

– 그럼 좀 만들어 갈까요?

승연에게서 그렇게 메시지가 왔을 때, 마음 같아서는 냉큼 그래줄래요? 하고 대답하고 싶었다. 김밥은 둘째치고 그러면 잠깐이라도 얼굴을 볼 수 있으니까.

하지만 준수는 꾹 참고 사양했다. 오늘따라 손님도 많다는데 괜히 번거롭게 만들고 싶지 않았다. 그만큼 준수는 승연이 조심스러웠다. 조심스럽다는 것은 다른 말로 소중하다는 뜻이었다.

아, 보고 싶어 죽겠다. 이따가 집에 데려다줄 때 또 키스해도 괜찮을까, 하고 준수가 고민하고 있는데 갑자기 노크도 없이 진료실 문이 벌컥 열렸다.

적당히 살집이 붙은 후덕한 인상의 초로의 여인. 바로 준수의 어머니였다.

"아들!"

들뜬 표정과 목소리에 퍼뜩 불길한 예감이 들었다.

"용건만 간단히 부탁드립니다."

준수는 방금까지 승연을 생각하며 잔뜩 느슨해져 있던 입가의 근육을 굳히고 무뚝뚝하게 말했다. 남들이 봤다간 친어머니 맞나, 하고 의아해하겠지만 정작 어머니는 놀라지도, 섭섭해하지도 않았다. 그야 늘 이런 식이었으니까.

"혜정이가 소개시켜준 아가씨랑 사귀기로 했다며? 데이트도 했다지?"

준수는 눈살을 찌푸리며 속으로 혀를 찼다. 이런, 정보가 새버리다니.

"그렇습니다만."

"그럼 엄마한테 왜 진작 얘기를 안 했어? 말을 했으면 엄마 차도 빌려주고, 근사한 레스토랑도 예약해줬을 텐데!"

어머니의 차는 대형 외제차였다. 준수의 차는 낡은 국산 중형차.

"엄만 이게 꿈인지 생신지 모르겠다. 우리 아들한테 애인이 생기다니!"

어머니는 한껏 신이 나 있었다. 준수는 위기감을 느꼈다.

"그래, 결혼 생각은 하고 만나는 거니? 서로 나이가 있으니 아무래도 그렇겠지?"

물론 진지하게 생각하고 있다. 아직 혼자만의 생각이지만.

하지만 이대로라면 어머니는 내일이라도 당장 승연의 가게로 달려가서 어떤 여자인지 자기 눈으로 확인하려 들 터였다. 가뜩이나 조심스러워 죽겠는데 어머니가 끼었다가는 큰일이었다.

성격상 그러고도 남을 어머니였다. 쓸데없이 수다스럽고, 필요 이상으로 정이 많은 전형적인 한국 아줌마 타입.

찾아가서 우리 며느릿감 보러 왔다는 둥, 우리 아들 잘 부탁한다는 둥 할 게 뻔한데, 그랬다간 수줍음이 많은 승연은 부담스러워서 도망가버릴지도 몰랐다. 지금은 제 더러운 성격에 질려서 도망가지 않도록 곁에 꼭 붙들어두는 것만으로도 벅찬데.

짧은 순간 동안 준수는 거기까지 계산해내고 할 말을 정했다.

"결혼할 생각으로 만나는 여자 아닙니다. 멋대로 오해하시면 곤란합니다."

"아니긴 뭐가 아니야? 데이트도 했다며!"

"연애하고 결혼은 별개입니다. 제가 결혼하기 싫어하는 거 어머니도 잘 아시잖습니까."

준수는 눈 하나 깜짝하지 않고 거짓말을 했다. 우선은 승연을 어머니에게서 보호해야 했으니까.

"그러지 말고 좀 진지하게 만나보지 그러니. 혜정이도 정말 착한 아가씨라고 그러던데, 응?"

어머니는 못내 아쉬워서 어쩔 줄을 몰랐다. 실망감이 이만저만이 아닌 모양이었다.

하지만 준수는 끝내 사실대로 말하지 않았다.

"그럼 어머니, 죄송하지만 조금 있으면 예약 환자가 올 시간이라서요."

반쯤 쫓아내듯 어머니를 내보내고 나서야 준수는 안도의 한숨을 내쉬었다. 후유.

승연을 어머니 눈앞에 보이는 건 프러포즈를 하고 승낙을 받은 후면 족했다. 하다못해 상견례, 아니, 승연에게는 부모님이 안 계시니까 심지어 결혼식 당일이라도 늦지 않다. 진짜로 결혼식 당일에 소개를 시킨다 해도 어머니는 쌍수를 들고 기뻐할 터였다. 상대가 곰보든 째보든 간에 아들이 결혼한다는 그 자체만으로도 며느리에게 고마워할 어머니였다.

하물며 승연은 곰보도 째보도 아니고 저렇게 예쁜데, 어머니 마음에 안 들 리 없지 않은가.

그래서 어머니에게 거짓말을 하고도 전혀 양심의 가책을 느끼지 않는 준수였다.

김밥은 방금 싸서 약간 따스한 기운이 남아 있을 때가 제일 맛있다. 추운 날씨에 김밥이 금세 식어버릴까 봐, 승연은 코트 안자락에 김밥 꾸러미를 넣어 가슴에 꼭 품은 채로 걸었다.

준수의 병원을 향해 걷는 길이 그렇게 즐거울 수가 없었다. 자꾸만 얼굴에 웃음이 번지는 바람에 지나가는 사람들이 이상한 눈으로 쳐다봐서 억지로 표정 관리를 해야 할 정도였다. 사랑에 빠지면 사람은 바보가 된다더니, 그 바보가 바로 여기 있었다.

병원에 도착하자 다른 직원들은 마침 식사를 하러 나갔는지 아무도 보이지 않았다. 그리고 승연이 진료실 문을 노크하기 직전에, 안에서 누군가의 목소리가 들려왔다.

"그래, 결혼 생각은 하고 만나는 거니? 서로 나이가 있으니 아무래도 그렇겠지?"

흠칫 놀라 손이 저절로 멈췄다.

"결혼할 생각으로 만나는 여자 아닙니다. 멋대로 오해하시면 곤란합니다."

뒤이어 들려온 목소리에, 사고도 함께 멈춰버렸다.

방금 내가 무슨 말을 들은 거지……?

털썩. 손에서 김밥 꾸러미가 떨어졌다. 멍하니 서 있는 승연의 귓전에, 마지막 쐐기가 날아와 박혔다.

"연애하고 결혼은 별개입니다. 제가 결혼하기 싫어하는 거 어머니도 잘 아시잖습니까."

찬물이 확 끼얹힌 것 같은 기분과 함께 퍼뜩 정신이 들었다. 발치에 봉지째 나뒹굴고 있는 김밥 꾸러미가 지금의 제 모습처럼 초라해 보였다. 대체 어쩌자고 나는 이걸 그렇게나 열심히 싸서, 식을까 봐 가슴에 품고까지 달려왔을까.

갑자기 누군가가 이런 자신을 볼까 봐 두려워졌다. 승연은 황급히 김밥을 주워 들고 뒷걸음질을 쳤다. 그리고 등을 돌려 잰걸음으로 병원을 나섰다.

뒤도 한 번 돌아보지 않고 바람이 부는 거리를 걷는다. 아까 오는 길에는 날씨가 이렇게 추운 줄도 미처 느끼지 못했는데, 돌아가는 길에는 칼바람에 뺨이 아리도록 차가워서 저절로 어깨가 움츠러들었다.

「결혼할 생각으로 만나는 여자 아닙니다.」

문득 자신이 이상하다는 생각이 들었다. 아니, 대체 뭐가 문제야. 그럴 수도 있는 거지, 왜 이렇게 실망하고 있는 거야.

결혼할 생각은 이쪽에서도 없었다. 아니, 없다기보다는 아직 그런 생각을 해본 적이 없었다. 원래부터 결혼에 대해 별 생각이 없었던 데다, 준수와는 이제 겨우 첫 키스를 한 사이인데 벌써부터 미래까지 생각하기는 일렀다.

게다가 모든 연애가 꼭 결혼으로 귀결되라는 법은 없지 않은가. 결혼 생각이 없어도 얼마든지 상대를 좋아할 수도, 사귈 수도 있는 거였다. 무엇보다 준수는 자신에게 만나보자고 말했지 결혼하자고 한 적은 없었다.

즉 서운할 이유가 하나도 없다. 그냥 그 사람은 그런가 보다, 하고 생각하면 될 문제였다.

하지만 분명 자신은 방금 들은 말에 무척이나 실망하고 있었다. 그럴 이유가 없다고 머리로 아무리 생각해도, 가슴은 달랐다.

'선생님한테는 겨우 그 정도였구나, 내가.'

씁쓸해하는 마음을 향해 머리가 얼른 핀잔을 주었다.

'그럼 대체 뭐 대단한 걸 기대한 거야? 만난 지 얼마나 됐다고, 벌써부터 결혼 생각부터 하면 그게 더 이상한 거 아냐?'

어느 쪽이 옳은지는 모르겠다. 하지만 정신이 퍼뜩 든 것만은 사실이었다. 어제의 키스 이후로 그토록 들떠 있었던 자신이 갑자기 견딜 수 없이 우스워졌다.

마침 주머니에서 진동이 느껴졌다. 평소 같으면 두근거리면서 확인했을 메시지를, 어딘가 메마른 시선으로 바라보았다.

– 오늘 저녁 같이 할까요?

승연은 걸음을 멈췄다. 그리고 거리에 선 채로 답장을 보냈다.

– 아뇨, 오늘은 조금 피곤해서 일찍 들어가서 쉬려고요. 죄송해요.

오늘은 도저히 준수 앞에서 웃을 수 있을 것 같지 않았다.

모든 연애의 끝이 결혼은 아니다. 오히려 결혼은 연애의 여러 가지 엔딩 중에서도 드문 종류에 속한다고 할 수 있을지도 모른다. 하지만 사귀다 보니 결혼까지는 가지 못하고 헤어지는 것과, 시작하기 전부터 결혼은 아니라고 선을 긋고 만나는 것은 분명 다른 문제였다.

'쓸데없이 내가 거길 왜 갔을까.'

승연은 후회하고 또 후회했다. 그냥 몰랐더라면 아무 문제가 없었을 텐데. 하지만 이미 들어버린 말은 잊을 수도, 지울 수도 없었다.

정신없이 푹 빠져 있던 상대가 사실은 마음속으로 자신에게 확실하게 선을 긋고 있다는 사실을 알아버렸다. 마치 초콜릿을 먹는 도중에 머리끝부터 찬물을 뒤집어쓴 것 같은 기분이었다. 달콤함은 한순간에 꿈처럼 사라지고, 뼛속까지 시린 느낌만이 뒤에 남았다.

이제 어떻게 해야 하지, 하고 승연은 생각해보았다. 하지만 어떻게 할 수도 없는 문제라는 것이 문제였다.

헤어지자고 말해?

솔직히 기분만으로는 그러고도 싶었다. 하지만 스스로 생각해도 이유가 빈약했다. 어차피 결혼하지 않을 거니까 지금 헤어지자는 건, 어차피 언젠가 죽을 거니까 그냥 지금 죽겠다는 말이나 별다름이 없어 보였다.

그럼 그냥 모른 체하고 계속 만나?

그러자니 도저히 전처럼 준수 앞에서 웃을 자신이 없었다. 그가 자신을 어떻게 생각하는지 뻔히 알면서.

그렇다고 대놓고 따져? 나는 당신을 이만큼 좋아하는데 당신은 왜 내가 겨우 그 정도냐고, 왜 결혼할 생각도 없으면서 나하고 만나고 있느냐고?

이건 더 우습고 또 유치했다. 이쪽에서 100만큼 좋아한다고 해서 저쪽에서도 똑같이 100만큼 좋아해줘야 한다는 법은 없지 않은가.

차라리 조금 덜 좋아했더라면 편했을 텐데, 하고 승연은 입술을 깨물었다. 그러면 아, 그 사람은 그렇구나, 그럼 나도 그냥 가볍게 사귀지 뭐, 하고 쿨하게 생각할 수 있었을 텐데.

　모든 문제의 근원은 자신이 그를 너무 좋아한다는 것이었다. 서로 좋아한다고 생각했지만 결국 여태까지도 자신은 짝사랑 중이었다. 저울이 이쪽으로 한참 기울어 있는 연애를 하면서 마음이 편할 수는 없는 거였다, 도저히.

　그래, 인정하고 받아들이자.

　하룻밤 꼬박 고민한 끝에 승연은 그렇게 결심했다. 준수가 자신을 생각하는 마음이 10만큼이라도, 20만큼이라도 괜찮다. 내 마음이 100이면 그걸로 된 거다. 어차피 처음에는 100대 0이었는데 이 정도라도 고마운 것 아닌가.

　무엇보다 이런 일로 서운하다고 헤어지자고 말하기에는 승연은 준수를 너무 좋아하고 있었다. 자존심이 상해도 그게 사실이니까 어쩔 수 없었다. 헤어지자고 말해봤자 결국 후회하게 되는 것은 자신일 게 뻔했다.

　어차피 헤어질 거 아니면 서운한 기색 보이지 말자. 그 말을 들었다는 티도 내지 말자. 그냥 못 들었다고 생각하고 잊어버리자.

　승연은 그날 밤 내내 그렇게 결심하고 또 결심했다. 그래서 그다음 날, 준수가 저녁 식사를 함께 하자고 연락해왔을 때는 거절하지 않았다.

　준수는 승연이 가게 문을 닫을 때쯤 데리러 왔다.

　"뭐 먹고 싶어요?"

미소를 지으며 그렇게 묻는 준수의 얼굴이 아무렇지도 않아 보여서 얄밉게 느껴졌다. 나는 어젯밤 내내 잠도 못 자고 마음고생을 했는데.

"그냥, 아무거나 괜찮아요."

"아무거나 말고 좀 좋은 데 가서 먹읍시다. 첫 데이트도 제대로 못 하고 그냥 지나가버려서 아쉬운데."

준수는 웃으며 말했다. 좋은 데라니, 뭐 나랑 데이트하는 게 당신한테 특별하기나 한 거라고 신경 쓰는 척을 해. 괜히 속이 뒤틀려서 승연은 저도 모르게 말했다.

"해장국 먹고 싶어요."

"해장국?"

준수는 의외라는 듯이 되물었다.

"왜 하필 해장국입니까?"

사실 별로 해장국이 먹고 싶어서 한 말은 아니었다. 좋은 데 가서 먹자는 말에 갑자기 반항심이 일어서 불쑥 한 말이었지.

하지만 이미 말해버린 건 어쩔 수 없다.

"날이 추워서 그런가 봐요. 그냥 그게 먹고 싶네요."

승연은 고집을 부렸다.

"뭐, 좋습니다. 승연 씨가 그렇다면."

준수는 어깨를 으쓱하고는 앞장섰다.

"우리 병원 근처에 뼈다귀해장국 잘하는 집이 있어요. 그쪽으로 가죠."

승연은 말없이 그를 따라나섰다.

걸으면서 준수가 자연스럽게 손을 잡아왔다. 승연은 잡힌 제 손을 건성으로 내버려두었다. 마주 잡지도 않고, 그렇다고 뿌리치지도 않고.

"오늘도 손님 많았어요?"

"그냥 그랬어요."

"별로 바쁘지 않았으면 메시지에 답 좀 하지. 하루 종일 답이 없기에 난 또 많이 바쁜 줄 알았습니다."

"메시지 온 줄 몰랐어요."

저도 모르게 자꾸 말끝이 퉁명스러워진다. 이러면 안 돼, 하고 승연은 입술을 깨물었다. 서운한 티 내지 말자고, 아무 일도 없었던 듯이 그냥 모른 척 지나가자고 그렇게 결심했잖아.

준수가 말한 해장국집은 멀지 않은 곳에 있었다. 작고 허름한 만큼 맛은 있어 보였지만, 들어가면서 승연은 괜히 눈물이 날 것 같았다. 진짜로 이런 곳에 데리고 왔어.

알고 있다. 제 입으로 먼저 해장국 먹고 싶다고 말해놓고 서운해하는 게 얼마나 속 좁고 어이없는 일인지.

하지만 자꾸만 그런 생각이 들었다. 만약에 내가 그에게 진심으로 좋아하는 여자였다면, 결혼까지 하고 싶은 여자였다면 어땠을까. 첫 데이트 때 못 한 식사 대신인데 굳이 이런 곳으로 데려오지는 않지 않았을까. '해장국은 다음에 먹고, 오늘은 좋은 데 갑시다.' 하고 우겨서라도 괜찮은 곳으로 데려가지 않았을까.

결국 상대가 나니까, 가볍게 만나는 나니까, 별로 좋아하지 않는 나니까.

하지만 그런 승연의 마음을 준수가 알 리 없었다.

"자, 앉아요."

앉자마자 뼈다귀해장국 두 그릇을 주문하고 나서 준수는 즐거운 듯이 말했다.

"여기가 30년째 같은 자리에서 하는 곳인데, 마음에 들 겁니다."

"네."

승연은 통에서 수저를 꺼내 놓으며 짧게 대꾸했다. 조금도 마음에 들지 않았다.

"참, 혜정이한테 들었습니다. 조금 있으면 승연 씨 생일이라고."

준수가 불쑥 말했다. 승연은 기계적으로 날짜를 떠올려 보았다. 그러고 보니 대충 이맘때쯤인 것 같다. 생일을 음력으로 쇠는 탓에 일부러 신경 쓰지 않으면 그냥 잊고 지나갈 때도 있었다. 올해도 여태 모르고 있었다.

"날짜가 벌써 그렇게 됐나 보네요."

승연은 심드렁하게 대답했다.

"생일 선물로 뭐 받고 싶은 거 없습니까?"

"글쎄요."

그런 건 알아서 생각해서 선물해야 하는 거 아닐까. 날 위해서는 고민하는 것조차도 귀찮다는 걸까. 승연은 또다시 마음이 상했다.

"그럼 혹시 반지는 어떻습니까?"

하지만 사실 준수는 이미 생각해놓은 게 있었던 모양이었다.

"선물로 뭐가 좋을까 생각해봤는데, 승연 씨가 반지 낀 걸 본 적이 없는 것 같다는 생각이 들었어요."

승연은 제 손을 내려다보았다. 늘 재료를 손질하고 자르고 볶고 굽느라 또래보다 훨씬 거칠어져 있는 손. 이 손을 준수가 눈여겨보고 있었다는 생각을 하자 갑자기 확 낯이 뜨거워져 얼른 테이블 아래로 숨겨버렸다.

"원래는 내가 알아서 선물해야 맞겠지만, 사이즈도 모르고 취향도 알 수가 없어서."

준수는 조심스럽게 말했다.

"승연 씨만 괜찮으면 같이 반지 고르러 갑시다."

이 말을 며칠 전에 들었더라면 무척 설렜을 것이다. 하지만 지금의 승연은 조금도 기쁘지 않았다. 아니, 오히려 짜증스러웠다. 반지라는 건 사랑을 약속하는 의미인데, 어차피 처음부터 딱 선을 긋고 만나는 사이에 반지를 선물받아봤자

도대체 무슨 의미가 있단 말인가. 정말이지 아무 쓸모도 없다. 오히려 볼 때마다 기분만 나빠질 것 같다.

"싫어요."

승연은 저도 모르게 딱 잘라 말했다.

준수가 놀란 듯이 승연을 바라보았다. 그제야 승연은 자신의 말투가 필요 이상으로 날카로웠다는 것을 깨달았다.

"……손에 뭐 끼는 거 별로 좋아하지 않아요. 일할 때 거추장스러워서요."

뒤늦게 얼버무리다시피 말하자 준수가 고개를 끄덕였다.

"매일 음식을 해야 하니까 그렇기도 하겠네요. 내 생각이 짧았습니다."

너무 순순히 물러나는 태도에 또다시 마음이 상했다. 그냥 한 번 해본 말인 거 아닐까. 처음부터 반지 같은 거, 사주고 싶지 않았던 건 아닐까.

문득 승연은 지금 자신이 얼마나 비뚤어져 있는지를 깨달았다.

서운해하지 말자. 티 내지 말자. 그냥 아무 일도 없었던 것처럼 웃자. 어젯밤에 했던 그 수많은 다짐 따위는 아무 소용도 없었다.

'이 사람은 내게 마음속으로 선을 긋고 있다.'

오로지 그 전제 하나만으로 그가 하는 모든 말과 행동 하나하나가 상처로 돌아왔다.

준수가 자신의 얼굴을 물끄러미 바라보고 있는 게 느껴졌다. 하지만 승연은 젓가락 끝만 하염없이 노려보고 있었다. 눈을 들어 준수의 얼굴을 마주 쳐다봤다간 눈물이 날 것 같아서.

이윽고 음식이 나왔다. 김이 모락모락 나는 해장국이 담긴 뚝배기가 각자의 앞에 놓였다.

밑도 끝도 없이 갑자기 우는 여자는 꼴사납다. 해장국 먹다가 우는 여자는 더더구나 최악이다. 그러니까 지금 울면 안 돼. 속으로 그렇게 다짐하며 승연은 숟가락을 들었다.

그리고 뜨거운 국물을 한 숟가락 떠서 입으로 가져가기 직전.

"혹시 오늘, 안 좋은 일이라도 있었습니까?"

준수의 조용한 목소리가 귓전을 때렸다.

숟가락이 허공에서 뚝 멈췄다.

"아까부터 계속 울 것 같은 얼굴을 하고 있어서 혹시나 싶었는데."

승연은 눈을 들어 준수를 보았다. 걱정스러운 듯한 눈빛이 자신을 응시하고 있었다.

"얘기해봐요, 무슨 일인지."

승연은 숟가락을 내려놓았다.

"……."

어제 어머님께 저하고 결혼할 생각 전혀 없다고 말씀하시

는 걸 들었어요. 아, 엿들은 건 아니고 김밥 가져갔다가 우연히 들은 거예요. 오해는 마세요. 그런데 있잖아요, 왜 나는 처음부터 아닌 건가요? 사귀다가 결혼하지 않을 수는 있지만, 보통 처음부터 결혼까지는 아니라고 딱 정해놓고 만나지는 않잖아요. 아, 네, 알아요. 어떤 마음을 가지고 만나든 그건 선생님 자유겠죠. 섭섭해할 문제가 아니라는 건 아는데, 그게 마음처럼 쉽게 되질 않네요. 꼭 결말을 다 아는 영화를 보고 있는 기분이라고요. 그것도 새드 엔딩인 영화를.

꾹 다물고 있는 입술 속에서 수많은 말들이 맴돌았다.

"울어요?"

준수가 당황한 듯이 말했을 때에야 승연은 퍼뜩 정신을 차렸다. 맙소사, 황급히 손으로 눈가를 만져보자 뜨끈한 물기가 묻어났다.

"아, 아무것도 아니에요."

손등으로 눈물을 닦아내며 승연은 얼른 고개를 저었다. 하지만 준수가 넘어갈 리 없었다.

"제발 괜찮은 척 그만하고 이제 좀 말해줘요."

준수는 반쯤 답답하다는 듯이, 반쯤은 애원하듯이 말했다.

"나한테도 할 수 없는 얘깁니까?"

그 말에 오히려 울음이 더 치밀었다. 선생님이니까 못 하는 거예요!

여기까지가 한계였다. 승연은 가까스로 울음을 참으며 말했다.

"죄송해요. 저 먼저 일어날게요."

"승연 씨!"

승연은 그대로 자리를 박차고 일어났다. 그리고 도망치 듯 가게 밖으로 나왔다. 하지만 채 열 걸음도 가지 못하고 따라 나온 준수에게 팔을 붙잡혔다.

"부탁이에요. 제발 따라오지 마세요."

"말이 되는 소리를 좀 합시다."

준수의 말투가 험악해졌다.

"그렇게 울고 있는 거 다 봤는데, 어떻게 나더러 그냥 보 내라는 겁니까?"

"별일 아니에요."

"별일인지 뭔지 어쨌든 나한테 말을 하라니까!"

준수가 목소리를 높이는 순간, 승연은 속에서 뭔가 뜨거 운 것이 치밀어 오르는 것을 느꼈다. 그래, 꼴사납게 우는 것보다는 차라리 화를 내는 게 나을지도 모른다.

"말하면요?"

승연은 고개를 들고 허리를 똑바로 폈다. 그리고 준수를 정면으로 쳐다보았다.

"말하면 뭐가 달라지나요?"

따지듯이 말하자 준수가 달래듯 차분하게 대답했다.

"같이 고민해봅시다. 그게 뭐든 내가 도울 수 있도록 노력해볼게요."

의도한 것도 아닌데 저절로 코웃음이 나왔다.

"들어보나 마나예요."

승연은 딱 잘라 말했다.

"그러니까 말하지 않는 거예요. 선생님이 해결해주실 수 있는 문제라면 벌써 말했을 거라고요. 그런데 도움이 안 되니까, 어떻게 해주실 수 없으니까 말하지 않는 거예요. 그걸 왜 모르세요?"

준수가 이를 악물었다. 턱이 굳어지는 것이 눈에 보였다.

"승연 씨한테는, 내가 그렇게 믿음직하지 못합니까?"

낮은 목소리는 실망감과 분노에 가득 차 있는 것처럼 들렸다.

하지만 아니라고 말할 수가 없었다. 슬프게도, 이 문제에서만큼은 그랬다.

"네."

승연은 대답했다.

"……."

준수는 한참 동안 아무 말도 하지 않았다. 그저 입술을 꾹 다물고, 굳어진 얼굴로 승연을 응시하고 있을 뿐이었다.

예전의 민준수 같으면 이미 독설을 내뱉거나 소리를 치고도 남았을 시점이다. 그가 지금 화를 억지로 눌러 참고 있다는 것을 승연은 느낄 수 있었다.

"미안합니다. 오늘은 집에 데려다주지 못하겠네요."

한참 만에야 준수는 말했다.

"……내일 다시 얘기합시다."

그렇게 끝맺듯이 말해놓고도 그는 먼저 돌아서지 않았다. 대신에 뭔가를 기다리듯 승연을 향해 안타까운 시선을 보냈다.

알 것 같았다. 지금이라도 자신이 솔직하게 말해주기를 바라고 있다는 걸.

하지만 말할 수 있을 리 없었다. 그래서 이쪽에서 먼저 돌아설 수밖에 없었다.

"조심해서 가세요."

조그맣게 중얼거리고 승연은 등을 돌렸다. 등에 안타까운 시선이 날아와 아프게 박혔지만, 끝내 돌아볼 수가 없었다.

"아니, 혜정이 넌 대체 왜 올 때마다 가게 비우고 없는 거야?"

저녁때쯤 불쑥 가게로 찾아온 이모는 혜정을 보자마자 울화통을 터뜨렸다.

"내가 그저께부터 벌써 몇 번을 왔다가 허탕을 쳤는지나 아니?"

"요즘 배달이 많아서 그랬나 봐요. 급하면 전화를 하시지."

혜정은 장미꽃 줄기를 가위로 다듬으며 태평하게 대꾸했다.

"근데 왜요. 이모 꽃 필요하세요?"

"지금 꽃이 문제가 아니야. 내가 아주 준수 그 녀석 때문에 속상해 죽겠다!"

이모가 본격적으로 하소연을 시작했다.

"네가 소개시켜준 그 아가씨랑 잘돼간다고 해서 좋아했더니만, 글쎄, 정작 결혼할 생각은 전혀 없다잖니!"

"뭐라고요?"

말도 안 되는 소리였다. 데이트를 하고 매주 꽃 배달을 시키고 그 난리를 치면서 결혼 생각은 없다는 게 말이 돼?

혜정은 피식 웃고 말았다.

"에이, 이모도 참. 쑥스러우니까 괜히 하는 소리겠죠. 오빠가 어디 마음에도 없는 여자랑 사귈 사람이에요?"

"글쎄, 사귀는지는 모르지만 결혼할 생각은 없다니까? 결혼할 여자 아니니까 괜한 오해 말라고 아주 딱 자르더라."

이모가 땅이 꺼져라 한숨을 쉬었다.

"그렇지 않아도 걔가 어릴 때부터 노상 그 소리를 하기는 했었어. 자기는 커서 어른이 돼도 절대 결혼 안 한다나 어쨌다나. 그래도 나이가 먹고 좋은 여자 만나면 좀 생각이 바뀌겠거니 했더니 원."

"세상에⋯⋯!"

혜정은 할 말을 잃었다.

사실 혜정은 요즘 제 사촌 오빠의 변화를 매우 흐뭇한 눈으로 지켜보고 있었다. 자신을 시켜 매주 꽃을 보내지 않나, 승연의 생일이 언제냐고 묻지를 않나. 심지어 풍기는 분위기마저도 전과는 달리 좀 유해졌다 싶어서 아, 저 인간이 이제 좀 사람답게 돼가나 싶었는데 이게 웬 마른하늘에 날벼락이란 말인가.

"그래서 말인데, 혜정아. 다른 친구는 또 없니? 더 예쁜 아가씨면 좋고."

이모가 말했지만 점점 분노로 물들어가고 있는 혜정의 귀에는 들리지도 않았다.

나이를 서른셋이나 먹은 남자가, 결혼할 생각도 없으면서 서른 살 된 여자를 만나? 이건 혜정의 기준에서 봤을 때 사기나 마찬가지였다.

그래, 꼭 결혼할 생각이 있어야만 여자를 사귀라는 법은 없지. 하지만 그렇다면 처음부터 상대에게 확실하게 의사를 밝혀두어야 맞지 않은가. 나는 독신주의자다, 연애는 하고 싶지만 결혼 생각은 없다, 그러니 내 생각에 당신도 동의한다면 우리 한 번 사귀어보도록 하자!

하지만 혜정이 아는 한 준수는 승연에게 사전에 전혀 그런 말을 한 바가 없었다. 그럼 사기지.

승연이 과연 이 사실을 알고 준수를 만나고 있을까? 그럴 리 없다는 데 혜정은 내기라도 걸 수 있었다. 요즘 들어 나날이 눈부시게 예뻐지고 있는 승연이었다. 그리고 미래가 없는, 오로지 현재의 감정뿐인 연애로 여자는 그렇게까지 예뻐질 수 없는 법이었다.

'이걸 승연이한테 사실대로 말해줘야 하나?'

혜정은 고민했다. 아무래도 알 건 알아야 하지 않을까 싶어서. 하지만 이틀 전 아침에 꽃다발을 갖다주었을 때, 기쁨에 차서 반짝반짝 빛나고 있던 승연의 표정을 떠올리자마자 급격히 자신이 없어졌다. 도저히 말 못 하겠다.

무책임한 남자에게 화가 치밀었다. 저는 실컷 연애만 즐기고 나서 잘 놀았습니다, 하고 깔끔하게 뒤돌아 가면 그만일지 모르겠지만 승연은 그게 아닐 텐데.

순진하고 착한 친구를 갖고 놀고 있는 사촌 오빠가 미워서 견딜 수가 없었다.

민준수, 내 이 망할 인간을!

승연이 저렇게 푹 빠져 있는데, 도저히 사실대로는 말 못하겠다. 그렇다고 그냥 가만히 넘어갈 수도 없었다.

'이걸 어쩐다?'

이래 봬도 다혈질인 혜정이었다. 제 나름대로 머리를 굴린 후, 혜정은 가게를 박차고 나왔다.

"이모, 잠깐만 가게 좀 봐주세요. 저 오빠 병원에 잠깐 다녀올게요."

문을 닫을 때가 다 되어서인지 동물병원 안에는 손님이 없었다. 빗자루를 들고 청소를 하고 있던 진호가, 병원으로 들어서는 혜정을 보고는 얼른 허리를 펴며 반갑게 맞이했다.

"혜정 씨 오셨어요?"

평소 같으면 네, 하고 한 번 생긋 웃어줬겠지만 오늘은 그럴 여유가 없다.

"오빠는요?"

"원장님 진료실에 계세요."

혜정은 심호흡을 한 번 하고 준수의 진료실 문을 노크했다. 열받은 나머지 굳어진 표정에 억지로 미소를 띠고.

"왔어?"

혜정이 들어서자 준수가 알은체를 했다. 그다지 살가운 말투는 아니었지만 이나마 놀라운 변화였다. 전에는 고개도 안 들고 기껏해야 '무슨 일이야?' 하곤 했었는데.

"가게는 어쩌고?"

가게 걱정까지. 혜정은 속으로 흥, 하면서도 겉으로는 웃어 보였다.

"응, 이모가 잠깐 봐주신다고 해서."

"그런데 무슨 일이야?"

"승연이 생일 준비는 좀 하고 있나 싶어서 와봤지. 선물은 생각해놨고?"

갑자기 준수의 표정이 어두워졌다.

"그게…… 상황이 좀 안 좋아서."

"응? 안 좋다니, 왜?"

잘생긴 얼굴에 답지도 않은 수심을 가득 담고, 사촌 오빠는 중얼거렸다.

"싸웠다."

어? 상황이 재미있게 돌아간다. 생각지도 못했던 일에 혜정의 귀가 쫑긋했다.

"아니, 어쩌다 그랬어? 오빠 뭐 잘못했어?"

"그런 것 같지는 않고. 뭔가 굉장히 큰 고민이 있는 모양인데, 나한테는 통 말을 하려고 들지 않아서."

이상하다, 하고 혜정은 생각했다. 그저께 아침에 승연을 봤을 때만 해도 그런 눈치는 전혀 없었는데. 그새 무슨 일이 있었던 걸까?

"혜정이 넌 뭔가 아는 거 없어?"

얼마나 답답했는지, 준수는 혜정을 붙들고 물으려 들었다. 나도 몰라, 하고 대답하려다 혜정은 순간적으로 생각을 고쳐먹었다. 잠깐만, 이거 기회 같은데?

혜정의 잔머리가 빠르게 회전했다.

"글쎄, 아무래도 고민이 있지 왜 없겠어? 결혼 생각할 나이인데."

혜정은 시치미를 뚝 떼고 말했다.

"사실 지금 오빠랑 사귀고 있긴 하지만 오빠도 알다시피 연애랑 결혼은 또 다른 문제잖아? 그러니까 승연이도 현실적으로 고민을 할 수밖에 없겠지."

"뭐?"

순간적으로 준수의 목소리에서 느껴지는 온도가 약 10도 정도 뚝 떨어졌다.

자기는 아예 결혼 생각도 없는 주제에 왜 이러실까, 이 양반이. 자기가 하면 로맨스고 승연이가 하면 불륜인가? 속으로 그렇게 비꼬며 혜정은 아무것도 눈치 채지 못한 척, 연기를 이어갔다.

"내가 아무리 승연이랑 친해도 피가 물보다 진한 법이잖아. 그래서 얘기해주는 건데, 사실 오빠가 몰라서 그렇지 승연이 걔한테 결혼하자고 목매다는 남자가 한둘이 아니야."

사촌 오빠의 얼굴이 눈앞에서 점점 굳어져갔다. 그에 비례해서 혜정은 점점 더 신이 났다. 천하의 민준수가 제 말에 이렇게 휘둘리는 걸 보는 것은 태어나서 처음이다. 게다가 승연의 상처받은 자존심도 회복시킬 수 있고, 혹시나 준수로 하여금 결혼할 생각을 해보게 만들 수 있을지도 모르고. 즉 일석 삼조였다.

물론, 뒷감당이나 후환에 대해서는 전혀 생각하지 않고 있었다.

"승연이가 부모님이 다 돌아가셔서 그렇지 사실 스펙 장난 아니거든. 그 나이에 벌써 집 있겠다, 가게 있겠다, 돈 잘 벌겠다. 참, 그 가게 있는 상가가 통째로 걔 명의야. 몰랐지? 게다가 알고 보면 대학도 은근히 좋은 데 나왔지, 음식 장사 하는 애니까 솜씨도 말할 것 없지. 마음씨 착하겠다, 얼굴도 예쁘겠다. 그러니까 남자들이 목을 안 매고 배겨?"

숨도 안 쉬고 줄줄이 읊어대던 혜정은 잠시 쉬고 슬쩍 준수의 눈치를 보았다. 점점 험악해져가고 있는 것이 그야말로 폭발 직전이다.

"승연이도 오빠 좋아하기야 하겠지. 그래도 어디까지나 연애랑 결혼은 별개니까."

민준수 넌 단순한 엔조이 상대다 이거야. 별개라는 말을 특히 강조하며 혜정은 한숨을 푹 쉬었다.

"전에 얼핏 듣자니까 뭐라더라, 결혼하자고 쫓아다니는 남자 중에 의사도 있고, 변호사도 있다나? 그래서 고민인가 봐."

물론 거짓말이었지만 진심이기도 했다. 민준수보다 훨씬 멋지고 능력 있는 남자를 승연에게 소개시켜줄 생각이었다. 졸업 앨범을 몽땅 뒤지고, 초등학교 때부터 대학교 때까지의 인맥을 총동원해서라도.

"사실 오빠가 말이 좋아 동물병원 원장이지, 오빠 병원 적자나 겨우 면하는 상황이잖아. 승연이가 그거 모르는 것도 아니구."

내친김에 자존심까지 알뜰하게 건드려줬다.

"알았으니까 가봐."

끝까지 듣고 난 준수가 이를 악물고 말했다. 입술조차 거의 움직이지 않는 바람에, 혜정은 잠시 사촌 오빠가 복화술을 하는 줄 알았다.

"어쩌려고?"

혜정은 조심스럽게 물었다. 얄미운 마음에 입에서 나오는 대로 지껄이고 나니 그제야 조금씩 뒷일이 걱정되기 시작했다. 이거, 일단 승연이랑 말 맞출 시간이 필요하겠는데?

"알아서 할 테니까 나가라고."

민준수가 또다시 복화술을 시전했다.

아, 폭발 직전이구나. 혜정은 직감했다.

"알았어. 그럼 나 이만 갈게. 화해 잘하고!"

험악해지는 준수의 얼굴에 대고 마지막 인사를 남기고 혜정은 그대로 뒤돌아서 도망치듯 병원을 나왔다. 아무리 그래도 저 인간, 폭발하면 무서우니까.

병원을 나오자마자 혜정은 휴대전화부터 꺼내서 얼른 승연에게 전화를 걸었다. 사실대로 말하면 승연이 화를 낼지

도 모르지만, 어쨌든 이미 저질러놓은 일이니 빨리 자초지
종을 설명하고 말을 맞춰야 했다. 민준수가 연락하기 전에.

하지만 승연은 웬일인지 계속 전화를 받지 않았다.

"아니, 얘는 왜 하필 이럴 때 전화를 안 받아?"

혜정은 다급히 승연의 가게로 달려갔다. 아니, 달려가려
했는데 그러지 못했다.

왜냐하면 마침 바로 그때, 준수가 병원에서 나와 빠른 걸
음으로 그쪽을 향해 걷기 시작했으니까.

"미치겠네!"

벌써 저만치 멀어지고 있는 준수의 뒷모습을 보면서 혜정
은 발을 동동 구를 수밖에 없었다.

처음으로 준수와 싸움을 했다.

어제 그렇게 헤어진 이후로 승연은 계속해서 생각했다.
어떻게 이 일을 풀어나가야 할지에 대해서.

아무 일도 없었던 것처럼 넘기기는 이미 틀렸다. 그는 이
미 승연이 무언가에 상처받았다는 사실을 알아버렸고, 어떻
게든 그 이유를 들으려고 할 것이었다. 그러면 결국 그와 어
머니의 대화를 들어버렸다는 얘기를 꺼낼 수밖에 없었다.

그 이야기까지 나오게 되면 그 뒤는 정해져 있었다. 왜 그
가 자신을 결혼 상대로 보지 않는지, 왜 사귀면서도 결혼 생
각은 없는 건지에 대해서 듣게 되겠지. 그걸 직접 준수의 입

에서 듣고 나서도 계속해서 사귈 수 있을지 승연은 자신이 없었다.

그렇다고 해서 헤어져?

헤어진다는 단어를 마음속으로 떠올리기만 해도 심장이 멈출 것만 같았다. 더는 민준수의 얼굴을 볼 수도 없고, 목소리를 들을 수도 없고, 그의 이름이 적힌 메시지를 받지도 못한 채 삶을 이어가는 상태를, 승연은 상상조차 할 수 없었다. 그렇게는 도저히 살 수 없을 것 같았다. 작년 이맘때까지만 해도, 민준수라는 사람이 세상에 존재하는지조차 모른 채 평생을 살아왔는데도 불구하고.

「내일 다시 얘기합시다.」

어제 말다툼 끝에 그는 그렇게 말했었다. 하지만 오늘 하루 종일 그에게서는 전화도, 메시지도 없었다. 하루 장사가 거의 끝나갈 때까지도.

평소 같으면 늘 가게 문을 닫을 때쯤 준수가 데리러 와주곤 했었다.

오늘은 과연 데리러 와줄까. 시간이 지날수록 마음이 조마조마해졌다. 7시가 지나자 심장 박동이 점점 빨라지기 시작했다. 혹시 몰라서 승연은 미리 가게 뒷정리를 깨끗이 해두었다. 만약에 준수가 데리러 오면 문을 닫고 바로 나갈 수 있게.

사실은 아직도 모르겠다. 준수가 오더라도 무슨 말을 어떻게 하는 것이 정답인지. 하지만 어제와 달리 솔직히 말하자는 생각은 들었다. 그가 뭐라고 말하든, 그래서 자신이 또 새로운 상처를 입는 한이 있더라도, 솔직하게 자신이 상처받은 이유를 이야기하지 않으면 어제와 아무것도 달라지지 않을 것 같았다.

하지만 생각지도 않게 곤란한 일이 생겼다. 7시 반쯤에 준수가 아닌 엉뚱한 사람이 나타난 것이었다.

바로 지태였다.

승연은 진심으로 화를 냈다. 가뜩이나 복잡해 죽겠는데!

"여긴 왜 또 온 거야? 다신 오지 말라고 했잖아."

하지만 지태는 막무가내였다.

"미안해, 승연아. 하지만 너하고 꼭 할 말이 있어서 그래."

"난 할 말 없어."

"잠깐이면 되니까 우리 어디 가서 얘기 좀 하자. 응?"

지태는 아예 작정을 하고 온 것 같았다. 도저히 물러날 기세가 아니었다.

이러다 준수가 오기라도 하면 어쩌나, 승연은 마음이 조마조마했다. 예전에 사귀던 사람이 있었다는 걸 굳이 숨길 생각은 없지만 눈앞에서 보여주고 싶지는 않았다.

아무래도 그 할 말이라는 걸 빨리 듣고 정리해버리는 편이 나을 것 같다. 승연은 그렇게 결심했다.

"잠깐만 기다려."

그렇게 말하고 승연은 휴대전화를 꺼내서 준수에게 메시지를 보냈다.

－ 선생님, 어제는 제가 화내서 죄송했어요. 오늘 제가 몸이 좀 안 좋아서 가게 일찍 닫고 먼저 들어갈게요. 내일 만나서 얘기해요.

어쩔 수 없이 거짓말을 했다. 헤어진 남자친구가 찾아와서 자꾸 얘기 좀 하자고 해서요, 라고 말할 수는 없으니까.

이미 가게 문 닫을 준비는 다 된 후였다. 무슨 일인지 혜정에게서 전화가 계속 오고 있었지만 지금은 받을 상황이 아니었다. 승연은 휴대전화를 무음으로 돌려두고 주머니에 넣으며 지태를 재촉했다.

"빨리 나가자."

같이 멀리까지 걷고 싶은 기분도 나지 않아서 제일 가까운 카페에 마주 앉았다.

"여기, 되게 오랜만이다."

커피를 주문하고 나자 지태가 가게 안을 둘러보며 눈을 가늘게 떴다.

"옛날에 우리 같이 여기 온 적 있잖아. 여름에 빙수 먹으러."

그리운 듯한 목소리였지만 승연은 전혀 기억나지 않았다. 기억이 나도 잊고 싶을 판이다.

"할 말 있으면 빨리 해줘."

혹시 혜정이라도 볼까 봐 걱정스럽다. 주위를 한 번 휙 둘러보고 나서 승연은 최대한 딱딱하게 말했다. 이러는 이유야 뻔하니까, 빈틈을 보이고 싶지 않았다.

"나, 이혼했다고 했잖아."

지태가 조심스럽게 말을 꺼냈다.

"그런데 그게 뭐?"

"사실은 너 때문에 이혼한 거야."

승연은 하마터면 들고 있던 물 컵을 떨어뜨릴 뻔했다.

"뭐라고?"

어이가 없어서 되묻자 지태는 더없이 진지한 표정으로 말했다.

"헤어진 와이프랑은 처음부터 안 좋았어. 신혼여행 갔을 때, 첫날밤에 내가 잠꼬대로 네 이름을 불렀대."

"그게 내 탓이라는 거야?"

기가 찼다.

"그때부터 와이프는 신경이 곤두서 있었어. 내가 아무리 헤어졌다, 너랑은 끝났다고 해도 소용이 없더라. 계속 내게서 너의 흔적을 하나하나 집요하게 파헤치기 시작했어."

지태가 괴로운 듯이 말했다.

"네가 줬던 편지, 네 사진, 하다못해 네가 보냈던 문자까지 내 휴대전화를 뒤져 찾아내서는 내 눈앞에 하나하나 들이댔어. 이것 봐라, 이런 걸 그냥 놔둔 거 보면 아직 못 잊은 거 아니냐고."

"그걸 진작 버리든지 지우든지 해야지, 왜 계속 놔뒀는데?"

"나도 있는 줄 몰랐어. 와이프가 찾아내서 그제야 알았던 거야."

한심한 나머지 헛웃음이 절로 나왔다.

"나중에는 내가 집에 들어오는 게 10분만 늦어져도 너한테 갔다 온 거냐고 추궁하더라. 그렇게 2년 가까이 시달리면서 살다가, 이건 더는 아니다 싶어서 헤어졌어."

"그래서 그게 나랑 무슨 상관인데?"

승연은 차갑게 물었다. 무심한 남편과 집요한 아내, 듣기에 따라 안타까울 수 있는 얘기였지만 거기에 자신의 책임은 조금도 느껴지지 않았다.

"그러다 깨달은 게 있었거든. ……와이프 말이 틀리지도 않았다는 거."

"뭐?"

"난 너를 여전히 사랑하고 있었어. 물론 와이프도 싫었던 건 아니지만, 어머니가 하도 성화를 하셔서 쫓기듯 결혼한 부분이 컸어. 와이프도 마음 한구석에선 내가 널 잊지 못했다는 걸 눈치 채고 있었으니까 그렇게 날 볶아댄 거였을 거야."

269

문득 지태가 테이블 너머로 손을 뻗어 승연의 손을 꽉 잡았다.

"승연아, 나 한 번만 더 받아주면 안 될까?"

소름이 끼쳤다. 그렇게 말하는 지태의 눈빛이 한없이 진지해서 더욱더. 이 사람은 지금 이게 말이나 되는 소리라고 생각하고 지껄이고 있는 걸까.

"이거 놔."

당황해서 손을 빼려고 애썼지만 꿈쩍도 하지 않았다. 지태는 두 손으로 승연의 손을 꽉 붙들고는 애원하듯 말했다.

"제발, 승연아. 나도 이제 흠 있는 몸이니까 어머니도 더는 널 반대 안 하실 거야."

치욕적이었다. 흠이 생겨서 비로소 자신과 동급이라니, 그런 말을 이토록 태연하게 할 수 있는 오만함에 진심으로 구역질이 났다. 자신이 어느 나라 왕자님이라도 된다고 생각하는 걸까.

대체 이런 남자와 어떻게 한때나마 결혼까지 생각했었는지, 승연은 스스로가 도저히 이해가 되지 않았다.

"널 좋아해, 승연아."

간절한 눈빛으로 지태가 다시 한 번 말했다. 언젠가 본 기억이 있는 눈빛에 불길함을 느낀 순간, 역시 언젠가 들은 기억이 있는 말이 그 입에서 새어나왔다.

"우리 결혼하자."

최악이다. 승연은 현기증을 느꼈다.

그 순간, 갑자기 붙잡힌 손이 자유로워졌다. 누군가가 승연의 손을 꽉 잡고 있는 지태의 손을 홱 붙잡아 떼어낸 것이었다.

깜짝 놀라 올려다본 승연은 심장이 멈추는 줄 알았다. 저 승사자 뺨치게 무서운 표정을 한 준수가 자신을 내려다보고 서 있었다.

"선생님!"

준수가 놀란 승연의 손목을 잡아 일으켰다.

"갑시다."

"당신 뭐야?"

지태가 당황한 듯이 말했다. 그러나 준수는 지태에게는 시선 한 번 주지 않은 채 승연의 손목을 잡아끌어 데리고 나가려 했다.

"가자니까."

"이봐, 당신 뭐냐니까!"

그제야 지태가 폭발하듯 벌떡 일어나서 소리치며 준수의 앞을 가로막았다.

"비켜."

승연의 손목을 꽉 잡은 채, 준수가 짧게 말했다.

지태는 원래부터 남자치고는 그리 키가 큰 편이 아니었다. 키가 큰 준수가 바짝 다가서서 바로 눈앞에서 내려다보듯 노려보자 목소리가 떨렸다.

"왜, 왜 이래? 댁이 뭔데?"

지태를 내려다보며 준수가 싸늘하게 응수했다. "이승연
씨 애인입니다만."

으르렁거리듯 한껏 낮아진 목소리는 승연이 들어도 몸서
리가 쳐질 정도로 살벌했다. 전에 보았던 그 어느 때보다도
화가 나 있는 것이 느껴졌다.

"방금 들은 프러포즈는 굉장히 인상 깊었지만, 번지수 잘
못 찾았습니다."

준수가 무표정한 얼굴로 말하며 한 걸음씩 지태를 향해
다가섰다. 허둥거리며 뒷걸음질을 치는 지태의 얼굴은 거의
하얗게 질려 있었다.

"또 만나면 서로 재미없을 것 같군요. 그러니 얼굴 보는
건 오늘이 마지막인 걸로 하죠. 그럼 이만."

경고하듯 말하자마자 준수는 승연의 손목을 끌고 카페 밖
으로 나왔다.

준수가 긴 다리로 성큼성큼 빠르게 걷는 바람에 상대적으
로 키가 작은 승연은 따라가기가 힘들었다. 무엇보다 으스
러져라 잡힌 손목이 아파서 견딜 수가 없었다.

"아파요, 선생님. 손 좀 놓고⋯⋯."

하지만 준수는 들어주지 않았다. 뒤도 돌아보지 않은 채,
막무가내로 승연을 끌고 어디론가 계속 걸었다. 승연은 어

쩔 수 없이 계속 끌려갈 수밖에 없었다.

인적이 드문 골목까지 왔을 때, 비로소 준수는 승연의 손목을 놓아주었다.

"어제 말했던 고민이라는 게 이거였습니까?"

승연은 가슴이 철렁했다. 준수의 잘생긴 얼굴이 한껏 굳어져 있었다.

"선생님."

"그 대단한 고민이라는 게 겨우 이런 거였어요? 양손에 남자를 하나씩 올려놓고 저울질하는 거? 그런 겁니까?"

승연은 당황했다. 뭔가를 오해하고 있는 것 같은데.

"그런 게 아니라……."

"아니, 둘이긴 한 겁니까? 셋이나 넷은 아니고?"

날 선 목소리가 마음을 갈기갈기 찢어놓는 것 같았다. 승연도 억울해서 목소리가 높아졌다.

"왜 제 말은 들어보지도 않고 그렇게 말씀하시는 거예요?"

"나한테 거짓말을 했으니까!"

"선생님한테 거짓말 한 적 없어요!"

준수가 한쪽 입술 끝을 끌어올렸다.

"아까 나한테 메시지로 몸이 안 좋아서 일찍 들어간다고 하고는 다른 남자를 만나고 있었죠. 승연 씨한테 그 정도는 거짓말 축에도 들지 않는 겁니까?"

승연은 가슴이 철렁했다. 그러고 보니 아까 거짓말을 하긴 했었잖아.

"그건 제가 잘못했어요. 하지만 사정이……."

"무슨 사정?"

갑자기 말문이 막혔다. 어디부터 말해야 그가 이해해줄까. 헤어진 남자친구라고? 결혼할 사이였다고? 이혼했다면서 날 찾아왔다고?

"……."

승연이 망설이고 있자 이윽고 준수가 피식 웃었다. 조소에 가까운 웃음이었다.

"그럴듯한 변명이 생각나거든 그때 연락하도록 해요. 아, 물론 나한테 그럴 만한 효용 가치가 남아 있다면 말입니다."

"선생님!"

"어쩌면 아까 그 남자가 놀라서 도망쳐버렸을지도 모르니까, 나라도 필요해질지 모르겠네요."

얼굴에서 비웃음이 가셨다. 준수는 이를 악물고 말했다.

"그렇게라도 승연 씨한테 필요해졌으면 좋겠다고 생각하고 있는 내가 참 한심하군요."

준수와 헤어져서 돌아오는 길에, 승연은 마음이 찢어지게 아팠다. 그가 화냈기 때문이 아니라, 그가 상처받았기 때문에.

'그렇게라도 승연 씨한테 필요해졌으면 좋겠다고 생각하고 있는 내가 참 한심하군요.'

그렇게 말할 때 준수의 눈빛은 마치 버림받은 짐승의 그 것 같았다. 차라리 예전처럼 마구 화를 내고 독설을 퍼붓는 게 낫지, 상처받는 모습을 보는 것은 훨씬 더 괴로웠다.

알 수 없는 것은 왜 그렇게까지 그가 상처를 받았는가, 하는 것이었다.

물론 아파서 일찍 들어가겠다고 거짓말을 한 것은 잘못했다. 그래놓고 다른 남자를 만나고 있었으니 화난 것도 이해한다. 하지만 만나고 싶어 만났던 것도 아니고, 설명하면 충분히 오해를 풀 수 있는 일이었다.

그런데 왜 사정을 들으려고도 않고 저렇게까지 단정 짓고 화를 내고, 또 상처를 받는 것일까. 왜 내가 몰래 다른 남자를 만나면서 저울질하고 있었다고 저렇게 일방적으로 믿어 버리는 것일까. 승연은 그 부분을 도저히 이해할 수가 없었다.

혹시 어제 다툰 것 때문일까. 아니면 평소부터 그렇게 내가 선생님한테 못 미더운 존재였을까. 그 답은 잠시 후에야 알게 되었다.

"승연아!"

집 앞에서 누군가가 승연을 기다리고 있다가 헐레벌떡 달려왔다. 준수인가 싶어 순간 가슴이 내려앉았지만, 상대는 혜정이었다.

"무슨 일이야? 너 왜 여기 있어?"

승연이 놀라서 묻자 혜정이 숨넘어가게 물었다.

"너 방금 준수 오빠 만나고 오는 길이지? 그치?"

"응."

고개를 끄덕이자 혜정이 기절할 것 같은 표정을 했다.

"내가 이럴 줄 알았다니까! 오빠가 뭐래? 응?"

"그게……."

승연은 잠시 망설이다가 아까 있었던 일을 사실대로 말했다. 이야기를 들은 혜정의 눈이 커졌다.

"그 예전에 사귀다 헤어졌다는 남자? 근데 그 후에 결혼했다며?"

"이혼했대. 나더러 결혼하자고 하더라."

"뭐, 결혼? 단단히 돌았구나. 그래서?"

"근데 하필이면 그 순간에 선생님이 나타나셔서는……. 타이밍이 안 좋았어. 내가 일부러 지태 씨 만나서 양다리 걸쳤다고 생각하신 것 같아."

"미치겠네."

혜정이 한 손으로 이마를 감싸 쥐고 눈을 감았다.

"엄청나게 화를 내더라. 속으로 자기하고 다른 남자를 저울질하고 있었던 거냐고."

승연이 중얼거렸다.

"내 말은 들으려고도 하지 않았어."

"저기, 승연아."

혜정이 머뭇거리며 승연을 불렀다. 그러더니 갑자기 엉뚱한 소리를 했다.

"사실은 있잖아, 오빠가 나 때문에 그랬던 거야."

"응?"

승연은 놀라서 혜정을 쳐다보았다. 혜정은 금방이라도 울음을 터뜨릴 것 같은 얼굴로 말했다.

"내가 오빠한테 그만 엉뚱한 소리를 해버렸거든."

"엉뚱한 소리라니?"

"그러니까, 너한테 결혼하자고 목매다는 남자들이 여럿 있다는 식으로……."

말끝이 기어들어갔다. 승연은 화가 나기보다는 일단 어이가 없었다. 어쩐지 준수가 이상할 정도로 오해를 한다 했더니, 이유가 있었던 거다.

"왜 그런 말을 했던 거야?"

혜정이 자신에게 악의를 품을 리 없다. 그러니까 혜정이 그런 거짓말을 했을 때는 뭔가 이유가 있을 거였다.

"그게……."

하지만 이유를 묻자 혜정은 더욱더 말하기 힘들어했다.

승연은 굳이 재촉하지 않았다. 그저 곁에 서서 잠자코 기다렸다. 혜정이 마음을 추스르고 먼저 말을 꺼낼 수 있을 때까지.

"사실은 있잖아, 오빠는 아직 결혼 생각이 별로 없나 봐."

한참 후에야 혜정은 승연의 눈치를 보며 힘들게 말했다.

아, 그거였구나. 승연은 씁쓸하게 미소 지었다. 듣고 보니 혜정이 말하기 힘들어했던 이유를 알겠다. 혜정은 나름대로 자신이 상처받을까 봐 배려해주고 있었던 거다.

"알고 있어."

조용히 말하자 오히려 혜정이 놀란 눈을 했다.

"알고 있었어? 언제부터?"

"얼마 안 됐어."

"설마 오빠가 너한테 대놓고 그 소릴 해?"

"아니, 어머님하고 둘이 얘기하는 걸 들었어. 병원에 김밥 가져갔다가 우연히."

"그랬구나…… 너도 속상했겠다."

너도 속상했겠다. 혜정이 한숨처럼, 혼잣말처럼 툭 하고 중얼거린 그 한 마디가 마치 위로처럼 승연의 아픈 마음에 스며들었다.

그래, 그건 속상할 만한 일이었던 거다. 자신이 특별히 예민한 것도, 유별난 것도 아니었던 거다. 사랑하는 사람이 생각하는 미래에 자신이 없다는 건, 충분히 속상해도 되는 일이었다.

너는 틀리지 않았어. 그렇게 긍정받은 기분이 들었다. 아까 준수에게 한바탕 오해를 받았을 때조차 나지 않았던 눈물이 이제야 조금씩 차오르기 시작했다.

"이모한테 그 소리 듣고 내 자존심이 다 상하더라고. 화도 나고."

흐려지는 시야 속에서, 혜정이 중얼거리듯 말했다.

"그래서 나도 모르게 오빠한테 불쑥 그렇게 말해버렸던 거야. 승연이 너한테 결혼하자고 목매다는 남자가 얼마나 많은지나 아냐고."

알 것 같았다. 그렇게 말한 혜정의 마음을. 그래서 오히려 고마웠다.

"말하다 보니까 거짓말이 점점 커지더라. 그 남자들 중에 의사도 있고 변호사도 있다고 해버렸지. 승연이 네가 연애랑 결혼은 별개로 생각한다고. 그러니까 아마 돈 없는 오빠를 결혼 상대로 생각은 안 할 거라고도."

내 자존심, 네가 지켜주려고 했구나. 고마워, 내 친구.

승연은 손을 뻗어 혜정의 손을 잡았다. 집 앞에서 꽤나 오래 기다리고 있었는지, 혜정의 손은 차디차게 식어 있었다.

"그렇게 입에서 나오는 대로 말해놓고 나니까 은근 겁나더라고. 그래서 너한테 사실대로 얘기하려고 얼른 전화했는데 계속 전화 안 받더라."

"받을 상황이 아니었어. 그땐 이미 지태 씨가 가게에 온 후였거든."

싸늘해진 혜정의 손을 두 손으로 잡아서 문지르며, 승연이 말했다.

"근데 화 안 내?"

혜정이 힐끗 승연의 눈치를 보고 물었다. 승연은 고개를 저었다.

"오늘은 그렇지 않아도 이래저래 너무 지쳐서 그만둘래."

혜정이 살며시 승연의 손을 마주 잡아왔다. 두 여자는 잠시 그렇게 두 손을 꼭 잡고 있었다.

"승연아."

한참 후, 혜정이 불쑥 말했다.

"왜."

"내가 다른 남자 소개시켜줄까?"

승연은 웃었다.

"어떤 남자?"

"민준수보다 훨씬 더 잘생기고 능력 있고 다정한 남자."

그렇게 말하고 혜정은 덧붙였다.

"그리고 결혼 생각도 완전 있는."

"됐어."

"왜, 나 이래 봐도 학교 다닐 때 동아리 활동 열심히 해서 인맥 장난 아니야. 의사, 변호사, 회계사, 약사, 공무원, 다 있으니까 뭐든지 말만 해."

승연은 머릿속으로 떠올려보았다. 의사 가운을 입은 잘

생긴 남자가 다정한 미소를 띠고 자신에게 반지를 내밀며 프러포즈하는 광경을.

하지만 그 순간에도 떠오르는 것은 결국 민준수였다.

어쩔 수 없다. 무뚝뚝해도, 퉁명스러워도, 걸핏하면 화를 내도, 심지어 그가 생각하는 미래에 자신이 없더라도.

그래도 민준수가 좋다.

왠지 이제야 머릿속이 환해지는 것 같았다.

정작 그 남자는 아까 그토록 화를 내고 가버렸는데. 양다리를 걸친 여자라고 단단히 오해를 받은 후인데. 여전히 자신을 결혼 상대로는 생각하지 않을 텐데.

그러니까 달라진 것도, 해결된 것도 아무것도 없는데.

혜정의 두 손을 꼭 잡고, 승연은 조금 웃었다.

"선생님한테 차이고 나면 그때 가서 생각해볼게."

09

그로부터 며칠이 지났다. 승연에게서는 한 번도 연락이 오지 않았다.

결국 내가 필요 없었던 건가. 준수는 입술을 깨물었다.

그때 그 남자는 승연의 손을 꼭 잡고서 고백하고 있었다. 얼핏 보아도 그렇게 쉬운 감정은 아닌 것 같아 보였다.

「널 좋아해, 승연아.」

그 뒤에 이어진 결혼하자는 말보다도, 오히려 그 말이 절실하게 들려서 더 화가 났던 것 같다.

「아니, 둘이긴 한 겁니까? 셋이나 넷은 아니고?」

그녀에게 화를 퍼붓는 내내 속으로는 자신에게 제동을 걸고 있었다. 이러면 안 된다고, 나중에 분명 후회할 거라고. 하지만 도저히 멈출 수가 없었다.

분명 자신은 굳게 다짐했었다. 다시는 화내지 않겠다고, 다정한 남자가 되겠다고. 그런데 그 모양으로 난폭하게 손목을 끌고 가, 소리를 치고, 화를 내버렸다. 생각할수록 자신이 바보 같아서 준수는 머리를 감싸버렸다.

욱하는 성질을 가진 사람들이 으레 그렇듯, 준수의 화도 시간이 지나자 많이 가라앉아 있었다.

승연은 올해 서른이다. 당연히 사람을 사귀는 데 신중할 나이였다. 꼭 자신을 바보로 만들려고 그랬다든가 저울질을 하려고 그랬던 게 아니라, 그냥 결혼 적령기에 있는 여자로서의 당연한 행동이었을 수도 있는 거였다.

게다가 사귀고 있다고 생각하는 건 자신 혼자뿐이었을 수도 있었다. 키스도 했고 매일 집에 데려다주기도 했지만 입밖에 내서 서로 사귀기로 합의한 적은 없지 않은가. 물론 민준수의 기준에서는 그게 연애였지만 이승연의 기준에서는 그렇지 않을 수도 있었다. 사람마다 기준은 다른 거니까.

만약에 그렇다면 그녀가 자신을 배반했다고 볼 수도 없다. 어쩌면 승연은 갑자기 나타나서 화를 낸 자신을 오히려 어이없게 생각하고 있을 수도 있었다. 애인도 아닌데 주제넘게 왜 이래, 하면서.

아무리 생각해도 자신의 생각이 정상이고 그쪽이 비정상인 것 같았지만, 그건 더는 중요하지 않았다. 중요한 것은 오로지 승연의 생각뿐이었다. 그녀가 자신과 다르게 생각하고 있었다면 존중해야 한다.

거기까지 생각이 미치자 준수는 마음이 급해졌다. 그렇다면 내가 이승연의 기준에 어디가 미달이었기 때문에 결혼 상대로 적합하지 않았던 걸까. 재력? 직업? 성격?

문득 혜정의 말이 떠올랐다.

「사실 오빠가 말이 좋아 동물병원 원장이지, 오빠 병원 적자나 겨우 면하는 상황이잖아. 승연이가 그거 모르는 것도 아니구.」

아차 싶었다. 여자라는 건 원래 안정을 추구하는 법 아닌가. 그러니 승연이 불안해서 다른 남자를 만나본 것도 당연하다. 적자나 겨우 면하고 있는 병원 원장하고 누가 연애하고 싶을까.

외모에는 옛날부터 꽤나 자신이 있는 편이었다. 얼굴만 보고 반해서 고백해오는 여자들도 많이 있었으니까. 그런데 그것도 지금은 믿지 못하게 되었다. 승연은 좀 더 남자답게, 투박하게 생긴 편을 좋아하는지도 모르니까. 일단은 취향을 자세히 물어보고, 만약에 그렇다면 수염이라도 좀 길러볼 생각이 있었다.

그리고 제일 문제인 성격. 이건 바꾸는 수밖에 도리가 없었다. 스스로도 나름대로 노력한다고 했는데 아무래도 쉽지가 않다. 물론 아무리 너그러운 승연이라도 어제처럼 난폭하게 굴었는데 또 용서해줄 것 같지는 않았지만, 딱 한 번만 더 기회를 준다면.

그래, 승연만 자신을 용서해준다면 준수는 뭐든지 할 수 있을 것 같았다. 그렇게 하고 싶었다.

지금까지 서른세 해를 살아오며 준수는 세상에 무서운 것

이라고는 없었다. 싫은 것, 혐오스러운 것, 혹은 귀찮은 것
은 있어도 무서운 것은 없었다. 그런데 이제는 생겨버렸다.

제 얼굴만 보면 곧잘 긴장하고 빨개지며 수줍음을 타는
여자. 마음이 여리고, 잘 웃고, 혼자서 낡고 커다란 집에 살
고, 가끔씩 입술이 분홍빛으로 물드는 수수한 김밥집 아가
씨가 그에게는 세상에서 제일 무서웠다. 저도 모르는 사이
에 어느새 이렇게 커져버린 마음이 무서웠고, 이렇게 좋아
하는데 정작 그녀는 제 것이 아니라는 게 무서웠고, 제 것이
아니니 언제 어디로 도망가버릴지 몰라 무서웠다.

단순한 조바심이 아니었다. 당장 눈앞에서 그녀에게 다
른 남자가 청혼하고 있었으니까. 승연이 다른 남자의 아내
가 될 수도 있다는 상상만 해도 심장이 얼어붙는 것 같았다.

진짜로 그런 일이 벌어지는 걸 막기 위해서라면 뭐든지
하겠다. 자존심 같은 건 이미 한참 다른 차원의 문제였다.

준수는 우선 제일 의심이 가는 문제부터 처리하기로 했
다. 바로 돈 문제였다.

"제 병원이 세 들어 있는 건물, 이제 제 이름으로 돌려주
십시오."

점심도 거른 채 진호에게 병원을 맡겨두고 찾아가서 다짜
고짜 말하자 어머니는 놀라서 눈을 크게 떴다.

"제주도에 있는 땅, 일산에 있는 상가도 명의 변경해주셨
으면 합니다. 빠르면 빠를수록 좋습니다."

원래는 어디까지나 법적으로 정당한 자신의 상속분이었다. 단지 받을 생각이 없어서 어머니에게 계속 맡겨두고 있었을 뿐.

"아니, 언제는 펄쩍 뛰고 한 푼도 싫다더니 갑자기 무슨 바람이 불었니?"

어머니가 의심스럽다는 듯이 준수의 얼굴을 쳐다보았다.

"장가가라고 하지 않으셨습니까. 결혼하려면 돈이 필요해서요."

준수는 딱 잘라 말했다. 어머니의 입이 딱 벌어졌다.

아버지의 재산 따위를 받을 생각은 손톱만치도 없었다. 그래서 원래는 제 것인 상가에 세 들어 있으면서 지금껏 월세도 꼬박꼬박 내온 것이었다.

하지만 이제는 생각이 달라졌다. 승연이 자신을 돌아봐주는 데 필요하다면 백 번이라도 받겠다. 그만큼 준수는 절실했다.

"아니면 저 그냥 평생 혼자 살까요?"

일부러 으름장을 놓자 아니나 다를까, 어머니는 펄쩍 뛰었다.

"아냐, 얘! 하여튼 성격도 급하긴. 최대한 빨리 처리하라고 할 테니까 조금만 기다리렴."

한참이나 넋을 잃고 있었던 어머니는 이윽고 정신을 차리고 물었다.

"그런데 아들, 대체 어떤 아가씨니? 언제 그렇게 만난 거야, 엄마 몰래?"

목소리에 호기심이 가득했다. 더는 숨기고 싶지도 않아서, 준수는 지난번과 달리 곧이곧대로 말해버렸다.

"김밥집 하는 아가씹니다."

"전에 혜정이가 소개시켜준 그 아가씨?"

어머니의 얼굴에 놀라움이 스쳤다.

"아니, 결혼할 생각 없다고 바로 며칠 전에 말하지 않았니?"

"거짓말한 겁니다. 곧이곧대로 말하면 어머니가 가게에 찾아가서 귀찮게 이것저것 물으실 것 같아서요."

"세상에!"

어머니는 당황해서 부정했다.

"준수 너는 엄마를 뭘로 보고 그런 거짓말을!"

"그러실 생각이셨잖습니까. 제가 그때 사실대로 말했으면 바로 쫓아가셨을 거면서."

"아, 아냐, 얘는 참. 엄마 그런 사람 아니야."

어머니는 얼굴이 빨개져서 손을 내저었다. 준수는 한숨을 지었다. 정곡을 찌른 게 맞군.

"부탁이 있습니다, 어머니."

"응? 뭐니?"

"제발 괜히 나서서 끼어들지 말아주세요. 그러다 역효과

납니다. 저, 그 여자 아니면 평생 누구하고도 결혼할 생각 없으니까 그렇게 아시고요."

"그, 그래⋯⋯."

으름장을 놓자 어머니는 질린 얼굴로 고개를 끄덕였다. 마치 얘가 내 아들이 맞나, 하는 듯한 표정이었다.

어머니와 헤어져서 나온 준수는 곧바로 꽃집으로 향했다.

"오빠가 우리 가게엔 웬일이야?"

화분을 돌보고 있던 혜정이 심드렁한 표정으로 준수를 맞이했다. 원래가 구구절절이 말하는 걸 좋아하지 않는 성격이었기에, 준수는 역시 본론부터 들이댔다.

"그 남자에 대해서 아는 거 있어?"

"그 남자라니?"

혜정은 전혀 모르겠다는 듯이 되물었다.

여럿이라서 그중 누구인지 모르겠다는 것인가, 아니면 협조할 생각이 없다는 것인가. 표정을 보아하니 후자 같았지만 준수는 다그치는 대신에 참을성 있게 물었다.

"며칠 전에 승연 씨가 프러포즈를 받는 걸 봤어. 친구니까 너한테도 말했을 것 같은데."

"아, 그 남자."

혜정은 그제야 생각났다는 듯한 표정을 했다.

"근데 승연이가 프러포즈 받은 게 오빠랑 무슨 상관인

데?"

어이가 없었다.

"말이 되는 소리를 해. 아무리 그래도 승연 씨하고 나, 사귀고 있는 사이야."

준수가 얼굴을 굳혔지만 혜정은 지지 않고 대꾸했다.

"어차피 오빠 승연이랑 결혼할 생각도 없으면서 뭘 그래?"

따지다시피 하는 말에 준수는 당황했다. 이게 무슨 소린가.

"내가 언제 그런 소릴 했어?"

"그럼 아니라는 거야?"

혜정이 대드는 것처럼 턱을 한껏 치켜들었다.

"오리발 내밀 생각 하지 마, 이모한테 다 들었으니까. 오빠가 그랬다며? 결혼할 생각 전혀 없다고."

아뿔싸. 준수는 제 혀를 깨물었다. 어머니가 그 말을 혜정에게 전하리라고는 미처 생각하지 못했다.

"거짓말이었어."

내뱉듯이 말하자 혜정의 눈이 커졌다.

"뭐?"

"넌 여태 어머니 성격 몰라? 결혼할 여자라고 말했으면 당장 그날로 승연 씨 가게 쫓아가서 친해지겠답시고 매일매일 얼굴 보고 귀찮게 만들 게 뻔하잖아. 그래서 프러포즈하고 승낙받을 때까지는 숨겨두려고 했던 거야."

"어머!"

혜정의 얼굴에 당황한 기색이 확 퍼졌다.

"어쩌면 좋지? 난 그것도 모르고······."

"그것도 모르고 뭐?"

"아니, 저어······."

혜정이 눈치를 보며 우물쭈물했다. 그러나 준수가 눈에
힘을 주자 얼마 버티지 못했다.

"미안해, 오빠. 사실은 승연이한테 다른 남자들 있다는
거 다 거짓말이었어."

"뭐?"

준수는 어이가 없어서 목소리를 높였다.

"오빠가 승연이랑 결혼할 생각도 없이 만나고 있다길래
그만 화가 나서, 나도 모르게······."

혜정이 모기만 한 목소리로 말했다.

이런 젠장! 준수는 울화통이 터질 지경이었다.

어지러운 머릿속을 애써 정리해본다. 그러니까, 그날 혜
정은 자신의 거짓말을 어머니에게서 전해 듣고 화가 나서
병원에 쫓아온 거였다. 그리고 입에서 나오는 대로 거짓말
을 했던 거고.

잠깐. 걸리는 게 있었다. 그럼 그때 승연이 카페에서 만나
고 있던 그 남자는 뭐지?

「우리 결혼하자.」

그러고 보니 승연의 표정이 그리 기쁘거나 설레 보였던 것 같지는 않다. 지금 생각하면 오히려 당혹스러워하는 것 같기도 했다. 그 순간은 화가 머리끝까지 치밀어서 미처 깊이 생각하지 못했는데.

"그럼 그 남자는 뭐고?"

"그건 승연이가 옛날에…… 아니다. 오빠가 직접 얘기 듣는 게 나을 것 같아."

혜정은 뭐라고 말하려다 생각을 바꿨는지 갑자기 고개를 저었다.

"그래도 오해라는 것만은 말할 수 있어. 절대 승연이가 오빠 몰래 그 남자 만나고 있었다거나 그런 거 아냐. 걔한테 무슨 다른 남자가 있겠어? 가게랑 집만 왔다 갔다 하는 앤데."

혜정은 열심히 말했다. 혹시라도 자신이 더 이상 오해를 하지 않기를 바라는 눈치가 역력했다.

준수는 화가 나서 곧 폭발할 지경이었다. 자신은 그것도 모르고 승연을 조건이나 따지며 양다리 걸치는 여자 취급하지 않았는가.

사촌 동생을 죽일 듯한 눈빛으로 노려보자 혜정이 찔끔하며 어깨를 움츠렸다.

"알았어. 글쎄, 내가 잘못한 거 나도 안다니까……."

성질대로 막 퍼부어버릴까도 싶었지만 준수는 꾹 참았다. 혜정은 사촌 동생이기도 했지만 사랑하는 여자의 친한 친구이기도 했다. 사촌 동생에게는 화낼 수 있지만 연인의 친구에게는 곤란하다. 사랑이란 피보다 물을 더 진하게도 만드는 거였다.

"저기, 오빠."

준수가 가만히 속으로 화를 삭이고 있는데 혜정이 눈치를 보며 조심스레 말을 꺼냈다.

"사실은 나만 오해한 게 아냐. 승연이도 그런 줄 알고 있어. 오빠가 자기랑 결혼할 생각도 없이 만나고 있다고."

"뭐? 혜정이 네가 그렇게 말했어?"

즉시 다그쳤지만 혜정은 펄쩍 뛰며 부인했다.

"이건 내가 한 거 아냐! 승연이가 오빠랑 이모 얘기하는 걸 들었대. 오빠 병원에 김밥 가져다주러 갔다가 우연히 들었다나 봐."

준수는 눈앞이 캄캄해졌다. 승연이 그 말을 직접 듣기까지 했을 줄이야!

황급히 기억을 되돌려보았다. 그러고 보니 며칠 전, 하루 종일 승연이 연락도 잘 안 되고 어딘가 태도가 이상했었다. 그러더니 해장국집에서 갑자기 눈물을 뚝뚝 떨어뜨렸다. 이유를 물어도 무슨 일인지는 절대 얘기해줄 수 없다고 고집을 부렸다. 자신이 해결해줄 수 없는 일이라며.

이제야 이유를 알겠다. 그래서였구나!

준수는 어쩔 줄을 몰랐다. 그녀가 속상해하는 이유를 자신에게 말할 수 없었던 것도 당연하다. 우연히 대화를 들었다고 말하지도 못하고 혼자서 얼마나 마음이 아팠을까.

승연이 속상했을 생각을 하니 물론 준수도 속상했다. 하지만 마음 한편으로는 은근히 기쁘기도 했다. 자신이 결혼할 생각이 없는 줄 알고 속상해했다는 것은, 그녀가 생각하는 미래에 자신이 포함되어 있다는 얘기가 되는 것이 아닐까. 백 퍼센트까지는 아니더라도, 어느 정도는 그렇게 생각해도 되지 않을까.

어쨌든 알게 된 이상 더는 지체할 수 없다. 다른 건 몰라도, 이것만은 지금 당장 정정해야 했다.

"장미꽃 좀 많이 있어?"

불쑥 묻자 혜정이 황당하다는 눈으로 쳐다보았다. 갑자기 그건 왜? 하는 듯한 표정이었다.

"꽃다발. 최대한 크고 예쁘게."

아침에 가게에 나가 기계적으로 밑준비를 하고, 김밥을 만들고, 손님을 맞이하고. 남는 시간에는 라디오조차 켜지 않고 멍하니 가게에 앉아 있다 보니 또 하루가 갔다.

거짓말을 했으니 사과해야 한다는 생각은 했다. 선생님이 생각하시는 그런 게 아니었다고, 오해라고 설명해야지.

하지만 좀처럼 연락할 용기가 나지 않아서 승연은 차일피일 미루고만 있었다. 자꾸만 그날의 준수의 표정이 떠올라서였다. 사람이 그토록 화를 내고, 또 상처받은 얼굴은 처음 보았다. 비도 안 내리는데 온 세상이 다 우중충하게 보였다. 사실 달라진 건 아무것도 없는데, 세상은 그대로인데. 승연의 눈에는 모든 것이 생기를 잃고 있는 것처럼 보였다.

1초 1초를 견디기조차 힘든데도 불구하고, 그래도 시간은 간다. 오늘도 어느새 문 닫을 시간이 돼서 대충 뒷정리를 하고 승연은 집으로 향했다.

메마른 바람이 싸늘하게 뺨을 스쳤다. 늘 아무렇지도 않게 혼자 다니던 길이 그렇게 무섭고 쓸쓸하게 느껴질 수가 없었다. 준수가 집까지 데려다준 건 따지고 보면 채 한 달도 되지 않는 동안의 일인데, 이젠 그전을 상상할 수조차 없게 되어버렸다.

어떻게 사과하면 받아주실까…… 선생님.

입술을 깨물며 승연은 걸었다. 그리고 거의 집 근처까지 왔을 때, 집 앞 가로등 아래 누군가가 우두커니 서 있는 것이 보였다.

설마, 하고 생각했지만 분명 준수였다. 승연은 놀라서 걸음을 멈췄다.

승연을 발견한 준수가 성큼성큼 이쪽으로 다가왔다. 손에 커다란 무언가를 들고 있었다. 그것이 무엇인지를 깨달고 승연은 숨을 삼켰다.

커다란 꽃다발이었다. 수백 송이는 족히 되어 보이는.

"……."

준수가 승연의 앞까지 와서 섰다.

"미안합니다."

목소리는 조금 떨리고 있었다.

"다시는 화내지 않겠다고 약속해놓고 또 그렇게…… 전적으로 내 잘못입니다."

승연은 놀라서 준수를 바라보았다.

"한 번만 더 나한테 기회를 줘요."

꽃다발이 눈앞에 조심스럽게 내밀어졌다.

"제발, 부탁입니다."

승연은 차마 손을 내밀지 못했다. 이걸 받을 자격이 있나 싶은 생각이 들어서였다. 거짓말을 하고 지태를 만나고 있었던 건 자신인데. 사과해야 할 것은 이쪽인데.

진작 찾아가서 사과하고 오해를 풀어야 했을 것을, 용기가 나지 않는다는 핑계로 버틴 나머지 결국 아무 잘못도 없는 그에게 이렇게 찾아오게 만들고 말았다. 그런 자신이 너무나 비겁하게 느껴졌다.

"선생님, 먼저 제 사과부터 들어주세요."

하지만 준수는 고개를 저었다.

"아니, 내가 사과하는 게 먼저입니다."

마치 승연이 말하기 전에 막으려는 듯이, 그는 빠르게 말했다.

"자세한 사정은 아직 듣지 않아서 모르겠지만 그날 일은 내가 오해한 겁니다. 맞습니까?"

"아, 네……."

"멋대로 오해해서는 그렇게 난폭하게 끌고 나가고, 불같이 화내고. 다 내 잘못입니다."

준수가 고개를 숙였다.

"하지만 선생님은 오해할 수밖에 없는 상황이셨어요. 눈앞에서 그 사람이 저한테 청혼하는 걸 보셨잖아요. 게다가……."

살짝 망설이다 승연은 그 말까지 했다.

"혜정이가 거짓말까지 했다면서요. 저한테 구애하는 다른 남자들이 있다고요."

하지만 준수는 고집스럽게 말했다.

"그래도 믿었어야 했습니다. 승연 씨가 그럴 리 없다는 거."

"그런 상황이었다면 제가 선생님이라도 못 믿었을 거예요."

"승연 씨라면 그렇게까지 심하게 화내지 않았겠죠."

"그건 모르는 거예요."

"아니, 난 알아요. 승연 씨는 나처럼 하지 않았을 겁니다.”

“아녜요, 저 그렇게 성격 좋지 않은데.”

어느새 서로 자기가 나쁘다고 옥신각신하는 것처럼 되어 버렸다.

“나도 내 성격이 나쁘다는 건 잘 알고 있어요. 그러니까 고치겠습니다.”

이윽고 준수가 한숨을 쉬었다.

“평생을 이런 성격으로 살아왔지만 고치고 싶다고 생각 해본 적은 단 한 번도 없었습니다. 내게 처음으로 그렇게 하고 싶다고 생각하게 만든 사람이 바로 승연 씨입니다.”

매달리듯, 호소하듯, 검은 눈동자가 애타게 승연을 응시 했다.

“물론 쉽지 않을 겁니다. 하루아침에 안 될지도 몰라요. 하지만 꼭, 반드시 고치겠습니다. 약속해요.”

“선생님…….”

“다시는 화내지 않고, 무섭게 굴지도 않고. 다정한 남자 가 되겠습니다.”

그러니까 제발, 하고 준수가 한 걸음 다가섰다.

“기회를 줘요. 딱 한 번만 더.”

어쩌면 좋아. 승연은 눈물이 날 것 같은 마음으로 준수를 바라보았다. 대체 뭐라고 대답을 해야 하는 걸까. 뭐라고 말 하면 내 마음이 전해질 수 있을까.

승연은 준수를 향해 한 걸음 다가섰다. 그리고 손을 뻗어 준수의 두 어깨에 손을 얹고 시선을 맞췄다.

"저는 지금, 이대로의 선생님이 좋아요."

분명하게 말하고 나서 승연은 눈을 감았다. 흠칫 놀라 굳어지는 어깨를 살며시 붙잡고, 그대로 발돋움을 해서 입술을 가져갔다.

마음이 전해졌을까. 잠시 후, 꽃다발이 바닥에 툭 하고 떨어졌다.

준수가 마주 키스해오면서 승연을 껴안아온 것이었다.

이미 해가 진 지 오래인 데다 하필이면 오늘따라 추위마저 매서웠다. 하지만 헤어지기 싫었다. 정신을 차려보니 둘이서 손잡고 무작정 거리를 걷고 있었다.

승연이 든 꽃다발이 무거워 보여서 준수는 대신 들어주려고 손을 뻗었다. 하지만 승연은 고개를 저었다. 한시도 떼어놓기 싫다는 듯이.

"이렇게 커다란 꽃다발 받아본 거, 처음이에요."

꽃다발을 소중하게 가슴에 안고 승연이 수줍게 말했다.

"마음에 들었다니 다행입니다."

준수는 혜정을 용서해주기로 마음먹었다. 아까 이 꽃다발을 만드느라 혜정이 얼마나 고생했는지 알고 있었으니까.

"사실은 꽃 선물 받아본 것도 선생님한테서가 처음이었

어요. 아, 졸업 입학은 빼고요."

승연은 비밀 이야기를 하듯 소곤거렸다.

"매일 사줄 수 있습니다."

준수는 진심으로 말했다.

"매일까지는 괜찮아요. 그냥 지금처럼 매주 보내주시는 것만으로도 충분한걸요."

승연은 그렇게 말하면서도 기쁜 얼굴을 했다.

준수는 꽃집의 꽃을 모두 모아다가 그녀에게 안겨주고 싶어졌다. 진짜로 얼마든지 그럴 수도 있을 것 같았다, 이런 표정을 매일 볼 수만 있다면.

한사코 꽃다발을 넘겨주지 않으려는 그녀에게, 준수는 제 겉옷을 벗어서 어깨에 걸쳐주었다. 앞으로도 한참은 더 집에 들여보내기 싫은 마음의 표현이었다.

괜찮아요, 하고 사양할 줄 알았는데 의외로 승연은 얌전히 있었다. 대신에 조그맣게 말했다.

"죄송해요. 선생님도 추우실 텐데."

"나는 괜찮습니다."

승연 씨가 옆에 있어준다면, 하는 말이 뒤에 생략되어 있었다.

"근데 저 그냥 입을래요. 이런 거, 꼭 한 번 해보고 싶었거든요."

"이런 거?"

"남자친구가 옷 벗어주는 거요."

그렇게 말하다 승연은 조금 당황한 듯이 얼른 덧붙였다.

"아, 저어, 선생님이 제 남자친구라면 말이에요."

그러더니 표정을 살피듯 준수를 살며시 올려다보았다.

"우리, 사귀는 거…… 맞는 거죠?"

질문 참 새삼스럽다. 하지만 준수 역시 확실하게 못을 박아두고 싶었다.

물론입니다. 나는 당신의 남자친구, 애인, 언젠가는 그 이상도 되고 싶은데요.

머릿속에서 여러 가지 단어들이 맴돌았지만 차마 입 밖으로 내지는 못했다. 조금도 연애 지향적으로 만들어져 있지 않은 제 성격을 속으로 안타까워하며, 준수는 말했다.

"한참 전부터 나는 그렇게 생각하고 있었는데."

"아, 역시 그랬네요."

어딘가 이상한 대화였다.

"만약에 그게 아니었다면, 오늘부터라도 정식으로 사귀도록 하죠."

"그럼 오늘부터 1일인가요?"

재미있다는 듯이 웃는 승연에게, 준수는 문득 생각난 것을 물었다.

"내가 처음입니까?"

어쩌다 너무 불친절하게 말해버렸는데 질문의 의도는 사

실 이랬다. 옷을 벗어준 남자는 내가 처음입니까, 하는 거였다. 그런데 승연은 엉뚱하게 해석했는지 조금 미안한 얼굴을 했다.

"아녜요. 예전에 사귀었던 남자친구가 있었어요."

순간적으로 준수는 엷은 질투를 느꼈다. 자신도 대학 시절에 여자를 사귀어본 적이 있었던 주제에 승연에게는 자신이 처음이었으면 했던 걸까. 이기적인 자신을 준수는 속으로 야단쳤다.

"며칠 전에 저하고 같이 카페에 있었던 사람 있잖아요. 그 사람이에요."

준수는 놀라서 승연을 바라보았다.

"전 남자친구였던 겁니까?"

"네. 가게로 찾아와서 꼭 할 말이 있다면서 하도 막무가내로 굴어서 어쩔 수 없이…… 그땐 거짓말해서 죄송해요."

그래서 혜정이 승연에게 직접 들으라고 했던 거구나. 준수는 침착함을 유지하려고 애쓰며 물었다.

"계속 말해봐요. 들을 테니까."

승연이 작게 한숨을 쉬었다.

"이혼했다고 하더라고요. 그 사람, 저랑 헤어진 지 얼마 안 돼서 결혼했었거든요."

"아니, 이혼하고 와서는 승연 씨더러 결혼하자고 한 겁니까?"

흥분해서 저도 모르게 목소리가 커졌다. 놀란 듯이 어깨를 움츠리는 승연에게, 준수는 얼른 사과했다.

"목소리 높여서 미안합니다."

아니에요, 하고 승연이 살며시 고개를 저었다.

"아직도 저를 좋아한다고 하더라고요. 제 쪽도 아직 미련이 남아 있을 거라고 생각했나 봐요."

아, 그런 거였군. 자신이 목격한 장면이 바로 그거였던 거다. 승연이 미처 대답하기 전에 자신이 끼어들었던 거고.

"그래서, 승연 씨 생각은?"

준수는 성급하게 물었다.

"설마 다시 만날 생각이 있는 건 아니겠죠?"

"전혀요! 당연히 거절하려고 했어요. 선생님하고 사귀고 있다고요."

승연이 얼른 말했다. 그럴 거라고 생각했지만, 직접 말을 들으니 마음이 놓였다.

"다시 찾아오면 꼭 그렇게 말해줄 거예요."

"아니, 그럴 것 없습니다."

준수는 잘라 말했다.

"괜히 쓸데없이 말 섞고 있을 필요 없고, 그냥 나한테 전화해요. 내가 처리할 테니까."

지난번에 아주 잠깐 대면했을 뿐이지만 그때 준수는 상대를 대강 파악했다. 자신보다 강한 상대에게는 곧바로 꼬리를 내리는 타입. 준수가 제일 싫어하는 부류였다. 문득 승연의 남자 보는 눈이 원망스러워졌다. 그야 물론 자신도 그다지 좋은 남자라고는 할 수 없겠지만, 어쩌다가 그런 한심한 남자를 만났을까.

"잘도 그런 남자를 만났군요. 옷도 한 번 벗어주지 않고, 꽃도 안 사주는 남자를."

준수는 승연을 탓했다. 진작 나한테 왔으면 좋았을걸, 이 바보.

"……죄송해요."

승연이 조그맣게 사과했다. 시무룩해진 표정을 보자 금세 또 후회되었다. 다정한 남자가 되겠다고 약속한 지 얼마나 지났다고, 또 이놈의 독설. 준수는 못된 제 혀를 입속으로 깨물어주었다.

"하지만 저는 그래서 오히려 기뻐요."

"뭐가?"

"선생님이 처음이잖아요. 저한테 옷 벗어준 것도, 꽃다발을 준 것도요."

승연이 부끄러운 듯이 시선을 내리깔고 중얼거렸다.

"선생님이 처음이라는 게 좋아요."

순간 사랑스러운 마음이 거대한 해일처럼 확 밀어 닥쳤다. 마침 사람이 많이 다니는 큰길까지 나온 참이었지만, 당장 끌어안지 않고는 견딜 수가 없었다.

준수는 거두절미하고 승연의 팔을 확 끌어당겨 제 품 안에 가두었다.

"선생님, 사람들이……."

놀란 승연이 품 안에서 파닥거렸다.

"가만히 있어요."

준수는 으름장을 놓았다. 이대로 키스하지 않는 것만도 많이 봐준 거였다.

"나하고 많이 합시다, 처음 하는 거."

"……네."

승연이 얌전히 대답했다.

길 한가운데서 껴안고 있는 남녀를, 지나가던 사람들이 힐끗거리며 쳐다보았다. 평소 같았으면 무서운 눈으로 마주 쳐다보아줬겠지만 지금은 왠지 그러고 싶지 않았다. 아니, 그러려고 해도 좀처럼 눈가에 힘이 들어가지 않았다. 자꾸만 눈초리가 가느다래졌다.

"아예 방을 잡지, 원."

지나가던 아저씨가 중얼거리는 말이 들려왔다. 그제야 둘은 화들짝 놀라 동시에 떨어졌다. 승연은 고개도 들지 못했다.

그녀가 너무 민망해하는 바람에 준수는 저도 모르게 불쑥 말했다.

"잡을까요, 방."

"네?"

승연이 화들짝 놀란 얼굴을 했다. 아뿔싸, 자신의 평소 이미지를 깜빡하고 있었다. 농담이었는데, 그녀의 귀에는 다큐로 들렸으리라.

"농담입니다. 그럴 생각 전혀 없어요."

준수는 당황해서 서둘러 말했다. 그런데 말하고 보니 또 이건 실례가 아닐까 하는 생각이 들었다. 마치 그녀에게 전혀 성적으로 끌리지 않는다는 뜻 같지 않은가. 그런 건 절대 아닌데! 변명에 또 변명이 붙었다.

"아, 물론 승연 씨하고 자고 싶지 않다는 건 아닙니다. 그러니까 나는 정말 원하지만, 아무래도 거기까지는 아직……"

맙소사. 점점 더 무덤을 깊이 파고 있었다. 그러니까 몇 번이나 깨닫지만, 이놈의 혀는 독설 이외의 부분에는 전혀 쓸모가 없다.

"저는 괜찮아요."

또다시 혀를 깨물어버릴 뻔한 순간, 승연이 조그맣게 말했다. 준수는 제 귀를 의심했다.

"승연 씨……?"

"선생님이라면, 좋아요."

승연은 부끄러운 듯이, 하지만 확실하게 말했다.

준수는 달콤한 현기증을 느꼈다. 그의 달팽이관이나 혹

은 사고 체계에 문제가 생긴 게 아니라면 지금 그녀는 자신과 자도 좋다고 말하고 있었다.

좋아하는 여자가 말했다. 제게 안기고 싶다고.

뜨거운 충동이 치밀어 올랐다. 욕정과 애정은 종이 한 장 차이였다. 맹세코 방금까지는 전혀 그런 생각이 없었는데, 승연이 허락한 순간 놀랍도록 생생한 욕심이 준수를 지배했다.

"잡읍시다, 방."

치밀어 오르는 욕망을 참느라 조금 허스키해진 목소리로, 준수는 말했다. 그리고 대답을 기다리지 않고 승연의 손목을 잡고 걷기 시작했다.

10

　남자와 함께 호텔에 온 것은 태어나서 처음이었다.

　준수가 프런트에서 체크인하는 내내 승연은 멀찍이 떨어져 있었다. 그래서 그가 선택한 것이 어떤 방인지, 객실료가 얼마나 하는지 전혀 몰랐다. 널찍하고 고급스러운 로비의 인테리어에 걱정이 앞섰다. 여기, 너무 비싼 호텔인 건 아닐까.

　호텔 천장에 매달린 휘황찬란한 샹들리에를 올려다보며 승연은 준수의 지갑 사정을 걱정하고 있었다. 내가 내게 해 주면 좋을 텐데, 하다못해 반이라도.

　하지만 식사도 아니고, 호텔에 와서 더치페이라니 스스로 생각해도 어색한 일이었다. 무엇보다 준수가 들어줄 것 같지도 않아서, 승연은 그저 속으로 그가 너무 비싼 방을 고르지만 않았기를 빌고 있었다.

　사실 모텔이나 러브호텔이라도 별로 상관없었는데. ……상대가 선생님이라면.

　「아, 물론 승연 씨하고 자고 싶지 않다는 건 아닙니다. 그러니까 나는 정말 원하지만…….」

준수 본인은 그 말을 해놓고 말실수라고 생각했는지 당황해서 어쩔 줄을 몰랐지만, 승연은 은근히 기뻤다. 그가 자신을 원하고 있다고 말해준 게 꿈만 같았다.

여태껏 준수는 한 번도 그런 내색을 한 적이 없었다. 속으로는 어떻게 생각하는지 몰라도, 최소한 겉으로 드러난 적은 없었다. 그가 자신을 좋아한다는 것은 알았지만 성적으로 끌리고 있다는 느낌을 받은 기억은 없다. 사실은 그래서 조금 신경이 쓰이기도 했었다. 나한테는 그런 쪽으로는 매력이 없는 걸가, 하는 생각이 들어서.

그래서 준수가 얼떨결에 실수한 말에 오히려 마음이 놓였다. 아, 나를 여자로 보고 있기는 했었던 거구나. 그래서 저도 모르게 용기를 내서 말했다.

「나도 좋아요, 당신이라면.」

대답을 하고 나니 뒤늦게 걱정되는 점이 있었다. 아, 혹시 닳고 닳은 여자처럼 보이지는 않았을까. 경험이 많을 거라고 오해받지는 않았을까.

경험이 많은 여자가 나쁘다는 건 아니지만 사실은 사실대로 알아주었으면 했다. 승연은 아직 한 번도 경험이 없었다.

지태와 결혼 약속까지 했었지만 잠자리를 함께한 적은 없었다. '널 지켜주고 싶다.'고 지태는 말했었다. 신앙인으로서 혼전 순결을 지키고 싶다고도.

그때는 그런 마음을 고맙게 생각했었다. 헤어질 때 이 말을 듣기 전까지는.

「그래도 우리, 책임질 일까진 없었던 게 그나마 다행이다.」

너랑 안 잤으니까 빚진 것도 없어. 마치 스스로에게 면죄부를 주는 것 같은 말투에 오만정이 다 떨어졌었다.

준수와는 그러고 싶지 않았다. 언젠가 만약에 헤어지게 되더라도 마음 편히 헤어지고 싶지 않았다. 처음부터 없었던 일처럼, 서로에게 아무 빚진 것도 없는 것처럼, 그렇게 가벼운 마음으로 끝내기 싫었다. 그러느니 차라리 헤어진 후에, 책임지지도 못할 거면서 그때 나한테 왜 그랬느냐고 원망하는 게 나을 것 같았다.

그래서 승연은 결심했다. 오늘 밤, 민준수와 깊은 사이가 되기로.

물론 결심했다고 긴장이 되지 않는 것은 아니었다. 우선 당장 걱정되는 것은 방에 들어가서 대체 어떤 표정으로 준수를 봐야 하는가, 하는 것이었다.

방에 들어가서 문이 닫히고, 단둘이 되는 순간의 어색함. 그걸 어떻게 무마해야 할까. 내가 먼저 씻겠다고 말해야 하나? 아니면 먼저 씻으시라고?

"올라가죠."

등 뒤에서 목소리가 들려서 승연은 흠칫 놀라 돌아보았

다. 체크인을 마친 준수가 카드 키를 손에 쥐고 돌아와 있었다.

"······네."

승연은 그가 눈치 채지 못하게 심호흡을 하고 그를 따라갔다.

객실로 올라가는 엘리베이터는 카드 키를 인식시켜야만 이용할 수 있게 되어 있었다. 마치 이제부터는 아무도 방해할 수 없는 공간에 격리되는 것 같은 기분이었다. 잠을 자기 위한 것도, 쉬기 위한 것도 아닌, 오로지 서로의 몸을 나누기 위한 목적으로 함께 엘리베이터를 타는 것은 그것부터가 이미 에로틱한 행위처럼 느껴졌다. 긴장감에 손끝까지 미세하게 떨렸다.

준수가 10층 버튼을 눌렀다. 엘리베이터의 벽은 거울처럼 되어 있었다. 벽에 비친 준수의 모습을 곁눈질로 힐끔 쳐다봤다가 승연은 눈을 떼지 못했다. 조용한 옆모습. 반듯하게 각진 어깨. 아까까지 승연에게 입혀주고 있던 코트를 한 팔에 든, 와이셔츠 차림의 넓은 가슴.

이제부터 이 남자에게 안긴다. 상상하는 것만으로도 곧 기절할 것 같았다.

"미안합니다."

불쑥, 준수가 말했다. 승연은 당황해서 생각을 멈추고 준수를 쳐다보았다.

"네?"

"제일 좋은 방이 다 찼다고 해서 어쩔 수 없이 그 아래 등급으로 부탁했어요."

의아해하는 승연에게, 준수는 조금 어색하게 덧붙였다.

"그렇다고 승연 씨를 소중하게 생각하지 않는 건 아니니까 오해 말아줬으면 좋겠습니다."

긴장한 가운데서도 승연은 웃음이 나왔다. 계속 느끼는 거지만, 이 남자는 보기와는 달리 정말로 다정하다. 자신이 미처 생각조차 못 했던 부분까지 세심하게 헤아려주고 있다.

이윽고 엘리베이터가 멈췄다. 어두운 조명이 밝혀진 좁은 복도를 지나, 준수는 1005호라고 쓰인 방문 앞에서 멈춰 섰다.

삐, 철컥.

카드 키가 인식되고 잠금 장치가 해제되는 소리에 승연의 심장이 쿵, 하고 내려앉았다. 이제 곧 찾아올 어색함을 어떻게 해야 할까…….

결론부터 말하면 기우였다. 준수는 채 어색할 틈을 주지 않았다. 승연을 방 안으로 끌어들이고 문을 거칠게 닫자마자 다짜고짜 키스해왔던 것이다.

그냥 키스가 아니었다. 허리를 꽉 껴안고 몸을 한껏 밀착시킨 채, 고개가 뒤로 젖혀지도록 깊이 입 맞추는 행위는 단순한 애정이 아닌 욕망을 솔직하게 드러내고 있었다.

나는 당신을 원해. 입술로, 준수가 호소하고 있었다.

원한다면 얼마든지요. 승연도 입술로 대답했다. 그의 몸을 마주 안고, 이쪽에서도 그의 입술을 적극적으로 받아들이며.

허리께에 단단하고 뜨거운 감촉이 느껴졌다. 흠칫 놀라기는 했지만 싫지 않았다. 싫기는커녕 기뻐서 가슴이 설렜다. 자신에게도 이런 부분이 있었으면 좋겠다는 생각마저 들었다. 그러면 나도 그를 원하고 있다는 걸, 굳이 말하지 않아도 알게 해줄 수 있을 텐데.

누가 먼저랄 것도 없이 그대로 키스하면서 침대에 쓰러졌다. 씻어야 하는데, 하는 생각은 들었지만 생각뿐이었다. 그가 순순히 씻게 허락해줄 것 같지 않았다.

그렇다고 먼저 씻으러 들어간 그를 기다리는 것도 싫었다. 이 숨 막히도록 뜨거운 순간을 조금이라도 식게 만들고 싶지 않았다. 이제부터 이어질 것이 무엇이든, 바로 지금이어야 했다.

"정말로, 괜찮습니까?"

승연의 블라우스 단추에 손을 대기 전, 그가 뜨겁게 숨을 몰아쉬며 속삭였다.

"혹시나 후회할 것 같다면 지금이라도 말해요."

"지금 안 하면 후회할 것 같아요."

승연은 그의 눈동자를 올려다보며 똑똑히 말했다.

순간 준수가 숨을 훅 들이켰다. 그리고 다음 순간, 그녀에게 다시 입을 맞추었다.

준수는 승연에게 뜨겁게 입 맞추며 손으로는 그녀의 블라우스 단추를 풀었다. 잠깐, 오늘 속옷을 뭘 입었었더라. 그제야 가슴이 철렁했지만 이미 늦어 있었다. 앞섶이 열리고, 서늘한 공기가 드러난 살갗에 닿았다.

"……"

입술이 떨어졌다. 실눈을 떠보니 준수는 홀린 듯한 눈으로 승연의 벌어진 앞섶 안을 들여다보고 있었다. 승연이 부끄러운 나머지 본능적으로 두 손으로 가슴을 가리려 했지만, 준수가 잽싸게 두 손목을 꽉 붙잡아 침대에 내리눌렀다. 어딜, 하는 듯이.

"불, 꺼주세요."

너무 부끄러운 나머지 목소리에 울먹임이 섞였다.

"싫습니다."

하지만 준수는 단칼에 거절했다. 절대 들어줄 기세가 아니었다.

"다정하게 해준다고 했었잖아요."

원망하듯 쳐다보자 준수가 어쩔 수 없다는 듯이 한숨을 흘렸다. 그리고 손을 뻗어 베드사이드의 조명을 조절했다.

밝기 조절을 두고 잠시 실랑이가 벌어졌다.

"이 정도면 됐죠?"

"아뇨, 좀 더 어둡게요."

"이 이상 어두우면 아무것도 안 보입니다."

"조금만 더요, 네?"

결국은 얼굴 인식만 겨우 가능한 정도에서 타협을 보았다. 생각 같아서는 아예 꺼줬으면 싶었지만 그것까지는 승연도 고집부리지 않았다. 자신을 안고 있는 남자의 얼굴을 계속 보고 있고 싶었으니까.

어둡게 조절한 조명은 달빛을 닮아 있었다. 부드러운 빛이 어슴푸레하게 둘을 감쌌다. 아까보다 훨씬 마음이 편해졌다.

준수는 껴안듯 가만히 승연의 등에 팔을 둘러 브래지어를 풀어주었다. 또다시 가슴에 고정되는 시선에, 승연은 간절하게 부탁했다.

"너무 빤히 보지 마세요."

"예뻐서 그러는데."

"그래도 창피하단 말이에요."

"그럼 입으로는 해도 됩니까?"

대답을 하기도 전에 준수가 머리를 내렸다. 따스하고 촉촉한 감촉이 가슴에 느껴지는 순간, 승연의 눈이 커다래졌다.

"……!"

승연의 가슴 끝을 입안에 품고, 준수는 혀끝으로 가만히 어루만졌다. 마치 작은 포도 알을 조심스럽게 맛보는 것처럼.

죽을 것만큼 좋았다. 민감한 끄트머리가 혀끝으로 핥아질 때마다 참을 수 없도록 아찔한 느낌이 온몸에 퍼졌다. 아, 이게 이렇게 좋은 거구나.

승연은 생전 처음으로 제 안에도 관능이라는 것이 존재하고 있었다는 것을 깨달았다. 단순히 좋아하니까 안기고 싶은, 즉 정신적인 차원의 문제가 아니다. 말 그대로 육체적인 쾌감이었다. 그리고 그 상대가 민준수라는 것이 승연을 한층 더 흥분하게 만들었다.

닳고 닳은 여자처럼, 승연은 준수의 애무에 소리 죽여 몸부림쳤다. 더 해줬으면. 더 대담하게, 더 자극적으로……. 불같은 욕정이 걷잡을 수 없이 치밀어 올랐다.

이제는 오히려 승연이 더 조급해졌다.

"하고 싶어요."

끈질기게 내내 가슴에만 집중하고 있는 준수에게, 울먹이며 승연은 호소했다. 애초부터 목적어가 없는 말이었다. 구체적으로 뭘 하고 싶다는 게 아니라, 어떻게든 이 안타까운 감각을 해소시켜줬으면 하는 마음에서 나오는 말이었다.

하지만 준수는 단칼에 거절했다.

"아니, 아직 안 돼."

하마터면 민망해질 뻔한 순간, 준수가 다시 말했다.

"내가 처음이잖아요. 아프게 하고 싶지 않습니다."

승연은 놀랐다. 처음이란 말은 한 번도 하지 않았는데.

"어떻……."

어떻게 알았어요, 하는 말은 끝까지 말이 되어 나오지 못했다. 그 순간 준수의 손이 조심스럽게 다리 사이의 깊은 곳을 터치했기 때문이었다.

부끄러움과 놀람, 그리고 그 열 배쯤 되는 감미로움이 승연을 덮쳤다. 아까보다는 좀 더 직접적이고 생생한 감각이었다.

승연은 정신없이 준수의 목에 매달리며 울먹였다.

"선생님……!"

"여기 있습니다. 괜찮아요."

준수는 그런 승연을 달래고 안심시키며 정성껏 어루만졌다. 그리고 한참 후, 승연의 몸이 어느 정도 적응을 마친 후에야 비로소 그녀 안으로 들어왔다.

고통은 상상했던 것보다 크지 않았고, 열락은 원했던 것보다도 훨씬 거대했다. 처음 하나가 되는 순간의 아픔이 가시기 시작하자 그때부터는 황홀함 쪽이 압도적으로 커져갔다.

스스로도 당황스러웠다. 보통 처음에는 이렇지 않다던데, 아프기만 하다는데 나는 왜 이래. 서른 살까지 살아오면서 여태 스스로를 성적으로 담백하다고 생각하며 살아온 승연은, 자신이 첫 관계에서 이토록 기쁨을 느끼리라고는 상상조차 해보지 못했었다.

하지만 지금 느끼고 있는 쾌락을 부정할 수도 없었다. 그가 부딪쳐올 때마다 몸이 달콤하게 부서지는 듯한 기분이 들었다. 마치 더, 더, 하고 조르듯 자신의 몸이 저 깊은 곳부터 흠뻑 젖어드는 것을 알 수 있었다.

"앗……!"

자꾸만 저절로 새어나오는 신음을 억지로 참느라 승연은 제 입술을 꽉 깨물어야 했다. 이토록 느끼고 있는 자신을 그에게 들키기가 부끄러웠다.

그런 승연에게, 준수가 키스해오며 속삭였다.

"참기 힘들면 차라리 날 깨물어요."

제 입술을 승연에게 내주고, 그는 움직임을 완전히 멈췄다.

당황한 것은 승연이었다. 아파서가 아닌데, 그 반대인데. 방금까지 주어지던 아찔한 자극을 한순간에 빼앗기자 미칠 듯한 갈망이 승연을 지배했다.

그렇다고 입 밖에 내서 말할 수도 없었다. 제발, 제발 그만두지 마요. 계속해줘요. 몸은 이미 남자에 굶주린 탕녀나 다름없이 되어 있는데, 마음은 어디까지나 오늘 처음으로 사랑하는 남자에게 안긴 수줍은 처녀였다.

미치도록 원하는 것이 바로 가까이에 있는데 주어지지 않는다. 오아시스가 바로 눈앞에 있는데 다다를 수 없다. 안타까운 나머지 승연의 눈초리에 눈물이 맺혔다.

승연의 눈물을 보고 준수는 마음 아픈 얼굴을 했다.

"오늘은 여기까지만 할까요?"

그는 가만히 승연의 눈초리에 입 맞추며 물었다. 갈수록 태산이다. 이대로라면 정말로 그가 오해한 채로 중단해버릴 것 같아서, 승연은 고개를 저었다.

"아니에요. 괜찮아요."

"너무 아프면 억지로 참을 것 없어요. 나는 이 정도로도 충분하니까."

말은 그렇게 하면서도 준수는 조금도 허리를 빼려고 들지 않았다. 그 역시 못내 떨어지기 싫어하고 있는 것이 역력했다.

서로를 이렇게 원하고 있는데 왜 이러고 있어야 해.

"정말로, 정말로 아니에요."

승연은 죽을 각오로 용기를 쥐어짜 냈다.

"아픈 게 아니라, 좋아서…… 그래요."

"음?"

잔인한 남자는 의아한 표정을 하더니 마치 못 들었다는 듯이 되물었다. 승연은 울고 싶어졌다. 한 번 하기도 부끄러워 죽을 것 같은 말을 두 번이나 되풀이하라니!

도저히 세 번까지는 못 하겠다. 그러니까 두 번째에서 확실하게 알아듣게 해줘야 한다.

"저 지금 너무 좋아요."

차마 준수를 똑바로 볼 수가 없어서, 눈을 질끈 감은 채로 승연은 말했다.

"……그러니까 그만두시면 화낼 거예요."

표정은 보이지 않았다. 눈을 감고 있으니까. 대신에 준수가 숨을 깊게 들이켜는 소리는 들을 수 있었다.

"……!"

이윽고 몸 안에 있는 준수가 조금씩 움직이기 시작하는 것이 느껴졌다. 미치도록 원했던 감각이 다시 주어지기 시작하자 달콤함은 아까보다도 몇 배로 치솟았다.

"정말로, 괜찮습니까?"

허리를 부드럽게 일렁이며, 준수가 확인하듯 귓가에 속삭였다.

"당신이 나 때문에 참고 있는 걸까 봐 무서워. 그러니까 정말로 좋은 거라면 솔직하게 표현해줘요, 내가 알 수 있도록."

승연은 대답 대신에 준수의 목에 팔을 감았다. 그리고 그때부터는, 나오는 소리를 억지로 참지 않았다.

"아, 아앗!"

제 입에서 흘러나오는 요염한 신음 소리가 마치 남의 것처럼 느껴졌다. 점점 더 강해지는 아찔한 감각에, 머릿속이 멍해졌다.

"아아, 선생님!"

감당하기 힘들 정도로 커진 쾌락에 어쩔 줄 몰라 몸부림치는 승연의 팔을, 움직이지 못하게 꽉 잡아 누른 채 준수는 이를 악물고 몸을 부딪쳐왔다.

부끄러움도 잊었다. 배려심도 어디론가 날아갔다. 열기로 가득 찬 침대 위에는, 서로를 애타게 원하는 두 사람의 진짜 마음만이 오롯이 남아 있었다.

태어나서 처음 맞이하는 화려한 순간, 승연은 준수를 온몸으로 껴안으며 생각했다.

이 순간을, 이 남자와 함께할 수 있어서 다행이라고.

사랑을 나누고 난 후에야 준수는 떠올렸다. 아직 승연의 오해에 대해 해명하지 않았다는 것을.

그는 자신의 팔을 베고 안겨 있는 승연에게 자초지종을 설명했다. 그녀가 진료실 문 밖에서 들었던 말은 사실 거짓말이었다고. 이러저러해서 어머니에게 거짓말을 했던 거라고.

"아, 그럼 오해였던 거네요."

승연이 말했다. 준수가 한 거짓말 때문에 속상해했던 나날들 따위는 벌써 다 잊어버렸다는 듯이.

이 여자는 어쩌면 이렇게 늘 한결같이 너그러울 수가 있을까. 그러게 그런 거짓말은 뭐하러 했느냐고, 한 마디쯤 원망을 할 법도 한데. 새삼 감탄하며 준수는 승연의 땀에 살짝 젖은 머리칼에 살며시 입을 맞췄다.

"미안합니다. 난 그냥, 어머니가 승연 씨를 귀찮게 할까 봐 그랬던 건데."

"선생님 어머니, 무서운 분이세요?"

승연의 목소리에 순간적으로 긴장감이 깃들었다. 아차, 싶어서 준수는 얼른 말했다.

"아니, 그 반댑니다. 필요 이상으로 사람이 너무 좋아서 탈이죠."

그렇게 말하면서도 팔은 승연을 끌어당겨 한층 더 가까이 안고 있었다. 혹시나 도망가버릴까 봐 불안한 마음에.

언제부터 이렇게 겁쟁이가 됐을까. 하지만 준수는 진심으로 승연을 놓치고 싶지 않았다. 안고 나자 그 마음은 오히려 더 절실해졌다. 보통 여자와 잠자리를 하고 나면 시들해진다던데, 승연은 정반대였다. 안고 나니 그전보다 훨씬 더 소중하고, 훨씬 더 사랑스럽다.

"누구에게나 관심이 많고, 쓸데없이 말도 많고, 눈물도 많고, 정도 많죠. 그게 우리 어머닙니다."

"선생님이랑은 많이 다르네요."

승연이 중얼거렸다.

"내 성격은 아버지를 닮은 겁니다."

준수는 씁쓸하게 말했다.

"아버지는 어머니와는 정반대의 성격이었습니다. 안하무인이고, 독선적이고, 독설가에다 다혈질에다 걸핏하면 화를 내는 사람이었죠."

"……."

"자라면서는 아버지가 죽도록 싫었는데, 어쩔 수 없이 내 안에도 아버지를 닮은 부분이 있더군요. 인정하기 싫었지만 결국 그랬습니다."

"저는 그렇게 생각하지 않아요."

승연이 조심스럽게, 하지만 확신에 찬 목소리로 말했다.

"물론 아버님을 닮은 부분도 있겠지만, 기본적으로 선생님은 어머니를 닮았어요. 정이 많고, 마음이 따뜻하잖아요."

준수는 가만히 승연의 얼굴을 들여다보았다. 하지만 승연은 진지한 표정을 하고 있었다.

그러고 보면 이 여자는 전에도 비슷한 말을 한 적이 있었다. 진심으로 내가 다정한 사람이라고 믿고 있는 것이다. 고르고 골라 하필 나 같은 남자를.

가슴이 뭉클해졌다.

"어쨌든 내가 승연 씨를 결혼 상대로 생각하지 않는다는 건 전혀 사실이 아닙니다. 단지……."

"단지?"

"쭉 독신주의였다는 것만은 사실입니다."

놀라서 동그래진 눈동자가 준수를 가만히 응시했다.

"승연 씨를 만난 후로 생각이 점점 바뀌어가고 있습니다. 하지만 아직 내 안에 해결하지 못한 문제가 남아 있는 것도 사실입니다."

더 이상 죽어도 결혼하지 않겠다는 생각은 없다. 그랬다면 승연을 안지도 않았을 것이다. 하지만 지금 당장 결심하기에는 아직 마음에 걸리는 부분이 남아 있었다.

"그 문제가 해결되면 정식으로 청혼하겠습니다."

청혼이라는 단어에 눈앞의 새하얀 뺨이 아련하게 붉어졌다. 준수는 그 뺨에 가만히 입술을 가져다댔다.

"같이 해결할 수는 없는 거예요? 그 문제라는 거."

승연이 조심스럽게 물었다.

"아니, 내 문제니까."

준수는 부드럽게, 하지만 단호하게 대답했다. 이건 온전한 자신의 문제였다. 그녀에게 가기 전에 스스로 해결해야 할 마음의 문제. 자신도 별로 떠올리고 싶지 않은 기억들을, 사랑하는 여자에게까지 이야기해서 함께 마음의 짐을 지게 만들고 싶지 않았다.

"기다려줄 수 있습니까?"

이마를 맞대고 눈동자를 가만히 들여다보며, 준수는 물

었다.

"네."

승연은 가만히 대답했다. 그러고는 시선을 조금 돌리고는 덧붙였다.

"……뭐, 승낙할 거라고는 장담 못 하지만요."

약간 뽀로통하게 나와 있는 입술이 미치도록 사랑스러웠다.

준수는 참지 못하고 그 입술을 제 입술로 확 머금어버렸다. 이런, 방금 안았는데 또 안고 싶어졌다.

"괜찮겠어요?"

일부러 귓가에 숨을 불어넣듯 속삭이자 승연이 움찔, 하고 몸을 떨었다. 이번에는 대답이 돌아오지 않았지만, 준수는 아랑곳 않고 입술을 목덜미로 미끄러뜨렸다.

비록 다정한 남자가 되겠다고 맹세한 지 얼마 지나지 않았지만, 이럴 때는 조금쯤 막무가내가 되어도 좋을 것 같다.

일일이 대답을 바라기엔 너무 소심하고, 또 많이 수줍어하니까, 내 아가씨는.

다행히도 겨울밤은 길고, 체크아웃까지는 아직 한참 남아 있었다.

11

　준수의 어머니, 강선희 여사는 1년 전쯤부터 근처에 있는
교회에 다니고 있었다. 딱히 신앙심이 있어서라기보다는 사
람들과 어울리는 것을 좋아해서였다.

　뭐든지 과하다 싶을 정도로 많이 가진 선희였다. 말이 많
고, 정도 많고, 눈물도 많고, 외로움도 많고. 거기에 돈 많고
시간 남아돌고, 사람 좋아하기까지 했다. 사실 그전까지는
20년째 절에 다니고 있었는데, 언니 동생 할 정도로 친하게
지냈던 보살님하고 한바탕 다툰 것을 계기로 개종까지 결심
하게 된 것이었다.

　그런 선희가 교회에서 처음으로 사귀게 된 친구가 장 여
사였다. 교회에서 집사를 맡고 있는 장 여사는 처음부터 선
희에게 살갑게 대해주었다. 인심이 후해서 새로 담근 김치
니 매실액이니 하는 것들을 바리바리 싸다주기도 하고, 자
기 집에서 하는 구역 예배에도 불러주었다. 여전도회라는
소모임 같은 데에도 넣어서 바자회니 노상 전도니 하는 활
동들에도 선희를 끼워주었다.

워낙 사람을 좋아하는 선희는 금세 장 여사의 말이라면 껌뻑 죽을 지경이 되었다. 그러니 이번에도 선희가 장 여사의 말을 곧이곧대로 믿은 것도 무리는 아니었다.

"글쎄, 그것이 우리 집안을 뭘로 보고!"

장 여사는 신성 모독이라도 당한 것처럼 펄펄 뛰었다.

"지태 녀석이 이혼하고 나서도 하도 연연해하기에 그래, 너도 이제 온전한 총각도 아니니 네 마음 가는 대로 하려무나, 하고 못 이기는 체 허락해줬더니만 제깟 것이 감히!"

얘기인즉슨 자기 아들이 결혼 전에 사귀던 여자가 있는데, 이혼 후에 다시 찾아갔더니 천하의 요망한 것이 감히 자기 아들을 거절했다는 얘기였다.

"애가 있는 것도 아니겠다, 요즘 세상에 2년도 채 못 살고 헤어진 게 무슨 흉이나 된다고. 언제는 그렇게 꼬리를 치더니 이젠 안면 싹 바꾸고 싫다고 하더라지 뭐야?"

아들의 이혼 경력 따위는 전혀 문제도 되지 않는다고 생각하는 모양이었다. 그건 아니지, 하는 생각이 들었지만 장 여사가 자기 아들을 얼마나 귀하게 여기는지 익히 아는 선희는 그냥 그러려니 하고 건성으로 듣고 있었다.

하지만 장 여사는 말할수록 점점 더 흥분해서 떠들어댔다.

"어쩐지 수상타 했더니만 아니나 달라? 그년이 고새 다른 남잘 잡았더라지 뭐야."

"그랬대요?"

선희는 역시 건성으로 대꾸했다.

"아, 글쎄, 우리 지태가 두 눈으로 똑똑히 봤다고 하더라니까? 허우대 멀쩡해 가지고 멀끔하게 차려입은 게, 모르긴 몰라도 돈푼깨나 있는 집 아들 같아 보이더래. 암만, 그러니까 그년이 언제는 그렇게 죽고 못 살겠다던 우리 지태를 이제 와선 소 닭 보듯 했겠지."

장 여사는 저열한 증오를 담아 저주하듯 내뱉었다.

"다 쓰러져가는 가게에서 김밥 장사나 하는 년이라 그런가, 욕심이 얼마나 드글드글한지 원."

김밥 장사? 문득 선희의 귀가 번쩍 트였다.

"방금 뭐라고 하셨어요? 김밥이요?"

"그래, 왜 다니다가 저기 아파트 쪽 상가에 맛나김밥이라고 다 쓰러져가는 김밥집 못 봤어? 그게 그 계집애가 장사하는 가겐데."

맙소사. 선희는 가슴이 철렁했다. 그렇다면 장 여사가 말하는 그 계집애란 바로 아들인 준수가 현재 만나고 있는 그 아가씨가 아닌가!

"그년이 전에 교회 다닐 때도 그랬다니까? 누가 말을 걸어도 새치름하게 네, 네만 해가지고 청년부 젊은 총각들 하나같이 몸살을 앓게 해놓곤 은근히 즐기고 말이야. 애초에 교회 나왔던 것도 남자 하나 제대로 물어서 김밥 장사 때려

치우고 팔자 고치려고 그랬겠지. 그 시커먼 속을 누가 모를까 봐? 흥."

선희의 안색이 서서히 하얗게 질려갔다.

"어쨌거나 백번 잘됐어. 지태 녀석이 하도 졸라서 그저 눈딱 감고 참아주려고 했던 것뿐이지, 난들 찢어져라 가난한 백정 딸년을 내 집안에 들이고 싶었을까 봐?"

장 여사는 계속해서 욕설을 퍼부어댔다.

"어쨌든 보기엔 얌전하니 남자 홀리게 생겼으니 어느 눈먼 놈이 데려가기야 하겠지. 뉘 집 아들인지 몰라도 그 집 엄마 불쌍해서 어쩔까 몰라. 애지중지 키운 귀한 아들을 그런 년한테 갖다 바치게 생겼으니!"

'그 집 엄마'의 얼굴이 일그러졌다.

'이 일을 어쩌지?'

장 여사의 말을 추호도 의심하지 않고 그대로 믿어버린 선희는 어쩔 줄을 몰랐다. 장 여사에게 지태가 귀한 것만큼, 아니, 그 이상으로 준수 역시 선희에게는 귀한 외아들이었으니까.

그러고 보니 준수가 좀 이상하기는 했다. 잘은 모르지만 예전에는 여자를 사귀어도 늘 사귀는지 아닌지도 모를 정도로 무덤덤했었던 것 같은데, 이번에는 달랐다. 그 여자 찾아가서 귀찮게 만들지 말라고 사전에 차단할 정도로.

「제발 괜히 나서서 끼어들지 말아주세요. 그러다 역효과

납니다.」

준수가 그렇게 말했을 때 선희는 사실 속으로 매우 뜨끔했다. 그렇지 않아도 아들 여자친구가 어떤 아가씬가 궁금해서 한 번 찾아가보고 싶었던 참이었으니까.

동시에 아들에게 섭섭한 마음이 들었다. 아니, 뭐 잡아먹겠다는 것도 아닌데 얼굴 좀 보러 가면 어떤가. 그래봤자 용돈이나 쥐여주고, 마음에 들면 백화점 데려가서 옷이나 한 벌 해주겠지.

대체 어떤 아가씨길래 냉정한 아들이 벌써부터 그렇게 쥐면 부서질라, 불면 날아갈라 조바심을 내면서 제 어미를 단속까지 시키는지 궁금해 몸살이 나려던 차였다.

그런데 세상에, 그런 여우같은 계집애였다니!

'가만. 내가 이렇게 앉아서 보고만 있을 순 없는 거 아니야?'

어쩌면 고 계집애가 아들한테 미리 사주를 한 건지도 모른다는 생각까지 들었다. 요즘 젊은 여자들은 시 자 붙은 거라면 시금치도 싫어한다던데!

귀하디귀한 아들이 구미호의 치마폭에서 놀아나는 꼴을 볼 수는 없는 노릇이다. 나중에 준수에게 원망을 듣더라도 어쩔 수 없다고, 선희는 결심했다.

준수의 품에 안긴 채로 아침을 맞았다.

먼저 눈을 뜬 승연은 제게 팔베개를 해준 채로 잠든 준수의 수려한 옆모습을 보면서 멍하니 생각했다. 이 얼굴을 한 번 보려고 아침마다 일부러 길을 멀리 돌아서 다니던 때도 있었는데.

어젯밤 일은 다 꿈이었던 게 아닐까, 하는 생각도 들었다. 하지만 하반신에 남아 있는 아릿하고 달콤한 통증이 꿈이 아니었다는 걸 말해주고 있었다.

어떻게 해야 할까. 잠시 고민하다가 승연은 준수가 깨지 않도록 조심스럽게 몸을 일으켰다. 일단은 좀 씻고 싶어서였다.

하지만 채 상반신을 다 일으키기도 전에 팔이 뻗어왔다. 승연의 어깨를 잡아 도로 제 품 안으로 끌어당겨 안으며 준수는 눈을 감은 채로 말했다.

"어딜 가려고."

졸음기가 반쯤 남아 있는 달콤한 저음.

"아, 좀 씻으려고요."

자고 있는 줄 알았는데. 승연이 민망해하며 대답하자 준수는 말했다.

"조금만 더 이렇게 있어요."

"이제 슬슬 일어나야 될 시간이에요. 가게도 그렇고, 선생님도 병원에 나가셔야 되잖아요."

그제야 감겨 있던 눈이 조금 열렸다. 준수는 눈을 가늘게 뜨고 물었다.

"지각한다고 누가 야단칠 사람 있어요?"

"아니, 그런 건 아니지만……."

"나도 마찬가지. 자영업이 그래서 좋은 겁니다."

딱 잘라 그렇게 말하고 준수는 대화 끝났다는 듯이 도로 눈을 감아버렸다. 품에는 승연을 꼭 안아 가둔 채로.

별수 없이 승연은 준수의 품에 안겨 있었다. 벗은 가슴에 귀를 대고 있자니 두근두근, 심장 소리가 들려왔다. 포근하고 따뜻한 가운데 문득 그런 생각이 들었다.

매일 아침을 이렇게 함께 맞이할 수 있다면.

'기다려줄 수 있습니까?'

준수의 물음에 자신은 그러겠다고 대답했다. 승낙할지는 모르겠다고 말한 거야 물론 괜히 해본 소리였고. 아마 듣자마자 네, 하고 대답할 거였다. 울어버리지만 않는다면.

준수가 말하는 그 문제라는 게 무엇일까. 여전히 궁금했지만 그는 얘기해줄 생각이 전혀 없어 보였다. 차마 다시 물을 엄두가 나지 않아서, 승연은 그저 가만히 준수의 가슴에 기대서 입속으로 중얼거렸다.

너무 오래 기다리게 하지는 마세요.

'맛나김밥'

시옷 자 하나가 떨어져나가고 접착제 자국만 남아 있는

낡은 간판을 올려다보며 선희는 땅이 꺼져라 한숨을 지었다. 하나를 보면 열을 안다는데, 벌써부터 성격이 보이는 것 같았다. 제 가게 간판조차 신경을 안 쓰는 여자가 집안 살림인들 오죽이나 소홀히 할까.

더없이 구식 그대로인 가게 외관도 마음에 들지 않았다. 같은 김밥집이라도 젊은 아가씨가 하는 가게답게 좀 세련되고 깔끔하게 싹 꾸며놓고 하면 얼마나 좋아?

아직 얼굴도 못 본 아들의 여자에 대한 못마땅한 마음이 더더욱 커졌다.

내가 오늘 이 여우같은 계집애를 우리 아들한테서 기필코 떼어내고 말아야지! 선희는 다시 한 번 그렇게 결심을 다지고 유리문을 밀치며 가게 안으로 성큼 들어섰다.

포장해서 파는 게 전문인지, 좁은 가게 안에는 손님용 테이블 하나 놓여 있지 않았다. 그래도 겉보기와는 달리 의외로 내부는 소박한 느낌으로 깔끔하게 정돈되어 있었다.

"어서 오세요."

들어오는 선희를 보고 조리대 앞에 서서 김밥을 말고 있던 아가씨가 생긋 웃으며 인사를 건네왔다. 두꺼운 노안용 돋보기안경 너머로, 선희의 시선이 소리 없이 재빠르게 아가씨의 머리부터 발끝까지를 훑었다.

새하얀 머릿수건에 앞치마를 두른 수수한 차림, 화장기 없는 얼굴에 일단 놀랐다. 장 여사의 표현에 의하면 완전히 구미호처럼 들렸는데 보기에는 그냥 단정하고 참한 아가씨 같아 보이지 않는가.

"몇 줄이나 드릴까요?"

아가씨가 웃으며 다시 물었다. 가늘어지는 눈매가 예쁘다. 목소리마저 싹싹하게 들렸다. 저도 모르게 일어나는 호감을, 선희는 흠칫 놀라며 얼른 눌러 죽였다.

나도 참, 여우가 이마빡에 여우라고 써 붙이고 다니는 거 봤어? 보기엔 얌전하게 생겼다고 했었잖아.

"미안하지만 내가 사실 김밥을 사러 온 게 아니고."

선희는 얼른 표정을 가다듬고 본론을 꺼냈다.

"네?"

"저기, 요 근처 우리동물병원에 민준수 원장이라고 알지요?"

대답을 기다리지 않고, 선희는 일부러 친근하게 웃으며 말했다.

"반가워요, 나 민준수 엄마예요."

다음 순간 아가씨의 얼굴이 확 긴장감에 굳어졌다.

"아, 안녕하세요!"

초등학생처럼 꾸벅 인사를 한다. 잔뜩 당황한 것이 느껴졌다. 선희의 입가에 또다시 저도 모르게 미소가 떠올랐다.

"처음 뵙겠습니다. 이승연이라고 합니다."

나이가 60이 넘으니 어쩔 수 없는 걸까. 상대는 구미호다,

여우다 하고 단단히 마음을 먹고 왔는데도 젊은 아가씨를 눈앞에서 보자 귀엽다는 생각만 자꾸 들었다. 인상도 참하고 예쁘니, 마음씨만 좀 고왔더라면 내 며느리 삼기 딱 좋았을걸. 선희는 속으로 못내 아쉬워했다.

"이쪽으로 앉으세요."

승연이 허둥거리며 의자를 권했다.

"저어, 차는 유자차 괜찮으세요? 혹시 점심 식사는 하셨고요?" 요즘 젊은 여자애답지 않게 어른에게 식사하셨느냐고 물을 줄 아는 게 마음에 들었다. 황망한 가운데서도 나름대로 대접을 하려고 애쓰는 것도. 선희는 손을 내저었다.

"됐어요. 바쁠 텐데 차니 뭐니 신경 쓸 거 없고, 잠시만 얘기하고 가려는 거니까 이리 와서 앉아봐요."

승연이 파란 플라스틱 의자를 끌어당겨 조심스럽게 앉았다.

"보자마자 이런 얘기 해서 미안하지만, 우리 준수하고는 어느 정도 사인가요?"

순간적으로 승연의 얼굴에 스쳐가는 당혹감을 선희는 놓치지 않았다.

"혹시 벌써 깊은 사이라든가?"

"……."

승연은 대답 대신에 시선을 떨어뜨렸다. 어쩔 줄 몰라 하는 표정이었다. 아이고, 맙소사! 이미 일을 쳤구나. 선희는 한층 더 초조해졌다.

"말하지 않아도 알겠네요."

얼굴이 확 붉어지는 승연을 향해, 선희는 이윽고 준비해 온 말을 꺼냈다.

"뭐 이미 두 사람이 깊은 사이기도 하고, 또 둘 다 나이가 있다 보니 결혼 생각도 하고 있을 텐데, 사실은 내가 걱정되는 게 있어서."

짐짓 걱정스럽게 말하자 승연의 얼굴에 덩달아 불안한 기색이 어렸다.

"이걸 내가 말을 해야 하나 말아야 하나 많이 고민했는데, 아무리 생각해도 아가씨도 댁에서는 귀한 따님일 텐데 이걸 숨긴 채로 혼사를 시키는 것도 아니다 싶어서. 생각다 못해 이렇게 찾아온 거예요."

"네, 듣겠습니다."

승연이 긴장한 얼굴로 고개를 끄덕였다.

"사실 우리 준수가 지금 사정이 많이 안 좋은 편이에요."

"사정이라고 하시면 어떤 사정을 말씀하시는지……."

"그게, 우리끼리니까 말인데."

선희는 길게 한숨을 내쉬고는 말했다.

"아주 그냥 빚더미에 올라 앉아 있는 상태예요. 월세도 몇 달치나 밀렸고, 직원들 월급도 또박또박 못 나가고 있대요, 글쎄."

"아, 네······."

선희는 슬쩍 승연의 표정을 살폈다. 그런데 의외로 크게 충격을 받은 것처럼 보이지는 않았다. 아니, 오히려 어딘가 안도한 것같이도 보였다.

애가 내 말을 제대로 못 알아들었나 싶어서 선희는 한층 더 강조해서 말했다.

"병원 차린다고 진 빚만도 얼만지 몰라. 합쳐서 2, 3억은 될 거예요, 아마. 그렇다고 내가 도와줄 형편도 못 되고, 아주 속이 상해 죽겠네요."

"그래도 몸 아프고 그런 것보다는 낫잖아요. 돈이야 아직 젊으니까 벌어서 갚으면 되니 너무 상심하지 마세요."

생각과는 정반대의 반응에 선희는 오히려 당황했다. 이게 아닌데?

"그래서 내가 아가씨한테도 너무 미안해 죽겠어서 말을 안 할 수가 없었던 거예요. 아들이라고 하나 있는 거, 월세 방 한 칸 얻어줄 능력도 안 되는데 무슨 낯짝으로 장가를 보내겠어요?"

하소연하듯 말하자 승연이 오히려 위로하듯 말했다.

"너무 걱정 마세요. 저도 제 집이 있는걸요."

아직 나이도 어려 보이는데 자기 집이 있다고? 선희의 귀가 쫑긋 섰다.

"저어, 사실 선생님과는 정식으로 결혼 얘기까지는 한 적이 없어서 아직 이런 말씀 드리기에는 이르다고 생각합니다만."

문득 승연이 긴장한 듯한 얼굴을 했다.

"정말로 만에 하나, 아, 물론 제가 선생님에 비해 한참 부족하지만요! 선생님 어머님께서도 허락해주셔서 만약에 그렇게 된다고 하면⋯⋯."

그저 가정을 하는 것만으로도 수줍은지, 갑자기 목소리가 기어들어가면서 횡설수설한다. 그게 또 귀엽게 보여서 선희는 제 허벅지를 찌르고 싶어졌다.

새빨개진 얼굴로, 승연은 말했다.

"⋯⋯선생님께서 제 집에 들어오셔서 함께 살아도 저는 괜찮다고 생각해요."

선희는 놀랐다. 이게 정말 마음에서 우러나와서 하는 소리인가, 아니면 그냥 한 번 해보는 소리인가 싶었다.

"아니, 집도 집이지만 빚이 문제라니까. 빚이 수억이나 있는데 그걸 어떻게 그대로 지워서 장가를 보내겠어요? 양심이 있지."

"그것도 제가 해결할 수 있어요."

승연의 표정이 단호해졌다. 방금까지는 그렇게 수줍음을 타더니, 사뭇 다른 태도였다.

"아까 2, 3억 정도라고 하셨죠? 그 정도면 제가 충분히 해결할 수 있어요."

"아가씨가?"

"부모님이 돌아가시면서 제 몫으로 이것저것 남겨주셨어요. 그래서 집도 있고, 저희 가게가 있는 이 상가도 제 이름으로 가지고 있어요. 많지는 않지만 저금도 있고요."

선희는 속으로 깜짝 놀랐다. 낡긴 했지만 꽤 큰 상가인데, 이게 이 아가씨 거라고?

정말 그렇다면 자신은 한참 잘못 알고 있는 거였다. 장 여사가 욕심에 찌든 가난뱅이처럼 말했던 이 아가씨는 사실상 멀쩡한 부잣집 따님이다.

그렇다면 장 여사가 승연에 대해 말했던 다른 부분들에도 곡해가 있지 않았을까. 이제야 선희는 장 여사가 했던 말들을 하나하나 의심해보기 시작했다.

선희가 속으로 무슨 생각을 하고 있는지 모르는 승연은, 다시 한 번 강조하듯 말했다.

"그러니까 정말로 그런 문제는 걱정하지 마셨으면 좋겠어요. 어떻게든 선생님과 제가 알아서 해결할 테니까요."

열심히 말하는 승연의 얼굴을 선희는 물끄러미 쳐다보았다. 이게 진심으로 말하는 게 아니라면 자신은 여태 인생 헛살았다. 아니면 장 여사가 한 말이 처음부터 틀렸거나.

욕심이 많고, 음흉하고, 남자를 홀리는 구미호 같다던 아가씨는 실제로 만나보니 순 맹탕이었다. 글쎄, 요즘 세상에 어떤 어수룩한 여자가 월세 방 한 칸 못 해 온다는 남자에게

빚까지 갚아줘가며 시집을 온다고 한단 말인가. 게다가 순진하게 시어머니 자리한테 저 집 있어요, 건물 있어요, 현금도 좀 있어요, 하면서 재산 목록까지 일일이 고해바치고.

엉뚱하게 친정 엄마 같은 마음이 발동했다. 이 애 못쓰겠다. 자칫 엉뚱한 집에 시집보냈다가는 골수까지 홀랑 다 뽑아 먹히고 나중에 눈물 흘리기 십상이다. 그렇지 않아도 기댈 친정도 없다는데.

이렇게 착하고 순진해 빠져서는 의지가지없기까지 한 아이가 만에 하나 장 여사 같은 시어머니를 봤더라면, 하고 상상하자 가슴이 철렁했다. 아마 저 가진 재산까지 싹 다 빼앗기고 나서 고초당초보다 더 매운 시집살이를 당하고 있겠지.

안 되겠다, 하고 선희는 마음먹었다. 이 애를 내가 며느리삼아야 그런 늙은 구미호한테 신세 망칠 일이 없겠구나!

"말이라도 그렇게 해줘서 고마워요."

그런 속마음을 꼭꼭 숨기고, 선희는 웃어 보였다. 그러고는 은근히 김밥 재료가 놓여 있는 조리대 위를 눈짓으로 가리키며 말했다.

"아유, 한바탕 떠들고 나니까 배가 고프네. 혹시 나 김밥 한 줄만 싸줄 수 있어요?"

며느릿감이 만드는 김밥 맛이 궁금해졌던 것이다.

"네, 잠시만 기다리세요. 제가 얼른 만들어드릴게요."

승연이 얼른 몸을 일으켜서 조리대 앞에 섰다.

조심스럽게 김밥을 말기 시작하는 승연을, 선희는 곁에서 눈을 가늘게 뜨고 지켜보았다.

한 번 곱게 보기 시작하니 이제는 모든 게 다 예쁘게 보였다. 가지런히 정돈되어 있는 재료들도, 조리대 구석에 놓여 있는 눈부시게 새하얀 행주도, 거침없이 움직이는 야무진 손길도.

유일하게 선희의 마음을 아프게 만든 것은 바로 승연의 손이었다. 젊은 아가씨답지 않게 거칠어져 있는 손등을 보자 마음이 찌르르해졌다. 어머니 돌아가시고 가게 물려받았다더니, 혼자서 고생이 얼마나 많았을꼬.

"포장해드릴까요? 시장하시면 여기서 좀 드시겠어요?"

손도 크지, 한 줄만 싸달라고 했더니 세 줄이나 싸놓고 나서 승연은 물었다.

"장사도 바쁜데 가져가서 먹지 뭐."

손사래를 치자 승연이 김밥을 썰기 시작했다. 똑똑똑, 칼 소리와 함께 일정한 크기로 예쁘게 썰려 나오는 김밥을 보다가 선희는 참지 못하고 하나를 집어서 입에 쏙 집어넣었다.

고소한 냄새부터가 먼저 입 안에 확 퍼졌다. 아유, 진짜 참기름을 쓰는구나. 그 뒤에는 진짜 김밥 맛이었다. 과하게 초를 섞지 않은, 좋은 쌀로 아침에 갓 지어낸 쌀밥 맛. 튀는 재료 하나 없이 하나같이 평범한 재료로 만들어내는 솔직하고 은은한 맛. 하나도 꾸미지 않고 속이지 않아서 더없이 수수한데도, 이상하게 자꾸만 끌리는 담백한 맛.

하나, 또 하나. 가져가서 먹겠다고 해놓고서 선희는 정신을 놓고 그 자리에서 선 채로 반 줄 넘게 야금야금 집어먹었다.

"여기 보리차라도 좀 마시면서 드세요."

승연이 옆에서 조심스럽게 컵을 내미는 바람에 그제야 선희는 퍼뜩 제정신으로 돌아왔다. 어휴, 이게 무슨 추태람? 명색이 시어미 자리 체면에.

"아유, 내 정신 좀 봐. 약속이 있는 걸 깜빡하고. 이만 일어나봐야겠네."

짐짓 너스레를 떨면서 선희는 나갈 채비를 했다.

"오늘 내가 여기 왔었다는 거, 준수한테는 꼭 비밀로 해줘요. 응?"

"네, 그렇게 하겠습니다."

"빚 얘기했던 것도. 우리 아들이 알면 자존심 상해 할 거예요."

"명심하겠습니다."

그렇게 단단히 입단속을 해놓고 선희는 가방에서 지갑을 꺼냈다. 김밥 값을 내려는 줄 알았는지 승연은 깜짝 놀라 한 걸음 물러서며 두 손을 저었다.

"아니에요, 어머님. 맛보시라고 싸드린 건데요!"

"아이구, 그런 게 아니야."

선희는 지갑에서 10만 원짜리 수표 석 장을 꺼냈다. 그리고 얼른 뒤로 감추는 승연의 손을 강제로 끌어다가 손바닥에 꼭 쥐여주었다.

"우리 아들 여자친구한테 내가 용돈 주는 거예요. 이걸로 예쁜 옷 사 입고 데이트하라고."

딸이 없는 선희였다. 생각 같아서는 백화점에 데려가서 이것저것 사서 예쁘게 입혀주고 싶다. 하지만 아직 거기까지는 아닌 것 같아서, 오늘은 여기까지만 하기로 했다.

"그래도 어떻게……."

차마 넙죽 받지 못하고 돈을 그대로 쥔 채 어쩔 줄을 몰라 하는 승연에게, 선희는 일부러 목소리를 가다듬고 훈계하듯 말했다.

"어허, 어른이 주시면 네, 하고 받는 거예요."

그제야 승연은 깜짝 놀란 듯이 얼른 고개를 꾸벅 숙였다.

"고맙습니다, 어머님."

민망한 듯이 앞치마 주머니에 어물어물 돈을 집어넣는 동작이 귀엽다.

나도 이런 딸 하나만 더 낳았으면 좋았을 뻔했지. 속으로 그렇게 생각하며 선희는 사과했다.

"오늘은 내가 불쑥 찾아와서 미안하게 됐네요."

사실 미안한 점은 다른 데 있었다. 실제로 만나보지도 않고 남의 말만 믿고 오해했던 게 미안했다. 무작정 찾아와서 떠본답시고 거짓말을 했던 것도. 그렇다고 시어미 될 체면에, 이제 와서 손바닥 뒤집듯이 사실은 아가씨를 시험해보느라 거짓말을 했다고 말하기도 힘들었다.

나중에 정식으로 결혼 얘기가 오가게 되면, 빚은 내가 다 해결했으니 걱정 말라고 얘기해야지. 선희는 그렇게 생각했다.

"그래도 아가씨 만나서 참 반가웠어요."

승연이 쑥스러운 얼굴로 대답했다.

"저도 어머님 만나 뵈어서 참 좋았어요."

선희가 나오지 말라고 했지만 승연은 기어이 가게 밖까지 배웅을 나왔다.

"안녕히 가세요, 어머님. 김밥 드시고 싶으시면 언제든 편하게 들러주시고요."

승연과 헤어져서 돌아가는 길, 선희의 발걸음이 빨라졌다. 장 여사와 담판을 지으러 가는 것이었다.

두 번 다시 내 며느릿감을 두고 헛소리 지껄이고 다니지 말라고 단단히 말해둬야지. 말로 해서 안 되면 기꺼이 싸움이라도 한판 붙을 생각이었다.

그까짓 거, 사이가 틀어지면 도로 절에 다니면 되지 뭐.

12

각자의 일과를 끝마치고 카페에 마주 앉았다. 유리창에 살짝 김이 서릴 정도로 따뜻한 카페 안에는 은은하게 캐럴이 울려 퍼지고 있었다.

Feliz Navidad. 크리스마스가 바로 코앞이었다.

"크리스마스에 뭐 하고 싶은 거 있어요?"

준수가 그렇게 물었을 때 승연은 새삼스럽게 감동했다. 아, 우리가 연인이구나.

연인이라는 건 그런 거였다. 굳이 크리스마스에 뭐 해요, 하고 서로 일정을 체크하지 않아도 당연히 그날은 같이 보낸다는 게 전제되어 있는 사이.

바보 같지만 아직도 승연은 순간순간 이렇게 꿈만 같아서 몰래 허벅지를 꼬집어보고 싶어질 때가 있었다. 아, 내가 민준수의 연인이라니.

"영화 보고 싶어요."

"또?"

"음, 같이 걷고 싶어요."

"그리고?"

"케이크도 같이 자르고 싶고요."

"또 없습니까? 선물받고 싶은 거라든가."

하트가 그려진 카푸치노가 담긴 머그잔을 입으로 가져가며 승연은 웃었다.

"없어요. 생일 선물 받은 지도 얼마 안 됐는데."

얼마 전 승연의 생일에 준수는 가정용 플라네타륨을 선물했다. 불을 끄고 방을 어둡게 한 후에 작동시키면 어두운 방 안에 밤하늘이 펼쳐지는 것이었다. 덕분에 요즘 승연은 밤마다 원 없이 별을 보다 잠들곤 했다. 마음 한가득 별을 품고.

"그럼 반지로 하죠."

그럴 거면 왜 물어봤나 싶을 정도로, 준수는 딱 잘라 선언하듯 말했다.

"반지는 거추장스러워서 싫다고 해서 플라네타륨을 샀던 건데, 지금 생각해보면 그때는 나한테 화가 나 있어서 일부러 그렇게 대답했던 거지. 틀렸습니까?"

"들켰네요."

승연이 웃으며 혀를 조금 내밀었다.

"그러니까 이번에는 반지 하는 겁니다. 하는 김에 커플링으로 하죠."

좋아하는 남자가 크리스마스 선물로 커플링을 하자는데

거절할 이유가 없다. 기뻐서 얼른 고개를 끄덕이려다가 승연은 멈칫했다.

잠깐만, 반지가 두 개면 돈이 얼마야?

준수가 경제적으로 그리 여유롭지 못하다는 것은 전부터 혜정에게 들어 알고 있던 터였다. 그런데 빚까지 그렇게 많이 지고 있다는 것은 얼마 전에 그의 어머니에게 들어서 처음 알게 되었다.

「하지만 아직 내 안에 해결하지 못한 문제가 남아 있는 것도 사실입니다.」

서로를 처음으로 안았던 그날 밤, 그는 그렇게 말했었다.

「그 문제가 해결되면 정식으로 청혼하겠습니다.」

그 문제라는 게, 빚이었던 것이다.

차라리 알고 나니 마음이 편했다. 병이 있는 것도 아니고, 다른 여자가 있는 것도, 하다못해 결혼에 한 번 실패해서 숨겨놓은 애가 있는 것도 아니고, 그냥 돈 문제. 돈만 있으면 해결되는 문제. 얼마나 심플한가. 그것도 도박이나 술 때문에 진 빚도 아니고 병원 차리느라 진 빚이라는데.

그의 어머니는 말했다. 2, 3억은 될 거라고. 물론 큰돈이지만 승연에게 있어서는 감당할 수 없을 정도의 금액은 아니었다. 가지고 있는 현금에다 상가 일부를 처분해서 보태면 충분히 융통할 수 있다. 아니면 귀찮아서 몇 년째 동결 상태인 보증금을 좀 올려 받아도 그만이고.

돈이 아깝다거나 하는 생각은 전혀 들지 않았다. 어차피 결혼하면 내 것이 그의 것이고 그의 것이 내 것이 될 게 아닌가. 아니, 내 것만 그의 것이 되고 그의 것은 그대로 그의 것이어도 상관없었다. 승연은 준수에게라면 뭐든지 아깝지 않았다.

문제는 그가 달라고 하지 않는다는 것이었다. 달라고 하기는커녕, 준수는 자신의 문제가 뭔지 말하려고도 하지 않았다. 다 해결하고 나서 청혼하겠다고 했다. 추호도 같이 짊어질 생각이 없는 거였다.

승연으로서는 속이 탔다. 그까짓 돈 때문에, 자신이 얼마든지 해결해줄 수 있는 문제 때문에 사랑하는 사람이 고민하는 게 싫었다. 물론 청혼이 늦어지는 것도 싫었다. 지금이라도 결혼하자고 말해주기만 하면 네, 하고 대답할 텐데.

매일같이 집 앞에서 헤어지는 게 괴로워지고 있었다. 하루가 지나면 하루만큼 더. 그래서 요즘은 이렇게 일이 끝난 후에 곧바로 귀가하지 않고 카페 같은 곳에서 만나서 시간을 보내곤 하는 거였다.

「차 한 잔 하고 가도 됩니까?」

가끔 준수가 집 앞에서 그렇게 묻는 날도 있었다. 하지만 그는 정말 말 그대로 차만 마시고 돌아갔다. 집 안에 들어오면 키스도 하지 않았다. 오히려 대문 앞에서 헤어질 때는 키스했지만, 집 안에서는 손끝 하나 건드리려 하지 않았다.

그러는 준수의 마음을 승연은 어렴풋이 알 것 같았다. 지킬 것은 지켜주고 싶어 하는 거였다. 가족이 없는 자신이니까, 혼자 사는 여자니까, 그래서 더.

그런 마음 씀씀이가 고마웠다.

「그럼 난 이만 가볼 테니까.」

차만 마시고 칼같이 일어나는 뒷모습에 은근히 섭섭해질 때마다, 그를 대문까지 배웅하고 돌아서서 다시 들어온 집 안이 왠지 견딜 수 없이 썰렁하게 느껴질 때마다, 이 남자와 하루빨리 같이 살고 싶다는 생각이 들었다.

하지만 현실적으로, 돈 문제가 해결되지 않는 이상 준수는 청혼하지 않을 거였다.

그렇다고 먼저 빚에 대해 아는 척을 할 수도 없었다. 준수의 어머니가 간곡하게 준수에게는 말하지 말아달라고 부탁한 것도 있었지만, 알게 되었다고 사실대로 말하고 도와준다고 해도 준수 본인이 절대 받아들이지 않을 것 같았다.

흔히 말하지 않는가, 남자라는 건 자존심으로 살아가는 동물이라고. 섣불리 나섰다가 괜히 상대방의 자존심만 다치게 할까 봐 겁이 났다.

그러니 결국은 그가 최대한 빚을 빨리 갚기만 기다릴 수밖에 없었다. 기다리겠다고, 대답했었으니까.

즉 요즘 승연의 가장 큰 관심사는 민준수의 경제 사정에 있었다. 그런데 하루라도 빨리 돈을 모아 빚을 갚아도 모자랄 판에 반지라니!

"커플링, 제가 살게요."

승연은 커피 잔을 내려놓고 황급히 말했다.

"왜?"

선생님은 빨리 빚을 갚아서 저한테 청혼해야 하니까요. 물론 그렇게 대답할 수는 없었다.

"제 마음에 드는 걸로 고르고 싶어서 그래요. 그러니까 제가 살게요."

"물론 승연 씨가 고를 겁니다. 나하고 같이 가서."

천만의 말씀, 그랬다가는 분명 준수가 계산하려 들 거였다.

"저도 선생님한테 크리스마스 선물은 해야 하잖아요. 제가 선물할게요, 네?"

승연이 조르다시피 말했지만 준수는 어림없다는 듯이 고개를 저었다.

"아니, 나는 승연 씨한테 받고 싶은 게 따로 있어서."

"그게 뭔데요?"

"그건 그때 가서 얘기하도록 하죠."

"미리 말씀해주셔야 저도 준비할 거 아니에요?"

"그때 얘기해도 충분합니다."

준수는 그렇게만 얘기하고 입을 딱 다물어버렸다. 그가 한 번 이렇게 말해버리면 끝이라는 것을 알기 때문에 승연도 더는 묻지 않았다.

기본적으로 심성이 다정한 남자라고 믿고 있다. 또 여러모로 노력하고 있다는 것도 알고 있다. 하지만 이럴 때는 생각하지 않을 수 없다. 이 남자, 기본적으로 독재자 기질이 있다.

「내 성격은 아버지를 닮은 겁니다.」

준수가 자기 입으로 그렇게 말한 적이 있었다. 돌아가신 그의 아버지는 어떤 분이셨을까, 하고 승연은 상상해보았다. 그의 표현에 의하면 안하무인에, 독설가에, 또 뭐랬더라. 어쨌든 온갖 나쁜 것들은 다 들어 있었던 것 같은데.

그에 비해 어머니 쪽은 딱 한 번 만난 게 전부지만 솔직하고 정 많은 분으로 보였다. 장사 하면서 숱하게 만나게 되는, 전형적인 수다쟁이 동네 아주머니 스타일이랄까. 그래서 처음 뵙는데도 불구하고 크게 불편하거나 어렵게 느껴지지는 않았던 것 같다.

준수의 어머니가 쥐여주고 간 용돈으로 승연은 예쁜 하얀색 원피스를 샀다. 크리스마스 때 입고 준수와 데이트할 생각이었다.

둘이 만나는 때가 워낙 저녁 늦은 시간이다 보니 커피 마시면서 얘기 좀 하다 보면 카페도 어느새 문 닫을 때가 된다. 오늘도 몇 마디 나누지도 않은 것 같은데 어느새 문 닫을 시간이라는 의미의 음악이 흐르고 있었다. 스티비 원더의 'Isn't she lovely'.

"이만 일어날까요?"

준수의 말에 승연도 네, 하고 따라서 자리에서 일어났다.

"얼마죠?"

계산대 앞에서 준수가 지갑을 꺼내려는 순간, 승연은 타이밍을 놓치지 않고 미리 준비했던 카드를 내밀었다.

"그게 뭡니까?"

"음료 10회권이에요. 그때그때 내는 것보다 싸길래 미리 사뒀어요. 여기 자주 오니까 계산하기도 편하고요."

"찻값 정도는 내가 내도 괜찮은데."

준수는 조금 불만스러운 얼굴을 했지만 다행히 크게 자존심 상해하지는 않는 것 같았다. 승연은 속으로 휴, 하고 한숨을 내쉬었다.

"갑시다."

준수가 내미는 팔에 팔짱을 끼고 카페를 나서며, 승연은 그에게 들리지 않게 살며시 한숨을 내쉬었다.

이런 식으로 조금씩 아껴서 대체 언제쯤 빚이 다 갚아질까?

승연이 만들어 온 크리스마스 계획은 이랬다.

먼저 전날인 크리스마스이브 오후에 만나서 영화를 본다. 그 후 거리를 걸으며 데이트를 하고, 승연의 집으로 이

동해서 크리스마스트리를 장식하고, 식사와 함께 케이크의
불을 끄면서 크리스마스를 축하한다.

「다 좋은데, 저녁 식사는 밖에서 하고 들어가는 게 편하지
않겠습니까?」

준수는 그렇게 제의했다.

승연을 음식 준비로 귀찮게 하고 싶지 않기도 했고, 특별
한 날이니만큼 좀 멋진 곳에서 승연과 식사를 하고 싶기도
했던 것이다. 그렇지 않아도 전에 좋은 레스토랑에 가려다
가 불발에 그친 적도 있었으니까.

그러나 승연은 웃으면서 고개를 저었다.

「집에서 같이 만들어 먹는 게 재미있을 것 같아서 그래요.
도와주실 거죠?」

「물론 돕겠지만, 그래도 크리스마스인데. 좋은 데 가지 않
아도 섭섭하지 않겠어요?」

「섭섭하긴요. 요즘 TV에서도 집밥 열풍인데 밖에서 먹는
게 뭐 좋다고요.」

준수는 별 의심 없이 그러려니 하고 받아들였다. 승연이
그러고 싶다는데 굳이 반대할 이유도 없었으니까.

그리고 드디어 크리스마스이브 당일.

준수는 점심때가 좀 지나서까지 근무하다 진호에게 뒷일
을 맡겨둔 채 병원을 빠져나왔다. 처음에 뽑을 때는 전혀 고
려하지 않았던 부분인데, 이럴 때는 진호가 모태 솔로라는

것이 그렇게 편리할 수가 없었다.

눈치를 보아하니 혜정을 짝사랑하는 모양이던데, 준수로서는 은근히 갈등되는 부분이었다. 모른 체하기도 그렇고, 아는 척하자니 또 진호에게 애인이 생겨버리면 이럴 때 일을 맡기기 힘들어질 테니까.

예전의 준수 같으면 진호가 혜정을 좋아한다는 사실조차 눈치 채지 못했을 거였다. 아예 그런 쪽으로 관심이 없었으니까. 하지만 지금의 준수에게는 뻔히 보였다. 혜정이 가끔 병원에 올 때마다 진호가 허둥지둥 옷에 묻은 개털을 털어내는 것이. 혜정이 생긋 웃으며 인사를 건넬 때마다 쑥스러워 어쩔 줄 모르는 진호의 표정이.

반면 혜정은 진호에 대해 별 생각이 없어 보였다. 그렇다고 싫어하는 건 아닌데, 그다지 남자로서 의식하고 있는 것 같지는 않았다.

조금 일찍 약속 장소인 영화관 앞에 도착해서 승연을 기다리는 동안, 준수는 속으로 그런 생각을 하고 있었다. 진호와 혜정이 과연 어울리는가?

혜정이 자신의 사촌 여동생이라 더 엄격하게 보게 된다는 페널티를 감안해도, 진호는 그리 나쁜 상대라고 생각되지 않았다. 성실한 데다 자신과는 달리 싹싹하기까지 한 녀석이었다. 무엇보다 동물을 대하는 진지한 태도가 마음에 든다. 처음부터 그래서 같이 일하려 했던 거지만.

좋아, 하고 준수는 결심했다. 크리스마스만 지나거든 승연과 의논해서 두 사람을 연결해주도록 하자. 비록 두 사람이 잘되면 이런 날 진호에게 일을 시켜먹기가 힘들어지게 된다는 점은 매우 서운하지만, 그래도 누군가의 짝사랑이 이루어진다는 건 좋은 일 아닌가.

「혜정 씨를 소개해주신다고요? 원장님께서요?」

진호의 놀라는 표정이 떠올라서, 준수는 소리 내어 쿡쿡 웃었다.

문득 그런 생각을 하고 있는 자신이 새삼 신기하게 느껴졌다. 내가 언제부터 이런 사람이 되었지.

몇 달 전까지만 해도 채 상상조차 하지 못했던 일이었다. 자신이 이렇게 크리스마스에 가슴 두근거리며 누군가를 기다리고 있을 줄은 미처 몰랐다. 하물며 다른 사람의 연애에까지 관심을 가지게 될 줄은.

확실히 민준수의 세상은 예전보다 조금 더 재미있고, 조금 더 넓어졌고, 조금 더 여러 가지 색깔로 빛나고 있었다.

사랑하기 전과 사랑한 후는 달랐다. 이제는 모든 것을 예전과는 조금 다른 눈으로 바라보고 있었다. 그렇게 만든 것이 바로 승연이었다.

그렇게 준수의 세상을 다 바꿔놓은 여자가 이윽고 가쁜 숨을 몰아쉬며 저만치서 달려오는 것이 눈에 들어왔다. 눈부시게 아름다운 모습으로.

"죄송해요. 제가 또 늦었어요!"

오늘은 아예 사람을 죽여놓을 작정인가 보다. 가끔씩 겨우겨우 옅은 분홍빛이었던 입술이, 오늘은 선명한 산호색으로 물들어 있었다.

"첫째. 3분이나 늦었습니다."

준수가 짐짓 화난 표정으로 말하자 하아하아, 뽀얗게 가쁜 숨을 몰아쉬던 승연이 살짝 긴장한 표정으로 눈치를 보았다.

"둘째. 3백 분 늦는 한이 있더라도 뛰지 마요. 넘어져 다칩니다."

승연이 그제야 풋, 하고 웃으며 눈을 흘겼다.

"셋째. 원피스도 잘 어울립니다."

그녀가 즐겨 듣는 그 라디오. 준수도 요즘 자주 챙겨 들으려고 노력하는 그 라디오에서 DJ가 그런 말을 했었다. 데이트 할 때 먼저 상대의 차림새를 칭찬하는 걸 잊지 말라고.

역시나 정답이었나 보다. 승연이 기쁜 듯이 제 차림을 내려다보았다.

"정말요?"

그녀는 코트 안에 하얀 강아지 털같이 복슬복슬한 소재의 니트 원피스를 입고 무릎 아래까지 오는 갈색 부츠를 신고 있었다. 추운데 좀 더 따뜻하게 입고 나왔으면 좋았을걸, 하는 생각은 들었지만 굳이 입 밖에 내서 말하지는 않았다. 예쁘게 보이고 싶었던 마음을 아니까.

대신에 준수는 기습적으로 승연의 입술에 짧게 키스했다.

"어머!"

순식간에 입술을 도둑맞고 만 승연이 뒤늦게 화들짝 놀라며 손으로 입을 가렸다. 그녀는 금세 발그레하게 달아오른 얼굴로 주위를 둘러보고는, 아무도 보지 못했다는 것을 알고 나서야 안심한 얼굴을 했다.

"선생님!"

원망스러운 듯이 살짝 눈을 흘기는 승연에게, 준수는 어깨를 으쓱해 보였다.

"내 잘못 아닙니다. 그러게 누가 입술 색이 그렇게 예쁘라고 했나?"

어이없는 표정이 된 승연의 어깨에 팔을 두르며, 준수는 말했다.

"자, 그럼 영화 보러 갑시다."

크리스마스이브의 영화관은 온통 커플들로 흘러넘치고 있었다. 바깥에서도 어느 정도 예상했지만, 안에 들어와 보니 아예 발 디딜 틈도 없을 정도였다. 여태 크리스마스에 데이트라는 걸 해본 적이 없어서 미처 이런 사태를 예상하지 못했던 준수는 뒤늦게 당황했다.

"이거, 표가 있을지 모르겠군요."

승연이 보고 싶어 하는 영화로 골라서 표를 살 생각이었는데 고르기는커녕 아예 선택의 여지조차 없을 것 같았다. 표가 남아 있는 영화가 있을지조차 의문이었다.

"아마 다 매진일 거예요."

승연이 곁에서 태평하게 말했다.

"괜찮아요, 제가 미리 예매했으니까."

"승연 씨가?"

"네. 저, 보고 싶었던 영화가 있었거든요."

그러면서 승연은 준수의 손을 붙잡고 발권하는 기계 쪽으로 향했다.

"죄송해요, 선생님 의견도 안 여쭤보고 멋대로 예매해서요."

티켓이 나오는 동안 승연은 사과했다. 하지만 물론 사과받을 일이 아니었다.

"승연 씨 아니었으면 아예 영화도 못 볼 뻔했군요. 다음부터는 내가 꼭 신경 쓰겠습니다."

"괜찮아요."

언제나 그렇듯 마음 넓은 아가씨는 생긋 웃었다.

영화는 크리스마스 시즌을 노려서 개봉한 가족 영화였다. 아버지가 돌아가시긴 했지만 사실 부모님에 대해 별 애틋한 감정이 없는 준수로서는 그냥 무덤덤했는데, 부모님이 다 돌아가신 승연은 좀 다른 모양이었다. 중간에 아이들이

357

부모와 헤어지는 장면에서 승연을 슬쩍 보니 어느새 눈가에 눈물이 가득 고여 있었다. 준수는 말없이 승연의 손을 꼭 잡아주었다.

그래도 이런 가족 영화의 좋은 점이 있다면, 마지막은 늘 해피 엔딩이라는 점이다. 웃으면서 즐거운 기분으로 영화관을 나올 수 있었다.

"재미있었어요!"

승연이 길게 한숨을 내쉬며 말했다.

이제는 거리를 걸으며 데이트를 할 차례였다. 다행히 겨울날치고는 비교적 포근해서 걷기에 나쁘지 않았다.

"화이트 크리스마스가 아니라서 좀 섭섭하겠군요."

"아뇨. 눈 오면 오히려 이렇게 걷기 힘들잖아요."

승연이 즐거운 듯이 말했다. 준수는 혼자 미소를 지었다. 만약에 눈이 와서 걷기 힘들었더라면, 당신은 화이트 크리스마스라서 좋다고 말했겠지.

영화를 보고 나오는 사이에 짧은 겨울 해가 기울어져 있었다. 거리에 하나둘씩 밝혀지는 네온사인이 마치 일루미네이션처럼 아름답게 보였다. 길가에 상자를 산더미처럼 내다가 쌓아놓고 파는 케이크 가게에서 경쾌한 캐럴이 흘러나왔다. 별것도 없는 거리를 둘이서 그렇게 팔짱을 끼고 즐거워하며 걸었다.

"아 참, 반지 고릅시다."

환하게 조명이 밝혀진 주얼리 숍의 쇼윈도 앞에서 준수는 걸음을 멈췄다. 승연이 짜 온 크리스마스 계획을 봤을 때부터, 이 대목에서 커플링을 사야겠다고 미리 마음먹고 있었던 터였다.

"아니에요, 괜찮아요."

하지만 승연은 고개를 저었다.

"내가 선물하고 싶어서 그러니까 사양할 거 없어요. 들어갑시다."

"사실은 제가 벌써 샀어요. 선생님 것도 같이요."

"음?"

준수는 깜짝 놀라서 승연을 바라보았다.

"제 마음에 드는 디자인으로 직접 맞추고 싶어서 그랬어요. 멋대로 해서 죄송해요."

승연이 미안한 듯이 말했다.

당황스러웠다. 크리스마스 선물로 같이 고르고 싶었던 건데, 혼자서 사버리다니.

"아니, 그런 거면 나하고 같이 가서 맞춰도 됐던 거 아닙니까?"

"거리가 좀 멀었거든요."

"멀어도 같이 가자고 말했으면 얼마든지 같이 갔을 텐데, 그걸 왜 굳이 혼자?"

서운한 마음에 저도 모르게 추궁하는 것처럼 되어버렸

다.

"죄송해요."

승연이 시무룩한 표정으로 사과하고 나서야 준수는 정신을 차렸다. 이런, 화내지 않기로 해놓고.

"미안합니다."

"아니에요. 제가 멋대로 굴었는걸요."

좀처럼 이해하기 힘든 행동인 것은 사실이지만 화낼 일까지는 아니다. 그렇게 생각하며 준수는 목소리를 누그러뜨렸다.

"그래서, 반지는 어디 있죠? 승연 씨가 그렇게 마음에 들어 한 디자인이 어떤 건지 궁금한데."

"집에요. 이따가 케이크 자르면서 서로 끼워주는 게 좋을 것 같아서요."

"그럼 이만 케이크 사서 집에 들어갈까요? 추운데."

손을 뻗어 승연의 코트 깃을 꼭 여며주면서 말하자 승연이 고개를 저었다.

"아녜요, 케이크도 미리 집에 사뒀어요."

그때, 비로소 처음으로 준수는 조금 이상하다는 생각을 했다. 하나부터 열까지 승연이 미리 다 준비한 것 같은 느낌이 드는 것이었다.

물론 미리 꼼꼼하게 데이트를 준비하는 게 나쁜 일은 아니다. 그런데 이건 느낌이 좀 달랐다. 뭐랄까, 마치……

하지만 준수가 더 깊이 생각하기 전에 승연이 팔짱을 끼고 그를 이끌었다.

"우리 얼른 가서 저녁 준비해요, 선생님!"

들뜬 목소리에 골치 아픈 생각은 금세 어디론가 날아가버렸다.

승연은 식사 준비를 도와달라고 말했었지만 정작 집에 가보니 별로 도울 것도 없었다. 미리 승연이 사전에 대강 준비를 끝내놓았기 때문이었다.

결국 준수가 한 일이라고는 이미 다 손질해서 씻어놓기까지 한 샐러드 채소를 볼에 담아 치즈를 뿌리고, 고타츠 위에 테이블 세팅을 한 것 정도였다.

그리고 나서도 시간이 남아서, 승연이 음식 준비를 하는 동안 준수는 트리를 꾸몄다. 거실에 놓여 있는 전나무에 빨간색과 금색 공 모양의 오너먼트들을 달고, 꼬마전구들이 달린 전선을 두르고 스위치를 켜자 거실 분위기가 확 달라졌다.

"와, 크리스마스네요!"

주방에서 음식을 가져오던 승연이 감탄사를 발했다.

저녁 메뉴는 양파와 마늘로 속을 채워 오븐에 구운 치킨과 모시조개를 듬뿍 넣은 봉골레 파스타, 그리고 리코타 치즈를 넣은 샐러드에 와인.

빨간색과 녹색으로 짜인 테이블매트 위에 음식들을 차려 놓고, 트리의 꼬마전구에서 나오는 불빛으로 조명을 대신하자 크리스마스 분위기가 물씬 났다.

"김밥만 잘 만드는 줄 알았는데."

준수가 음식을 먹어보고 감탄하자 승연이 생긋 웃었다.

"그러니까 괜히 나가서 돈 쓰지 말고 앞으로 이렇게 집에서 먹어요."

로맨틱하고도 즐거운 분위기 한가운데서 또다시 준수는 불현듯 이질감을 느꼈다. 아까 거리에서 받았던 것과도 같은 느낌이었다.

이번에는 직접적으로 단어가 나와서 좀 더 확실히 알았다.

그래, 돈.

불현듯이 떠오르는 게 있었다. 가만, 그러고 보니 요즘 내가 돈을 낸 적이 있던가?

그러고 보니 승연이 요즘 어딘가 이상했다. 계속 자신이 돈을 쓰지 못하도록 하고 있는 것 같다. 하도 교묘하게 하는 바람에 여태 눈치 채지 못하고 있었는데.

준수는 얼른 오늘 하루의 기억을 돌려보았다. 오늘 내가 지갑을 꺼낸 적이 있었나?

영화 표는 미리 승연이 예매해 왔다. 반지를 선물하겠다고 했더니 자신이 미리 사뒀다고 했다. 케이크도 마찬가지였다. 식사도 원래 자신은 밖에서 먹자고 했었는데, 승연이 괜찮다면서 굳이 집에서 만들어 먹자고 했다. 물론 재료 값은 승연이 냈고.

그제야 준수는 확실히 깨달았다. 결국 자신은 오늘 한 푼도 쓴 적이 없다는 것을.

"리코타 치즈 맛있죠? 이거 집에서 만든 건데, 되게 쉬워요."

술이 약한 모양이다. 조금씩 마신 와인에 취기가 올라 들떠 보이는 승연의 얼굴을 바라보며, 준수는 속으로 생각했다.

이게 우연의 일치일 리 없다. 분명히 승연은 자신에게 최대한 돈을 쓰지 못하게 만들고 있었다. 그것도 이쪽이 눈치 못 채게, 이런저런 핑계를 다 대가면서.

대체 왜?

병원 재정이 별로 안 좋다는 얘기를 들어서 그러는 건가 싶어서 자존심이 좀 상했다. 아니, 아무리 그래도 찻값이나 케이크 값, 영화 표 값까지 못 쓰게 하는 것은 좀 심하지 않은가. 그게 얼마나 한다고.

"맛있네요. 그래도 우유로 만든 거니까 고양이들한테는 주면 안 됩니다."

일단 속마음을 감추고 준수는 태연하게 이야기를 나누며 식사를 마쳤다.

식사 후 테이블을 정리하고 나자 승연이 케이크를 꺼내왔다. 과일이 예쁘게 장식된 케이크를 테이블 한가운데에 올려놓고 촛불까지 붙이고, 둘이서 한참 불빛을 바라보았다.

"그런데 선생님."

승연이 턱을 괴고 준수에게로 시선을 돌리며 궁금하다는 듯이 말했다.

"저한테 크리스마스에 받고 싶은 선물이라는 게 뭐였어요?"

아, 그거.

"부탁한 지 꽤 오래됐는데, 좀처럼 들어줄 생각이 없어 보여서."

얼굴에 미소를 거두고 허리를 곧게 펴면서, 준수는 말했다.

"이제 슬슬 준수 씨라고 불러주지 않겠습니까?"

"아……!"

와인 때문에 그렇지 않아도 발그레해져 있던 승연의 얼굴이 삽시간에 새빨갛게 물드는 것이 보였다.

"그리고 내친김에 하나 더 대답해주면 좋겠는데."

얘기가 길어질 것 같다. 우선 케이크의 촛불부터 훅 불어 끄고 나서, 준수는 또다시 질문을 던졌다.

"대체 왜 그렇게 나한테 돈을 못 쓰게 하는 겁니까?"

승연이 깜짝 놀란 눈으로 준수를 쳐다보았다. 역시나, 내 생각이 맞았구나. 준수는 쓴웃음을 지었다.

"우리 병원이 떼돈 벌 정도까지는 아니어도 적자는 아닙니다. 그런데 왜 승연 씨가 그렇게까지 걱정하는지 도저히 모르겠네요."

"죄송해요."

승연이 조그맣게 사과했다.

"사과를 받으려는 게 아닙니다. 걱정해주는 건 고마워요. 단지 난 정말로 모르겠어서."

"전…… 그냥, 선생님이 빚을 빨리 갚으셨으면 해서요."

승연이 새빨개진 얼굴로 겨우 중얼거렸다. 목소리가 얼마나 기어 들어가는지 알아듣기도 힘들었다. 아니, 그게 그렇게 부끄러운 말인가?

"빚?"

준수는 고개를 갸웃거렸다. 빚이라면 개업할 때 은행에서 받은 대출이 아직 좀 남아 있기는 했다. 하지만 이제 거의 다 갚고 겨우 2, 3천 정도 남았을 뿐인데. 대체 그게 뭐 그리 큰 문제란 말인가.

이래저래 승연의 말이 이해가 가지 않았다. 이건 뭔가 있다 싶어서 준수는 안색을 바꾸고 따져 묻다시피 했다.

"누가 승연 씨한테 그런 얘기를 했습니까?"

"아니에요, 그냥 병원 차릴 때 대출받지 않으셨을까 싶어서요."

대답은 그렇게 하면서 눈길을 피한다. 거짓말이라는 걸
바로 알았다.

"혜정이가?"

"아니라니까요. 그런 말 한 사람 없어요."

혜정도 아닌가 보다. 그럼 대체 누가…… 그렇게 생각하
다 준수는 순간적으로 가슴이 철렁했다. 설마.

"우리 어머니는 아니겠죠?"

묻자마자 승연은 과도하게 펄쩍 뛰었다.

"아, 아니에요!"

젠장, 어머니였군.

준수는 믿을 수가 없었다. 혹시나 그러실까 봐 미리 제발
끼어들지 말아달라고 그렇게 부탁까지 해두었는데! 대체 승
연에게 찾아가서 무슨 쓸데없는 소리를 하신 것일까.

"어머니가 내 빚이 얼마라고 했습니까?"

"글쎄, 아니라니까요."

"삼자대면을 하는 수가 있습니다."

으름장을 놓자 승연은 금세 기가 죽었다.

"그러니까 얼마?"

"2, 3억 정도 될 거라고……."

이럴 수가. 준수는 눈을 감아버렸다. 자신이 걱정했던 건
기껏해야 찾아가서 과도하게 친한 체를 해서 미리부터 부담

스럽게 만들까 봐 막았던 건데, 이건 예상을 훌쩍 뛰어넘고 있었다.

웬만한 여자 같으면 도망갈 수도 있는 거짓말을 대체 왜 하신 건지 이해가 안 됐다.

"선생님. ……아니, 준수 씨."

귀에 익지 않은 호칭에 준수는 흠칫 놀라서 눈을 떴다.

뭔가 결심에 찬 듯한 승연의 눈빛이 준수를 응시하고 있었다. 그러면서도 역시 말을 꺼내기 힘든지, 한 번 더 부른다.

"준수 씨."

준수는 부드럽게 대답했다.

"듣고 있습니다, 민준수."

저어, 하더니 승연은 잠시 말을 멈췄다. 꿀꺽, 하고 하얀 목이 울리는 것이 눈에 보였다.

"저한테 그러셨잖아요. 문제가 해결되면 그때 정식으로 청혼하시겠다고요."

"그랬습니다만."

"그 문제, 그냥 저랑 같이 해결하면 안 될까요?"

준수는 놀랐다. 그 문제가 뭔지 그녀가 알고 있단 말인가.

"네, 물론 제가 기다리겠다고 대답했어요. 진짜 기다리려고 했고요."

승연은 마치 하소연하는 것 같은 말투로 이야기를 시작했다.

"그런데 그게 뭔지 알고 나니까 너무 까마득한 거예요. 그 큰돈을 선생님, 아니, 준수 씨 혼자 다 갚으려면 몇 년이 걸릴지 모르잖아요. 그러느니 그냥 저랑 같이 갚으면 훨씬 빨리 해결할 수 있는데요."

승연이 갑자기 케이크 옆에 놓인 와인 잔을 들더니 단숨에 마셔버렸다.

"준수 씨 어머님도 절대 내색하지 말아달라고 하셨고, 또 준수 씨 자존심 상할까 봐 차마 말도 못 하겠고 해서 그냥 참으려고 했는데요. 그런데 어차피 이렇게 들켰으니까 저 그냥 말할래요."

준수는 어안이 벙벙해서 승연을 물끄러미 바라보고 있었다. 뭐랄까, 잘못된 방향으로 미친 듯이 달려가는 폭주 기관차를 보는 기분이다. 그런데 별로 정정해주고 싶지가 않다. 그냥 어디까지 가는지 두고 보고 싶다.

"그 돈, 그냥 제가 갚게 해주시면 안 될까요?"

이제 승연의 새빨개진 얼굴은 완전히 울상이 되어 있었다.

"저 돈 있어요. 제가 충분히 갚아드릴 수 있어요."

긴장한 듯한 눈빛이 간절하게 매달리듯 준수를 바라보았다.

대답을 해야 되는 타이밍인 것 같다. 그런데 문제는 이 아가씨가 심각하게 착각을 하고 있다는 거지. 어디부터 정정을 해줘야 할까 생각하며 준수는 일단 진정시키듯 입을 열었다.

"승연 씨. 마음은 고맙지만……."

그 이상 듣기도 전에 승연의 눈빛이 실망감으로 가득 찼다.

"어차피 결혼하면 다 그 돈이 그 돈이잖아요!"

기어이 눈에 눈물이 그렁해지더니 승연은 두 손으로 얼굴을 감싸고 말았다.

"……."

눈앞에서 소리 없이 어깨가 물결친다. 준수는 난감해졌다.

방금 승연은 자신에게 먼저 프러포즈를 한 거나 마찬가지였다. 그 문제 제가 해결해드릴 테니까 빨리 청혼해주세요, 라고 말한 거니까.

물론 술기운도 도왔겠지만, 여자가 먼저 그렇게 말하는 데까지는 얼마나 큰 용기가 필요했을까. 그런데 이쪽이 선뜻 받아들이지 않으니 창피하고 속상한 마음에 승연이 눈물을 흘리는 것도 무리가 아니었다.

준수는 속으로 중얼거렸다. 당신은 속상한데 나는 기뻐서 미안합니다. 당신은 지금 죽도록 창피할 텐데 나는 이렇게 웃음이 날 정도로 행복해서.

어쨌든 설명을 하더라도 일단은 달래는 게 먼저다. 준수는 승연을 끌어당겨 품에 안았다.

"어머니가 거짓말을 하신 겁니다. 그런 무시무시한 빚 같은 거 없어요."

어깨를 가만히 토닥이며 말하자 놀란 듯이 울음이 멈췄다.

"이유는 나도 모르겠네요, 왜 그러셨는지."

잠시 후 승연이 천천히 얼굴을 들었다. 달래듯 이마에 살며시 입술을 갖다대자 승연이 젖은 속눈썹을 깜빡이며 물었다.

"빚이…… 없다고요?"

"없습니다. 아니, 좀 남아 있긴 한데 기껏해야 2, 3천 정도."

내친김에 준수는 자신의 상황을 조금 더 정확히 설명하기로 했다.

"오해가 있었던 것 같은데 사실 경제적으로 어려운 편은 아닙니다. 병원이 있는 건물도 이제 내 명의로 넘어왔고, 그 외에도 이것저것 있습니다."

"네?"

"맡겨놨던 걸 최근에 찾아왔습니다. 그렇게만 알아두면 됩니다."

그렇게 말하고 준수는 병원에 대해 설명했다.

"병원 운영은 아직도 겨우 적자를 면할까 말까 한 수준이긴 합니다. 하지만 이제 월세는 낼 필요가 없어졌고, 반대로 건물에 세든 다른 점포들에서 월세 수입이 생겼어요. 내가 장비 욕심이 큰 편이라 그동안 흑자 내기가 더 어려웠던 건데, 이제 장비도 갖출 만큼 갖췄으니 점점 나아질 겁니다."

이해하기 힘들다는 듯이 쳐다보는 승연을 향해, 준수는 힘주어 말했다.

"한마디로 승연 씨는 걱정하지 않아도 된다는 겁니다."

그렇게 말하고 나서 준수는 다시금 승연을 제 가슴에 기대게 하고 손끝으로 가만히 머리칼을 쓰다듬어주었다. 속상하게 만들어 미안합니다, 하고 사과하듯이.

"그럼 빚이 아니면 뭐였어요? 그 문제라는 거."

준수의 가슴에 기댄 채 승연이 물었다.

준수는 잠시 주저했다. 원래는 승연에게 말할 생각이 없었다. 온전히 자기 자신의 문제니까, 해결도 혼자서 하는 게 옳다고 생각했었으니까. 그저 말하는 것 자체로 마음의 짐을 나눠 지게 만드는 것 같아서 아예 얘기하고 싶지 않았다.

하지만 지금은 좀 다르게 생각되었다. 진작 솔직하게 털어놓고 말했더라면 승연이 이렇게 혼자서 애를 태울 일도 없었을 텐데.

결단이 빠른 타입이었다. 준수는 오래지 않아 고민을 끝내고 입을 열었다.

"오랫동안 마음에 품어온 문제가 있습니다."

「오랫동안 마음에 품어온 문제가 있습니다.」

그렇게 말을 꺼내놓고도 정작 준수는 한참 동안 입을 다물고 있었다. 천천히 생각을 정리하는 것 같았다. 승연은 가만히 그의 품에서 빠져나와 자세를 바르게 하고 마주 앉았다. 그리고 그가 다시 입을 열 때까지 조용히 기다렸다.

한참 후, 준수는 다시 말했다.

"돌아가신 아버지는 사업 수완 하나는 뛰어난 사람이었지만 성격은 굉장히 나빴습니다. 그 이상 나쁘기도 힘들 정도로."

"전에 들은 적 있어요."

"아마 손버릇도 좋지 않았다는 얘기까지는 안 했을 겁니다."

"아……."

"가끔씩 손찌검을 하곤 했죠. 나는 아니고, 어머니한테."

말투는 담담했지만 준수의 얼굴에는 괴로움이 어려 있었다.

"그럴 때마다 생각했습니다. 왜 어머니는 아버지와 헤어지지 않을까, 하고. 울면서 어머니한테 제발 멀리 도망가자고, 우리 둘이서만 살자고 애원해본 적도 몇 번이나 있었어요. 그런데 어머니는 결국 아무것도 하지 않았죠. 도망가는 것도, 아버지와 헤어지는 것도.

나로서는 도저히 이해가 안 갔습니다. 외가도 먹고살 만한 집안이었고, 외할머니가 손자인 나를 꽤 귀여워해주셨으니까 이혼하고 가더라도 아마 받아줬을 텐데 대체 왜.

어쨌든 그런 일이 계속되니까 어머니한테도 점점 포기가 되어갔습니다. 물론 어머니가 가엾다고 생각하면서도, 가끔은 오히려 아버지보다 어머니가 더 원망스럽기도 했어요. 아버지야 어쨌든 어머니가 선택한 거지만, 나는 아버지를 선택하지 않았는데 어머니 때문에 강제로 아버지하고 같이 살아야 하니까.

그렇게 부모에게마저 애정을 품지 못하게 되니까 사람 자체에 점점 애정이 없어지더군요. 그 대신에 정을 붙였던 게 동물이었습니다."

동물 얘기가 나오자 그때까지 굳어 있던 준수의 얼굴이 조금 부드러워졌다.

"동물이라면 뭐든지 좋았어요. 고양이나 개뿐 아니라 토끼나 새도 좋았고. 하다못해 방에서 부모님 몰래 조그만 생쥐도 키워봤습니다. 햄스터 말고 진짜 쥐."

"아……."

그제야 승연은 준수가 동물에 각별히 애정을 품는 이유를 알았다. 아버지가 어머니를 때리는 지옥 같은 집. 혼자 제

방에 틀어박혀 생쥐와 놀았을 소년을 떠올리자 눈시울이 뜨거워졌다.

"중학교 2학년이 되니까 내 키가 아버지보다 더 커지더군요. 그리고 중 3때 처음으로 어머니에게 손찌검을 하는 아버지를 때렸어요."

준수의 얼굴에 순간적으로 혐오감이 어렸다.

"그때 나도 아버지하고 다를 바 없는 인간이라는 걸 알았습니다."

승연은 조심스럽게 부정했다.

"그건 준수 씨 잘못이 아니에요. 어머님을 지키고 싶었던 거잖아요."

"아니, 그런 게 아닙니다. 나 자신은 알아요."

준수가 세차게 고개를 저었다.

"그저 그 순간 화가 폭발했던 것뿐입니다. 어머니를 지키려고 했던 거라면 그저 말리는 정도로도 충분했을 겁니다. 아버지는 그때 벌써 힘으로는 나한테 상대가 안 됐으니까. 정신을 차려보니 아버지는 맞아서 기절해 있고, 어머니는 울면서 날 뜯어말리고 있더군요."

승연은 놀랐다.

"결국 나는 내 분을 못 참아서 친아버지를 폭행한 것에 지나지 않습니다. 정당방위도, 무엇도 아니었어요. 아버지가 저지른 것도 폭력이고, 내가 저지른 것도 폭력입니다."

준수는 괴로운 듯이 말했다.

"그 후로 아버지는 한 번도 어머니나 나를 건드리지 않았습니다. 나중에 내가 의대가 아니라 수의대에 가겠다고 했을 때 화를 낸 것 말고는 대화를 한 적도 없었습니다. 돌아가실 때까지."

승연은 저도 모르게 그때까지 참고 있던 한숨을 내쉬었다.

"……많이 힘들었겠어요."

"타고난 성격 자체가 아버지를 닮은 편이라는 거, 그전부터 알고는 있었어요. 어머니도 늘 그렇게 말씀하셨고. 하지만 난 절대로 아버지처럼 되지는 말아야겠다, 저렇게는 살지 말아야겠다고 늘 다짐했었죠. 그런데 아버지에게 폭력을 휘두른 순간 깨달았던 겁니다. 그게 내 마음대로 되는 일이 아니라는 걸, 나도 어차피 아버지와 같은 인간이라는 걸."

"준수 씨……."

"그래서 평생 결혼하지 않겠다고 다짐했던 겁니다. 어차피 결혼해봤자 언젠가 나도 아내를 때리는 인간이 될 게 틀림없으니까."

"그렇지 않을 거예요. 아내를 진심으로 사랑한다면……."

"아니, 그건 문제가 달라요."

그는 승연이 말을 맺기도 전에 가로챘다.

"아버지도 어머니를 무척 사랑은 했습니다. 성격이 제멋대로에다 독설가여서 그렇지, 평소엔 꽤 잘해줬죠. 때릴 때마다 무척 후회도 했고요."

준수의 입가에 조소가 떠올랐다.

"제 손으로 때려놓고 멍든 곳에 찜질을 해주는 인간만은 되고 싶지 않았던 겁니다."

알 것 같았다. 아무리 사랑하지도, 존경하지도 않았던 아버지라 해도 친아버지인데 자기 손으로 때렸으니 얼마나 충격이 컸을까. 게다가 준수는 그때 사춘기였는데.

"그때 이후로 여태껏 결혼할 생각이 전혀 없었습니다. 바로 얼마 전까지도."

준수의 목소리가 침착해졌다. 표정에도 평온함이 되돌아왔다. 그가 자신을 떠올렸다는 것을 승연은 알았다.

내게 그의 마음을 가라앉히는 힘이 있구나. 내가 민준수에게 그런 존재구나. 그 와중에도 그 사실이 기뻐서, 승연은 지그시 입술을 깨물었다.

"나는 당신과 결혼하고 싶습니다. 솔직히 말해서 승연 씨가 눈앞에서 다른 남자에게 프러포즈를 받는 걸 봤을 때는 앞뒤 가리지 않고 청혼하려고도 했었습니다. 빼앗기기는 싫었으니까."

진지한 눈빛이 승연을 응시해왔다.

"하지만 내 안에 남은 마지막 문제에 여태 확신이 없습니다. 정말로, 내가……."

준수는 차마 말하기가 괴로운 듯이 이를 악물었다.

"……평생 당신을 때리지 않을 수 있을까?"

손이 뻗어 왔다.

"지금은 그러지 않을 수 있을 것 같아. 이렇게 예쁘고 사랑스러우니까, 만지고 바라보기조차도 아까우니까. 승연 씨에게 손찌검을 하느니 차라리 죽는 게 나을 것 같은 기분입니다."

마치 부서질까 조심스러워하듯, 준수가 승연의 가느다란 손가락을 가만히 손끝으로 어루만졌다.

"하지만 10년 후, 20년 후, 30년 후에까지 내가 같은 마음일지 모르겠어. 싸웠을 때도, 당신이 죽도록 미울 때도, 화가 머리끝까지 치밀었을 때도 여전히 그것만은 같을지, 도저히 모르겠습니다. 내가 나를 믿을 수가 없어요."

승연의 눈동자를 들여다보며, 준수는 매달리듯 말했다.

"심리 치료를 받고 나서 정식으로 청혼하겠습니다. 물론, 치료를 받는다고 해서 완전히 고쳐질 거라는 보장은 없지만 지금으로서는 그게 내가 할 수 있는 최선입니다."

승연은 고개를 저었다.

"아뇨, 그럴 필요 없어요. 준수 씨는 그러지 않을 거니까요."

"대체 뭘 보고 그렇게 말하는 겁니까? 나조차도 장담할 수가 없는데."

승연은 웃고 되물었다.

"우리 내일 아침에 뭐 먹을까요?"

준수가 당황한 눈으로 바라보았다.

"글쎄, 그건 그때 가봐야……."

"그것 봐요. 당장 내일 아침에 자기가 뭘 먹고 싶어질지도 모르잖아요. 그런데 누가 10년, 20년, 30년 후의 일을 확신할 수 있겠어요?"

가만히 준수의 손을 마주잡으며, 승연은 힘주어 말했다.

"그건 준수 씨 아니라 세상 누구라도 장담할 수 없는 거예요."

준수의 눈이 커졌다.

"그러니까 확신할 수 없는 문제를 가지고 너무 애쓰지 말았으면 좋겠어요."

"하지만, 확신조차 없이 어떻게, 나 같은 사람이, 차마……."

더듬거리며 준수는 말했다.

"마지막으로 사람을 때렸던 게 언제예요?"

"그때 이후로는……."

준수가 고개를 저었다.

"그러면 그게 벌써 20년이 다 되어가는 일이잖아요. 이제 그만 잊어버려요."

죄를 사하는 신부님처럼, 말썽꾸러기 소년을 귀여워하는 선생님처럼, 승연이 준수의 머리에 살짝 손을 얹고 미소를 지었다.

"준수 씨는 아버님과는 달라요. 다르니까 그런 옛날 일로 여태 괴로워하고 있는 거예요."

승연은 확신에 차서 말했다. 물이 얼어서 얼음이 되는 것보다도, 겨울이 지나가면 봄이 오는 것보다도, 그녀에게는 이게 더 당연하고도 확실한 일이었다.

"다르지 않아. 몰라서 그러는 겁니다. 어머니도 늘 나는 아버지와 닮았다고……."

반항하듯 제멋대로 움직이는 입술을 승연이 쉿, 하며 손가락으로 막았다. 생각 같아서는 입술로 막고 싶었지만 참은 거였다. 이 남자는 어쩌면 이렇게 사랑스러울까. 멋있는 줄이야 진작 알았지만, 이렇게 귀여운 줄은 미처 몰랐다.

"닮은 부분이 보이거든 내가 곁에서 진정시켜줄게요. 우리 같이 이겨내요."

"못 고치면?"

"고칠 수 있어요."

대답을 바란 게 아니었나 보다. 승연의 말을 듣지 못한 것처럼, 준수는 재차 물었다.

"나를 버릴 겁니까?"

하마터면 웃어버릴 뻔했다. 하지만 그러기에는 준수가 너무 진지한 표정을 하고 있었다.

"아뇨. 저한테 가라시기 전에는 절대로."

승연은 준수의 눈동자를 마주 보며 힘주어 말했다.

"사랑합니다."

그렇게 말하는 준수의 목소리가 떨리고 있었다.

"저도요."

갑자기 준수가 테이블 위를 두리번거렸다. 뭔가 굉장히 다급한 듯한 시선에 승연은 금세 그가 뭘 찾고 있는지 눈치 챘다.

"저기, 테이블 아래요."

눈짓으로 가르쳐주자 준수가 어색하게 담요 아래에 손을 넣었다. 그 안에서 승연이 미리 넣어두었던 반지 상자가 나 왔다.

승연이 내민 손가락에, 준수가 떨리는 손으로 반지를 끼 워주며 속삭였다.

"우리 결혼합시다."

상자 안에 아직 반지 하나가 남아 있었다. 그 반지를 마저 꺼내며 승연은 마음속으로 생각했다.

당신이 좋은 사람이라는 걸 알아요.

하지만 살다 보면 당신 안에 있는, 자신도 그토록 싫어하 는 거친 부분이 가끔 밖으로 드러나는 순간도 있겠죠.

그런 날은 내가 다독거려서 진정시켜줄게요.

내가 당신 안의 폭풍을 가라앉혀줄게요. ……우리가 처 음 만났던 그날처럼.

여태 떨리고 있는 준수의 손가락에 반지를 끼워주고 나서, 승연은 그제야 활짝 웃으며 대답했다.

　"네!"

크리스마스에 청혼을 받고 그다음 해 봄에 승연은 준수와 결혼했다.

결혼식이 4월 초였으니까 실제 결혼 준비 기간은 석 달 정도밖에 안 되는 셈이었는데, 보통 다른 사람들 같으면 꽤 짧은 기간에 속하겠지만 두 사람의 경우는 별로 준비할 게 없어서 오히려 여유로운 편이었다.

일단 준수가 혼자 살고 있던 아파트를 정리하고 승연의 집으로 들어와서 함께 살기로 했기 때문에 따로 신혼집 준비가 필요 없었다. 가구나 살림도 원래 쓰던 것들을 계속 쓰게 되어서, 싱글 침대를 더블로 바꾸고 2인용 그릇 세트를 새로 장만한 것 이외에는 모두 그대로였다.

결혼식 자체도 그랬다. 두 사람 다 원래 시끌벅적하고 화려한 것을 좋아하는 성미도 아니었지만, 현실적으로 그렇게 되지도 않았다. 준수의 경우에는 성격 탓에 원래부터 지인이 많지 않았고, 승연은 대학을 졸업한 지도 오래된 데다 직장 생활을 하지 않았으니 역시 하객이 많지 않을 게 뻔했다.

게다가 승연 쪽은 부모님도 안 계시니, 결국은 결혼식장에 온통 준수의 어머니인 선희의 지인들만 우글거릴 공산이 컸다. 그런 상황만은 딱 질색이었던 준수는 애초부터 제 어머니에게 딱 못을 박아두었다.

"딱 스무 명만 초대하세요."

아들의 말에 선희는 못내 속상해했다. 교회 친구와 절 친구들은 종교 갈등을 고려해서 빼더라도, 이런저런 계모임 회원들만 따져도 백 명은 될 거라면서. 하지만 한 번 말하면 타협이 없는 아들이라는 걸 알기 때문에 울며 겨자 먹기로 장고 끝에 결국 스무 명을 골라냈다. 참고로 이 정예 지인 스무 명을 고르는 데 꼬박 한 달이 걸렸다는 소문이 있었다.

결국 본의 아니게 요즘 유행한다는 스몰 웨딩이 돼버렸는데, 말만 스몰 웨딩이지 비용은 일반적인 결혼식보다 훨씬 더 드는 그런 결혼식이 아니라 글자 그대로 진짜 스몰 웨딩이었다. 지역에 있는 평범한 예식장에서, 양가 친지와 지인들을 합쳐서 채 50명도 안 되는 인원으로 조촐하게 결혼식을 올렸으니까.

신혼여행도 가까운 홍콩으로 간단하게 다녀왔다.

"그래도 한 번뿐인 신혼여행인데, 나중에 섭섭하지 않겠습니까?"

준수는 그렇게 걱정해주었다. 승연만 원한다면 좀 더 오랫동안, 멀리 가도 좋다면서.

"아녜요, 괜찮아요. 동네 장사라는 게 너무 가게 오래 닫아놓으면 손님 떨어져요."

말은 그렇게 했지만 사실 이유는 자신이 아니라 준수의 병원 때문이었다. 김밥을 못 먹는다고 사람이 죽지는 않지만 수의사가 없으면 동물은 목숨이 위험하다. 물론 진호와 선영이 있긴 하지만, 그래도 병원을 오래 비우면 준수의 마음이 편치 못할 거라는 걸 승연은 잘 알고 있었다.

결국 결혼식도, 신혼여행도 모두 일사천리로 간단히 끝내버렸지만 승연은 조금도 서운하지 않았다. 그 뒤에 이어진 신혼이, 허니문이라는 말 그대로 꿀처럼 달았기 때문에.

어디선가 아련하게 구수한 냄새가 났다.

누룽지 끓이는 냄새 같은데. 살짝 새콤한 냄새도 섞인 게, 김치를 새로 꺼내 썰고 있는 것 같기도 하고. 희미하게 기름 냄새도 나는 것 같고. 아, 맛있겠다…….

비몽사몽간에 생각하던 승연은 순간 소스라쳐 눈을 떴다.

맙소사, 또야!

튕기듯 몸을 일으켜 옆을 보자 역시나 텅 비어 있었다. 잠시 준수의 빈자리를 원망스럽게 내려다보다가 승연은 침대에서 내려왔다. 마루로 나가는 그 몇 걸음 안 되는 사이에 허리가 아련하게 욱신거렸다.

역시나 준수는 주방에 있었다. 앞치마를 두르고, 손에는 뒤집개를 들고.

"준수 씨!"

승연은 원망스럽게 준수를 불렀다.

"말 시키지 맙시다. 달걀 말기 직전이니까."

준수가 뒤도 안 돌아보고 대꾸했다. 승연이 흘깃 보자 마루에 놓인 테이블 위에 벌써 아침상이 정갈하게 차려져 있었다. 즉 달걀말이는 도시락 반찬인 거다.

결혼한 지 한 달째. 준수는 이렇게 매일 아침 승연보다 먼저 일어나서 아침을 준비하고, 거기에 승연의 점심 도시락까지 싸주고 있었다.

"더 잘 수 있잖아요. 준수 씨는 저보다 출근도 늦은데!"

"그러니까 내가 하는 겁니다. 승연 씨는 아침에 바쁘니까."

제발 그러지 말라고 승연이 펄쩍 뛰어도 준수는 아랑곳없었다.

똑같이 일하는 처지인데 일방적으로 아침에다 점심 도시락까지 매일 얻어먹자니 마음이 편할 리 없었다. 말려도 준수가 말을 듣지 않으니, 차라리 내가 하겠다는 생각에 알람을 맞춰두고 새벽같이 일어나보기도 했다.

하지만 기본적으로 아침에 눈을 뜨기가 쉽지 않았다. 두 사람은 아직 신혼이었고, 사랑만 나누기에도 봄밤은 무척

짧았으니까. 준수는 용케 그러고도 아무렇지 않아 보였지만 상대적으로 체력이 약한 승연은 밤새 사랑받고 나서 아침에 일어나면 다리가 후들후들 떨릴 때도 많았다. 그러니 피곤한 나머지 알람이 울려도 잠결에 그냥 꺼버리고 계속 잘 수밖에.

용케 일어나는 데 성공했다 해도 문제는 또 있었다. 승연이 일어나는 기척이 나면 준수는 귀신같이 잠에서 깨서 꽉 껴안고 놔주지 않았다. 잠시 실랑이를 한 끝에 이른 아침부터 또 사랑을 나누고, 결국 지쳐서 도로 곯아떨어지는 것이었다. 그리고 다시 눈을 떠보면 준수가 벌써 아침 준비에 도시락까지 다 싸둔 후였고.

그런 생활이 한 달째 계속되고 있었다.

"글쎄, 저 원래도 아침 안 먹고 다녔다니까요?"

승연이 답답한 나머지 눈을 흘기자 준수가 태연하게 대답했다.

"나도 안 먹고 다녔는데."

"그런데 왜 갑자기 이러시는데요?"

"돈 잘 버는 마누라 외조하는 겁니다."

준수는 웃지도 않고 농담을 하고, 엄청난 집중력을 발휘해서 조심조심 달걀을 말기 시작했다. 옆에서 프라이팬 안을 슬쩍 들여다본 승연은 속으로 한숨을 쉬었다. 벌써 늦었네. 좀 더 빨리 말았어야지. 하지만 겉으로는 한 마디도 참견하지 않았다.

아니나 다를까, 달걀말이는 실패로 돌아갔다. 이미 달걀 물이 너무 많이 익은 후에 마는 바람에 제대로 말리지 않고 도로 풀려버린 거였다. 결국 달걀말이가 아니라 달걀 지단에 가깝게 되어버리고 말았다.

"이런."

준수는 낭패한 표정으로 주방 벽에 걸린 시계를 보았다.

"다시 만들긴 시간이 없고, 그냥 달걀프라이로 대체합시다. 이건 지금 먹고."

"괜찮아요. 그냥 밥 시켜 먹을게요. 김밥 먹어도 되고요."

하지만 역시나 준수는 들은 체도 하지 않고 냉장고에서 새로 달걀을 꺼냈다. 하여튼 이 남자, 고집 하나는 알아줘야 한다.

승연은 한숨을 푹 쉬었다.

"그럴 거면 준수 씨 것도 같이 싸요."

"나는 직원들이랑 같이 먹어야 된다고 몇 번을 말합니까."

기어이 달걀프라이를 새로 해서 밑반찬들과 함께 승연의 도시락을 싸놓고 나서야 준수는 앞치마를 벗었다.

"자, 이제 아침 먹읍시다."

두 사람은 마루에 놓인 테이블에 마주 앉았다. 둘 다 좌식 생활이 편해서, 의자를 사용해야 하는 식탁은 들이지 않았다. 거실로 사용하는 마루에도 소파 대신에 커다란 등받이만 놔두었다.

사실 결혼 준비를 할 때 승연은 끝까지 소파를 살까 말까 고민했었다. 무엇보다 혜정이 꼭 필요하다고 주장했기 때문이었다.

「내 말 들어. 남편들 다른 건 몰라도 소파랑 TV에는 엄청 집착한다, 너?」

하지만 정작 남편이 될 준수는 딱 잘라 말했다. 필요 없으니까 절대 사지 말라고.

결국 에이, 나중에 필요해지면 사지, 하는 생각에 일단 그만두었는데 한 달 살아보니 없는 게 오히려 편하긴 한 것 같았다. 주말에 같이 아무렇게나 드러누워 TV를 보다가 껴안고 키스하기도 좋고, 그러다가 자연스럽게……

「그것 봐요. 안 사길 잘하지 않았습니까?」

준수는 의기양양하게 말했지만, 승연으로서는 이게 과연 잘한 건지 아리송하기도 했다.

오늘 아침 메뉴는 부드럽게 끓인 누룽지에 김치, 밑반찬에 아까 망친 달걀말이.

"김치 다 먹고 나면 어머님이 또 담가주신다고, 떨어지면 말하라고 하셨어요. 앞으로도 김치는 계속 담가주실 테니까 걱정 말라고요."

준수는 별 대꾸 없이 숟가락을 움직였다. 자기 어머니 얘기가 나오면 늘 그렇듯이.

"저기, 다음 주 월요일이 어버이날이잖아요. 어머님이랑 같이 식사라도 하면 좋을 텐데요."

승연이 살짝 눈치를 보며 말하자 그제야 준수는 입을 열었다.

"그런 거 챙기는 집안 아닙니다. 신경 안 써도 돼요."

"그래도 결혼하고 첫 어버이날인데 며느리가 어떻게 그냥 넘어가요?"

하지만 준수는 딱 잘라 말했다.

"아들인 나도 신경 안 쓰는데, 승연 씨가 신경 쓸 필요 없습니다."

승연은 한숨을 쉬었다.

어머니에 대한 준수의 감정은 알고 있었다. 폭력적인 아버지에게서 끝내 도망치지 않은 어머니를 여태 용서하지 못하고 있는 것이다.

「어머니한테도 점점 포기가 되어갔습니다. 물론 어머니가 가엾다고 생각하면서도, 가끔은 오히려 아버지보다 어머니가 더 원망스럽기도 했어요. 아버지야 어쨌든 어머니가 선택한 거지만, 나는 아버지를 선택하지 않았는데 어머니 때문에 강제로 아버지하고 같이 살아야 하니까.」

그 마음은 충분히 이해가 갔다. 본인이 맞지는 않았다지만, 어머니가 맞는 걸 보는 것 자체로 얼마나 괴로웠을까.

생전에 화목했던 부모를 가진 승연은 그 지옥 같은 심정을 상상조차 할 수 없었다.

그러니까 화해하기를 바라지는 않는다. 감히 용서하라고도 할 수 없었고, 그러고 싶지도 않았다. 사랑하는 남편의 어린 시절을 지옥으로 만든 시어머니가, 승연 역시 원망스러웠다. 물론 같은 여자로서 안됐다는 마음도 들었지만 한편으로는 답답했다. 어머니는 왜 미련하게 그렇게 버티고 사셨을까, 아들 가슴에 저렇게 응어리가 지게 만들면서까지.

하지만 그러면서도 아들바라기인 어머니와 냉랭한 아들을 옆에서 보고 있으면 역시나 마음이 안타까운 것은 사실이었다. 시어머니인 선희가 아들만 챙기지 않고, 그만큼 며느리인 자신에게도 잘해주고 있기 때문에 더욱더.

그래서 승연도 며느리로서 예의는 다하려고 마음먹고 있었다. 그리고 준수도 어느 정도는 그래줬으면 했다. 최소한 생신이나 어버이날 같은 때 함께 식사하는 정도로는.

하지만 그것조차도 준수에게는 쉽지 않은 모양이었다.

본인의 마음이 그렇다면 강요할 문제가 아니다. 승연은 더 이상 시어머니 얘기를 꺼내지 않고 말을 돌렸다.

"참, 새끼들 말이에요. 슬슬 중성화 수술해줄 때 되지 않았어요?"

길고양이인 야옹이가 낳은 새끼들 얘기였다. 한 마리가

잘못되고 나서 나머지는 다행히 모두 무사히 자라났는데, 어미의 출신은 길고양이지만 계속 집에서 보살피며 밥도 챙겨주다 보니 이제는 거의 집고양이나 다름없이 되었다. 평소에는 밖에 나가서 자유롭게 놀다가 밥 때나 잘 때는 집에 돌아오는 식으로 지내고 있었다.

길고양이일 때야 어쩔 수 없다고 하지만, 이렇게 정해놓고 먹이를 주는 이상 중성화는 필수로 해주어야 한다고 준수는 말했다. 그렇지 않으면 개체가 한없이 늘어나게 된다고.

그래서 어미인 야옹이는 이미 수술을 마쳤다. 새끼들은 아직 어려서 수술 시기를 기다리고 있던 참이었다.

"그러고 보니까 벌써 생후 7개월이나 됐군요."

준수가 손가락을 꼽아보더니 고개를 끄덕였다.

"서둘러 시키는 게 좋겠습니다. 내가 이따가 보이는 녀석부터 데리고 출근하도록 하죠."

일찍 나가서 장사 준비를 해야 하는 승연이 준수보다 한 시간 반 정도나 출근이 빨랐다. 준수는 승연이 출근하고 난 후 아침 설거지도 하고, 고양이들 밥까지 챙겨준 다음에 출근하곤 했다.

먼저 준비를 마치고 나가는 승연을, 준수가 대문까지 배웅해주었다.

"이따 봅시다."

대문 앞에서, 준수는 승연을 안고 키스해주었다.

원래 아침에 헤어질 때마다 이렇게 키스로 인사하곤 하지만, 오늘은 평소보다 한층 더 길고 다정한 키스였다. 그래서 승연은 아까 아침 식사 때 자신의 말을 딱 잘라 거절한 것을, 준수가 내심 미안해하고 있다는 것을 깨달았다.

말로는 잘 표현할 줄 모르지만, 자신만의 방식으로 무척이나 다정한 사람. 덕분에 조금 서먹했던 마음도 멀리 날려버리고, 승연은 행복한 마음으로 집을 나설 수 있었다.

"이따가 만나요!"

5월, 푸른 봄 하늘만큼이나 마음은 끝없이 들떴다.

결혼 후에도 계속 준수는 동물병원을, 승연은 김밥집을 운영하고 있었지만 한 가지 바뀐 점이 있었다. 바로 둘 다 6시면 칼같이 끝내고 나와서 집에 함께 돌아가서 저녁을 먹는다는 점이었다.

그건 결혼 전부터 서로가 합의를 본 사항 중 하나였다. 또 한 가지는, 최소한 주말 중에 하루는 완전히 비워두고 함께 보낼 것.

동물병원 쪽은 준수가 조금 일찍 출근해서 일찍 퇴근하고, 대신에 진호가 조금 늦게 출근해서 좀 더 늦게까지 있는 걸로 조정했다. 하지만 김밥집은 승연 혼자 일하니까 그냥 영업시간 자체를 줄여버렸다. 자연히 매출도 좀 줄어들기는 했지만 승연은 별로 개의치 않았다. 어차피 악착같이 돈 벌 생각도 없고, 그럴 이유도 없으니까.

바쁜 점심때가 지나고 나서 손님이 줄어들자 승연은 준수가 싸준 도시락을 꺼냈다. 그리고 젓가락을 들려는데, 마침 시어머니인 선희가 왔다.

"어머님 오셨어요?"

승연은 얼른 젓가락을 내려놓고 일어나 선희를 맞이했다.

"식사는 하셨어요?"

"나야 벌써 먹었지. 얼른 앉아서 먹어라, 애. 늦은 점심이라 배고플 텐데."

그렇게 말하며 선희는 가지고 온 꾸러미를 풀어 이것저것 반찬을 더 꺼내놓아 주었다.

"이건 열무 새로 담근 거고, 이건 건새우 볶은 거. 그때 보니까 너 이거 잘 먹더라."

신혼여행 다녀온 다음 날 딱 한 번 같이 식사했던 게 전부인데, 그때 승연이 잘 먹던 반찬을 용케 눈여겨보았다가 만들어 온 모양이었다.

승연은 고마움에 가슴이 뭉클했다. 그러면서도 한편으로는 또다시 안타까운 마음이 들었다. 이렇게 좋은 분인데, 그때는 왜 그러셨던 걸까. 차라리 이혼을 하셔서 혼자 준수 씨를 키우셨더라면 지금쯤 진짜 엄마처럼, 딸처럼 잘 지낼 수 있었을 텐데.

승연에게는 애초부터 시댁에 대한 선입관이나 거부감이 없었다. 돌아가신 엄마도 친할머니와 사이가 좋았고, 친구들과는 대학 졸업한 후로 대부분 멀어졌으니 주위에서 시댁 때문에 마음고생을 하는 케이스도 보지 못했고, 무엇보다 인터넷 게시판을 들여다보는 취미가 없었으니까.

지태의 어머니가 상식 밖으로 굴기는 했지만 그때도 그 사람 자체의 문제라고 생각했지 소위 '시짜'의 문제라고 생각하지는 않았다.

즉 시댁 문제에 있어서는 한없이 순진한 상태로 결혼했는데, 다행히도 시어머니가 마침 또 좋은 사람이었다. 워낙 정이 많은 사람이어서 이것저것 챙겨주기를 좋아하니 다른 새댁들 같으면 시어머니가 귀찮게 군다고 싫어할 수도 있겠지만, 부모님이 다 돌아가셔서 어른의 정에 굶주린 승연으로서는 그저 감사하게만 느껴졌다. 바로 오늘처럼.

「우리, 딸처럼, 엄마처럼 잘 지내보자꾸나.」

결혼식 날, 신부 대기실에서 시어머니는 승연을 꼭 껴안고 그렇게 말해주었다. 승연도 진심으로 그러고 싶었다. 시어머니도 딸이 없고 자신도 엄마가 없으니, 모녀지간처럼 지낼 수 있으면 오죽 좋을까.

하지만 정작 남편이 시어머니와 사이가 좋지 않으니 그럴 수가 없었다. 식사 한 번 같이 하기조차 쉽지 않은데. 하다

못해 말 한 마디라도 살갑게 해드리고 싶지만 그것도 생각처럼 되지 않았다. 준수를 힘들게 한 데 대한 원망이, 승연의 마음속에도 역시 있었으니까.

"아침은 잘 챙겨 먹고 다니는 거니?"

"네. 준수 씨가 차려주고 있어요."

낯부끄러웠지만 거짓말을 할 수도 없어서 승연은 사실대로 말했다.

"그래. 너는 아침에 훨씬 일찍 가게에 나오니까 당연히 준수가 해야지. 요즘 세상에 일도 똑같이 하는데, 여자만 밥해다 바치라는 법 없다."

선희가 편을 들어주듯이 말하는 바람에 승연은 오히려 마음이 한층 더 무거웠다. 어머니는 진짜로 나도 자식처럼 생각해주고 계신데.

"저어, 어머님. 며칠 있으면 어버이날이잖아요."

말을 꺼내자마자 시어머니는 손사래를 쳤다.

"아이고, 됐다. 언제부터 그런 거 챙겼다고."

아들의 성미를 아니까 애초에 기대도 않는 모양이었다.

"죄송하지만 요즘 저희 둘 다 일이 바빠서 같이 식사도 못할지 몰라요. 그러니까 혹시 어머님 뭐 갖고 싶은 거 있으시면 제가 선물해드릴게요."

"정말이니?"

방금 됐다고 손사래를 쳐놓고, 금세 돋보기안경 너머의

눈이 금세 반짝반짝 빛난다.

보기에는 평범한 동네 아줌마 스타일이지만 시어머니는 사실 꽤나 재력가였다. 최근에 재산의 반 정도를 아들에게 넘겼지만, 여전히 가지고 있는 건물에서 나오는 월세만도 매달 천 단위라고 했다. 이제는 사촌 시누이가 된 혜정이 귀띔해준 거였다.

그런 시어머니가 돈이 없어서 선물이라는 말에 저렇게 좋아할 리 없다. 그저 며느리에게서 선물을 받는다는 자체가 기쁜 것이다. 아들에게서는 한 번도 받아본 적이 없었을 테니까.

거기까지 생각하자 승연은 또다시 마음이 아팠다.

"네. 원하시는 거 있으면 말씀하세요."

뭐가 좋을까, 하고 선희는 한참 설레는 표정을 하고 있다 불쑥 말했다.

"얘, 그럼 혹시 나 반지 하나만 해줄 수 있니? 비싼 거 아니라도 되니까 말이야."

"반지요?"

선희가 겸연쩍은 듯이 말했다.

"그래. 마침 봄이라 여기저기 놀러 다닐 일도 많은데, 친구들한테 우리 며느리가 해줬다고 자랑 좀 하고 싶어서."

승연은 조금 후회했다. 예단도 한사코 생략하라고 해서 아무것도 안 했는데, 진작 반지라도 하나 해드릴걸.

"네, 어머님. 제가 알 큰 놈으로 반지 해드릴게요."

쇠뿔도 단김에 빼랬다. 승연은 내친김에 앞치마를 풀며 일어났다.

"괜찮으시면 지금 바로 나가죠. 저랑 같이 가서 골라요."

"가게 비워도 되는 거니?"

"조금만 가면 바로 금은방 있는데요 뭐. 얼른 사고 돌아오면 되죠."

간단하게 메모를 써 붙여놓고, 문을 잠그고 승연은 선희와 함께 가게를 나섰다.

"아유, 날씨 참 좋다. 그렇지?"

승연에게까지 양산을 씌워 주면서, 선희가 들뜬 목소리로 말했다.

"그러게요."

승연이 대꾸하는데, 반대 방향에서 걸어오던 초로의 여자가 이쪽을 보고는 걸음을 뚝 멈췄다. 왜 그러지 싶어 무심코 쳐다봤다가 승연도 깜짝 놀라 걸음을 멈췄다. 상대가 아는 얼굴이었던 것이다. 바로 지태의 어머니, 장 여사였다.

"……!"

놀란 표정을 보니 장 여사도 자신을 알아본 모양이었다.

승연은 당황했다. 시어머니와 함께 있는데 옛 애인의 어머니와 마주치다니.

별로 인사를 나눌 만한 사이도, 그럴 만한 상황도 아니다.

상대 역시 별로 자신과 알은체를 하고 싶을 리 없었다. 그래서 승연은 장 여사에게서 시선을 돌려 모른 체 그대로 지나가려고 했다.

그런데 옆을 지나쳐 가려는 순간, 장 여사가 내뱉듯이 말했다.

"……불여우 같은 년."

들으라고 한 소리가 분명했다. 승연은 그만 얼어붙어버렸다. 머릿속이 새하얘지는 것과 동시에, 갑자기 선희가 뒤를 돌아보더니 도끼눈을 뜨고 따져들었다.

"방금 뭐라고 했어?"

잡아먹을 듯한 기세였다.

승연은 당황해서 선희의 팔을 붙잡고 말렸다.

"어머님!"

하지만 선희는 아랑곳하지 않았다.

"너 방금 우리 며느리한테 뭐라고 했냐고!"

선희가 고함을 치자 장 여사도 가만히 있지 않았다.

"불여우라고 했다, 왜!"

갑자기 대낮에 길 한복판에서 여자들끼리 싸움이 붙고 말았다.

"너 내가 저번에 분명히 경고했지? 앞으로 우리 며느리 일에 주둥이 함부로 놀리고 다니지 말라고!"

승연은 깜짝 놀랐다. 선희가 지태의 어머니와 아는 사이였다는 사실을 여태 까맣게 모르고 있었던 것이다.

"뭐, 주둥이? 이게 말이면 다 하는 줄 알아?"

"못 할 거 뭐 있어? 내가 교회 다닐 때나 집사님, 집사님 했지, 지금은 도로 절 다니는데!"

말싸움이 점점 격렬해졌다. 승연은 차마 끼어들 엄두도 내지 못했다. 그리고 객관적으로 봤을 때, 말발은 선희 쪽이 훨씬 위였다.

"하이구, 사연 있는 며느님 얻으셔서 아주 장한 일 했네 그려."

"사연이 있어도 어디 이혼당한 아드님만큼이나 구구절절 할까?"

"뭐야? 이 여편네가 진짜!"

"그 귀한 아들 두 번 이혼남 만들고 싶지 않으면 정신 똑바로 차려, 한심한 여편네야."

선희가 코웃음을 쳐가며 비아냥거리자 장 여사는 기어이 말문이 막히고 만 모양이었다. 말로는 상대가 안 되겠고, 울화통은 터지고. 결국 선택한 게 몸싸움이었다.

"뭐가 어쩌고 저째?"

하더니 갑자기 달려들어 우악스럽게 선희의 머리채를 잡는 것이 아닌가!

"악! 이 여편네가 미쳤나!"

선희가 당황해서 소리를 쳤지만 장 여사는 아랑곳 않고

선희의 머리카락을 마구 쥐어 잡고 흔들었다.

"어머님!"

더는 가만히 보고 있을 수가 없다. 승연은 저도 모르게 선희에게서 받아들고 있던 양산을 내팽개치고 뛰어들었다.

"이거 놓으세요!"

난투극이 벌어졌다. 2대 1이었지만 장 여사는 팔뚝 굵기만 해도 승연과 선희를 합친 것만 했다. 덩치도 좋고 힘도 보통이 아니었다. 떼어놓으려 아무리 애써도 꿈쩍도 하지 않아서, 승연은 결국 에라 모르겠다, 하고 달려들어 장 여사의 팔뚝을 꽉 깨물어버렸다.

"아얏!"

그제야 선희는 놓여났지만 이번에는 승연이 머리채를 잡히고 말았다.

"당장 못 놔?"

이번에는 선희가 승연을 구하러 달려들었다.

"으악!"

"꺄악!"

"어머님!"

세 여자의 비명과 고함 소리가 한적한 길가에 울려 퍼졌다.

결국 사태를 진정시킨 것은 마침 순찰차를 타고 지나가던 경찰이었다. 장 여사는 2대 1로 폭행을 당했다며 저년들을 잡아가달라고 경찰을 붙들고 하소연을 했지만, 누가 봐도 쌍방 폭행이었기 때문에 씨알머리도 먹히지 않았다.

"거 아실 만한 분들이 대낮에 이게 무슨 짓입니까?"

경찰에게 한바탕 훈계를 듣고 나서야 셋 다 풀려날 수 있었다.

"입조심하고 살아, 이 여편네야."

야단을 맞고도 선희는 끝내 장 여사에게 마지막으로 눈을 부라리는 것을 잊지 않았다.

이 마당에 반지가 문제가 아니었다. 승연은 자기도 다리가 후들거렸지만, 비틀거리는 선희를 억지로 부축하고 일단 가게로 돌아왔다.

이 몰골로는 손님이 왔다가도 놀라서 도망갈 판이다. 아예 문을 잠가버리고 한숨 돌렸다.

"아이고, 삭신이야. 썩을 놈의 여편네, 기운 하나는 장사네."

앓는 소리를 하는 시어머니를 보자 승연은 피식 웃음이 나왔다. 머리는 온통 산발이고, 안경은 비뚤어져 있고, 볼에는 처녀귀신한테 긁힌 것같이 손톱자국이 나 있고.

"넌 또 왜 웃니?"

"어머니 거울 좀 보세요. 머리가 엉망이에요."

웃음을 참으며 말하자 선희가 눈을 흘겼다.

"너나 가서 좀 봐라. 귀에다 꽃만 하나 꽂으면 딱 정신줄 놓은 애 같겠다, 얘."

왜일까. 그 말이 견딜 수 없이 우습게 느껴져서, 승연은 결국 참지 못하고 소리 내어 웃음을 터뜨렸다.

"호호호호!"

깔깔대고 웃기 시작하는 승연을, 선희가 어이없다는 듯이 보았다. 그러다 자기도 피식피식 웃기 시작하더니, 결국은 따라서 웃음을 터뜨렸다.

"아하하하!"

그렇게 고부간에 둘이서 서로를 쳐다보며 한참을 웃었다.

"너 아까 보니까 아주 야무지게 꽉 깨물더라. 그저 얌전하고 차분한 줄만 알았더니."

한참 후, 겨우 웃음을 그친 시어머니가 말했다.

"어머님이 머리채 잡히셨는데 그럼 보고만 있어요?"

아, 너무 웃었다. 승연은 뻐근하니 아파오는 광대뼈 위를 손바닥으로 문지르며 대답했다.

"솔직히 어머님 핑계로 묵은 감정 푼 것도 있고요. 예전에 저한테 무척 심하게 구셨거든요."

"안 봐도 비디오다, 지옥에 떨어질 놈의 여편네."

선희가 혀를 찼다.

"근데 원래 아는 사이셨어요?"

"전에 교회 다닐 때 조금."

"어머니 절 다니시잖아요. 설마 저 때문에 개종까지 하신 거예요?"

"아냐, 얘! 내가 원래 절 20년 다닌 사람이야. 교회는 심심해서 잠깐 취미로 다녔지."

선희가 펄쩍 뛰었다.

"제 흉을 많이 봤나 봐요, 아까 그분이."

"다 헛소리니까 신경 쓸 것 없다. 어디 말이나 되는 소리를 지껄여야지."

지태의 어머니가 어떤 사람인지야 잘 알고 있는 터였다. 자신에 대해 무슨 험담을 했을지도 대충 짐작이 갔다. 그런데도 시어머니는 그 말을 믿지 않고 오히려 상대에게 입조심 하라고 경고를 해주었던 것이다. 그것도 자신조차 모르게.

시어머니가 고마운 마음에 승연은 코끝이 찡했다.

"어머님, 저 뭐 좀 여쭤봐도 돼요?"

"뭔데?"

"아버님이랑 왜 이혼 안 하고 계속 사셨던 거예요?"

당돌한 질문에 선희는 놀라서 눈을 크게 떴다.

"얘가 시어미한테 별걸 다 물어. 아까 어디 잘못 맞았니?"

하지만 승연은 물러나지 않았다.

"얘기해주세요. 며느리도 자식인데 알아야지요."

시어머니와 가까워지고 싶었다. 그러려면 이해하는 게 먼저였다. 들어도 과연 이해할 수 있을지 모르겠지만, 일단 들어라도 보고 싶었다.

황당하다는 눈으로 승연을 보던 선희가 이윽고 길게 한숨을 쉬었다. 그러더니 갑자기 주변을 둘레둘레하며 엉뚱한 소리를 했다.

"혹시 가게에 술 같은 건 없지?"

없을 것 같지만 있었다. 냉큼 소주병을 찾아다가 잔과 함께 대령하자 오히려 선희가 놀란 얼굴을 했다. 혼자 가게에서 술 먹는다고 오해받을까 봐, 승연은 얼른 덧붙였다.

"프라이팬 기름기 제거할 때 쓰느라 한두 병은 늘 놔두고 있어요."

선희는 소주를 한꺼번에 반병이나 컵에 부었다. 그러더니 눈 딱 감고 꿀꺽꿀꺽 마시기 시작했다.

"어머님, 좀 천천히 드시지……!"

말렸지만 이미 늦어 있었다. 이윽고 선희는 빈 컵을 테이블 위에 탁 내려놓았다.

"승연이 너, 우리 준수 성격 안 좋은 거 알지."

손등으로 입술을 문질러 닦으며, 시어머니가 말했다.

"뻔히 알면서 왜 결혼했니?"

"준수 씨, 속은 착한 사람인 거 어머님도 아시잖아요."

"욱하는 성질 있는데도?"

"고칠 수 있어요. 고치기로 저랑 약속했고요."

순간 시어머니가 픽 웃었다.

"약속, 그거 왕년에 나도 수없이 했었지."

"네?"

"그때 나도 딱 너처럼 생각했어. 그래서 끝내 이혼을 못했다."

이제 보니 원래 술을 잘하지는 못하는 모양이다. 금세 선희는 술기운에 목까지 시뻘겋게 달아올랐다.

"손찌검을 하고도 다음 날이면 제발 버리지 말라고, 이번에는 진짜로 고치겠다고 무릎을 꿇고 비는데 차마 외면할 수가 없었어."

승연은 답답해서 견딜 수가 없었다. 홧김에 저도 빈 컵에 소주를 따라 홀짝 마셔버리고, 제 하고 싶은 말을 하기 시작했다.

"어머님도 참 답답하세요. 그게 때리는 남편의 전형적인 패턴이라잖아요?"

"낸들 왜 몰랐겠니. 그런 집들은 평생 그 타령으로 사는 걸."

"그렇게 잘 아시면서 왜 못 헤어지고 그냥 사셨어요?"

"포기가 안 됐거든."

선희가 한탄하듯 말했다.

"그런 양반이라도, 나는 포기가 안 되더라. 그래서 이번엔

405

나아지겠지, 이번에야말로 나아지겠지, 하다가 그만⋯⋯."

알 것도, 모를 것도 같았다. 성격 나쁜 남자라도 포기할 수 없는 마음은 이해하겠다. 그건 자신도 마찬가지니까. 하지만 잘못된 행동이 십몇 년을 두고 반복되는데도, 심지어 자식까지 상처받는데도 포기할 수 없다는 뜻은 아니었다.

"준수 씨는 아직도 마음에 상처가 그대로 남아 있어요."

선희가 쓸쓸히 고개를 끄덕였다.

"제발 이혼하시라고 준수 씨가 몇 번이나 말했다면서요."

"그때는 지금처럼 이혼이 쉬울 때도 아니었단다. 아버지 없는 자식이라고 손가락질 받게 만드느니, 힘들어도 내가 좀 참고 사는 게 낫겠다고 생각했었어. 그래도 그 양반이 준수한테만은 손을 안 댔으니까."

또다시 소주를 따라 마시는 선희의 눈에 어느덧 눈물이 어렸다.

"준수는 원래 제 아버지 닮아서 말이 많지 않았어. 그래서 그 애가 속으로 그렇게까지 망가지고 있는 줄도 미처 몰랐단다. 그 정도인 줄 진작 알았더라면 열 번이고 스무 번이고 갈라섰을 텐데⋯⋯."

"⋯⋯."

"잘했다는 게 아니야. 나도 무척 후회한다. 날마다 후회하고 또 후회해. 어쩌면 그렇게 어리석었을까, 왜 내 새끼를 지키지 못했을까, 하고."

선희는 한참 입을 다물고 있다가 겨우 목멘 소리로 중얼거렸다.

"다 내 죄다."

승연은 뭐라고 말해야 좋을지 몰랐다. 위로를 해야 할지, 원망을 해야 할지도 알 수가 없다. 그저 끝없이 안타깝기만 했다.

저녁때 일을 마치고 가게로 데리러 온 준수는, 승연의 얼굴을 보더니 깜짝 놀랐다.

"아니, 얼굴이 그게 뭡니까?"

아까 장 여사의 솥뚜껑만 한 손바닥에 얻어맞은 한쪽 뺨이 여태 부어 있었던 것이다. 선희만큼은 아니지만 이마에는 손톱에 긁힌 자국도 났고.

"무슨 일 있었어요?"

"일단 가면서 이야기해요."

가게 문을 닫고, 승연은 준수와 함께 집으로 향했다. 그리고 가는 길에 낮에 있었던 일을 설명했다.

준수는 화가 치미는 모양이었지만 꾹 참고 승연의 얘기를 끝까지 들어주었다.

"알고 보니까 어머니가 벌써 한바탕 싸우셨던 모양이에요. 제 얘기 함부로 하지 말라고."

"어머니가?"

그는 의외라는 표정을 했다.

"네. 교회에서 만난 사이라는데, 아마 그 일 때문에 요즘 절에 다니시나 봐요."

승연이 작게 한숨을 쉬었다.

"뭐라고 했는지 뻔해요. 김밥이나 마는 거지같은 계집애가 여우같이 꼬리 쳐서 수의사 선생을 꼬였다고 했겠죠. 자기 아들 때도 그랬거든요."

"아니, 그런 말을 듣고도 그냥 가만히 참았다고?"

준수가 기어이 화를 냈다.

"갑시다! 지금이라도 내가 가서 따끔하게 한마디……!"

"됐어요. 어머니 덕분에 이젠 후련해요."

승연이 배시시 웃었다. 아까 일이 떠올라서였다.

"아까 말린다는 핑계로 그분 팔뚝도 콱 물어뜯고 옷도 막 쥐어뜯었거든요. 그래도 어머니뻘 되는 분인데, 이럴 때 아니면 언제 복수를 해봤겠어요?"

승연이 웃자 그나마 준수도 마음이 좀 풀린 모양이었다.

"잘했어요."

준수가 승연의 손을 잡고 있던 손에 더욱더 힘을 주었다.

"혹시 앞으로 또 그런 일이 있거든 나한테 바로 전화해요. 내가 바로 달려갈 테니까."

"오늘 어머니가 아주 말로 기를 확 꺾어놓으셨으니까, 다시는 못 할 거예요."

승연은 준수의 손을 힘주어 마주 잡았다.

"있잖아요."

"음?"

"어머님이 저를 무척 아껴주세요. 그렇게 사람 좋아하시는 분이, 친하게 지내던 사람하고 대판 싸우고 교회까지 그만둘 정도로요."

준수는 말없이 고개를 끄덕였다.

"이제 갓 결혼한 저하고 무슨 정이 많이 들어서 그러시겠어요. 그만큼 아드님을 사랑하시는 거죠."

"……."

"아까 어머님이랑 낮술 한잔 하면서 터놓고 이야기했어요."

승연은 조심스럽게 아까 선희가 했던 이야기들을 준수에게 전했다. 최대한 자신이 들은 말 그대로 전달하려고 노력하면서.

승연의 말을 끝까지 조용히 듣고 나서 준수는 불쑥 물었다.

"그래서, 내가 어떻게 했으면 좋겠습니까?"

승연은 고개를 저었다.

"어쩌라는 게 아니에요. 그냥 준수 씨도 알기는 해야 한다고 생각했어요."

용서하라는 것이 아니다. 잊어버리라는 것도 아니다. 단지, 있는 그대로 알게 해주고 싶었다. 어머니가 일부러 아들을 그 고통 속에 방치한 게 아니라는 사실을. 무엇보다 그래야 준수의 마음도 조금은 편해질 것 같았다.

"알았습니다."

준수는 고개를 끄덕였다.

"얘기해줘서 고마워요."

그뿐이었다. 준수는 더 이상 거기에 대해 얘기하지 않았고, 승연도 더는 말을 꺼내지 않았다.

"저녁은 뭐 해 먹을까요?"

"승연 씨 좋은 걸로 먹읍시다. 오늘 한바탕 고생도 했는데."

"그럼 우리, 마당에서 삼겹살 구워 먹을래요? 화단에 파 심어놓은 걸로 제가 파절이 만들게요."

"좋죠. 그럼 정육점 들렀다 갑시다."

손을 잡고 나란히 걷는 두 사람의 등 뒤로 길게 그림자가 졌다. 여느 때와 다름없이 다정한 신혼의 저녁이 저물어가고 있었다.

다음 날 아침도 그 전날과 비슷했다. 밤에 늦게까지 격렬하게 사랑을 나눈 탓에 승연은 또 늦잠을 잤고, 그 사이에 준수는 일찍 일어나서 아무렇지도 않은 얼굴로 아침 식사를 준비하고, 도시락을 싸놓았다. 그다음 날 아침도, 또 그다음 날 아침도 마찬가지였다.

그러나 그다음 주 월요일인 어버이날 아침에는 다른 점이
한 가지 있었다. 승연이 자고 일어나자 머리맡에 작은 상자
가 놓여 있었던 것이다.

"이게 뭐야……?"

고개를 갸웃거리며 상자를 열어본 승연은 깜짝 놀랐다.

상자 인에는 브로치가 들어 있었다. 붉고 푸른, 카네이션
꽃 모양으로 만들어진.

전날 저녁에 식사할 때 승연은 준수에게 말했었다. 혜정
에게 카네이션 꽃바구니를 주문해놨다고. 어머니가 반지 갖
고 싶으시다니 그것도 하나 해드리려고 한다고. 그때만 해
도 준수는 고개만 끄덕였을 뿐, 별말이 없었는데.

말없이 이걸 제 머리맡에 놓아둔 준수의 마음을, 승연은
짐작할 수 있었다. 선물을 하자고 결정할 때까지 얼마나 그
가 고민했었을지도.

'아직은 직접 전할 용기는 없는 모양이지.'

브로치를 들여다보며, 승연은 조용히 미소 지었다.

'이걸…… 우리 준수가?'

기뻐서 눈물을 글썽일 시어머니의 얼굴이 벌써부터 눈앞
에 선하게 떠올랐다.

"얘, 승연아! 승연아!"

갑자기 시어머니가 동네가 떠나가라 외치며 헐레벌떡 가게로 뛰쳐들어오는 바람에 승연은 깜짝 놀라 들고 있던 식칼을 얼른 내려놓았다.

"왜 그러세요, 어머니?"

"큰일 났다!"

심각하기 그지없는 선희의 표정에, 승연은 얼마 전에 시어머니가 건강 검진을 받았던 게 떠올라서 더럭 겁이 났다. 혹시 큰 병이라도 발견된 건 아닐까.

결혼한 지 어언 3년, 시어머니와는 이제 진짜 모녀지간이나 다름없었다. 함께 쇼핑을 하기도 하고, 일이 바쁠 때면 시어머니가 와서 가게 일을 도울 때도 많았다. 가끔 준수와 다투기라도 하면 승연은 선희를 붙들고 흉을 보았다. 그러면 선희는 그 녀석이 제 아버지 성미를 닮아서 그렇다, 네가 많이 힘들겠다며 늘 승연의 편을 들어주곤 했다.

하지만 정작 아들인 준수와의 사이를 회복하는 것은 그리

쉽지 않았다. 그래도 3년이 지나자 조금은 나아져서, 지난 주말에는 복날을 핑계로 시어머니가 신혼집에 처음으로 놀러 와서 셋이 함께 마당에서 삼계탕을 해 먹기도 했다.

이제 겨우 모자 사이가 좀 좋아지려나, 했더니. 승연은 불안감에 떨며 물었다.

"무슨 일이라도 있으신 거예요? 네?"

시어머니는 가쁜 숨을 몰아쉬며 말했다.

"혜정이가 글쎄, 아이를 가졌단다!"

"네에?"

승연은 그만 맥이 탁 풀리고 말았다. 난 또 뭐라고!

"어머님도 참, 깜짝 놀랐잖아요!"

승연은 시어머니에게 눈을 흘겼다.

"그리고 그게 왜 큰일이에요? 축하할 일이죠."

혜정은 진호의 끈질긴 구애에 넘어가 1년 전부터 사귀기 시작했다. 그리고 결혼에 골인한 것이 바로 3개월 전이었다.

"어머. 그리고 보니까 허니문 베이비 아니에요?"

"글쎄, 그렇다니까!"

선희가 답답하다는 듯이 가슴을 쳤다.

"혜정이네는 결혼하자마자 이렇게 떡하니 애가 생기는데, 너희는 3년이 지나도록 감감무소식인데 이게 큰일이 아니면 뭐가 큰일이겠니? 응?"

결혼 초부터 무척이나 손주를 기다렸던 선희였다. 가끔씩 아이 소식은 아직이냐고 묻기도 했다. 성격이 무던한 승연은 호의는 호의 그대로, 참견도 관심으로 받아들이는 편이었기 때문에 처음에는 별로 스트레스를 받지 않았지만, 그것도 2년 넘어 3년째가 되니 역시나 좀 지치기는 했다.

「이 사람한테 아이 얘기 꺼내지 마세요. 제가 싫어서 안 가지는 겁니다.」

그것을 눈치 챈 준수가 몇 달 전에 따끔하게 말해준 덕분에 그 후로 아이 얘기가 쏙 들어가긴 했는데, 이번에 혜정의 임신 소식으로 또다시 선희의 인내심에 한계가 온 모양이었다.

"아니, 제발 이유라도 좀 알자. 이만하면 신혼도 즐길 만큼 즐겼을 텐데 대체 왜 안 가지겠다는 거니? 응?"

선희는 하소연하듯 말했다.

"설마하니 일 욕심 때문에 그러는 거면 걱정할 것 없다니까, 글쎄. 낳아만 놓으면 내가 다 키워주겠다니까 뭐가 문제니, 응?"

듣기 좋은 소리는 아니었지만 시어머니의 걱정도 무리가 아니라고 승연은 생각했다. 자신은 벌써 서른네 살, 준수는 서른일곱이었으니까.

사실 누구보다 아기를 갖고 싶은 건 승연이었다. 여자가 아이를 가질 때가 되면 그렇다더니, 길에 지나다니는 유모

차 탄 아기들만 봐도 예뻐서 시선을 뗄 수가 없었다.

그런데도 여태 아기를 가지지 않고 있는 이유는 준수의 고집 때문이었다. 그는 여태 자기 자신을 완전히 믿지 못하고 있었다.

「아직은 가질 때가 아닙니다.」

혹시나 아이를 낳고 난 후에 제 못된 성미가 폭발하면, 승연과 아이의 인생 둘 다 불행해지고 만다는 것이었다.

하지만 승연은 그렇게 생각하지 않았다. 물론 이따금씩은 다툴 때도 있었지만 큰 싸움으로 번지지는 않았다. 결혼 후 준수는 승연에게 손찌검은커녕, 여태 큰 소리를 낸 적도 없었다.

「괜찮아요. 우리 3년 동안 아무 문제 없이 잘 살아왔잖아요?」

「아직은 그럴 만한 일이 없었으니까.」

하지만 준수의 결심은 굳었다.

「최소한 5년은 채우고, 그 후에 생각해봅시다.」

그렇다면 앞으로 최소 2년은 더 시어머니의 지청구를 들어야 한다는 소리다. 그렇다고 곧이곧대로 말하자니 또 당신 때문에 아들이 그렇게 됐다고 마음 아파하실 테고.

"혹시 너희, 부부 금슬이 별로 안 좋은 건 아니니?"

"어머님도 참!"

승연이 얼굴을 붉혔지만 선희는 아랑곳하지 않았다.

"그렇지 않아도 좀 이상하다 싶었어. 벌써 결혼한 지 3년이나 됐는데 준수가 너한테 여태 꼭 남 대하듯이 이랬습니다, 저랬습니다, 하고."

"아휴, 그런 거 아녜요."

"정말 아니야?"

의심스러운 시어머니의 눈길을 똑바로 바라보며, 승연은 대답했다.

"네, 정말 아니니까 걱정 마세요. 그이도 때 되면 어련히 가지자고 하겠지요."

속으로는 한숨을 짓고 있었다. 아, 앞으로 2년이 언제 지나가나!

6시면 아직 초저녁이지만 한겨울에는 해가 짧다. 이미 완전히 밤이 되어버린 귀갓길을, 승연은 오늘도 준수와 함께 걸었다. 해가 지자 찬바람이 한층 매서워졌지만 준수에게 어깨를 꼭 안기다시피 해서 걸으면 추위도 별로 무섭지 않았다.

"맞다, 혜정이 임신 소식 들었어요?"

"들었습니다, 아침에 진호 녀석 출근하자마자."

"너무 잘됐죠? 축하의 의미로 아까 혜정이한테 꽃 배달 시켜줬어요, 다른 꽃집에서."

승연이 재미있다는 듯이 쿡쿡 웃었다.

"혜정이가 와서 얘기해주는데, 배달 온 사람 표정이 얼마나 당황스럽던지 웃겨 죽을 뻔했대요. 제가 일부러 주소만 얘기해주고 거기가 꽃집이라고는 말 안 해줬거든요."

"다른 집 꽃 팔아줬다고 화내진 않던가요?"

"아뇨, 오히려 오랜만에 꽃 선물 받아본다고 좋아하던데요? 옛날에는 남자들한테 꽃 선물도 많이 받았었는데, 꽃집하고 나니까 선물받을 일이 없다면서요."

반은 장난기로 보낸 거였는데 의외로 혜정은 진심으로 기뻐했다.

「고맙다, 승연아. 중이 제 머리 못 깎는다고, 꽃다발을 맨날 만들어도 죄다 남 줄 것뿐이었는데 이렇게 선물받으니까 너무 좋다, 얘!」

문득 준수가 생각난 듯이 말했다.

"그나저나 내일쯤 어머니가 또 당신을 들들 볶는 건 아닌지 모르겠군요. 미리 그러지 마시라고 말을 해놔야 하나."

"벌써 다녀가셨어요. 혜정이 임신했다고 제일 먼저 알려주신 게 어머님인데요?"

"이런."

아차, 하듯 준수가 눈썹을 조금 찌푸렸다.

"당신이 저번에 어머님한테 아기 얘기 꺼내지 마시라고 한 후로 한동안 조용하시더니, 오늘은 참기 힘드셨나 봐요. 한바탕 걱정 늘어놓고 가셨어요."

"고역이었겠네요. 미안합니다."

"아녜요. 다 걱정돼서 하시는 말씀인데요, 뭐."

뭔가를 떠올린 승연이 풋, 하고 웃었다.

"사실은 우리 부부가 금슬이 안 좋은 거 아니냐고도 하시던데요?"

"뭐라고요?"

준수가 기가 막힌다는 표정을 했다.

"당신, 아직도 저한테 존댓말 쓰잖아요. 결혼한 지 3년이나 됐는데 이랬습니다, 저랬습니다, 하는 게 걱정되셨던 모양이에요."

"당연한 거 아닙니까."

준수가 말도 안 된다는 듯이 말했다.

"원래 반말 하던 사이면 모를까, 결혼했다는 이유만으로 갑자기 말을 놓는 건 말이 안 됩니다. 그것도 남자인 내 쪽만 일방적으로 반말하는 건 더욱더."

"그렇긴 한데, 어머님은 세대가 또 다르니까 그게 서먹하게 느껴지셨나 봐요."

"흐음."

준수는 약간 심기가 불편해 보였다. 말할까 말까, 하다가 승연은 조그맣게 덧붙였다.

"사실 저도 가끔 그럴 때 있어요. 뭐랄까, 좀 남처럼 느껴진다고 할까……."

"남?"

갑자기 준수가 걸음을 멈췄다. 그러더니 지금까지 걷던 방향을 틀어, 마침 옆을 지나치던 좁은 골목 안쪽으로 승연의 손을 잡아끌었다.

"준수 씨?"

승연이 깜짝 놀라 불렀지만 준수는 아랑곳하지 않고 승연을 어두컴컴한 골목 안쪽으로 이끌었다. 그러더니 벽에 밀어붙이고 다짜고짜 입술을 찾았다.

"……!"

순식간에 입술을 빼앗긴 승연의 눈이 커다래졌다.

승연을 옴짝달싹도 못하게 몰아붙여놓고 한참 동안 마음껏 입술을 탐한 후에야, 준수는 승연의 귓가에 속삭였다.

"남끼리 이런 것도 하나?"

뜨거운 숨결이 귓가에 닿자 승연은 저도 모르게 몸을 떨었다.

가끔 이렇게 남편이 일부러 한마디씩 반말을 할 때가 있는데, 그때마다 승연은 가슴이 떨렸다. 늘 정중한 말투를 써주는 것도 존중받는 느낌이 들어 좋았지만, 반말은 반말대로 남성적인 매력이 느껴져서 무척이나 설렜다.

조금 얄미운 것은 준수 본인도 그 사실을 너무 잘 알고 있다는 것이었다. 그래서 그가 승연에게 반말을 할 때는 대부분 일부러 유혹할 때였다.

아니나 다를까, 준수는 승연의 허리를 껴안고 한 차례 더 키스를 퍼붓다가, 못 참겠는지 이윽고 입술을 떼고 다시금 뜨겁게 속삭였다.

"가자. 집에 가서 제대로 안아줄 테니까."

승연은 마구 가슴이 두근거렸다. 반은 기대감, 또 반은 불안감에서였다. 나, 오늘 밤 잘 수 있을까?

또다시 준수에게 손을 잡혀 골목을 나가려 했을 때였다. 갑자기 골목 저 안쪽에서 개 울음소리가 들려왔다.

깨갱, 깨개갱!

짖는 것이 아니라 죽는다고 비명을 지르는 소리였다.

승연은 걸음을 멈췄다. 준수도 안색이 변해서 소리가 나는 쪽을 돌아보았다.

깨개개갱!

다시금 개가 구슬프게 비명을 질렀다. 괴로워서 내는 소리가 분명했다.

"……!"

승연과 준수는 누가 먼저랄 것도 없이 소리가 들린 쪽을 향해 뛰었다. 그리고 이윽고 눈앞에 나타난 광경을 보고 제 눈을 의심했다.

전봇대에 누렁이가 묶여 있었다. 개의 등 위에는 말을 타는 자세로 인형이 묶여 있었다. 놀라운 것은 그 인형의 머리가 불타고 있는 것이었다. 인형에서 불꽃이 뚝뚝 떨어져서 이미 털 끄트머리에 불이 붙기 시작하고 있었다.

뜨거워서 계속 비명을 지르며 날뛰고 있는 개를, 키득거리며 휴대전화로 동영상 촬영을 하고 있는 두 명의 젊은 남자가 있었다.

"졸라 멋있는데? 이거 페북에 올리면 따봉 만 개는 받겠다."

"미친 새끼, 큭큭."

어떻게 이런 일이 있을 수가.

승연이 충격에 잠시 주춤하고 있는 사이, 준수가 빠르게 움직였다. 그는 달려들어 재빨리 개의 등에 묶여 있는 인형부터 맨손으로 떼어내서 저만치 내동댕이 쳐버렸다. 그리고 방금 털에 옮겨 붙은 불을 손으로 문질러 껐다.

"아이 쌍, 이건 또 뭐야?"

"야!"

갑자기 놀이를 방해당한 두 남자가 저마다 항의의 소리를 질렀다. 그러나 이윽고 자신들 쪽으로 돌아서는 준수의 표정을 보고는 주춤했다.

승연조차도 깜짝 놀랐다. 준수가 화를 내는 거야 몇 번이나 보았지만, 저토록 살벌한 표정을 하고 있는 것은 처음 보았다.

화난 정도가 아니다. 아예 준수 같지가 않았다. 눈이 확돌아버렸다는 표현이 딱 어울리는, 그런 눈빛이었다. 남자들도 준수의 기세가 심상치 않음을 느낀 모양이었다.

"야, 튀자."

말하자마자 한 놈이 잽싸게 등을 돌려 걸음아 날 살려라, 뛰기 시작했다. 나머지 한 놈도 뒤늦게 그 뒤를 따랐지만, 이미 준수에게 뒷덜미를 잡힌 후였다.

"이, 이거 놔! 이거 못 놔?"

20대 초반 정도로 보이는 남자가 있는 힘껏 몸부림을 쳤지만 준수의 손은 족쇄처럼 꿈쩍도 하지 않았다. 그는 입술을 꾹 다문 채 한 손으로 남자의 멱살을 틀어잡았다.

승연은 직감했다. 저 인간이 오늘 성치 못하리라고.

물론 그래도 백 번 싼 인간이다. 솔직히 죽도록 얻어맞는 꼴을 보고 싶은 생각도 강하게 들었다. 하지만 준수가 사람을 때리는 걸 두고 볼 수는 없었다. 상대야 다치든 죽든 인과응보라 치지만, 그 후에 준수가 깊이 자책하고 상처받을 게 뻔한데.

이윽고 준수의 한쪽 주먹이 높이 치켜 올라갔다.

"그러지 마요, 여보."

승연이 떨리는 목소리로 그를 불렀다.

"말리지 마요."

준수는 그대로 주먹을 치켜든 채, 승연에게는 눈길도 주지 않고 남자를 노려보며 대꾸했다. 목소리가 놀라울 정도로 침착해서 승연은 더 잘 알 수 있었다. 지금 그가 완전히 이성을 잃은 상태라는 것을.

"그러면 안 돼요. 아무리 화나도, 사람을 때리면 안 되는 거예요."

승연은 최대한 차분하게 말해서 그를 진정시키려 노력했다.

"이건 사람이 아닙니다. 사람은 이런 짓을 하지 않거든."

"사람 같지도 않지만, 그래도 결국은 사람이에요."

승연이 매달리듯 말했지만 준수는 들으려고 하지 않았다. 다시금 이를 악물고 남자의 멱살을 바투 잡고 다시금 주먹을 한껏 치켜드는 것이었다.

얻어맞기 직전이 된 남자가 잔뜩 겁을 먹은 듯 목을 한껏 움츠리며 눈을 꽉 감았다.

"제발, 제발 그러지 마세요!"

다급한 마음에 기어이 승연은 눈물이 났다.

"지금까지 당신이 얼마나 끈기 있게 잘해왔는지 알아요. 그런 인간 같지도 않은 인간 때문에, 자신을 망치지 마요."

승연의 목소리에 울음이 섞이자 그제야 준수의 팔에서 힘이 빠져나갔다. 그는 당혹스러운 표정으로 자신에게 멱살을 잡혀 있는 남자에게서 시선을 떼어 승연을 바라보았다.

"하지 마요, 여보."

승연은 준수의 눈을 똑바로 보며 호소했다.

"그 사람이 아니라 저를 위해서요."

순간, 준수의 눈빛이 크게 흔들렸다. 방금 전까지 텅 비어 있는 것 같았던 눈동자에 서서히 이성이 돌아오는 것을 승연은 보았다.

치켜든 주먹이 힘없이 아래로 떨어졌다. 동시에 상대의 멱살을 잡고 있던 손도 풀렸다.

그 틈을 놓치지 않고 남자는 걸음아 날 살려라, 꽁무니가 빠지게 달아나버렸다.

"여보."

승연이 다가가서 준수에게 안기며 울음을 터뜨렸다. 안도감에 찬 눈물이었다.

완전히 이성을 잃어버린 상황에서도 결국 자신의 말에 귀 기울여준 남편이 너무나도 고마웠다. 그간의 노력을 한순간에 물거품으로 만들어버리지 않은 그가 자랑스러웠다.

"놀라게 해서 미안해요."

눈물의 의미를 오해한 걸까. 준수가 떨리는 손으로 승연의 등을 가만히 쓰다듬었다.

"내가 잠시 어떻게 됐었나 봅니다."

"아니에요."

승연은 준수의 품 안에서 고개를 세차게 저었다.

"고마워요. 정말 고마워요……!"

준수와 승연은 그 직후에 개를 바로 병원으로 데려가서

치료했다. 제대로 살펴보니 다행히도 털이 많이 타서 그렇지, 피부의 화상은 크게 심하지 않았다. 그래도 소독하고 치료할 때는 많이 아팠을 텐데, 영리한 녀석은 준수가 저를 구해준 사람이라는 걸 알고 있는지 조금 끙끙거렸을 뿐, 전혀 물려고 들거나 으르렁대지 않았다.

원래 주인 없는 떠돌이 개 같아 보였다. 정작 개는 치료를 받고 먹을 것을 충분히 주자 금세 상태가 좋아졌지만, 승연은 며칠이 지나도 그 충격적인 장면이 잘 잊히지 않았다. 떠올릴 때마다 마음이 너무 아파서, 결국 준수와 상의한 끝에 개를 집으로 데려오기로 했다.

주말에 준수는 직접 마당에다 개집도 만들어주었다. 그런 일을 당하고도 사람을 무척 따르고 재롱도 잘 떨어서, 이름은 재롱이라고 짓기로 했다.

끔찍한 짓을 저지른 인간들은 다음 날 곧바로 경찰에 잡혔다. 왜냐하면 도망칠 때 휴대전화를 떨어뜨리고 갔었으니까.

수사 과정에서 범행 동영상이 기사로 공개되었는데, 그 끔찍함에 인터넷이 한바탕 난리가 났다. 분개한 네티즌들 중에는 심지어 범인들의 지인들도 있어서, 결국 신상은 물론 SNS 계정까지 밝혀지고 말았다. 결론적으로 둘은 원하던 대로 페북 스타가 되었다. 악마 동물 학대범이라는 별명으로.

그렇게 사건은 일단락이 되었지만, 준수는 사건 이후 왠지 달라졌다. 원래도 말이 많지는 않은 사람이었지만, 한층 더 말이 없어졌다. 먼저 입을 여는 일도 거의 없었고, 승연이 말을 걸어도 못 듣기가 일쑤인 것이, 뭔가 깊이 생각에 빠져 있는 듯한 느낌이었다.

승연은 준수가 정신적으로 충격을 심하게 받아서 그런 거라고 생각했다. 하기야 그토록 동물을 사랑하는 사람인데 왜 그렇지 않겠는가, 자신도 여태 그 장면만 떠올리면 치가 떨리는데. 게다가 그 짓을 저지른 놈들은 기껏해야 벌금형이 고작일 거라고 경찰은 말했다. 법이 그러니 어쩔 수 없다고. 신상이 털려서 전국적으로 욕이라도 먹고 있기 망정이지, 그렇지 않았더라면 화병이 날 뻔했다.

준수가 충격에서 회복할 때까지 승연은 조용히 곁에서 기다렸다. 필요 이상으로는 말도 걸지 않으면서 되도록 그가 혼자 생각할 시간을 주려고 애썼다.

그리고 준수가 불쑥 입을 연 것은 사건으로부터 꼬박 열흘 만의 일이었다.

"이제 괜찮을 것 같습니다."

근처 식당에서 함께 저녁 식사를 하고 나서 막 집에 돌아온 참이었다. 아까 식사 도중에도 별말이 없었기에 승연은 당연히 무슨 소린지 금세 알아듣지 못했다.

"네? 뭐가요?"

준수는 신발조차 벗지 않은 채 대답했다.

"아기 말입니다. 이제 가집시다."

예상조차 못 했던 말에 승연은 깜짝 놀라서 준수의 얼굴을 올려다보았다.

"여보?"

"그날, 나는 진심으로 그 자식에게 살의를 느꼈어요. 중학교 때 아버지를 때렸던 일 이후로 그런 무시무시한 기분은 처음이었습니다."

준수는 뒤늦게 고백하듯 말했다.

"하지만 당신이 말리니까 멈출 수 있었어. 당신의 얼굴을 보자 그 끔찍한 분노도 가라앉힐 수가 있더군요. 스스로도 놀랐습니다."

"여보……."

"그 후로 오늘까지 계속 생각하고 또 생각해서, 드디어 결론을 내렸습니다."

힐끗, 준수가 잠시 시선을 돌려 승연을 바라보았다.

"앞으로도 당신만 곁에 있어준다면 충분히 할 수 있을 것 같습니다. ……아니, 할 수 있어요."

준수가 왼손을 뻗어 옆에 앉은 승연의 손을 잡았다.

"그러니까 이제 가집시다, 우리 아기."

이게 꿈일까, 생시일까. 승연은 너무 놀랍고 기쁜 나머지 대답조차 제대로 못 한 채 남편의 얼굴을 물끄러미 바라보고 있었다.

　눈물이 글썽해진 아내의 귀에, 준수는 입술을 가져가 가만히 속삭였다.

　"……빨리 방에 들어가자, 우리."

　그날 밤에 천사 같은 아기가 찾아왔다는 것을 알게 된 것은, 그로부터 얼마 안 되어서의 일이었다.

− fin.

p.s.

저의 열네 번째 장편인 '플리즈 비 마인'을 읽어주셔서 감사합니다.

분량은 단권이지만 2015년 여름부터 겨울에 걸쳐 꽤 오랫동안 붙잡고 썼던 글입니다. 전자책용 중편들을 제외하면 데뷔 후 십 년 만에 처음으로 연재 없이 혼자서 작업해서 내는 종이책이라, 반응이 무척 궁금하기도 하고 불안하기도 하고 그렇습니다.

특히 이번에는 정말 저 자신의 마음을 달래기 위해 썼다는 느낌이 커서…… 하지만 부디 여러분 마음에도 들었으면 좋겠습니다.

이 책의 키워드는 '짝사랑'입니다. 감정의 엇갈림을 좋아해서 늘 서로 짝사랑하는 상황을 많이 그리는데, 이번에는 좀 더 그런 경향이 강해졌습니다. 소심하고 수줍은 승연이, 강하고 당당한 여자주인공을 선호하는 요즘 트렌드에 잘 안 맞을지도 모르겠지만 최소한 짝사랑을 하는 사람은 모두 그런 법이라고 저는 생각합니다.

혹시 즐겁게 읽으셨다면 제 블로그(http://blog.naver.com/lovemode54)에 들러서 짧게라도 감상을 들려주시면 기쁘겠습니다.

누구보다 저 자신에게 사랑한다고, 수고했다고 전해주고 싶습니다.
여러분 모두 행복하세요.

2016년 4월,
박수정